LUZIFER VERLAG

RUN

DOUGLAS E. WINTER

IMPRESSUM

Deutsche Erstausgabe
Originaltitel: RUN

Umschlag: Michael Schubert | Luzifer-Verlag
Übersetzung: Peter Mehler
Lektorat: Johannes Laumann
Printed in Germany

Dieses Buch wurde nach Dudenempfehlung (Stand 2017) lektoriert.

ISBN: 978-3-95835-284-1

Bibliografische Information der Deutschen Nationalbibliothek:
Die Deutsche Nationalbibliothek verzeichnet diese Publikation in der Deutschen Nationalbibliografie; detaillierte bibliografische Daten sind im Internet über http://dnb.d-nb.de abrufbar.

»Da eine wohlgeordnete Miliz für die Sicherheit eines freien Staates notwendig ist, darf das Recht des Volkes, Waffen zu besitzen und zu tragen, nicht beeinträchtigt werden.«

ZUSATZARTIKEL ZUR VERFASSUNG
DER VEREINIGTEN STAATEN VON AMERIKA

»Cock the hammer it's time for action.«

CYPRESS HILL

ES WAR EINMAL IN VIRGINIA

Wir knöpfen uns also diesen Dickie-Mullen-Typen vor, und dieser Kerl ist der typische Eigentümer eines Waffenladens in der Vorstadt, quatscht ununterbrochen über die Verteidigung von Haus und Hof und die Jagdsaison, hat überall Ausgaben der *Guns & Ammo* und der *Soldier of Fortune* herumliegen, verkauft beschissene .38er an besorgte Ehemänner und Hausfrauen, und hält die ganze Zeit über Reden, als wäre er Rot, Weiß und Blau herausgeputzt, in der gottverdammten Flagge. *Die nehmen uns unsere verfassungsmäßigen Rechte* kommt ihm mindestens ebenso oft über die Lippen wie die großartigen patriotischen Worte: *Wir nehmen auch VISA und MasterCard.* Dieser Typ könnte sein Haus nicht gegen Kakerlaken verteidigen und einen Zehnender nicht von einer Kuh unterscheiden, aber in diesem Moment lehnt er hinter der Ladentheke und hält seine Ansprache, ein übergewichtiger Gnom mit Zahnkronen und einem falschen Lächeln, und ich wäre am liebsten gar nicht hier, aber die Zahlen stimmten zum dritten Mal in genau so vielen Monaten nicht, und das regt Jules auf, und weil der Laden in meinem Revier liegt, regt es deshalb auch mich auf. Aber was mich noch mehr aufregt, ist, dass dieser Dickie-Mullen-Typ einen Haufen Scheiße labert, über dies und das, er quatscht über alles Mögliche, nur nicht über die Zahlen und warum die Zahlen nicht stimmen, und ich wünschte, er würde mit der Sprache rausrücken und es zugeben. Einfach mit dem Rumgedruckse aufhören und sagen: Hey, in Ordnung, okay, ich hab hier und da was abgezweigt, aber ich brauche das Geld, schulde jemanden Geld, musste das Geld besorgen. Ich habe eine Frau, ich habe Kinder, ich habe eine Hypothek, und ein bisschen was von der großen Kohle spielt doch keine Rolle, kann doch keine Rolle spielen, sollte einfach keine Rolle spielen.

Und dann sollte er sagen, und das ziemlich laut:

Und außerdem seid ihr doch vernünftige Leute.

Ich sehe zu Trey Costa, der im hinteren Teil des Ladens an einem hölzernen Trophäenschrank lehnt, direkt unter den Hirschgeweihen und einem Regal mit Zentralfeuerpatronen. Trey zieht die abgesägte Schrotflinte unter seinem Regenmantel hervor, legt sich den Lauf über seine Schultern, und beginnt, mit der Mündung an dem Glas des Trophäenschranks entlang zu schaben.

Schab. Kratz. Bumm.

Ich sehe zu Renny Two Hand, der gerade diesem Dickie-Mullen-Typen, seines Zeichens Eigentümer und Betreiber von Safari Guns in der Triland Mall dieses freundlichen kleinen Vororts von Dirty City, erklärt, dass keine Zeit für neue Ausflüchte sei. Und dann drückt Two Hand den wirklich aussagekräftigen Teil der miesen Colt Python .357, einer echt hundsgemeinen Handfeuerwaffe, wenn ich das sagen darf, gegen einen Punkt etwa fünf Zentimeter unter dem Bauchnabel dieses Typen.

Und wo ich mir gerade die Zeit nehme, mich umzusehen, schaue ich mich selbst in dem Spiegel hinter dem Kopf des Dickie-Mullen-Typen an; ernst und mit leeren Händen. Ich ziehe keine Waffe, wenn ich nicht vorhabe zu schießen, aber wenn Blicke töten könnten, wäre das Safari Guns mit seiner wundersamen Auswahl an überteuerten fremdländischen Produkten, taiwanesischen Billigkopien und gut geölten Kalendermädchen mit Tarnfarbe und String-Bikinis genau jetzt rot neu angestrichen.

Der Blick, den ich diesem Dickie-Mullen-Typen zuwerfe, dieses eiskalte Etwas, das mich aus dem Spiegel heraus anstarrt, bedarf jahrelanger Übung. Wenn man es hinkriegt, dass man ernst wirkt, ist das die halbe Miete. Wenn ich also hin und wieder diesen Gesichtsausdruck versuche, möchte ich am liebsten loslachen. Aber heute ist er von allein da, und ich lache nicht. Das ist eine ernste Angelegenheit. Denn eines ist mal sicher: Wir sind vernünftige Leute.

Weshalb ich diesem rückratlosen Drecksack in die Fresse schlage.

Sein Kopf schnellt zurück, und zwischen diesen viel zu echt aussehenden Zähnen rinnt roter Speichel hervor. Wie aufs Stichwort zieht Renny die Pistole aus dem Bauchbereich zurück und zielt damit auf den Kopf dieses Dickie-Mullen-Typen.

Nun, da wir seine Aufmerksamkeit haben, ist es Zeit, zu reden.

He Kumpel, sage ich zu ihm. Ich sag das nur einmal. Also hör mir zu. Und hör besser gut zu.

Und das sage ich zu diesem Dickie-Mullen-Typen.

Ich sage zu ihm:

Du hast das Recht zu schweigen.

Ich sage ihm:

Alles was du sagst, kann und wird vor Gericht gegen dich verwendet werden.

Ich sage ihm:

Du hast das Recht, mit einem Anwalt zu sprechen, bevor wir dir irgendwelche Fragen stellen.

Ich sage ihm:

Du haben das Recht, zu jeder Vernehmung einen Verteidiger hinzuzuziehen.

Ich sage ihm:

Wenn du dir keinen Verteidiger leisten kannst, wird man dir auf Wunsch vor der Vernehmung einen stellen.

Diese Rechte hast du, sage ich zu ihm. Und wenn irgendein Cop das sagt, vielleicht sogar noch ein paar mehr. Aber was du nicht hast, Kumpel, ist das Recht, mich zu verarschen.

Und dann schlage ich ihn noch einmal. Und dann nicke ich, und dann spannt Renny den Hahn, und dann glaube ich, dass sich Dickies kleiner Dickie in die Hose gepisst hat.

Einen schönen Laden hast du hier, sage ich zu ihm. Und so sollte es auch bleiben. Aber du machst unter der Hand Geschäfte.

Ich schaue auf die Auslage mit den Pistolen hinunter und kann nicht glauben, was für einen Mist dieser Dickie-Mullen-Typ hier verramscht. Genau so, wie ich kaum glauben kann, dass Jules Berenger und ich ihm diesen Mist verkaufen.

Du willst keine Schwierigkeiten bekommen, Kumpel. Den Scheiß brauchst du nicht. Wenn die Cops oder das ATF anfangen, hier herumzuschnüffeln, dann wird mein Freund mit der Kanone hier herumschnüffeln, und früher oder später werde ich kommen und dir einen Besuch abstatten müssen. Nicht, dass ich etwas gegen eine nette Unterhaltung hier und da hätte, aber vom Reden habe ich genug. Also halte den Laden in Ordnung, Kumpel. Du verkaufst deine Ware über den Ladentisch, schickst diese kleinen Formulare fein säuberlich ans Finanzamt. Weißt du, wieso?

Er zögert, schüttelt den Kopf: Nein.

Der Kerl ist echt nicht ganz dicht.

Weil das so im Gesetz steht, du dummes Stück Scheiße. Es ist deine verdammte Pflicht.

Ich halte ihm ein Taschentuch hin.

Und jetzt mach dir dein Gesicht sauber.

Er starrt das Taschentuch an, als wäre es so eine Art außerirdische Lebensform. Dann kapiert er und fängt an, sich abzuwischen. Zuerst die aufgeplatzte Lippe, dann die Stirn, dann macht er sich an seine Hose. Schätze, er kann das Tuch behalten.

Du hast eine Frau, oder?

Klar, sagt er, aber als ich ihm einen Blick zuwerfe, starrt er mich an und korrigiert sich: Ja.

Hast du Kinder?

Ja.

Und eine Hypothek?

Er sieht mich komisch an, aber nicht lange. Dann: Ja.

Ich deute zur Ladentür. Also, sage ich ihm. Du machst heute nicht auf. Lässt das GESCHLOSSEN-Schild dort hängen, nimmst dir den Rest des Tages frei und gehst nach Hause. Dort sagst du allen – deiner Frau, deinen Kindern, deiner Hypothek – dass du sie liebst. Und morgen dann – tja, morgen kommst du hierher und drehst das Schild auf GEÖFFNET, und he, dann ist es wie in diesem Sprichwort: Morgen ist der erste Tag vom Rest deines Lebens. Haben wir uns verstanden?

Ja, sagt er.

Das will ich verdammt noch mal hoffen, sage ich.

Aber Typen wie der lernen es nie. Niemals. Der Kerl betrügt bestimmt bei seiner Steuererklärung, betrügt seine Frau, und betrügt seine Kumpel beim Pokern. Wenn es das nächste Mal passiert … und früher oder später wird es ein nächstes Mal geben, zuerst wird er etwas weniger abzweigen, dann ein klein wenig mehr verbergen, der Typ wird glauben, dass er damit davon kommt, und wissen Sie was?

Dann werde ich ihn umlegen müssen.

EIN UHR MORGENS

Renny Two Hand sitzt quasi mitten auf dem Tablett, trinkt Bud Light aus einer Flasche und fischt sich eine neue Zigarette aus einem zerknautschten Päckchen auf der Bar. Irgendein Rock-and-Roller, mit gebrochener Stimme und längst tot, kräht monoton vor sich hin und hält noch nicht mal die gleiche Tonhöhe wie diese Zahnarztbohrer-Gitarren. Fünf Ein-Dollar-Scheine stehen wie kleine Zelte auf der Bar, und Two Hand starrt geradewegs auf die Fotze von dieser Tänzerin, als gäbe es kein Morgen.

Betest du manchmal?, fragt er.

Wofür?, frage ich ihn, und er schaut einfach durch mich hindurch und fragt:

Betest du manchmal?

Shawnee, so heißt die Tänzerin, haha, lässt ihre verrucht wirkenden Haare herunterhängen, und sie kommt zu mir rüber, und sie will mich. Ich weiß, dass sie mich will, weil sie lächelt, ein kleines verschlagenes Lächeln, und dann dieses kleine Zwinkern, als sie an mir vorbei stiefelt und ihre High Heels im Takt zur Musik klackern. Also will sie mich. Ja, klar. Sie will, dass ich noch ein paar grüne Scheine mehr auf die Bar lege, und wenn ich das tue, kriege ich den guten alten Hippy-Hippy-Shake, und dann wandert sie weiter zu dem nächsten Typen, und dann zum nächsten und zum nächsten, immer noch lächelnd, immer noch zwinkernd, immer noch mit den

Hüften wackelnd und immer noch so, als würde sie einen wollen. Süßes Ding, studiert wahrscheinlich Psychologie oder Soziologie an der George Mason Universität und geht mit einem der männlichen Studenten von dort, wenn sie nicht gerade hinten in der Gasse Blowjobs verteilt.

Ich beuge meinen Kopf zu Renny Two Hand hinüber, versuche mir auszumalen, was er mir eigentlich in dieser Nacht voller Zigarettenrauch, billigen Aftershave, Gossenrock-Gitarren und dem Gebrabbel im Dauphine Steak House zu sagen versucht, und dann höre ich dieses Bellen. Es ist ein fieses Bellen, die Art von Bellen, das irgendwie plötzlich aufsteht und sagt: Ich bin eine Glock.

Da sitze ich so auf meinem gemütlichen Stuhl, nicke mit dem Kopf zu der Musik von der Band mit dem toten Typen, kümmere mich um meinen eigenen Kram und um die nackte Dame, die oben auf der Bar herumstolziert, versuche sehr angestrengt, über Bud Light anstatt den morgigen Tag nachzudenken, und mit diesem Bellen in meinem Ohr wird mir klar, dass ich einer simplen Tatsache nicht entfliehen kann:

Waffen sind mein Leben.

Also ziehe ich mechanisch Rennys Chesterfield hervor und drehe mich auf dem Barhocker herum, und da ist dieser verdammte Idiot, der von einem der Tische an der Tanzfläche zurücktaumelt. Sein Stuhl kippt nach hinten um, und mit der einen Hand schiebt er eine Kellnerin im knackengen Spandex beiseite, während er mit einer Glock 19 in der anderen herumwedelt. Dieses Arschloch.

Nicht, dass ich was gegen die Glock 19 hätte. Ist meine Lieblingswaffe. Jetzt im Moment habe ich zwei von denen dabei: Eine draußen im Handschuhfach meines Mustang, die andere eng an meinem Rücken, hübsch verstaut in einem Bianchi-Holster.

Seine Version ist nett. Es ist das Originalmodell aus Polymer, von der manche Leute – die dummen Leute – glauben, dass man damit durch die Flughafensicherheit spazieren könnte. Die G19 ist kompakt, wiegt mit einem Fünfzehn-Schuss-Magazin achthundertfünfzig Gramm, und der Abzug geht butterweich. Vielleicht ist es nur das Bellen, das mich stört. Es zu hören, wenn es nicht aus meiner eigenen Waffe kommt. Das ärgert mich. So wie wenn man eine Beretta 80 abfeuert, diese kleinen .22er, die irgendwie britzeln, wenn man abdrückt. Oder die MAC-10. Auf Automatik hört die sich an wie eine pissende Katze.

Ich mag meine Waffen gern laut. Sind wir mal ehrlich, wenn einem die Scheiße bis zum Hals steht, so hoch, dass es Zeit zu Schießen ist – na ja, dann sollte man eine klare Ansage machen. Die alte Springfield 1911A1, .45er Standardmodell der Army, brüllte wie ein Ochse los und jagte alles und jedem einen Höllenschreck ein. Was recht hilfreich war, denn mit Ausnahme von ein paar waschechten Profis, tat man sich verdammt schwer, mit den langen Dingern aus mehr als einem halbem Meter Entfernung noch irgendetwas zu treffen. Aber die .45er klang so, wie sie aussah: groß und böse. Ich bewahre meine in einer Truhe auf, ganz oben auf dem Dachboden, zusammen mit meiner alten Uniform, einem Bild meines Highschool-Schwarms – der alten Schlampe – und einer Landkarte der Staaten.

Da gehört sie hin: zur Ruhe gelegt, ein weiterer begrabener Traum.

Denk' nicht mal dran, sage ich mir, und dann sage ich es laut zu Renny Two Hand, der endlich aus seinem Dämmerzustand aus Bier und Babes aufgetaucht ist und mitbekommen hat, dass irgendwas vor sich geht. Sein Blick wandert von dem Arschloch auf der Tanzfläche zu mir und dann zu dem Aufschlag an seinem rechten Hosenbein hinunter, wo sich ganz sicher schweres Gerät mit einem Lauf und einem Abzug und – so wie ich Two Hand kenne – einem großen Magazin verbirgt. Ich schnappe ihn an seiner Jacke, bereit, unsere beiden Hintern zum Notausgang und raus aus diesem Schlamassel zu schieben. Schwierigkeiten sind etwas, das man nie gebrauchen kann.

Jedenfalls steht da in diesem Durcheinander dieses gut bewaffnete Arschloch aus dem Hinterland, Manassas vielleicht, mit abgewetzten Jeans, dem Metallica-T-Shirt auf Rezept, darüber ein Flanellhemd und bestimmt fünf Bier zu viel. Er schüttelt seinen schmuddeligen blonden Kopf und tänzelt langsam zurück zur Jukebox. Die Band mit dem toten Typen – jetzt fällt es mir wieder ein, Nirvana heißt die – beginnt, in doppelter Geschwindigkeit zu singen. Müht sich noch kurz ab, um dann loszubrüllen. Das Arschloch hat also eine Glock. Ein volles Magazin vielleicht, und er hat einmal abgedrückt. Da könnten 'ne Menge Leute draufgehen und von den Sanis später rausgerollt werden, aber irgendwie sieht es nicht danach aus; keine Chance, dass der Typ es ernst meint. Außer sich zu prügeln und zu ficken meinen Besoffene selten etwas ernst, und wie die meisten Besoffenen ist dieses Arschloch zu beidem nicht mehr fähig.

Im Moment zeigt die Kanone auf das Linoleum hinunter. Der erste Rausschmeißer, ein kahlrasierter Marine, wahrscheinlich aus Quantico, der sich hier etwas dazu verdient, tritt auf den Plan und spult die gute alte *Alles-Klärchen-immer-mit-der-Ruhe*-Routine ab. Die Hände ausgestreckt, lächeln und nicken, lächeln und nicken, einen Schritt näher, noch einen Schritt.

Der Marine deutet an die Decke, und als das Arschloch nach oben sieht – ich sagte doch, dass er ein dummes Arschloch ist – verpasst ihm der Marine einen Schlag, den Kommentatoren beim Boxen gern einen satten rechten Haken gegen den Kiefer nennen. Aus und vorbei. Der Typ ist fertig.

Ich sehe zu dem Tisch hinüber, wo die ganze Aufregung angefangen hatte, und da ist noch so ein Dünnbrettbohrer, gleiches schwarzes T-Shirt, gleiches Flanellhemd, gleiche Jeans, und er starrt seinen linken Oberschenkel an, als hätte sich dort ein Auge gebildet, das ihn anzwinkert. Er sagt: *Oh Momma, oh Momma,* und wischt sich schwarzes Blut von einer Hand in die andere, so als wäre es Schmierfett.

Ich sehe auf die Uhr, und es ist beinahe ein Uhr morgens. Letzte Runde Blut und Alkohol. Jeden Moment wird ein Bullenwagen hier eintrudeln. Deshalb:

Das war's dann, Leute.

Ren, sage ich, lass' uns Feierabend machen.

Ja, sagt er. Feierabend.

Er kippt den Rest seines Bud Lights hinunter und hievt sich von seinem Barhocker. Kaum zu glauben, dass er noch gehen kann.

Ich werfe noch einen Fünfer für die reizende Shawnee auf die Bar, sie wackelt mit ihren Titten für mich, und wir sind raus.

Während ich draußen auf dem geteerten Parkplatz die kalte Luft inhaliere und versuche, den Zigarettenrauch aus der Nase zu bekommen, erwischt mich einer dieser *Twilight-Zone*-Gedanken, und dieses Mal ist es die Vorstellung, dass, während wir abgelenkt waren, die gewaltige Vorstadt von Springfield, Virginia, in ein tiefes schwarzes Loch gesogen wurde. Dann erst wird mir klar, dass der Strom entlang der Backlick Road und seinem Labyrinth aus Mini-Einkaufshäusern ausgefallen ist, und wie sehr ich die Dunkelheit hasse.

Ich bugsiere Renny zu dem Mustang. Nur ein paar Bier, das ist alles. Das jahrhundertealte Versprechen, von Mann zu Mann. Wir hatten unsere paar Biere, machten unser Geschäft, tauschten die Schlüssel aus, und aus Sieben wurde Neun, und wir hatten noch mal ein paar Biere, und gegen Elf war die Bar voll mit Reihen von leeren Flaschen und Dollarscheinen. Eigentlich ein netter Saufabend, bis dann das Bellen dazwischenkam.

Ich versuche Renny an Donnerstag zu erinnern, warum wir die Schlüssel getauscht hatten, aber er zieht die übliche Show ab, gestikuliert herum, versucht einen klaren Kopf zu bekommen, und sucht ganz sicher nach einem cleveren Schlusssatz. Ein unrasierter Shakespeare mit wackeligen Knien.

All die Kneipen und Parkplätze dieser Welt sind am Ende nur eine Bühne.

Ah, der Geruch von Blut nach Mitternacht, lässt er schließlich mich und den schwarzen, schwarzen Himmel und die rotblauen Lichter der Polizeiautos wissen, die die Franconia Road heruntergedonnert kommen. Es ist der Geruch von–

Das ist keine Pause; das ist ein Loch. Sein Gesicht verliert die Fassung, und er wirft dem Dauphine Steak House einen langen Blick zu, als hätte er seinen besten Freund, nämlich mich, darin zurückgelassen. Die Stille will nicht weichen. Ich stehe da, bis ich es nicht mehr aushalte.

Der Geruch von … was?, frage ich ihn.

Er dreht sein Gesicht wieder zu mir, ein nichtssagender Vollmond, und dann sagt er:

Du fährst.

Er hakt seine Finger in seinen Gürtel, zieht sich die Jeans hoch und klettert schwankend ins Auto.

Das ist mein Partner, Reynold James – aka Renny, aka Two Hand, aka The Wrap. Oder für Sie: Der, der alles Mögliche anfängt, aber nie etwas zu Ende bringt.

EIN WEITERER MORGEN DANACH

Wie hast du geschlafen?, fragt mich Mom.

Wie ein Stein, sage ich. Es ist beinahe Neun und ich arbeite mich durch die Küchenschränke auf der Suche nach Kaffee und Kopfschmerztabletten.

Hattest du wieder diese Träume? Diese Albträume?

Dieses Mal nicht, sage ich. Ein Wunder, was acht oder zehn Flaschen Bud Light für deine Träume tun können. Mein Schlaf war wie eine Kreidetafel, mit grauen Schlieren und ansonsten leer. Das letzte, woran ich mich erinnere, ist, dass ich meine Hosen auf den Boden fallen lasse und mit dem Gesicht voran ins Bett falle. Aber vielleicht habe ich noch Fiona geküsst.

Gute Nacht, sagte ich. Vielleicht zu Fiona, nach dem Kuss. Definitiv zu Mom, als ich am letzten Schrank ankomme.

Du trinkst wieder. Eine Beobachtung, nicht sonderlich verurteilend, kein tss-tss, oh Mann, bitte hör damit auf. Nur eine freundliche Erinnerung. Aber eine von der Sorte, die dich trotzdem packt.

Stimmt, antworte ich in Gedanken. Man sollte den Anflug von Verärgerung wegstecken können. Man sollte über das nachdenken, was die Leute sagen und weniger über den Auslöser, warum sie es gesagt haben. Oder so in der Art. Hab ich mal im Radio gehört.

Ich finde den löslichen Kaffee, aber nicht die Kopfschmerztabletten. Ich mache mir eine Tasse mit Wasser in der Mikrowelle warm und rühre den Kaffee ein. Dann kaue ich trocken ein paar Dexedrine.

Mom zwinkert nicht mal. Tut sie nie.

Das ist ein ziemlich hübsches Foto, ein Schnappschuss, aufgenommen bei einem meiner Cousins bei einem Familientreffen oder einer Hochzeit, vielleicht war es auch eine Beerdigung, keine Ahnung. Ich hab mich an so was nie beteiligt, als Mom noch lebte, und jetzt gehe ich da auch nicht hin. Vielleicht, weil ich nicht in einem Foto auf dem Kaminsims von jemandem enden will. Ein seltsamer Schatten prangt unter ihrem Kinn, aber es ist trotzdem hübsch. Sie lächelt, und das gefällt mir.

LIMIT FÜR HANDFEUERWAFFEN IN VIRGINIA KAUM NOCH AUFZUHALTEN, heißt es in der Zeitung. Aber erst auf Seite 3. Um dorthin zu gelangen, musste ich etwas über die neue Einkommenssteuererhöhung lesen, die neue Benzinsteuer, die neue Zigarettensteuer, die Erhöhung der Leitzinsen und die neuen Toten drüben in D.C., allein dreizehn in den letzten vierundzwanzig Stunden. Reverend Gideon Parks hat zu einer Gebetswache auf den Stufen des Lincoln Memorials aufgerufen, aber der Bürgermeister will keine Gebete, er will mehr Cops. Ich habe die erste Tasse Kaffee intus und nehme mir die zweite vor, als Fiona hereinspaziert kommt, ein paar High Heels auf den Boden fallen lässt und hineinsteigt, während sie sich die ganze Zeit über mit einer Bürste durch ihr langes und lockiges Haar fährt.

Hi, Mom, sagt sie, was mich daran erinnert, dass es nicht wirklich normal ist, Gespräche mit einem Foto zu führen.

Und was sieht sie heute Morgen wieder heiß aus. Seidenbluse. Diese Jeans, die ihren Hintern in Form bringt, und sie hat auch wieder diesen Trick mit dem Eyeliner gemacht.

Ihr Name ist Ellen. So nennt sie so gut wie jeder, der sie kennt, obwohl hin und wieder eine ihre Freundinnen Elfie zu ihr sagt.

Ich nenne sie Fiona. Ich weiß nicht, warum. Vielleicht mag ich den Namen einfach.

Sie hat erdig-braune Augen und dieses kleine Lächeln, dass einem sagt, dass sie dich genau kennt. Und das tut sie. Sie sieht in allem gut aus, und nackt noch besser.

Ich habe meine Tage, sagt sie.

Was antwortet man da? Tut mir leid? Glückwunsch? Also trinke ich einfach weiter meinen Kaffee.

Ich sagte–

Hab dich schon gehört, sage ich.

Sie wirft die Bürste weg, schnappt sich ihre Handtasche und die Autoschlüssel von der Resopalplatte, gibt mir einen dicken Schmatz auf die Stirn und erinnert mich daran, den Abwasch zu machen und dass wir kaum noch Milch haben.

Mach's gut, sagt sie dann.

Es ist Donnerstag, die letzte Woche im April. Fiona arbeitet montags, dienstags, donnerstags und freitags im Vachon Hair Salon in Rosslyn, direkt hinter dem Fluss. Sie macht Maniküre und Nageldesigns. Freitags hört sie mittags auf zu arbeiten und ist erst Sonntag wieder zuhause, gerade rechtzeitig für *60 Minutes.* Ich hab keine

Ahnung, was sie so treibt, wenn sie nicht da ist. Sie hat es mir nie erzählt, und ich hab nie gefragt. So lebt es sich leichter.

Einmal bin ich ihr gefolgt. Ich weiß nicht, was in mich gefahren war. Langeweile wahrscheinlich, oder eines dieser Männlichkeits-Dinge: Besitzdenken, Revier, meins, meins, meins. Ich lieh mir einen Firmenwagen, einen heruntergekommenen Kombi der noch unauffälliger war als Dreck, und folgte ihrem silbernen CRX und dem JAZZERCISE Stoßstangenaufkleber den ganzen Weg bis zur Schnellstraße auf die Chain Bridge. An dem Punkt fühlte ich mich wie ein lausiger Idiot und bog an der Tyson Corner auf die Route 123 ab, fuhr zu Bloomingdales und kaufte ihr Parfüm, eine kleine Flasche Cartier Panthére, die über hundert Kröten kostete. Sich von Scham freizukaufen ist nicht ganz billig.

Ich erzähle ihr nichts von meinen Geheimnissen, also wieso sollte sie mir ihre erzählen? So etwas muss in beide Richtungen funktionieren oder es funktioniert gar nicht.

An jenem Sonntagabend, während Morley Safer versuchte, sich vernünftig mit einem Flüchtling aus Afghanistan zu unterhalten, gab ich ihr das Parfüm, und sie sagte, dass das nicht nötig gewesen wäre, aber sie lächelte.

Fiona lächelt viel. Sie ist die fröhlichste Person, die ich kenne. Ihre Stimme ist wie Whiskey, rau und sanft gleichermaßen. Wie ihre Küsse.

Wenn ich nachts aufwache, umarmt sie mich manchmal.

KLEINE SPIELCHEN

Wenn Sie es noch nicht selber herausgefunden haben, sollten Sie spätestens jetzt wissen, dass ich keiner von den Guten bin.

Mein Name ist Burdon: Burdon Lane. Geboren in St. Louis, Missouri, im Jewish Hospital, auch wenn die Ärzte dort und nicht die Patienten jüdisch waren. Aufgewachsen bin ich woanders – im Süden von Illinois – was meine Kindheit ziemlich gut zusammenfasst: Ich hatte eine, aber die Zeiten sind vorbei. Es waren die Fünfziger, demnach bin ich wie alt? Altundvierzig. Sozialversicherungsnummer? Ja, hab ich. Sogar mehr als eine, um ehrlich zu sein.

Und so lautet meine Kontaktanzeige: Mann, weiß, Single, Mitte vierzig, geschieden, keine Kinder, sucht Waffen. Große Waffen, kleine Waffen. Handfeuerwaffen, Schrotflinten, Gewehre, Maschinengewehre, und ja, okay, hier und da auch Granatwerfer und Panzerabwehrwaffen. Und das wiederum ist meine Visitenkarte: Burdon Lane, Executive Vice President. UniArms, Incorporated.

Ich bin ein Geschäftsmann, und gut verstaut in der Brustinnentasche meiner Anzugsjacke, dem grauen Drei-Knopf-Anzug aus Leinen von der Stange, befindet sich der Grund, warum ich mich letzte Nacht mit Renny Two Hand getroffen habe: Ein Schlüssel, die Art von Schlüssel, die man an so gut wie jedermanns Schlüsselbund findet, die Art von Schlüssel, der zu einer Haustür passt oder einer Bürotür oder dem Briefkasten an der Wohnung.

Dieser spezielle Schlüssel gehört zu einem Vorhängeschloss. Das Vorhängeschloss hängt an der Tür einer mietbaren Lagereinheit im dritten Stock von Moving Vault auf der Eisenhower Avenue in Alexandria. Im Inneren der Lagereinheit befinden sich übereinandergestapelt ein paar Kisten, deren Inhalt, zumindest bei den meisten der Kisten, mit blauem Textmarker geschrieben auf der Außenseite zu lesen ist. In der dritten Kiste von unten mit der Aufschrift LUFTENTFEUCHTER/BABYKLEIDUNG/ROLLKOFFER befinden sich Luftentfeuchter, Babykleidung und … ein grauer Samsonite-Rollkoffer.

Am Dienstag werde ich den Lagerraum aufsuchen und einen grauen Samsonite-Rollkoffer dabei haben. Ich werde den dritten Pappkarton öffnen. Ich werde meinen Rollkoffer, der leer sein wird, in dem Karton lassen und mit dem Rollkoffer aus dem Karton wieder gehen. Ich werde zur Huntington Metro Station fahren und auf dem Außenparkplatz parken. Ich werde in die Metro steigen, die Yellow Line bis zum Gallery Place nehmen, wo ich in die Red Line umsteige und bis zur Union Station fahre. Dort werde ich den Amtrak 120 nehmen, einen Metroliner, der um 16 Uhr abfährt, und ich werde mir eine Tasse Kaffee gönnen und ein paar Stunden in meinem Buch lesen bis ich die 30th Street Station in Philadelphia erreiche. Dort werde ich den Zug verlassen und ein Taxi zu einem Fischrestaurant namens Bookbinders nehmen, einem sehr belebten, hektischen Ort auf der Walnut, wo ich, während ich immer noch meine Sonnenbrille trage, der Dame an der Garderobe meinen Regenmantel und meinen Rollkoffer gebe und dafür einen Plastikanhänger bekomme, rund, mit einem Loch für den Haken und einer goldgeprägten Identifikationsnummer. Ich werde eine alte Freundin an der Bar treffen, die Leiterin des Anzeigenteils des *Philadelphia Inquirer* namens Lauren Auster, und wir werden ein paar Drinks zusammen nehmen und uns Geschichten erzählen, ein paar alte und ein paar neue, und wir werden lachen und nach einer gewissen Zeit werden wir uns an einen Tisch setzen und Shrimps-Cocktails und Caesar-Salad und jungen Kabeljau bestellen, meinen rauchgeschwärzt und ihren gegrillt mit leichter Butter und Dill, und um 7:15 Uhr abends werde ich mir mit meiner Serviette die Lippen abtupfen und verlauten lassen, dass ich die Herrentoilette aufsuchen muss. Dort werde ich die zweite Kabine betreten, warten, ob ich vielleicht muss, und ich werde die Hosen runterlassen und mich hinsetzen und mein Geschäft verrichten. Ich werde eine Packung Wrigleys Juicy Fruit Kaugummis aufreißen und solange auf einem Streifen herumkauen, bis der Geschmack weg ist. Ich werde den Plastikanhänger aus meiner Tasche holen und ich werde den Kaugummi aus dem Mund nehmen, und dann werde ich den Kaugummi gegen den Anhänger pressen und ihn an die Wand hinter der Toilette kleben. Ich werde etwas Klopapier abrollen, mir die Hände abtrocknen, die Toilettenspülung betätigen und mich vom Acker machen. Ich werde zu meinem Tisch zurückkehren, den

Kabeljau aufessen, mir einen Martell Cordon Bleu bestellen, eine Tasse Kaffee trinken, und wenn die Rechnung kommt, werde ich bar bezahlen, ein angemessenes Trinkgeld geben, und noch vor 8 werde ich mit Lauren im Arm das Restaurant verlassen, und sie wird mir noch von ihrem aktuellen Freund erzählen. Und dann tauschen wir Küsschen und eine Umarmung aus und gehen getrennte Wege. Was bedeutet, dass ich ein Taxi zurück zur 30th Street Station nehme, um den Amtrak 127 zu erwischen, den letzten Metroliner des Tages zurück nach Süden, der um 8:14 Uhr abends abfährt.

Während ich mit dem Zug zurück nach Washington fahre und mein Buch lese, wird ein anderer Restaurantbesucher seine Rechnung im Bookbinders bezahlen, und als er geht, wird er der Dame an der Garderobe seinen Plastikanhänger geben und seinen Regenmantel und seinen grauen Samsonite-Rollkoffer bekommen, und später, wenn er bei sich Zuhause ist, wird er den Koffer öffnen. In dem Koffer wird sich ein großes Ledertuch befinden, fein säuberlich zusammengewickelt und mit einer Schnur zugebunden. In dem Ledertuch werden zwei nagelneue, hübsch auf Kundenwunsch zugeschnittene Maschinenpistolen liegen, Heckler & Koch MP-5Ks mit sauberen Seriennummern, die er entweder benutzt oder weiterverkauft oder verschenkt oder sie sich stolz an die Wand in seinem Arbeitszimmer oder seinem Büro hängt. Kümmert mich wenig, denn sie sind im Voraus bezahlt worden.

Ja, ich bin ein Geschäftsmann. Sagte zumindest Jules Berenger zu mir, vor zwölf, dreizehn oder wer weiß wie vielen Jahren, als wir zusammen im Huddle House an der Little River Turnpike frühstückten und unsere lange Unterhaltung zu Orangensaft, Pfannkuchen, Spiegeleiern und viel schwarzem Kaffee führten, bevor ich ihm dann die Hand gab und bei ihm anheuerte, bevor ich einer der Jungs wurde. Ein Waffenschieber.

Wobei das weder die Jobbezeichnung noch der Titel war. In Wirklichkeit wurde ich Handelsvertreter für VisionWorks, einer aufstrebenden Software-Firma. Ein paar Jahre später wurde ich Marketingleiter für BioInsights, einer aufstrebenden medizinischen Forschungseinrichtung. Dann wurde ich Marketingleiter für Line One, einem aufstrebenden Telefondienstleister. Diese ganze Firmen gehören Jules, oder zumindest jeweils ein Teil davon, und in diesen Branchen schuldet man seinen Kunden natürlich besonders viele Marketingbemühungen und ist daher viel auf Reisen, im In- und Ausland.

Früher oder später wurde ich, wie jeder junge, karrierebewusste Mensch, der was von seinem Job versteht, der Marketingleiter der eigentlichen Firma, UniArms in Alexandria, Virginia – der Kleinwaffen-Hauptstadt der freien Welt. Ich sah kein einziges Mal zurück, und wieso hätte ich das auch tun sollen?

Ich lebe den amerikanischen Traum: Schönes Haus, schöner Rasen, schöner Wagen; keine Frau und keine Kinder, aber was soll's, schließlich gibt es Fiona. Ich verdiene ganz sauber meine Hunderttausend im Jahr, mit Lohnbescheinigung und allem Zipp und Zapp. Bezahle sogar meine Steuern, beschissene achtundzwanzig Prozent jedes Jahr, und mit jedem lächelnden Demokraten mehr, den sie ins Weiße Haus wählen. Dann bekommt der Staat ... wie viel? Fünfunddreiviertel. Die Stadt kriegt auch ein halbes Prozent, ganz zu schweigen von der Grundsteuer und der Vermögenssteuer und jetzt dieser gottverdammten Recyclingsteuer. Dann ist da auch noch die Mehrwertsteuer. Wenn du dann noch deine monatlichen Beträge für deine Hypothek, deinen Autokredit, deine Telefonrechnung, Strom Gas, Wasser, Versicherungen, Kabelfernsehen und dann die Kreditkarten bezahlst, was bleibt dann noch? Nichts. Jeder will etwas von dir: die Bank, MasterCard und VISA, und ganz besonders die Politiker.

Wie ich schon sagte, es ist der amerikanische Traum.

Ich bin also ein Geschäftsmann. Ich kaufe und verkaufe Waren auf dem freien Markt. Was hin und wieder unter der Hand läuft, erwähnen wir gar nicht erst. Dass diese Güter Kaliber und Mündungsgeschwindigkeiten haben, spielt für das Geschäft keine Rolle. Die Abholung und Auslieferung kann manchmal nur etwas schwierig werden. Die Lieferanten, die guten, die cleveren, machen Geschäfte. Die können es sich nicht leisten, es zu vermasseln. Mit Kunden ist das eine andere Sache.

Und so funktioniert's:

Die Leute brauchen Waffen. Aber die Leute kommen nicht an Waffen heran. Zumindest nicht alle, und nicht immer. Was etwas seltsam klingen mag, immerhin kommt in Amerika auf jeden Mann, jede Frau und jedes Kind eine Schusswaffe.

Sagen wir also, Sie wollen einen AMT Hardballer kaufen, eine billige .45er, miese Qualität, mit einem Rückstoß wie ein Pferd. Ich würde ja eher die Automatik mit längerem Schlitten für eine bessere Genauigkeit empfehlen, kostet Sie nur fünfundzwanzig Dollar mehr. Aber zuerst müssen Sie die Hardballer kaufen können.

Wenn Sie in New York City leben, können Sie es vergessen. Sie dürfen dort keine Handfeuerwaffe besitzen. So lautet das Gesetz. Sie brauchen eine Erlaubnis dafür, und sofern Sie nicht das große Geld oder große Eier haben, brauchen Sie nicht mal den Antrag dafür ausfüllen. Aber wenn Sie, sagen wir, in Texas City leben, nun, dann können Sie sich eines dieser Babys besorgen und noch am selben Tag das Magazin mit sieben Schuss einschieben, wenn Sie wollen.

Zumindest theoretisch. Sie müssen diesen Wisch ausfüllen, den die Feds Formular 4473 nennt, und sie eine Hintergrundüberprüfung machen lassen. Und sofern Sie sich nicht dazu entschließen, zu lügen, ein Vergehen, das mit mehreren Jahren Freiheitsstrafe belangt werden kann, dann werden Sie von der Festnahme und der Verurteilung und dem psychischen Problem erzählen müssen. Sofern Sie sich eben nicht dazu entschließen, zu lügen.

Da sind Sie also, sozial benachteiligt wegen der Notwendigkeit, ein Leben nach den Gesetzen leben zu müssen, dem Gesetz, dem Gesetz; hier Gesetz, da Gesetz, überall Gesetz-Gesetz.

Lassen Sie mich versuchen, die Sache zu erklären:

Diese Gründungsväter-Typen, Washington, Jefferson, Franklin, wer auch immer, diese Typen auf den Dollarscheinen, die setzen die Briten vor die Tür und gründen eine neue Regierung. Ihre eigene Regierung. Was ist also das Erste, was sie machen? Sie stellen Regeln auf. Die Verfassung, fürs Erste. Und die geht schon gut los: Alle Menschen sind gleich, nicht wahr? Damals Bockmist, heute Bockmist. Diese Typen hielten sich Sklaven, ihre Frauen durften nicht wählen, wem wollten die da eigentlich was vormachen? Nun, niemandem. Aber da sie die Typen waren, die die Regeln aufstellten, schrieben sie sie eben so, wie sie sie haben wollten.

Und dann sagt jemand: Hey, wir haben Mist gebaut. Wir haben diese Verfassung geschrieben, aber wir haben ein paar Sachen vergessen. Wir müssen diese Zusatzartikel schreiben, um irgendwie noch die Dinge aufzuführen, die wir vergessen haben. Also gibt es jetzt noch eine weitere Ansammlung von Regeln, diese Sache, die sie die Bill of Rights nennen, und darin findet sich in Großbuchstaben der Zweite Zusatzartikel. Nicht der Erste, nicht der Letzte, und noch nicht mal in der Mitte, sondern der Zweite, Nummer Zwei, was bedeutet, dass er beinahe ganz oben auf der Liste ist. Was bedeutet, dass er wichtig ist.

Dieser zweite Zusatzartikel besagt, dass Sie das Recht haben, Waffen zu tragen. Für mich so klar wie Kloßbrühe. Aber der erste Zusatzartikel – der ganz, ganz oben auf dieser Liste – besagt zum Beispiel, dass Sie das Recht auf freie Meinungsäußerung haben. Sagen Sie das mal dem

Lehrer, der in der Schule die Bibel vorlesen will. Sagen Sie das der Videothek, die Ihnen ein paar nicht jugendfreie Filme verleihen will. Sagen Sie das meiner Tante Eustacia. Sie wollte während des Golfkrieges dieses Schild mit der Aufschrift BETEN FÜR DEN FRIEDEN in ihrem Vorgarten aufstellen, und die Stadt hat sie gezwungen, es wieder abzubauen.

Mit anderen Worten, diese Gründungsväter-Typen, die schrieben die Bill of Rights, aber sie meinten nicht wirklich, was sie da sagten. Sie sagten diese Dinge einfach, weil sie sich damals nach einer guten Idee anhörten, aber kaum dass diese Typen gestorben waren und die nächsten Typen an die Macht kamen – die, die diese Regeln nicht geschrieben hatten, sich aber natürlich wünschten, sie wären es gewesen – nun, die waren sofort eifrig damit beschäftigt, diese Regeln umzuschreiben.

Also erklären sie uns, dass die Gründungsväter-Typen gar nicht wirklich meinten, dass wir das Recht hätten, Waffen zu tragen, und damit ganz sicher nicht meinten, dass wir das Recht hätten, Waffen zu *kaufen*. Was wir haben, ist das Recht, dass uns ein gottverdammter Politiker sagt, ob wir Waffen tragen dürfen oder nicht, und wann und wo, und welche wir tragen dürfen, wenn wir das richtige Formular ausfüllen können und lange genug warten. Jemand sollte sich mal hinsetzen und diesen Artikel umschreiben, damit das klar wird.

Wenn Sie aber in der Zwischenzeit eine Waffe tragen wollen, dann scheiß auf das Gesetz: Sie brauchen nur Bargeld. Gar nicht viel. Wenn Sie ein paar grüne Scheine übrig haben, dann findet sich immer jemand wie ich, jemand der jemanden kennt, und die können ihnen besorgen, was immer Sie haben wollen. Sie wollen eine Knarre – und nicht nur irgendeine, sagen wir eine saubere Kanone mit sauberer Munition – dann kann ich Ihnen binnen einer Stunde eine besorgen. Oder nehmen wir Charlie Hardin draußen in Roanoke. Wenn Sie eine etwas exotischere Waffe suchen, kann der Typen sie Ihnen beschaffen, dauert maximal sieben Tage. Je abgefahrener, desto besser. Einmal zog Charlie für mich ein Maschinengewehr an Land, eine belgische .223 FN Minimi, und das war nicht schwerer, als würde man zu Sears an den Kundenschalter gehen. Ich besuchte ihn an einem Freitag, bezahlte die Hälfte in bar, und holte das Baby am Montag darauf ab. Dann verkaufte sie noch in der gleichen Nacht für das Doppelte.

Wie ich bereits sagte, das ist der amerikanische Traum.

ALLES WIE IMMER

Ch-ch-ch-changes.

Am Mittwoch stehe ich in dem 7-Eleven und versuche, mich zwischen Snapple Mint Tea und einem Bud Light zu entscheiden, als mein Pager piept. Es ist halb elf Uhr morgens, und eigentlich brauche ich keinen Drink, noch nicht zumindest. Also fällt meine Wahl auf das Snapple und während ich in der Schlange an der Kasse stehe, checke ich die Nummer.

Bingo.

Manchmal – nicht oft, aber immer mal wieder, bevor die Erinnerung an das letzte Mal komplett verflogen ist – verschafft einem der Pager einen perfekten Moment, einen von der Art, dass du vielleicht, nur mal angenommen, für Dominos Pizza arbeitest und drauf und dran bist, der bestbezahlte Lieferjunge der Straße zu werden.

Ich tausche zwei Dollar gegen ein Snapple, spende den Rest an Jerrys Kids, spaziere zu dem Münztelefon nach draußen und sehe zu der chemischen Reinigung hinüber, die direkt neben dem 7-Eleven steht, während ich anrufe, und zwar nicht die Nummer, die auf dem Pager angezeigt wird, sondern die Nummer von dieser Woche, wahrscheinlich ein anderes Münztelefon, wahrscheinlich auf irgendeinem anderen Parkplatz vor irgendeinem anderen 7-Eleven gleich hinter einer anderen Reinigung, und beim zweiten Klingeln nimmt jemand ab und sagt:

Hey.

Ja, antworte ich.

Brauche dich, Baby.

Irgendwo zwischen dem *brauche* und *dich* weiß ich, dass es CK ist; dieser schwache nasale Tonfall dringt durch alles hindurch, egal, was er zu sagen hat. Und das Nächste, was er zu sagen hat, lautet:

Mittagessen.

Okay, sage ich.

Halb eins.

Geht klar, sage ich.

Gleicher Ort wie immer.

Scheiße, sag ich.

Klick.

Klick.

Damit ist der Rest des Nachmittags und vielleicht auch des Abends, womöglich sogar der Rest der Woche gelaufen, aber was soll's: Wenn man es in dem Geschäft zu etwas bringen will, muss man Veränderungen mögen. Nur tote Dinge verändern sich nicht mehr.

Die Regeln in diesem Spiel sind einfach: Es sind unsere Regeln. Wir stellen sie je nach Bedarf auf, und wenn wir das nicht tun, stellt sie jemand anderes für uns auf. In etwa so wie bei der Sache mit der Verfassung. Und da ich es mag, nach meinen eigenen Regeln zu spielen, mag ich es auch, mir selber welche auszudenken … und, hin und wieder, sie zu brechen.

Ich fahre die Quaker Lane zur Interstate hinunter und dann nach Süden. Ich muss wenigstens eine Stunde totschlagen, und dann kann ich sie auch gleich mit Stil totschlagen. Heute fahre ich den metallic-blauen Corsica, das am leichtesten zu vergessende Auto auf der Straße, und nachdem ich an der Ladenmeile hinter dem Little River Turnpike eine Parklücke gefunden habe, mache ich es mir hinter dem Lenkrad bequem und lese mein Buch. Hin und wieder werfe ich einen Blick zu dem Greek Gourmet hinüber, von dem Lucas, dieser Loser, der das Restaurant unter die Lupe nehmen soll, bei Gott schwört, dass es dort absolut mit rechten Dingen zugehen soll. Das Problem ist nur, dass Lucas etwas zu viel Gottvertrauen zu haben scheint. Ich selbst glaube eher nur an das, was ich sehen kann.

Ich beobachte das grundehrliche schwarze Pärchen, das vor der Apotheke um Frieden und Liebe für Reverend Gideon Parks wirbt, auch wenn niemand Notiz von ihnen nimmt. Ich beobachte das wasserstoffblonde jungenhafte Mädchen, mit einem Kleid, das an ihr wie ein T-Shirt klebt, und einem falschen Lächeln im Gesicht, das sich über die Schlange an Einkaufswagen vor dem Food Giant lehnt. Aber hauptsächlich beobachte ich den Griechen: Vier Sitznischen, acht Tische, wahrscheinlich würden die hier vierzig Leute reinkriegen, wenn der Laden voll wäre, aber der Laden war noch nie voll, nicht mal halb voll, und das seit Jahren.

Ich warte eine halbe Stunde vor dem Laden, dann fahre ich zur Rückseite, finde einen anderen Platz im Schatten, und bleibe eine Weile sitzen und sehe zu, wie die Lieferwagen be- und entladen werden. Ich hab ein Nikon-Fernglas, mit dem man die Haare am Arsch eines Frettchens zählen könnte, aber dieser Abstecher bedarf keiner besonders guten Augen. Die verschieben hier Waffen.

Die Zeit rennt, ob man nun Spaß dabei hat oder nicht, und so kommt es, dass der großartig unsichtbare Corsica bald darauf wieder aus der Parklücke und zurück auf die Interstate fährt, und ich auf dem Weg zum Mittagessen mit CK am gleichen Ort wie immer bin. Ich rufe Lauren in Philadelphia auf ihrem Autotelefon an, der Anrufbeantworter geht ran, und ich sage ihr, dass es fraglich ist, ob aus dem Essen am Donnerstag etwas wird, vielleicht nächsten Monat, viel Glück mit Wie-immer-er-hieß; und dann rufe ich Zuhause an und hinterlasse für Fiona eine dieser hilflosen Nachrichten:

Ich weiß auch nicht, vielleicht, kann ich noch nicht sagen. Ich ruf dich später an. Vielleicht.

Dann ist es Zeit für das Mittagessen am gleichen Ort wie immer, und früher oder später hocke ich gefangen in der Sitznische im Red Lobster auf der Van Dorn, Renny Two Hand zu meiner Linken, Mackie the Lackey rechts von mir, und höre CK zu, der mir zum vielleicht zwölften Mal den Witz über Hillary Clintons Prostata erzählt, und könnte nun wirklich einen Drink gebrauchen. Stattdessen denke ich darüber nach, ob ich lieber den Fang des Tages oder die frittierten Shrimps nehmen soll, und dann entscheide ich, dass ich besser nur Suppe und Salat nehmen sollte, und ich bestelle Muschelsuppe Manhattan, die, wie ich mich erinnere, rot ist, denn Manhattan bedeutet Blut, und ich kann nicht glauben, dass CK wirklich wieder die Schlemmerplatte mit Garnelen ordert.

Wie alle Soziopathen tut CK die Dinge auf seine Art, und seine Art, die immer gleich ist, bedeutet, dass nicht über Geschäftliches gesprochen wird, bis das Essen da ist, das Essen ist das Entree, nicht die Getränke, nicht das Brot, nicht die Suppe, nicht der Salat. Also nuckele ich an einem Eistee und höre mir noch ein paar schlechte alte Witze mehr an, und dann versucht Mackie uns was von dem neuen Film mit Tom Hanks zu erzählen, und irgendwann bekommen wir dann das Brot.

Manchmal versuche ich, mich von außen zu betrachten. Manchmal, in Restaurants, an Tankstellen, oder Hotellobbies, beobachte ich die anderen Leute, sehe ihnen zu, wie sie uns beobachten, und fragte mich, was sie zu sehen glauben. In diesem Moment sitzen zwei Frauen an dem Tisch neben uns, keine zwei Meter entfernt, aber der Geräuschpegel ist hoch genug, dass wir unsere privaten Angelegenheiten besprechen können, und sie, selbst wenn sie versuchen würden, uns zuzuhören, keine Ahnung hätten.

Dieses Waffending ist nicht so, als würde man Autos verkaufen und mit Scheinen herumwedeln; hier geht es darum, grau zu sein, sich unsichtbar zu machen. Das kann ich ziemlich gut. Das ist kein Trick, das ist eine Fähigkeit. Man muss gewöhnlich sein. Alles an einem hat gewöhnlich zu sein. Du rasierst dich, du duschst, du putzt dir jeden Tag deine Zähne. Du trägst etwas Parfüm, und es ist weder zu billig noch zu teuer, und du trägst weiße Hemden zu deinen dunklen Anzügen, aber die sind nicht zu dunkel, sonst siehst du aus wie ein Anwalt; und Anwälte, oder Leute, die wie Anwälte aussehen wollen, wittert man über eine Meile. Du wirst Krawatten tragen wollen, dunkle billige Krawatten, und du wirst eine nette Timex mit Lederarmband tragen wollen. Du wirst schwarze Schuhe tragen, die du putzt, nur ein bisschen, einmal alle drei Wochen vielleicht. Du fährst Chevys oder Fords. Du hörst Mittelwelle, siehst eine Menge Football und Baseball, du isst bei McDonalds und Hardees und dem beschissenen Red Lobster, und du leihst dir die Top-Ten-Videos in einer der Blockbuster-Videotheken. Und irgendwann wirst du vielleicht unsichtbar. Wobei es hilfreich ist, wenn es dir wie mir geht:

Wenn man gleich so geboren wurde.

Diese Frauen am Nachbartisch, sichtlich über dreißig, sollten vorsichtiger mit den Pommes frites sein, aber sie sind auf eine JCPenney-Art hübsch angezogen. Also Sekretärinnen, oder? Eine einigermaßen vernünftige Annahme. Zu gut angezogen und mit etwas zu viel Make-up für ein freundschaftliches Treffen, nicht gut genug angezogen für die Welt der gehobenen Angestellten. Dass eine von ihnen ein WordPerfect-Handbuch neben sich liegen hat, tut da keinen Schaden, andererseits hat Mackie einen schönen fetten Terminkalender neben sich auf dem Tisch liegen, und er trägt ein weißes Buttondown-Hemd und einen Anzug, der das richtige Quäntchen über billig liegt. Man sieht ihm an, dass er Versicherungen verkauft, dass er mit Hausratsversicherungen und Wiederbeschaffungswerten und Ausschlussklauseln für Hochwasser zu tun hat. Nur ein Blick, mehr braucht man nicht. Du schaust dir diesen Typen an und kämest nie auf den Gedanken, das er gerade erst einen Monat im Südosten von Missouri zugebracht und genug M-16 verscherbelt hat, um damit ein Bataillon der Arischen Bruderschaft auszustatten. Ist schon so 'ne Art Versicherung, die er da verkauft.

Also, was weiß man schon über diese Sekretärinnen? Könnten Marktleiterinnen sein, oder Bauinspektorinnen. Liebende. Terroristen. Cops. Aber nicht heute. Heute sind sie Sekretärinnen. Und wenn diese Sekretärinnen ihre nicht-ganz-so-hübschen Köpfe in unsere Richtung drehen, sehen sie vier Männer in weißen Hemden und schlichten Krawatten, die sich leise unterhalten.

Wir sind Versicherungskaufleute beim Mittagessen, und da das langerwartete Garnelen-Schlemmermenü eingetroffen ist, erfahren wir endlich, was der eine von uns am Kopf der Tafel, der mit dem Namen Kruikshank, der den wir CK nennen, uns über die Vorteile einer Risikolebensversicherung gegenüber einer Lebensversicherung zu sagen hat:

Dieses Wochenende haben wir einen Job. Eine große Lieferung, die sprichwörtliche Wagenladung, und was in den Kisten ist, spielt eigentlich keine Rolle. Erstklassige Ware und sehr profitabel. Wir bringen die Ware nach Norden, laden das Zeug an einem Ort ab, die Papiere gibt's an einem anderen. Keine große Sache.

Wo liegt dann das Problem?, frage ich ihn.

CK spießt seine Garnele auf. Kaut eine Weile.

Neue Kunden. Irgendwelche Nigger. Gangs aus dem Ville oder irgendeinem anderen Höllenloch in NYC. Nennen sich selbst die 9 Bravos. Aber die Kohle stimmt, die ist wirklich gut. Und Sal Maggio verbürgt sich für sie, also was soll's.

Genau, sage ich. Was soll's.

CK spießt eine weitere Garnele auf. Kaut. Schluckt. Dann:

Trotzdem, lieber auf Nummer sicher gehen. Deshalb will Jules eine größere Einheit und etwas Verstärkung dabei haben. Und deshalb – und das ist der Moment, wo CK mit der Gabel in meine Richtung deutet, statt eine der Garnelen aufzuspießen – will Jules dich dabei haben.

Dann, in einem dieser holperigen Nachsätze, die selten etwas anderes als eine Abfuhr beinhalten, dreht er sich zu Renny Two Hand und sagt: Dich auch.

Lange herrscht Schweigen, während CK seine Platte voller Garnelen leer futtert, sich danach die Ofenkartoffel vornimmt und dann einen großen Schluck Kaffee nimmt. Das war's.

Das geht auf mich, sagt er. Wir fahren jetzt zu Jules.

CK bezahlt also tatsächlich die Rechnung. Das ist ein Wunder. Er reicht dem Kellner einen Fünfziger und sagt: Behalt' den Rest, Junge. Und tu' dir und mir einen Gefallen und besorg' dir einen ordentlichen Haarschnitt.

Als wir in der Lobby stehen, wo ein Haufen Leute noch immer auf ihre Tische warten, ziehe ich CK zu diesem großen Aquarium voller trübem Wasser und Hummern hinüber und sage, was eigentlich offensichtlich ist:

Das ist ein Routine-Auftrag.

Klar, sagt er und parkt einen Zahnstocher in seinem Mundwinkel.

Du könntest das im Schlaf durchziehen.

Stimmt, sagt er.

Du brauchst mich nicht dafür, und ganz sicher brauchst du Two Hand nicht. Du brauchst vier, vielleicht fünf von deinen eigenen Leuten. Mackie, Toons, Fryer. Was ist mit Dawkins?

Stimmt, sagt er.

Also, ist es zu viel verlangt, wenn ich nachfrage? Ich meine, hab ich irgendwas verpasst oder so?

Und ob, sagt er. Oh, ja. Schon richtig, du hast was verpasst.

Hey, sage ich zu ihm, und als ich meine Hand auf seine Schulter lege, sieht CK mich komisch an. Du verarschst mich doch. Wie wäre es mit einem kleinen Hinweis? Wieso willst du mich dabei haben?

Ich will dich nicht dabei haben, sagt CK. Und ganz sicher brauche ich dich auch nicht.

Er lässt den Zahnstocher zerbrechen und kriegt es hin, ihn auszuspucken, während er mich gleichzeitig angrinst.

Ich mag dieses Grinsen nicht, und ich mag das Lachen nicht, das sich daran anschließt. Ich bin kurz davor, ihm zu sagen, was ich nicht leiden kann, als sich Mackie the Lackey zu uns umdreht und sagt:

Scheiße.

Hinter Mackie scheint es unruhig geworden zu sein, irgendetwas, irgendwer bahnt sich seinen Weg durch die Menge hindurch. Dann sagt Mackie:

Das ist Doby.

Der Typ spaziert in die Lobby, sucht wahrscheinlich nach einem freien Tisch, wer weiß. Man kann Auffahrunfälle nicht gebrauchen, oder Telegramme, die dir vom Tod deiner Großmutter berichten, und am allerwenigstens kann man diesen Doby-Mathers-Typen gebrauchen.

Von daher trifft *Scheiße* das ziemlich gut. Ich überlege, ob ich mich umdrehen und nach dem Hinterausgang suchen soll. Aber Doby ist so drüber, wahrscheinlich Koks, dass man ihm nicht entkommen kann. Das ist Schicksal, ein Unfall. Immerhin ist meine rechte Hand noch in meiner Jackentasche, und dort befindet sich auch meine Glock.

Hey Mann, begrüßt er CK, erntet nur Schweigen und dann sieht er zu mir. Sag hey, Ray.

Der zugedröhnte Pisser kann sich noch nicht mal meinen Namen merken. Trotzdem:

Hey, Doby, sage ich. Wie geht's?

'ns gut, Ray. Alles bestens.

CK beobachtet die Mittagsgäste und weiß so gut wie ich, dass niemand in der Lobby, der darauf wartet, dass sein Name aufgerufen wird, sich verdammt noch mal auch nur einen Scheiß für uns interessiert. Der Typ ist schwach. Er ist zu schwach, um einen fahren zu lassen. CK nickt, und ich grinse übertrieben breit.

Muss los, Doby.

Cool. Er bewegt sich keinen Zentimeter und bleibt mitten im Weg stehen.

Ich sage noch einmal, etwas lauter: Ich muss los, Doby.

Er starrt einfach durch mich durch, und die Worte hallen von seinen Ohren zu seinem Gehirn. Er muss sich den Stoff wohl schon seit dem Frühstück reinziehen. Dann, *Pling!,* geht ihm ein Licht auf.

Oh, Mann. Ja klar, Ray, du musst los.

Achselzuckend schiebe ich mich an ihm vorbei und auf den Ausgang zu. Aber dieser Typ ist noch nicht fertig. Jetzt hat er CK am Wickel.

Lässt dich nicht mehr so oft hier blicken, CK. Warum kommst du nicht mal wieder öfter vorbei?

CK drängt sich an ihm vorüber, aber der Typ will nicht locker lassen.

Hey, CK, sagte er. Hey, Mann. Du lässt dich nicht mehr blicken. Hast du was für mich oder nich'?

CK dreht sich zu ihm um und bohrt ihm einen Finger in die Brust: Lass mich in Ruhe.

Hey, sachte, Mann. Doby hebt die Hände. Hastes irgendwie eilig? Wir sollten uns mal unterhalten. Ein paar Geschäfte machen. Spaß haben.

Und dann überspannt er den Bogen, sagt: Mikey.

Er sagt: Hey, CK. Ihr Jungs, wisst ihr was? Ihr solltet mal wieder runter zum Fluss kommen. No business like show business. Ich zeig euch ein paar meiner Mädels. Und hey, bringt Mikey mit. Was ist eigentlich aus dem Typen geworden? 'n netter Kerl, echt ein netter Kerl. Bringt Mikey mit und wir …

Das ist der Moment, wo CK ihn mit durch die Tür zur Herrentoilette nimmt. Packt den Typen einfach am Jackenkragen und schiebt ihn rückwärts durch die Tür.

Wartet hier, sage ich zu Mackie und Two Hand, und dann bin ich hinter den beiden her.

Irgend so ein Typ zieht sich am Pissoir gerade den Reißverschluss zu, und ich sage zu ihm: Hey, Entschuldigung, aber unserem Kumpel hier ist schlecht, müssen wohl die Krabbenpuffer gewesen sein. Und schon ist der Typ zur Tür raus. Da hat CK Doby bereits gegen die gegenüberliegende Wand geschoben und ihm die erste eingeschenkt, ein harter Schlag mit der Linken in die Nieren, und Doby krümmt sich zusammen. Darauf folgt ein Knie in die Magengrube, und ich höre dieses Geräusch, das sich wie eine Babyrassel anhört.

Zwei Minuten, sage ich zu CK. Zwei Minuten, und dann sind wir hier raus.

Du hältst die Klappe, was Mikey angeht, sagt CK, so als wäre ich nicht da, und vielleicht bin ich das auch gar nicht. Ich lehne in der Tür und halte sie zu. Hast du mich verstanden, Teflonnase? Hast du mich verstanden, du kleiner Scheißer?

CK kann ihn nicht loslassen, denn sonst würde er auf den Boden fallen. Ich frage mich, ob der Mistkerl anfangen wird, wie ein Baby zu wimmern. Seine Lippen bewegen sich, aber es kommen keine Worte heraus, noch nicht mal Töne, nur dieser komische Versuch eines Wimmerns.

Nach ein paar weiteren Schlägen fängt der Typ an zu kotzen, und da lässt CK ihn los, lässt ihn wie einen Müllsack auf den Boden fallen. Als ich die Tür aufdrücke und hinausgehe, höre ich, wie CK zu ihm die weisen Worte sagt:

Du hältst die Klappe, was Mikey angeht.

URALTE GESCHICHTEN

Ich bin das mit Mikey nicht gewesen, aber ich habe zugesehen. Was eine gute Sache ist, denn in jeder Nacht, in der ich mit dem brennenden Verlangen nach einem Whiskey und der Erinnerung an diesen Blick in seinen Augen aufwache, sage ich mir, dass das etwas ist, an das ich mich für immer erinnern muss, etwas, das ich niemals vergessen will.

Einmal rief mich Mikey an und fragte: Willst du über Jesus reden? Nein, sagte ich ihm, aber er sagte: Du musst über Jesus reden. Ich fragte ihn warum, und er sagte: Wenn du erst fragen musst, warum, dann musst du ganz dringend über Jesus reden.

Also sagte ich: Okay, Mikey, dann reden wir über Jesus.

Und er sagte: Okay. Prima. Also, weißt du, ich muss wissen, was passiert, wenn man stirbt.

Mikey hatte eine Frau. Sie hieß Sharon, eine verwaschene Rothaarige mit ganz viel irischem Einschlag. Sie trug gern diese herabhängenden Ohrringe. Zwei Kinder hatten sie auch. Einen Jungen, Kevin, glaube ich, und dieses kleine Mädchen, ein süßes Kind. Am Anfang sind sie meistens süß, und dann werden sie groß. Frage mich, was aus ihnen geworden ist.

Mikey arbeitete draußen in Wilmington, North Carolina, wo Jules ein paar Autoteileläden unterhielt und damit ganz gut Profit machte, soweit ich mich erinnere.

Auf seiner Visitenkarte stand wahrscheinlich Manager, aber was er eigentlich managte, war der Handel draußen in Camp Lejeune, wie diesen Marine-Captain mit seiner schlechten Angewohnheit und dem Bedürfnis, Geschütze gegen Bargeld zu tauschen. Riskantes Geschäft, aber Mikey zog alle Register, und für eine Weile hatten wir erstklassige Ware zu Spottpreisen, billig kaufen, teuer verkaufen, nicht nur M-16 und M-60 Maschinengewehre, sondern auch M-203 Granatwerfer, inklusive Granaten zum Abfeuern.

Wir machen nicht viele Privatgeschäfte, nicht mehr. Zu riskant und viel zu schmutzig. Aber damals … damals, als ich anfing, gab es nie Probleme. Nicht mal beim Verkaufen. Wir kauften billig in Virginia oder South Carolina, Sachen wir diesen Billigmist von Davis-Pistolen oder ein paar Dritte-Welt-Imitate, und verkauften sie teuer, vielleicht fünf- oder sechs Mal teurer in der Innenstadt. Die Mafia hatte das Sagen, und eines musste man ihnen lassen, die sorgten noch für Ordnung. Es gab die *omertà:* den Ehrenkodex, den Schweigekodex, was auch immer. Man verpfiff niemanden, man vermasselte keine Deals. Man spielte nach den Regeln. Man machte Geschäfte.

Oder jemand buddelte dir eine Grube.

Aber das war zur Zeit der Fünf Familien, vor den Kubanern und den Jamaikanern und den Triaden und diesen verdammten Kolumbianern. Und vor den Gangs. Bevor aus Kokain Crack wurde. Bevor der Waffenwahn überhandnahm und sich die Straßen blutig färbten.

Heutzutage hält man sich einfach nur noch den Rücken frei, schaut sich ständig über die Schulter. Aber wenn das ungute Gefühl zunimmt, wenn man noch nicht einmal mehr den Jungs vertrauen kann, die auf deiner Seite stehen, die Jungs, mit denen man auf Tour ist – na ja, dann muss man noch ein wenig mehr tun als sich hin und wieder nach hinten umzudrehen.

Jemand beobachtete Mikey. Und diesem Jemand gefiel nicht, was er sah. Mikey hatte Dreck am Stecken, wahrscheinlich schon von Anfang an, aber mein Gott, in dem Geschäft kann man sich seine Leute oft nicht aussuchen. All das Gerede von ein paar wenigen guten, vertrauenswürdigen Leuten, ist alles Quatsch. Klar will man Jungs, die sauber sind und einen kühlen Kopf bewahren können, aber so wie eine wirklich gute Waffe sind solche Jungs echte Mangelware. Im Endeffekt braucht man Typen, auf die man sich verlassen kann, echte Soldaten, und der Rest ist dann einfach Glückssache. Manchmal weiß man erst, mit wem man es zu tun hat, wenn etwas schiefläuft.

Nehmen wir Kruikshank zum Beispiel. Sie nennen ihn CK. Zwei Buchstaben. Und wofür könnte das stehen? Clark Kent? Calvin Klein? Captain Kid? Chung King?

Nein, nein, nein, und nein.

Es geht das Gerücht, die Abkürzung stünde für Cop Killer. CK redet nicht darüber, kein Wort. Es sei denn, er wird gefragt. Dann sagt er dir, dass er darüber nicht reden will.

Ich nenne ihn Cuke, Gurke. Das gefällt ihm.

Cool, sagt er. Cool wie 'ne Gurke.

Nun, CK ist unser typischer Fall von Unzurechnungsfähigkeit, das, was dabei heraus kommt, wenn man einen Force-Recon-Unteroffizier mit einem Pitbull-Terrier kreuzt. Lebt allein in einem Hochhaus-Appartement, Wohnzimmer, zwei Schlafzimmer, Küche und nicht ein einziges verdammtes Möbelstück, es sei denn, man zählt den Fernseher dazu, was ich nicht tue. Hängt sich Led-Zeppelin-Poster und Fotos von Pornostars an die Wände. Schläft auf einer Matratze, isst braunen Reis und Snickers. Glaubt an Gott und Telefonsex. Läuft täglich außer sonntags sieben Meilen. Er besitzt drei Anzüge, und die sind identisch, er hat sie im gleichen Laden gekauft, zur gleichen Zeit, diese grauen, irgendwie unauffälligen Dinger.

CK trägt eine Smith & Wesson Model 29 bei sich – die Dirty-Harry-Pistole, .44er Magnum, angeschrägter Zylinder, schwer ausgeführter Revolverlauf, mit Bohr- und Gewindelöchern für die Montage eines Zielfernrohrs, mit einer 22-Zentimeter-Mündung, die reine Show ist, der stahlblaue Penis und so. Aber wie sie immer in diesen Fernsehwerbespots mit den Messern sagen, die durch Bierdosen schneiden können: Aber das ist noch nicht alles! CK gibt seinen Kanonen Namen. Als wären es Hunde oder Kinder. Deshalb heißt die .44er Elvis, und er hat zwei Browning Hi-Powers die er Siegfried und Roy nennt.

Einmal, als wir in Atlanta als Strohmänner herumhingen, erzählte mir dieser alte Knacker namens Smitty, dass die ganze CK-Sache totaler Quatsch sei. Dass CK noch nie auf jemanden geschossen hätte, außer vielleicht in seinen Träumen. Ausgeschlossen, dass er jemals einen Cop umgebracht hätte.

Pass auf, Kleiner, hatte Sonny mir gesagt. Der Mann ist ein Schwätzer, kein Macher.

Natürlich war Smitty auch so ein Fall für sich, die Art von Kerl, die sich von einer Lüge zur nächsten hangeln und damit durchkommen. Und er hatte CK nicht an jenem Tag in Norfolk erlebt. Dem Tag, an dem Mikey starb. Kurz nachdem Mackie the Lackey CK fragt:

Wie spät ist es?

Genauso spät wie vor zehn Minuten, als du mich schon mal gefragt hast, sagt CK zu Mackie. Plus zehn Minuten.

Mackie, der damit beschäftigt war, sich Fusseln aus der Leistengegend zu puhlen, schaut auf und sagt:

CK, erklär mir das doch noch einmal. Du weißt schon, diese Sache mit dem großen Geschworenengericht und wer mit wem geredet hat und warum dieses kleine A-loch Mikey besser die Fresse halten sollte.

Und natürlich gibt es dafür eine Erklärung, aber ich muss sie nicht noch einmal hören, denn letzten Endes geht es gar nicht darum, was Mikey getan hat. Es geht schlicht und ergreifend darum, dass es passiert ist. Der Kerl hatte einen Job und man erwartete, dass er ihn tat. Ende der Geschichte. Ich will nicht hören, dass man ihn verarscht hat oder die alte Leier, dass er knapp bei Kasse war. Der Kerl hatte einen Job, und der Job hatte ein paar Regeln. Also hatte er sich an diese Regeln zu halten, was bedeutet, dass man nie, aber auch niemals mit den Cops redet. Ich meine, wenn wir uns nicht mal mehr an die Regeln halten, dann sind wir nur noch Tiere.

Wir sitzen also da und warten auf Mikey, und da spielt das Radio, einer dieser alten Radiosender, es spielt diesen Song. Dieser eine Typ singt durch die Nase über den Hurdy Gurdy Man, und CK greift hinüber und dreht die Lautstärke auf, sodass der Song laut genug ist, dass die kleinen Plastiklautsprecher knistern.

Hurdy gurdy he sang, und CK versucht tatsächlich mitzusingen, weshalb es gut ist, dass die Lautstärke voll aufgedreht ist, denn ich will ihn nicht singen hören.

Schwuchtelmusik, sagt Mackie, aber CK macht weiter.

Ich sagte–

Hab dich gehört, erklärt CK. Er dreht die Musik etwas herunter, starrt zu mir herüber und sagt:

Weißt du, wer die Leadgitarre spielt?

Ich frage: Wer?

Und er sagt: Weißt du, wer die Leadgitarre bei diesem Song gespielt hat?

Ich sage: Nein, wer hat die Leadgitarre gespielt? Welche sich mittlerweile in die unteren Regionen hinuntergearbeitet hat, wo sie ziemlich undeutlich vor sich hin dröhnt, und ich das Gefühl habe, dass wir uns einem Ort nähern, an dem ich nicht sein möchte.

CK nimmt die Schuhe vom Tisch und sieht mich an, als hätte er im Lotto gewonnen.

Jimmy Page, sagt er.

Ich entscheide, dass es das Beste ist, angemessen erstaunt zu wirken. Ah, sage ich.

Aber Mackie klinkt sich ein. Wer zum Teufel ist Jimmy Page?

Ich glaub's nicht, sagt CK. Ich glaube es einfach nicht. Dann dreht sich CK wieder zu mir und sagt: Also?

Und ich frage: Also was?

Was ein Fehler ist, denn er sagt:

In Ordnung, weißt du dann, wer das Schlagzeug spielt? Bei diesem Song? Wer mit den Sticks auf die Felle haut?

CK, sage ich, du hast mich erwischt, weißt du? Dieses mal hast du mich echt erwischt, Mann, denn ich weiß weder, wer die Leadgitarre gespielt hat, noch kenne ich den Typen, der da singt, und am allerwenigsten weiß ich, wer da Schlagzeug spielt.

Der Larifari-Sänger singt jetzt irgendwas über den Roly Poly Mann.

Und ich sage zu CK: Okay, war es Ringo Starr oder was?

CK bewegt ganz langsam die Lippen, so als wäre er der Lehrer und ich der Idiot, und er sagt: John Bonham.

Mackie prustet die Art von irrem Gelächter heraus, mit dem nur ein Partner von CK unbeschadet durchkommen kann. Ich muss das Spiel mitspielen.

Roly poly roly poly roly poly he sang.

Also sage ich: Ahm, CK, hilf mir aus der Sache raus, okay? Wer ist John Bonham?

Ihr Jungs. Das ist alles, was er sagt, den Kopf schüttelt und seine Augen schließt. Ihr bekloppten Jungs. Mit seiner Hand reibt er sich die Schläfe, *hurdy gurdy he sang,* und irgendwann ist der Song zu Ende und CK greift hinüber und dreht die Lautstärke während einer Pepsi-Werbung herunter und dann das Radio ganz aus.

Wie oft habt ihr den Song gehört?

CK–

Ich will ihm etwas erklären, aber Mackie sagt: Zu oft.

Fick dich, Mann, sagt CK zu Mackie, und dann sagt er zu mir: Und du dich auch. Du verstehst es einfach nicht, oder? Dieser Song ist Poesie, Mann. Weißt du, was Poesie ist? Das sind diese schönen Worte, die etwas bedeuten. Poesie, Mann. Und nicht dieser *Ich-liebe-dich-liebst-du-mich*-Bullshit. Der Kerl erzählt uns etwas. Der Song bedeutet etwas. Poesie.

Er zieht die Schrotflinte, eine Remington Combat 870, aus ihrer Hülle, und fegt das Radio, den schmutzigen Aschenbecher und eine gefaltete Zeitung wie Brotkrümel vom Tisch herunter. Seine linke Hand streut Schrotflintenpatronen quer über die abgeplatzte hölzerne Oberfläche.

Rafft ihr das nicht? Kriegt ihr das nie in eure Köpfe?

Er schaufelt eine der Patronen in die Schrotflinte und greift sich die nächste.

Der Song handelt vom Tod, sagt er.

Dann lädt er die Schrotflinte durch, und die erste Patrone landet in die Kammer.

Da betritt Mikey den Raum. Oder vielleicht mag ich einfach nur die Vorstellung, dass es so war. Wir könnten auch noch zwanzig weitere Minuten gewartet haben, nach allem, was ich noch weiß, aber so spielte es sich in meiner Erinnerung ab: Diese Worte, CK lädt die Schrotflinte, und dann kommt Mikey herein.

Mikey trägt einen Anzug und eine Krawatte. Er hat einen dieser mattsilbernen Koffer bei sich, dieses Haliburton-Hartschalen-Drogendealer-Ding, und er sieht zu CK und sieht zu Mackie und sieht zu mir und sagt:

Hey.

Auch daran erinnere ich mich. Er sagt: Hey.

Woraufhin ihn alle zurückgrüßen.

Hey.

Hallo, Michael.

Mikey, schön dich zu sehen.

Zuletzt ist CK dran, und in diesem Moment bin ich beinahe überzeugt davon, dass sich Mikey auf den Klappstuhl am anderen Ende des Tisches setzen und er seinen Koffer öffnen wird und er und CK ihren Deal abwickeln werden.

Die beiden geben sich sogar quer über den Tisch die Hände, so als könnte nicht jeder von ihnen die Schrotflinte dort liegen sehen.

Was hast du da?, fragt CK, was Mikey aus irgendeinem Grund nicht gefällt, weil er irgendwie den Haliburton anstarrt, und yakety-yak gehen bei mir die Alarmglocken an. In dem Moment weiß ich, dass was immer er dabei hat, auch geladen sein wird.

Ich hab, was ich brauche, sagt er.

Mikey, sagte CK. Seine Knöchel klopfen auf den Tisch, nur einmal. Mr. Berenger will, dass ich mich bei dir für die Chapel-Hill-Sache bedanke.

Mikey lehnt sich in seinem Stuhl zurück, sieht sich um, zu Mackie, zu mir und in den restlichen Raum.

Kein Problem, sagt er, beugt sich nach vorn, die Hände ausgestreckt, und lässt mit den Fingern die Verschlüsse des Koffers aufschnappen. Ich mache nur meinen Job. So wie jetzt–

Und ich weiß nicht mehr, wer seine Waffe zuerst zieht, ob nun Mackie oder ich, aber wir beide springen von unseren Stühlen und zielen mit unseren Pistolen auf den Typen hinunter.

Was fällt euch ein, schreit CK. Seine Hände sind auf meinem Unterarm, und entweder schieße ich jetzt oder gar nicht. Nimm sie runter, Mackie. Tu das bloß nicht. Denk nicht mal dran.

CK schiebt mich beiseite.

Du hast was loszuwerden, nicht wahr, Mikey? Hast was zu sagen, hab ich recht? Sag mir, dass ich recht habe. Ich hab gern recht. Ich werde wütend, wenn ich nicht recht habe.

CK beugt sich nach unten, und er ist beinahe nah genug, um Mikey zu küssen, aber seine Vorderzähne beißen in seine Unterlippe, die beinahe weiß ist.

Sag es, Mikey. Was immer du den Feds gesteckt hast, sag es mir.

Aber Mikey versucht aufzustehen, verliert das Gleichgewicht, stolpert über den Stuhl und fällt hin.

CK schüttelt langsam den Kopf. Er nimmt die Schrotflinte vom Tisch und pumpt, stößt eine Patrone nach der anderen heraus, und sie verteilen sich auf dem Fußboden mit einem Geräusch wie gedämpfte Glöckchen. Mikey stolpert von dem Tisch und dem umgekippten

Stuhl weg, und CK läuft auf ihn zu und lässt sich Zeit, und die Schrotflinte scheint im Sonnenlicht zu leuchten, und sein Schatten fällt auf die Ziegelwände, und ich frage mich, ob ich das sehen will. CK bohrt den Lauf der Schrotflinte in Mikey, in seine Brust, in seinen Bauch, und fordert ihn auf: Sag es. Sag es. Bis er Mikey mit dem Lauf ins Gesicht schlägt und Mikey zu weinen anfängt und CK wiederholt: Sag es. Schließlich rammt CK ihm den Lauf ins Gesicht, und ein Schwall aus Blut klatscht gegen die Wand, nasse Farbe, und dann liegt Mikey auf dem Boden und CK steht über ihm und ruft: Sag es.

Ich sehe, dass Mikey anfängt zu reden, und CK schüttelt seinen Kopf, so als würde er Nein sagen, und dann beugt er sich zu ihm hinunter, lässt die Schrotflinte auf den Boden fallen und nimmt etwas aus seiner Hosentasche, und Mikey sieht einfach zu, wie CK ihn einmal damit bearbeitet, und dann noch einmal, und als CK den Schraubenzieher quer über sein Gesicht zieht, zwinkert Mikey nicht, bewegt sich nicht, und jetzt scheppern die Möbel und Mackie kommt um den Tisch herum, und als er bei ihnen ankommt, zeigt CK ihm den Schraubenzieher, und Mikey blutet aus seinen Armen und seinen Händen und ein wenig aus seinem Hals und CK sagt nichts weiter. Nichts weiter außer: Sag es.

Er rammt den Schraubenzieher in Mikeys Bauch, und das Geräusch ist leise und feucht, und da ist dieses kurze Keuchen und gar nicht so viel Blut, also lässt CK den Schraubenzieher wieder in Mikeys Bauch gleiten, dann in seine Schulter, und dieses Mal geht ein Zittern durch

Mikey und er bäumt sich auf und scheint zu stöhnen und das Blut sprudelt und er sagt: Oh.

Mikey rollt sich auf den Bauch, und ich glaube, er fängt an zu sterben, nur ein wenig, und er sieht sich in dem Raum um, aber da ist nichts weiter, nur ein umgefallener Mülleimer und zerknülltes Papier und ausgebrannte Zigarettenkippen, das verstreut herumliegende Wrack des Radios … und Blut. Mikeys Blut.

Für eine Weile treten sie nach ihm, und er fängt an, davonzukriechen, zieht eine schmierige Blutspur hinter sich her, und ich sehe zu CK und ich sehe zu Mackie und ich sehe zu Mikey, und Mikey versucht, etwas durch seine ruinierten Zähne hindurch zu sagen.

Toupet, sagt er. Nein, das ist es nicht. Er sagt etwas anderes. Er sagt: Es tut weh.

Irgendwann dazwischen ist sein Koffer auf den Boden gepoltert, sein Koffer ist aufgesprungen, und ich beschließe, einen Blick hinein zu werfen, und es ist nichts drin, keine Waffe, kein Geld, überhaupt nichts außer einem Foto von Mikey mit seiner Frau und seinen Kindern.

Das ist der Moment, wo ich beschließe, Nein zu sagen, CK zu sagen, dass er aufhören soll, aber ich kriege kein Wort heraus, das Wort will nicht über meine Lippen, und da ich nicht Nein sagen kann, sehe ich für eine Weile aus dem Fenster, beobachte das Sonnenlicht auf dem Gras, und als ich mich wieder umdrehe, stemmt CK seinen Fuß auf Mikeys Hinterkopf, drückt ihn einmal und noch einmal hinunter, und Mikeys blutige Lippen öffnen sich zu einem Kuss, einem Kuss mit offenem Mund mit dem

Betonfußboden, und dann tritt CK zu und das Geräusch ist mit nichts zu vergleichen, das ich bisher gehört habe.

Das Geräusch kommt aus dem Radio. Ich höre dem Radio zu und es hallt durch den Raum und spielt Lied für Lied für Lied, und alle Lieder sind gleich, und Mikey singt mit.

CK wischt den Schraubenzieher ab und sieht zu Mikey hinunter. Mackie raucht eine Zigarette und sieht zu Mikey hinunter. Ich, ich sehe zu Mikey hinunter, und als CK den Schraubenzieher in Mikeys Ohr rammt, ist da dieser Schrei, ein Schrei, der nicht abreißen und nicht aufhören will, wie ein Lied, er ist ein Lied, die Worte sind laut und sie sind deutlich:

Hurdy gurdy hurdy gurdy hurdy gurdy gurdy he sang.

MR. EX

In den traurigen alten Tagen, und ich spreche von den Sechzigern und den Siebzigern, gab es kaum echte Größen im Waffengeschäft. Nur die guten und die bösen Jungs. Also die Amerikaner und die Russen. Mit großem Abstand – und kaum zu glauben, aber wahr – kam Mexiko, dass sich alle Mühe gab, Uncle Sam in den Arsch zu kriechen, während es diese Möchtegern-Diktatoren und Revolutionäre am Leben hielt. Dann gab es die europäischen Möchtegerne, die Deutschen und Österreicher und die Italiener und die verdammten Franzosen, die Munition an eine Invasionsarmee gleich östlich hinter der Seine verkauft hätten, wenn es bares Geld bedeutet hätte.

Nun, wie wir alle wissen, bieten die Vereinigten Staaten von Amerika keine Rüstungsgüter feil, nicht unsere Regierung, auf keinen Fall, genauso wie wir alle wissen, dass es keinen Krebs gibt. In den Jahren von Reagan exportierten wir etwa 100 Milliarden Dollar in Waffen pro Jahr. Ins Ausland. An unsere Freunde. Wie den Iran oder den Irak. Für eine Weile war Interarms, dass kuschelig inmitten einer Reihe von Lagerhäusern am Ufer des Potomac in der Old Town von Alexandria liegt, der Waffenhändler für die sogenannte Freie Welt. Dort hatten sie stets etwas um die 700.000 Schulterwaffen und Pistolen auf Lager, und die jährlichen Verkaufszahlen beliefen sich auf zehn-, nicht selten aber auch hunderte Millionen Dollar. Interarms verkaufte die Waffen, die Interarms einem verkaufen wollte, was bedeutete, dass Interarms einem genau die Waffen verkaufte, von denen der CIA und das State Department wollten, dass man sie einem verkaufte. Aber als dann auf einmal die Israelis und die Brasilianer und, ach, wahrscheinlich sogar die Polynesier mitspielten, war das plötzlich eine ganz andere Sache. Die Waffen waren da, das Geld war da, und alles, was man brauchte, waren die Leute dazwischen, diejenigen, die die Waffen beschaffen und das Geld gegen die Waffen tauschen konnten. Vorhang auf für die Adnan Khashoggis dieser Welt, die Geschäfte mit ein paar hundert Hubschraubern hier, fünfzig Jump-Jets da und Sturmgewehren und Maschinenpistolen in die Fantastilliarden machen. Irgendjemand plant immer gerade eine Revolution oder hat einen Krieg am Laufen … oder bereitet gerade einen vor. Wir reden hier über eine Wachstumsbranche. Diese Waffengeschichte läuft noch besser als Drogen.

Und wo es den großen Wurf gibt, gibt es immer auch die kleinen Geschäfte, gibt es immer jemanden, der die kleinen Risse im apokalyptischen Straßenpflaster füllen kann. Wenn Gerald Bull seine Superkanone an die Irakis verkauft, und die BNL Atlanta dabei hilft, den amerikanischen Steuerzahler die Zeche zahlen zu lassen, na ja, he, wen kümmert es dann wirklich noch, wenn in irgendeinem Nest am Arsch der Welt ein paar Panzerabwehrwaffen an die IRA verscherbelt werden?

Womit wir bei Jules Berenger wären – für Sie immer noch Mr. Berenger – und seiner UniArms, Incorporated.

Meinem Arbeitgeber. Direkt hinter dem gleichen Fluss, und nach Interarms nur etwas weiter die Straße hinunter, unterhält Jules Berenger seinen Laden. Nur das UniArms eher so etwas wie ein Werksverkauf ist, der Waffenladen für Kleinsparer. Guns R Us.

Und es ist genial: Was eignet sich besser als Tarnung für illegale Waffengeschäfte als ein legales Waffengeschäft? Der Mann hat gute Anwälte und sogar noch bessere Buchhalter, führt wohl um die sechs verschiedenen Bücher, aber er hat auch Geschäftssinn, ganz zu schweigen von Eiern in der Größe Brooklyns.

Mit der für mich üblichen Mischung aus Belustigung, Erstaunen und Ungläubigkeit folge ich CK zu dem UniArms-Lagerhaus am Hafen. Gleich um die Ecke gibt es ein Ben&Jerrys, Boutiquen, Buchläden, Künstlerecken und all die anderen Sehenswürdigkeiten für die Touristen und Leute auf Shoppingtour, die durch die beschauliche Old Town spazieren und diesen Klotz aus Stahl und Ziegeln und Aluminium mit einer Hausnummer und einem nichtssagenden Logo kaum mitbekommen. Und ganz sicher nichts davon mitbekommen, was sich in seinem Inneren abspielt. Die Laderampen gehen zur Flussseite hinaus, und wir parken unseren Wagen an der Seite und betreten das Lagerhaus in der für einen Nachmittag typischen Hektik. Kisten wandern hinein, und Kisten wandern heraus. Es stapeln sich Kisten an den Laderampen und die Außenwände entlang. Kisten fahren auf Gabelstaplern heraus und hinein, heraus und wieder hinein, und auch das Innere des Lagerhauses ist ein Irrgarten aus

– wer hätte es gedacht? – Kisten. Der spärliche Rest des Betonbodens dazwischen ist vollgestopft mit Klappstühlen und Tischen und ein paar wenigen echten Menschen, die mit Klemmbrettern herumlaufen, Häkchen machen, Formulare ausfüllen und noch mehr Häkchen machen. Die Kisten selbst sind vollgepackt mit modernstem Kriegsgerät: Sturmgewehre, Maschinengewehre, Raketenwerfer, Schrotflinten, Pistolen und jeder Menge Munition. Den anderen UniArms-Komplex weiter südlich, in Richtung Richmond, kann man getrost vergessen. Hier stehen genug Waffen herum, um einen Aufstand oder sogar einen kleinen Krieg anzuzetteln. Diese kleine Stadt, diese Old Town, träumt vor sich hin, ohne auch nur eine Ahnung davon zu haben, was für eine Masse an Kriegsmaschinerie sich in ihrer Mitte befindet. Das Lagerhaus wirkt stets seltsam ruhig und gelassen, beinahe friedlich.

Am hinteren Ende führt eine winklige Treppe zu den oberen Etagen, mit noch mehr Lagerraum, dann der Buchhaltung und dann dem Loft, in dem die Geschäftsführung hausiert. Ich nicke den Jungs von der Sicherheit und ein paar Leuten auf dem Gang zur Begrüßung zu, und dann sehe ich, wer da drüben auf der Couch sitzt, neben dem Wasserspender und der Treppe:

Dumm und Dümmer, aber in cool. Und schwarz angemalt.

Der erste sitzt zurückgelehnt, ein zotteliger kleiner Blödmann mit einem eingewachsenen Grinsen, wiegt keine sechzig Kilo, und ich schwöre: Wie aus dem Bilderbuch trägt er das Bandana eng um den Kopf gebunden, trägt ein Sweatshirt, schwarze Jogginghosen, die Goldketten, und hat diesen schläfrigen Blick und die Hand zwischen den Beinen, hält sich die Eier wie einer von diesen Gangster-Rappern – Ice Pick, Ice Dick oder was für Namen die sich immer geben. Der andere ist unsichtbar. Er ist da, aber man kann ihn nicht sehen. Man will die ganze Zeit immer nur den anderen Kerl ansehen, und man muss sich auf ihn konzentrieren, muss mit den Augen an ihm kleben bleiben und darf sich nicht ablenken lassen. Er trägt dunkle Klamotten, unauffällige Tarnkleidung für Städte. Seine Baseballkappe hat er sich tief ins Gesicht gezogen, sodass die Krempe direkt auf der Sonnenbrille aufliegt, und er hat diese langen wollenen Dreadlock-Dinger als Frisur und ein mürrisches Lächeln. Der Kleinere von beiden ist so dunkel wie Schokolade, aber der hier ist beinahe schon vanillefarben. Völlig regungslos sitzt er da. Seine Hände liegen ordentlich verschränkt in seinem Schoß, und ich weiß, dass er eine Knarre dabei hat, und ich weiß auch, dass er keine Sekunde zögern würde, sie auch zu benutzen.

CK nickt ihnen zu, und der Kleinere von ihnen nickt zurück.

Oh-oh, sage ich leise und gedehnt zu Renny Two Hand. Oh-oh.

Dann sind wir an ihnen vorbei und traben die Treppe hinauf, wo Lukas sich uns anschließt. Von hier oben hat man einen schönen Ausblick auf den Potomac, und da sind ein paar Anzugträger, die herumstehen und sich den

Kopf zerbrechen, über Rechnungen oder Außenstände oder woher sie den nächsten Becher Kaffee kriegen sollen. Sie sehen uns auf diese seltsame Art an, während wir an ihnen vorbeischlendern. Ich habe diese Buchhalter nie verstanden, aber das ist okay, denn die verstehen mich auch nicht.

Jules, das heißt, Mr. Berenger, hat sein Büro hinter der Tür am anderen Ende der Halle, der Tür mit den Milchglasfenstern und der Aufschrift EXECUTIVE OFFICES, und wem das Fenster noch nicht genügt, dem sage ich Folgendes:

Er ist ein Executive. Tatsächlich ist er in allem ein Ex-Irgendwas: Ex-Militär, Ex-Anwalt, Ex-Häftling, Ex-Ehemann. Er hat zwanzig Jahre dafür gebraucht, aber am Ende hat er seine Nische gefunden. Er leitet UniArms jetzt seit den späten Siebzigern, und das Leben hat ihn gut behandelt. Sollte es auch. Denn er ist immerhin auf Gold gestoßen.

So wie ich ist auch Jules ein Geschäftsmann. Und er kümmert sich um sein Geschäft.

Der Mann ist klein, gebaut wie eine Ziegelwand, er hat grobe, aber auch irgendwie sanfte Geschichtszüge, mit denen er aussieht wie der Großvater von irgendjemandem, obwohl ich nicht glaube, dass er einer ist. Oder es zumindest nicht hoffe. Manchmal bewegen sich nur seine Augen, wie graues Eis, das hin und her huscht. Dahinter passiert eine Menge, unentwegt, der Mann spinnt mehr Winkelzüge als ein Sack voller Anwälte. Ich nehme mir vor, kein Sterbenswort zu sagen, wenn wir erst einmal in seinem Büro sind. Einfach nur hinsetzen und schauen, was passiert.

Jules ist sechzig Jahre alt, und wie die meisten Männer in seinem Alter sieht er auch genau so aus, egal, was er dagegen tut. Er hat ein Haarteil, ist an den Augen und am Kinn ein wenig geliftet, aber sieht immer noch wie sechzig aus. Benimmt sich auch so. Was bedeutet, dass er hinter allem und jedem herjagt, dass einen Rock trägt.

Tja, man mag heutzutage nicht mehr allzu viel für sein Geld kriegen, aber zumindest kann man damit noch anständig einen wegstecken. Und was das angeht, macht Jules das Beste aus seinem Geld. Als ich bei ihm anfing, hatte er diese Blondine namens Megan. Die hatte von nichts eine Ahnung, aber Junge-Junge, hatte die einen Kürbishintern. Dann war da Sherry, doch die fuhr Jules BMW zu Schrott, und das war's dann, und dann dieses Gerät von einer Japanerin, Yuki oder Yoko oder wie sie hieß, mit der er etwa einen Monat zusammen war. Dann kam Connie, die Kurse in Massagetherapie an einem Community College nahm, und jetzt ist da Sally, die Raumausstattungen für Hotels oder so macht, aber die meiste Zeit einfach nur da ist. Diese Sally ist nicht einfach nur gut gebaut, die wurde eigens konstruiert. Der Körper von Fisher, das Gesicht von Mary Kay. Ob sie gut aussieht? Dieses Baby sieht aus wie aus der Fernsehwerbung.

CK klopft an die Glasscheibe, und eine Stimme von drinnen ruft: Noch eine Minute.

CK sieht mich an, und ich sehe CK an, und CK sieht wieder mich an, und dann geht die Tür auf und diese Anzugträger kommen heraus, im Gänsemarsch, drei von ihnen. Sie würdigen mich keines Blickes, und ich sie auch nicht, und dann sind wir auch schon drin.

Hi Jules, sage ich. Gut siehst du aus. Um ehrlich zu sein sieht er so aus, als würde er dringend Urlaub brauchen. Und außerdem um die dreißig Pfund und dieses Haarteil loswerden, das aussieht wie etwas, das eine Katze aus der Gosse gezogen hat. Aber hey, er ist der Boss. Und wie mein Onkel Mort immer zu sagen pflegte: Wenn man nichts Nettes über jemanden sagen kann, hält man besser seine verdammte Klappe.

CK lässt seinen Hintern auf einen dieser gepolsterten Stühle fallen, Mackie the Lackie ebenso, was bedeutet, dass Lukas und Two Hand und ich stehen müssen. Niemand, und damit meine ich wirklich niemand außer dem Mädchen darf sich auf den Diwan setzen.

Für eine ganze Weile herrscht Schweigen. Jules spricht als Erster, so lautet die Regel, und deshalb stehen wir manchmal nur dumm wie die Kellner herum, während er noch telefoniert, oder Akten sortiert, oder an sich selber herumspielt. Nicht schlecht, wenn man nach Stunden bezahlt wird. Schließlich, und es hat eine kleine Ewigkeit bis zu diesem *Schließlich* gedauert, sieht er von seinem Schreibtisch auf, als wären wir gerade erst zur Tür hereingekommen und sagt:

Siehst nicht allzu gut aus, Lane. Tatsächlich siehst du so aus, als würdest du einen langen Urlaub gebrauchen können.

Danke, Sir.

Wir haben ein paar kleinere Angelegenheiten auf der Tagesordnung, und dann kommen wir zum Geschäft. Fangen wir mit dem Safari Guns an, dem Laden draußen in Annandale. Die Buchhaltung sagt, dass die Zahlen jetzt passen. Gute Arbeit, Lane. Aber beim nächsten Mal etwas weniger Drama, okay?

Ich nicke so ernst wie möglich.

Okay, was ist mit diesem Kazanian-Deal? Der Greek Gourmet? Diese Fladenbrot-Typen?

Womit jemand anderes an der Reihe wäre, in die Scheiße zu latschen.

Lukas macht auf cool und tritt einen Schritt vor: Hab den Laden überprüft, wie von Ihnen gewünscht, Mr. Berenger. Die sind sauber.

Dieser Lukas ist ein mieses Stück Scheiße und ein mieser Schauspieler obendrein. Macht seinen Job nicht anständig, findet dann aber immer jemanden, der den Kopf für ihn hinhalten muss. Aber das wird heute nicht passieren.

Ich warte, bis Jules ansetzt: Okay, ich habe hier–

Und dann lasse ich Lukas auflaufen:

Sicher, Lukas? Ich meine, wenn du dir sicher bist, dann okay, aber weißt du was? Ich bin heute Mittag dort vorbeigefahren, das dritte Mal in den letzten zwei Wochen, und ich werd' dir sagen, was ich gemacht habe. Ich hab mich hingesetzt, das habe ich gemacht. Ich hab mich hingesetzt und die Gäste gezählt. Eine halbe Stunde lang. Um die Mittagszeit, wohl gemerkt, und in der Zeit gingen sechzehn Leute rein und raus. Sechzehn Leute in dreißig Minuten. Mit Ach und Krach servieren die fünfzig Mittagessen pro Tag, vielleicht noch mal fünfzig Abendessen. Und jetzt verrate mir eines, Lukas: Was macht ein Laden von der Größe mit vier, fünf oder sechs Fleischlieferungen pro Woche? Wofür brauchen die die ganzen Laster, die da rein und raus fahren, rein und raus?

Lukas ist verloren. Er steht mitten im Wald und ist verloren. Schließlich sagt er: Ich hab mit den Leuten geredet, Mr. Berenger. Ich habe mit ihnen geredet. Lukas klingt angepisst, er ist sauer auf mich, nicht auf sie. Das ist sein Problem, und das sollte er besser schnell in den Griff kriegen.

Ich sage zu ihm:

Die haben da was am Laufen, Kumpel. Die knallen deine Frau und deinen Hund und du merkst es noch nicht einmal.

Okay, okay, sagt Jules. Ich habe genug gehört. Lukas, du bewegst deinen Arsch hier raus–

Warte mal, Jules, sage ich zu ihm. Ich kann mich darum kümmern–

Er sieht mich noch nicht einmal an.

Lukas, sagt er, ich will, dass du deinen Arsch jetzt hier raus schwingst und den Laden hochnimmst, und das Ganze am besten gestern noch, haben wir uns verstanden?

Jules–

Der Mann ist nicht taub. Er hört nur einfach nicht zu.

Okay, sagt er. Eine Sache noch.

Jetzt endlich spricht er mit mir.

Die Philly-Lieferung. Die gibst du an Trey Costa ab.

Kein Ding, sage ich, und lasse meine Schultern in meinem Anzug kreisen. Es wird langsam warm hier drin. Ein wenig zu warm. Also frage ich ihn frei heraus: Was haben wir hier, Jules?

Jules sieht Lukas an. Verschwinde, sagte er. Lukas versucht ein Lächeln, zieht sich eilig zur Tür zurück, und dann ist er auch schon Geschichte.

Jules sieht CK an. Du hast es ihm erzählt, CK. Stimmt doch, oder? Du hast ihm davon erzählt?

CK nickt.

Jules dreht sich zu mir und sagt: Er hat es dir erzählt.

Er hat mir so gut wie gar nichts erzählt, antworte ich. Er hat mir gesagt wo, nämlich New York, aber genauso gut hätte er auch Rhode Island sagen können. Er hat mir gesagt wann, nämlich an diesem Wochenende. Das sind ein paar Stunden. Er hat mir gesagt mit wem, womit wir bei irgendwas um die zwanzig Millionen Leute wären. Obwohl er Nigger erwähnt hat, was die Anzahl halbieren dürfte. Ich wusste nicht, dass wir wieder Deals mit Gangs abwickeln, Jules. Dachte, aus dem Geschäft wären wir raus. Dachte, dass einen solche Aktionen für den Rest des Lebens hinter Gitter bringen können. Möglicherweise beißen auch ein paar Leute ins Gras.

Möglicherweise, sagt er. Deshalb sollst du mit auf Tour. Um sicherzustellen, dass so etwas nicht passiert.

Wer kommt noch mit?

Du kriegst Mr. James. Er redet über Two Hand, als wäre der gar nicht anwesend.

Ich sehe zu Renny. Ihm wird nicht gefallen, was er gleich hören wird, aber es ist die Wahrheit:

Wenn sie wirklich ein paar Schläger dabeihaben wollen, wird der Junge allein nicht genügen, Jules.

Das weiß ich, sagt er und kneift die Augen zusammen. Wie ein aufgeblasenes Ferkel. Wenn du mir jetzt endlich zuhören würdest? Ich habe mich um die Sache gekümmert. Und mit diesen Worten zuckt er mit seinem Kopf kurz in Richtung Tür.

Die beiden Typen auf der Couch?

Es gibt nichts weiter zu sagen. Jules beginnt wieder damit, herumzusuchen, zieht die Schubladen seines Schreibtischs auf, wühlt darin auf der Suche nach Streichhölzern herum, die er nicht findet, für Zigaretten, die er nicht rauchen kann. Nach einer Weile fördert er sein Lieblingsspielzeug zutage, das Barlow-Messer, und er sagt: Das ist nicht dein Problem.

Diese Typen sind unsere Verstärkung, und du willst mir erzählen, dass das nicht mein Problem ist?

Es ist nicht dein Problem. Das ist Mr. Kruikshanks Geschäft. Hast du ein Problem damit, CK?

Alle Köpfe drehen sich zu ihm und seinem Psycho-Lächeln um, direkt aus einer Zahnpasta-Werbung:

Kein Problem.

Gut, sagt Jules. Jedenfalls – diese Typen sind knallhart. So hart wie Stein.

Sicher doch, sage ich. Die sehen mir schon knallhart aus, wie der Fels von Gibraltar. Hast du die Hosen von dem kleinen Kerl gesehen? Bilde ich mir das nur ein, oder hingen die ihm vom Arsch? Jetzt rede Klartext mit mir, Jules. Spar dir die Schönfärberei, ich will harte Fakten. Ich will wissen wer und wie, und was ich mich wirklich brennend interessiert ist … warum?

Und dann geht das Schauspiel los. Jules hält die Spitze des Barlow-Messers nach unten. Dann rammt er es direkt in die Tischfläche des Famous-Schreibtischs, eines von diesen antiken Chippendale-Dingern, muss ihn zwanzig Riesen gekostet haben, und fängt an herumzuschnitzen. Säbelt ein großes Stück Mahagoni heraus. Besieht sich sein Werk, als wäre er ein Künstler vor einer Leinwand. Atmet tief aus. Dann:

Was machst du mit dem Geld, das ich dir gebe, Lane? Du gibst es aus, oder?

Ich nicke.

Legst du auch mal etwas beiseite?

Du meinst, auf eine Bank?

Genau, sagt er. Auf eine Bank. Oder in Aktien.

Die Bank, erkläre ich ihm. Sparbuch. Girokonto. Und ein Rentensparer.

Was ist mit Aktien?

Nope.

Er bedenkt mich mit seinem *Du-Arschloch*-Kopfschütteln. Dann macht er sich wieder an seinem Famous-Schreibtisch zu schaffen. Dieses Mal eine Delle an der Seite.

Ich werd' dir mal was über Geldanlagen verraten, sagt er. Wenn man sein Geld an der Börse wie beim Lotto anlegt, dann verliert man. Nun, vielleicht hat man hier und da mal einen Glückstreffer, aber darum geht es bei Aktien nicht. Klar, billig einkaufen, teuer verkaufen, aber das klappt nicht oft genug, um ganz vorn mitzuspielen. Worum es eigentlich geht, ist die lange Distanz. Was bedeutet: Die Gewinner sind diejenigen, die wissen, wie man den verdammten Tiger reiten muss.

Man muss dabei bleiben, und wenn man dabei bleibt, muss man streuen. Das ist das ganze Geheimnis. Also, ich handle natürlich mit Aktien, und im Moment spiele ich mit diesen bekloppten Biotech-Geschichten herum. Wer weiß, vielleicht erfinden die in einer dieser affenmordenden Denkfabriken ja ein Heilmittel gegen AIDS und ich werde reicher als ein Saudi. Aber das ist nur eine Nebenwette, die mache ich zum Spaß.

Die, mit denen ich gewinne, mein Freund, sind die, die man unter Diversifikation versteht. Ein breit gestreutes Portfolio. Ich habe Paramount. Ich habe U.S Steel, Glaxo. Ich habe Lockheed Martin; scheiße Mann, die stehen aktuell bei fünfundvierzig Dollar, aber ich wette, dass die in drei Jahren wieder ihre hundert Dollar wert sind. Bell Atlantic. Sogar ein paar fragwürdige internationale Sachen. Ich habe Geld in Gold angelegt, in Termingeschäfte, in Kommunalobligationen.

Und es hat einen Grund, wieso ich dir das erzähle, Lane.

Schon klar, sage ich. Glasklar, Jules. Nach allen Seiten absichern. Streuen. Du willst mir also erzählen, dass die beiden Schmuddelkinder da draußen Paramount Pictures sind?

Okay, vielleicht bin ich damit etwas zu weit gegangen. Jules zieht das Messer aus dem Schreibtisch und hält mir die Spitze entgegen.

Setz dich hin und halt die Klappe.

Jules, ich–

Setz dich hin, setzt dich genau dort auf den Diwan und halt deine verdammte Klappe.

Ich tue, was der Mann mir sagt. Als ob ich eine Alternative hätte.

Was wir dort draußen haben, ob es dir nun gefällt oder nicht, ist Geld, erklärt er mir. Bare Münze. Das ganz große Geld.

Jules, setze ich an. Nicht falsch verstehen, okay? Aber was wir da draußen haben sind ein paar Typen, die so viel Geld haben, dass sie ihre Klamotten vom Grabbeltisch kaufen müssen. Was sind das überhaupt für Kerle?

Er antwortet nicht, wirft mir einfach nur diesen leeren Blick zu, und dann trifft es mich wie ein Blitz.

Nein, Jules.

Aber sein Blick sagt alles: Doch, doch, doch.

Oh Scheiße. Ich springe von dem Diwan. U Street?

Renny Two Hand klinkt sich mit ein, und der Junge hat echt Eier, muss man ihm lassen, und sagt: Nicht die U Street Crew, Mr, Berenger.

Sag es, Jules, fordere ich ihn auf. Sag es: Nein, auf keinen Fall.

Seine zusammengepressten Lippen sagen alles. Es ist die U Street, alles klar. USC. Dann wiederholt er noch einmal seine letzten Worte.

Das ganz große Geld.

Der Raum scheint gefährlich Schlagseite zu bekommen.

In Ordnung, sage ich. Alles klar, Jules. Das ganz große Geld, verstehe. Drogengeld. Bandengeld. Verdammt heißes Geld.

Aber wie sollen wir–?, fängt Renny an zu fragen.

Dann unterbricht er sich, denn niemand beachtet ihn. Er verschränkt die Arme vor der Brust und lehnt sich gegen die Wand. Ich bin wieder dran.

Wie viele?

Also, der Boden schwankt definitiv.

Wie viele, Jules?

Die beiden, sagt er. Und noch ein paar mehr. Ihr trefft euch in New York. Das ist keine große Sache, Lane. Das ist ein Kinderspiel. Das ist sicheres Geld auf der Bank. Und sie werden dafür sorgen.

Dann–

Jetzt hör mir gut zu. Der Kleinere von beiden, der mit dem Lappen auf dem Kopf? Das ist DeJuan Wilkes. Du wirst ihn Juan E. nennen. Oder Lil D. Noch besser wäre es, wenn du ihn Mr. Wilkes nennst. Er ist Doctor D's Halbbruder.

Oh Scheiße, sage ich genauso so zu mir selbst wie zu ihm, und dann fügt Jules hinzu:

Der andere aber, der bedeutet Ärger.

Der andere? Wenn der erste der Halbbruder von D.C.'s selbst ernanntem König der Straße ist, Deacon Bailey, Doctor D – und das D für Death steht – wie kann dann der andere Ärger bedeutet?

Der Gelbe ist der echte Gangster von beiden. Erinnerst du dich an den First Union Raub?

Natürlich erinnere ich mich an den Bankraub in der First Union. So wie die meisten Leute, die in oder um die Hauptstadt herum leben. Blutbäder vergisst man nicht so leicht. Besonders die von der Sorte, die von den Sicherheitskameras in Farbe aufgenommen und mindestens eine ganze Woche lang bei CNN zu sehen waren. Als der First Union Raub vorbei war, belief sich die Zahl der Toten auf zwei Wachleute, einen Kassierer, einen Kunden und einen armen Teufel, der zufällig draußen auf der Straße vorbei lief, um mit seinem Hund Gassi zu gehen. Zwei Täter in Skimasken, einer mit einer MP40, der andere mit einer Mossberg Pumpgun bewaffnet, stürmten am hellichten Tag eine Filiale der First Union Bank unweit des Capitol Buildings und buchten unerlaubt eine Summe von 40.000 Dollar ab. Bei der Verfolgungsjagd danach erwischte die D.C Police einen von ihnen, ganze vierundsiebzig Mal sogar, ausgehend von dem, was von seinem durchlöcherten Impala am Ende noch übrig war. Der andere entkam.

Und jetzt will Jules mir erzählen, dass genau der direkt da draußen vor unserer Tür sitzt.

Wenn der loslegt, Gentlemen, solltet ihr besser nicht in seiner Nähe sein. Aber das wird nicht passieren, oder? Hab ich recht, Lane? CK?

Nein, Sir, verspricht CK ihm. Ich meine, ja, Sir, das wird nicht passieren.

Jules nickt ihm gelangweilt zu, als wären das alles die Nachrichten von gestern.

Okay, dann mach du dich schon mal mit unseren neuen Geschäftspartnern bekannt. Ansonsten wäre es das. Außer für dich, Lane. Wir müssen uns unterhalten. Also … Gentlemen?

Die Party ist vorbei. CK und die restlichen Jungs sind entlassen, und Jules ist der Meinung, dass es für heute reicht mit dem Herumschnitzen. Er starrt auf die Klinge hinunter, mit der die Welt in zwei Teile geschnitten werden kann. Dann räumt er das Messer weg, kommt zu mir herüber und macht die Arm-über-die-Schultern-Nummer.

Burdon, sagt er.

Du warst immer ein guter Soldat.

Und im Moment brauche ich einen Soldaten.

Einen guten Soldaten, sagte er.

Die Worte sind das eine. Wie er sie sagt, etwas anderes. Sie sind so verlogen wie der Kuss einer Hure. Aber ich höre ihm zu, und versuche auch so auszusehen, als ob ich ihm zuhöre, und dann beginnt es mir zu dämmern.

Wie alle guten Zuhälter und Dealer hat die U Street Crew zweifellos jede Menge Kohle, aber das Geld ist schmutzig, und was brauchen sie am dringendsten? Waffen.

Also hat Jules Doctor D einen Deal vorgeschlagen: nicht nur für Waffen, sondern für Waffen und einen kleinen Geldwäsche-Service … mehr Waffen und noch mehr Geld. Sauberes Geld. Er nimmt ein paar von Doctor D's Soldaten mit auf die Reise nach Norden, um die Käufer, diese New Yorker Brüder, die sich selbst die 9 Bravos nennen, auf Abstand zu halten. Die Bravos interessiert das nicht, und es macht ihnen auch keine Angst. Aber wenn irgendetwas schieflaufen und einer der U Street Crew draufgehen sollte, dann haben die sich einen Krieg eingehandelt. Was bedeutet, dass Jules für lau Schutz bekommen wird.

Ein kleiner, feiner Plan.

Aber andererseits auch etwas zu viel von einem Plan für einen Deal, der eigentlich ein Routinejob sein soll.

Wir sind schon fast an der Tür, da sagt Jules noch: Ich seh dich dann bei der Hochzeit.

Das kommt wie aus dem heiteren Himmel und ich weiß nicht, was er meint. Also frage ich:

Welche Hochzeit?

Am Sonntag?, sagt er.

Und dann fällt es mir wieder ein. Die Einladung. Zur Hochzeit. Seine Tochter, seine einzige Tochter. Meredith, die auf dem Foto, das er auf seinem Schreibtisch stehen hat. Sie wird am Sonntag heiraten, und Jules hat das große Los gezogen: Sie heiratet den Sohn eines Senators.

Ich werde da sein, sage ich. Das will ich auf keinen Fall verpassen.

Als Jules mich hinaus geleitet, zieht er mich noch einmal für eine ungelenke Umarmung heran und sagt:

Burdon Lane, du bist mein Jagdhund, Sohn. Du würdest niemals den falschen Baum anbellen, oder?

Ich kriege so langsam das Gefühl, dass ich ein Kind bin, dass gerade zu seinem ersten Schultag geschickt wird.

Dann fang jetzt auch nicht damit an, sagt er.

SCHWARZMALEREI

Also machen wir jetzt Geschäfte mit Niggern.

Das ist so eine Sache, die einem hin und wieder passiert, und die dich nachts wach liegen lässt, mit der Bettdecke bis ans Kinn gezogen, während alle anderen schlafen, und du dich fragst, wie lange du das noch so weitermachen kannst. So wie der Gedanke, dass du bald fünfzig wirst. Und dass du dich wirklich so langsam mal sozial absichern solltest. Eines dieser Dinge, die in dir herumkriechen und irgendwann anfangen, an dir zu nagen, immer mehr und immer mehr, und dich früher oder später wahnsinnig machen.

Die U Street gibt es jetzt seit fünf Jahren, vielleicht auch länger, und kam in der Zeit auf, als diese Gangsterbanden nichts weiter waren als ein paar lausige Nullen, großmäulige Kids, die Koks für die Mafia verscherbelten. Bis zu jenem Tag, an dem die Mafia verschwunden war und das große Hauen und Stechen losging. Es gab ein paar Tote, das Verbrechen schrumpfte sich gesund, und dann war da die U Street Crew.

Tatsache ist: Es gibt die Typen, die du gewählt hast, und dann gibt es die Typen, die wirklich das Sagen haben. Manchmal – nicht oft, aber manchmal – sind das die gleichen Leute. Drüben in Dirty City passiert das häufiger.

Aber Doctor D, den Mann hinter der U Street, hatte niemand gewählt. Geboren als Deacon Bailey. Seine

Mutter bekam ihn mit fünfzehn, Vater unbekannt. Er wuchs bei seiner Tante auf, während seine Mutter zu viele Schwänze und an zu viel Crack lutschte und im greisen Alter von zwanzig Jahren verstarb. Er fing als kleiner Straßenbandit in der von Graffiti verschandelten Wüstenei an, die man Montana Terrace nennt, und arbeitete sich nach oben, verschob Drogen, Waffen, Geld, Nutten, und es dauerte nicht lange, bis er seine eigene Clique zusammen hatte. Diese Typen sind Jäger, und denen geht es nicht um die Straße oder ihr Viertel, denen geht es um Lebensraum. Also schwimmen sie flussaufwärts, raus aus den kleinen Gaunereien und rein ins große Geschäft. Eines schönen Tages wird der gute Doctor wegen vier Morden, tätlichem Angriff, vorsätzlicher Gefährdung, Verwenden einer Schusswaffe in Zusammenhang mit einem Gewaltverbrechen, Behinderung der Staatsgewalt und im Prinzip allem außer Falschparken angeklagt. Niemand will gegen ihn aussagen, also bleibt nichts an ihm kleben. Die Zeitungen nennen ihn den *Teflon-Mann.* Er bestellt Mordaufträge wie andere Pizzen, hauptsächlich für rivalisierende Kokain-Lords, kriegt die Handschellen angelegt und reitet ein paar Monate später wieder aus dem Knast, aus Mangel an Beweisen. Kaum wieder auf freiem Fuß, nimmt er die Low Four Crew aus dem Rennen, wobei er persönlich einem übergelaufenen Dealer vor vielleicht hundert Augenzeugen die Eier abschießt, von denen aber später kein einziger als Zeuge zur Verfügung steht. Nicht schuldig. Jetzt ist er der König der Straße, beschäftigt mindestens so viele Leute wie die

Washingtoner Gaswerke und versorgt die halbe Stadt, darunter auch den Bürgermeister, mit Kokain und Heroin.

Wieder ein wahr gewordener amerikanischer Traum.

Aber Geschäftsleuten wie uns macht so was das Leben schwer. Dirty City war mal ein Riesenmarkt für uns, und Aktionen wie diese kappen die Gewinnspanne. Schwer zu sagen, ob man mit oder ohne diesen Typen besser dran wäre. Ich meine, wenn man sich allein mal ansieht, was die Gangster aus dem Strohmann-Spiel gemacht haben.

Irgendwann um Mitternacht herum, am dritten April 1991, übte jemand an der Ecke der 14th und H Streets North West Zielschießen. Das ist wie weit vom Weißen Haus entfernt – zwei Querstraßen? Ein klassisches Drive-By-Shooting. Ein Zuhälter namens Maurice Overby macht mit einem neuen Reißverschluss quer über der Brust und bis hoch zum Hals eine Schwalbe in den Rinnstein. Neben seiner Leiche findet man elf verschossene Patronenhülsen und eine Intratec DC-9 Assault Pistol.

Eine ganz anständige Waffe, die TEC-9. Als Vollautomatik umgebaut spuckt sie im Handumdrehen zwanzig Schuss aus. Ein paar Jahre später latscht irgend so ein Spinner ins Polizeihauptquartier von D.C und – man mag es kaum glauben – legt einen Cop und zwei FBI-Agenten um. Und hat am Ende immer noch eine Kugel für sich selbst übrig.

Die TEC-9, mit der Maurice Overby erschossen wurde, war bei der Richmond Police Equipment Company erworben worden. Die Rechnung war auf einen Otis Campbell ausgestellt. Das ATF-Formular Nummer 4473 ebenfalls. Nur dass dieser Otis Campbell die Waffe vielleicht für ganze zwanzig, maximal dreißig Minuten besessen hat.

Man nennt es die *Strohkäufer-Masche,* und so funktioniert das Ganze:

Wir fahren raus nach Richmond oder Roanoke, werben die üblichen Verdächtigen an – Obdachlose, Drogenabhängige, Typen, die von der Stütze leben – und schicken sie mit einer Einkaufsliste und einer Handvoll Dollar in die nächsten Waffenläden. Eine alte Dame, bestimmt schon um die achtzig, Tante Becka haben wir sie genannt, hat für uns vielleicht sechzig Handfeuerwaffen in drei Monaten gekauft. Sie machte ihre Arbeit und wurde dafür bezahlt: Fünfundzwanzig Dollar pro Waffe. Wahrscheinlich hat sie davon die Miete bezahlt und ihren Enkeln Spielzeug und was zum Anziehen gekauft, was weitaus mehr ist, als George Bush je für sie getan hat.

Die Strohkäufer-Masche konnte nicht lange gut gehen. Erst recht nicht, als die Stanton Terrace Crew und der 1-5 Mob anfingen, aufeinander loszugehen. Und dann trat noch die U Street auf den Plan. Zu viel Wettbewerb.

Aber wie immer wachen die Feds erst auf, wenn es schon zu spät ist, und dann ist auch noch Wahljahr, also greifen sie hart durch. Und wo? Bei den Waffenläden. Machen Richmond Police Equipment dicht, wegen gefälschter Verkaufsberichte. Der Laden gehörte Lennie Skittings. Netter Kerl. Alleinerziehender Vater mit ein paar Kindern, hat wie der Rest von uns auch nichts weiter gewollt als seine Hypothek abzuzahlen. Da kommen ein paar Leute vorbei, zeigen die richtigen Ausweise, füllen die richtigen Formulare aus, bezahlen mit richtigem Geld, was also hätte er denn machen sollen? Aber am Ende bekennt sich Lennie Skittings schuldig, schließt sein Geschäft, und dann, an einem schönen Samstag, macht er eine lange Spritztour raus aufs Land und bläst sich mit einer .38er das Hirn raus.

Die Banden fingen relativ einfach an. Damals sind sie in Häuser eingebrochen, für gewöhnlich von einem der Nachbarn, um deren Kanonen zu klauen. Dann kamen sie auf das Strohmann-Spiel. Jetzt kontrollieren sie die Drogen, deshalb haben sie das nötige Geld und kriegen Mengenrabatt. Kriegen Deals. Kriegen sogar Pauschalreisen nach New York City bezahlt.

Es ist, wie CK sagt, sofern das überhaupt ausgesprochen werden muss: Diesen Kerlen kann man nicht trauen. Die legen ihren Bruder, ach scheiße, die legen sogar ihre eigene Mutter um, wenn sie ihnen in die Quere kommt. Die bringen sich die ganze Zeit über gegenseitig um. Und wenn die schon sich gegenseitig umbringen, welchen Stand hat dann wohl ein Weißer, wenn er grade um die Ecke biegt?

Deshalb: Man kann mit diesen Jungs was essen gehen, man kann mit denen einen heben, und, wenn Jules Berenger es wünscht, kann man sogar mit den Typen zusammenarbeiten.

Aber man darf ihnen nicht trauen.

Ich hatte schon ein paar schwarze Jungs dabei. Einer von ihnen, ein Kerl namens Abednego Jones, war clever.

Ich meine nicht gewieft wie die Typen von der Straße, obwohl er das auch draufhatte. AJ war wirklich *clever.*

Ich erzähle Ihnen mal, wie clever dieser Abednego Jones war: Er zog sich in den Ruhestand zurück. AJ sparte sein Geld, und vielleicht hat er auch hier und da was abgezweigt, und eines Tages sagte er einfach nur: Danke, aber ich bin raus. Er hatte sich ein kleines Haus in Sarasota gekauft und zog mit seiner Frau hinunter. Und jetzt sitzt er den lieben langen Tag in der Sonne, füttert die Vögel oder geht angeln, wenn ihm danach ist. Ich frage mich, ob er einen Sonnenbrand kriegen kann.

Jetzt hätte ich Abednego Jones nie einen Nigger genannt und hätte bestimmt jeden umgelegt, der es getan hätte. Wenn AJ ihn nicht zuerst umgelegt hätte, denn AJ konnte manchmal echt aufbrausend werden. Aber diese Kerle, diese Scheißkerle von Gangstern? Die mögen es, so genannt zu werden. Ich meine, hören Sie sich doch diesen Rap-Mist an, diese Typen reden sich da die ganze Zeit mit Nigger an. Wenn man im Leben ganz unten angekommen ist, ist das ein Name wie jeder andere – man kriegt ihn, und dann lebt man damit, so gut man eben kann.

Und wo wir gerade vom Teufel sprechen, sehe ich die U Street Jungs wieder, als ich zurück im Erdgeschoss des Lagerhauses komme. Ich sehe, wie CK dem Kleineren von beiden, Juan E, der glitzert und funkelt, als wäre es Silvester, die Hand schüttelt, und dann fällt mir auf, dass der andere, der gelbe Nigger, weder seinen Kumpel noch CK auch nur einen Deut beachtet. Stattdessen starrt der den Typen am Fuß der Treppe an. Mich.

SELBST DIE BESTEN PLÄNE …

Sonnenaufgang an einem trägen Morgen, einen Tag zuvor. Also haben wir Donnerstag. Ein Pontiac steht auf einem Parkplatz, und der Himmel sieht aus wie Kotze. Two Hand und ich sitzen hinter CK und Mackie und wetten auf das Spiel der Orioles gegen die Mariners. Ich bin mit 500 Dollar dabei, und Mackie, dieser Schwachkopf, setzt dreihundert auf die Mariners. Der Pontiac parkt vor dem Dollar Bill Motel an der Route 1, südlich von Alexandria an der Straße nach Mount Vernon, wo wir uns, wenn wir mit den Wetten durch sind, mit Kanonen eindecken und die Mannschaft in Augenschein nehmen werden.

Wenn es Zeit für ein krummes Ding ist, sollte man die Leute kennen, die mit von der Partie sein werden. Drinnen in der Absteige befinden sich Typen, wegen denen man uns verhaften könnte oder wegen denen wir vielleicht sogar ins Gras beißen könnten. Unsere afroamerikanischen Brüder.

Das Motel ist jetzt nicht die allerschäbigste Absteige, aber jedes Quality Inn nimmt sich dagegen wie das Four Seasons aus. Zwei kleine eingeschossige Rechtecke. Alle Zimmer – also alle fünfundzwanzig oder dreißig – zeigen nach innen, was bedeutet, dass sie sich gegenüberliegen. Ein malerischer Ausblick. Wir trotten also über den Parkplatz und in den nicht überdachten Gang dieses Zwanzig-Piepen-die-Nacht-Prunkstücks, und Renny zählt die Zimmer zu unserer Rechten ab: 17, 16, 15, Bingo. Er lehnt sich gegen den schwarzen schmiedeeisernen Türrahmen vor Nummer 14, und seine Puste, eine Uzi, steckt unter seinem Regenmantel. Ich stelle mich neben das Fenster, nah an der Tür zu Nummer 15, und tue so, als würde ich rauchen. CK nickt Mackie zu, der nickt zurück und zieht eine Smith & Wesson Kaliber .40 aus seinem Gürtel. Er hält sie mit der Nase nach unten, greift mit der linken darüber hinweg und klopft an der Tür zu Zimmer 14 an.

Sesam, öffne dich.

Mackie geht hinein, dann CK, und ich gebe Renny Two Hand ein Zeichen und wage den Schritt ebenfalls. Renny folgt mir, zieht die Tür hinter sich zu, und Halleluja, die ganze Gang ist da.

Es ist ein kleiner Raum, außer dem Doppelbett hat kaum noch etwas anderes darin Platz. Auf dem Bett lungern Juan E mit einer Flasche Bier und ein paar von seinen Homies herum.

Ich sehe mich einmal um, und was wir hier haben, sind sechs Mann von der U Street Crew, von denen ausnahmslos jeder 300-Dollar-Sneakers und herunterhängende Hosen trägt und mürrisch grinst, und alles, was mir dazu einfällt, ist: Diese Typen sind noch Kinder. Juan E dürfte gerade mal achtzehn sein, von den anderen ist keiner älter als einundzwanzig, maximal fünfundzwanzig. Mit Ausnahme des gelben Niggers. Und der sitzt ganz hinten in einer Ecke, allein, versteckt sich hinter einer alten Sonnenbrille, die er auch drinnen trägt, um 6 Uhr in der Früh, scheint in einem Tagtraum versunken zu sein und sieht fern, ESPN, falls er davon etwas mitbekommt. Er ist der alte Hase in seiner Crew. Uralt. Womöglich sogar schon fünfunddreißig. Zu viele von diesen Typen sterben jung, durch eine Waffe oder das Urteil, das dieser meistens nachfolgt. Diese Typen sind Gangster, und wer damit einmal angefangen hat, kehrt nicht mehr zurück. Mit achtzehn Jahren haben die schon auf andere geschossen, wurden angeschossen, saßen bereits sechs oder sieben Mal im Jugendknast, wandern ein und wieder raus. Die haben schon alles gesehen, vielleicht sogar mehr als ich. Vielleicht.

Yo, Cuz, sagt das Kid, das mir am nächsten sitzt, der mit dem Stirnband, und meint wohl seinen Cousin. Die Weißbrote sind da.

Leck mich, sagt Mackie, ganz der Diplomat. Aber er steckt seine Pistole ein.

Dann werden Hände geschüttelt und alle heucheln sich einen ab. Der mit der Glatze, schlaksig und mit Dauergrinsen, ist Django, und der mit dem USC-Sweatshirt ist Lil Ace, und dann wäre da Malik, einer von den Typen mit versteinerter Visage und definitiv schon ein paar Leichen im Keller, und schließlich noch der mit dem Stirnband, und das ist … Headband. Klar.

Hey. Hi. Hallo. Wie geht's? Ich meine, was will man auch groß sagen in einem Zimmer voller Gangmitglieder? Tja, das überlassen wir wohl am besten Mackie the Lackey:

Und mit wem hängt ihr Typen so ab? Den Bloods? Den Crips?

Jetzt herrscht erst einmal Schweigen. Juan E starrt Mackie wie Wile E. Coyote an, aber Mackie macht munter weiter:

Sagt schon, bohrt dieser beschissene Henry Kissinger weiter. Auf welcher Seite steht ihr?

Juan E stößt diesen Django-Typen neben sich mit dem Ellenbogen an, und dieser Django-Typ macht ein lustiges Zeichen mit den Fingern an seiner rechten Hand. Die Homies, all außer dem gelben Nigger, nicken und lachen, nicken und lachen, und schließlich kräuselt Juan E die Lippen und sagt:

Du weißt gar nichts, Mann. Bloods, Crips, Gangs ... der Scheiß kann uns gestohlen bleiben. Die USC hat das hinter sich gelassen, alles klar? Uns gehört die Straße, und der Krieg ist vorbei, Baby, hast du's nich' gehört? Es ist vorbei. Wir haben jetzt einen Nigga im Weißen Haus sitzen. Dauert nich' mehr lange, dann können wir es das Schwarze Haus nennen.

Noch mal der Ellenbogen. High Fives. Gelächter, Gelächter, Gelächter.

Aber Mackie sagt: Moment mal, meinst du den Kerl, der Vizepräsident werden will? Scheiße Mann, das ist kein Nigger. Das ist ein Republikaner.

Dafür erntet er zumindest auch ein wenig Gelächter, doch dann dröhnt durch das Geplapper hindurch diese tiefe Stimme, die nach Hennessy und fünf Päckchen Zigaretten am Tag klingt, und sie stammt von diesem Eismann Malik, und er sagt:

Es ist vorbei, Baby. Nigga bringen keine Nigga mehr um. Wir haben größere Fische an der Angel. Fette Brocken. Verstehst du, wovon ich rede? Weiße Fische.

Ja, schon klar.

Das ist CK, und man merkt ihm an, dass er genug hat. Ihr habt Drogen und ihr habt Waffen, sagt CK. Möge die Revolution beginnen.

Juan E sieht ihn an. Du hörst nich' zu, Motherfucka. Das hier sind rechtschaffene Soldaten, klar? Das neue Afrika.

Ja, ja, ja, sagt CK. Tja, weißt du, ich bin noch vom alten Eisen. Ein Traditionalist. Ich glaube an familiäre Werte, Gebete in der Schule, und dass man wissen sollte, wohin man gehört. Ich schätze, ich mochte das alte Afrika lieber.

He Cuz, sagt Headband zu Juan E. Ich hab keinen Bock auf diese Uralt-Scheiße. Und ich fahr ganz sicher nicht mit so 'nem Mzungu mit.

Mackie beugt sich über Headband und sagt: Wie war das, Arschgesicht? Was war das eben, irgendein Zulu-Mist? Oder Moslem-Sprech?

Headband sieht Mackie mit einem Gesichtsausdruck an, als würde er ihn zum allerersten Mal sehen. Lebst du eigentlich auf diesem Planeten oder warst du einfach nur zu beschäftigt damit, weiß zu sein? So was wie eine Moslem-Sprache gibt's nicht, Mann. Schon mal was von Arabisch gehört? Suaheli? Ich rede von dir, weißer Mann. Du bist Mzungu, der Teufel.

Cool, flüstert Two Hand mir zu, und bevor Mackie den Jungs noch einmal in den Vorgarten scheißen kann, trete ich vor und sage:

Hey, whoa. Auszeit. Vielleicht bin ich ja im falschen Zimmer, aber ich dachte, bei dieser Unterhaltung geht es um etwas, was wir für euch und ihr für uns tun könnt. Und wenn wir das zusammen durchziehen, können wir alle Geld verdienen. Viel Geld. Ist 'ne schöne Sache, Geld. Die hat nichts mit Farben zu tun, außer Grün. Also, warum hören wir nicht auf, uns mit Dreck zu bewerfen, und kommen einfach klar?

Ich zeige auf CK. Das ist Mr. Kruikshank. Er leitet die Show. Und–

Und ich hab was für euch, sagt CK, wie aufs Stichwort. Mackie? Holst du mal die Tasche?

Juan E runzelt die Stirn und ruft zu dem gelben Nigger hinüber:

Yo, G.

Wasnlos?, fragt der gelbe Nigger, schiebt sich die Sonnenbrille auf der Nase herunter und sieht Juan E an, als hätte der nach der Uhrzeit gefragt. Seine Augen bestehen aus blauen Schlieren. Der Kerl ist entweder bis oben zugedröhnt oder hat seit drei Tagen nicht mehr geschlafen.

Juan E fragt: Und?

Und der gelbe Nigger macht einfach diese blauen Augen wieder zu, schiebt sich die Sonnenbrille darüber, und ich will verdammt sein, wenn das kein Lächeln ist, und sagt: Lass Mr. Kruikshank seine Arbeit machen.

Juan E nickt CK zu, CK sagt was zu Mackie, und Mackie macht sich auf den Weg hinaus zum Parkplatz. Alle anderen stehen herum und schauen sich an, während der gelbe Nigger noch mehr von den Innenseiten seiner Sonnenbrille in sich aufsaugt. Schließlich ist Mackie mit einer sperrigen Kleidertasche zurück, und zieht nach einem weiteren Nicken von CK den Reißverschluss auf und kippt den Inhalt auf dem Bett aus. Das sind 'ne ganze Menge Schießeisen.

CK erklärt ihnen, dass das ein kleines Geschenk sei, und sagt: Hier, damit könnt ihr wieder ein paar Kopfschüsse verteilen.

Dafür ernten wir jetzt reihum freudige Gesichter, und vielleicht gibt's ja später sogar noch Snacks.

Während seine Homies mit Aaaahs und Ooohs beschäftigt sind, bleibt der gelbe Nigger weiter gelangweilt. Damit steigt er eine Stufe weiter auf meiner persönlichen Leiter hinauf. Ich hätte auch keines von diesen Mistdingern angerührt. Aber wir verkaufen die wie bekloppt, besonders in der Innenstadt. Die Gangs lieben diese Waffe. Das ist die Cobray M-11/9, von den gleichen ehrbaren Staatsbürgern hergestellt, die auch den Street Sweeper verbrochen haben. Ein Brocken schwarzen Stahls, der ungefähr so viel wiegt wie ein Neugeborenes. Die M-11/9 ist der Nachkomme der MAC-10, die ein kleines Prachtstück ist, gesegnet sei Gordon Ingram. Eine Cobray kauft man aber wegen ihres Aussehens, und das ist böse. Sie ist der Frankenstein unter den vollautomatischen Waffen, jene Waffe, die die Achtziger beherrschte. Man verkauft sie zwar als Halbautomatik – einmal abdrücken, ein Schuss – aber mit ein paar schnellen Handgriffen, nur ein paar Minuten, wenn man den richtigen Typen kennt oder das richtige Buch zur Hand hat, kann dieses kleine Monster zweiunddreißig Schuss in zwei Sekunden rausballern. Dafür tritt das Mistding auch wie ein Pferd aus, wenn man abdrückt. Man braucht beide Hände dafür. Zielen, so viele Schüsse abgeben wie man nur kann, und beten, dass man etwas getroffen hat, bevor sie sich verklemmt.

CK sagt an Juan E gewandt: Wir müssen uns unterhalten. Sie verschwinden zur Tür hinaus, Freunde fürs Leben, mit Mackie und Headband im Schlepptau, und ich bleibe hier in einem Zimmer voller übler Jungs mit ihren neuen Waffen zurück, ganz zu schweigen von den alten.

Womit ich wieder an der Reihe wäre. Also sage ich zu dem gelben Nigger:

Hör mal, mein Freund, wenn wir erst mal in NYC sind, dann bleibst du an mir dran.

Ach ja?, fragt er, ohne die Augen von dem Fernseher zu nehmen. Sagt wer?

Du selber.

Wirklich?, fragt er und dieses Mal setzt er seine Sonnenbrille ab und starrt mich auf eine Weise an, die mir sagen soll, dass ich kurz davor bin, eine Linie zu übertreten. Als ob Psychos eine solche Linie überhaupt kennen würden. Eine gerade, meine ich. Eine, die man erkennen und auch respektieren kann.

Und ob, sage ich und halte es für das beste, wenn ich ihn gar nicht erst zu Wort kommen lasse. Er braucht nicht erst zu fragen, warum, denn ich werde es ihm erklären:

Weißt du, fange ich an, ich sehe das so. Wenn du in NYC bist und erst in irgendeinem Gebäude sitzt, in einem Truck herumlungerst und dir Gedanken wegen der ganzen Knarren und dem Geld machst, und jemand neben dir sitzt, der nicht aus deiner Crew ist, und dieser jemand noch nicht mal … also, sagen wir, dieser jemand ist ein Weißer. Nun, dann möchtest du gern diesen einen weißen Typen auf der Welt dabeihaben, von dem du glaubst, dass er weiß, was er tut.

Ach ja? Du kannst mich mal, lässt er mich wissen und wendet sich wieder dem Fernseher zu.

Das ist der Moment, wo ich die Waffe ziehe und ihm die Glock direkt an die Schläfe drücke. Renny, rufe ich, und als ich mich umsehe, will ich verdammt sein, wenn Two Hand nicht gerade ein Magazin in eine der Cobrays schiebt und sie auf die anderen im Zimmer richtet.

Ruhig bleiben, Leute, sagt er. Das könnte sonst verdammt wehtun.

Die Augen des gelben Niggers weichen nicht von dem Fernseher. Schließlich sagt er:

Wenn du das Ding ziehst, solltest du es auch besser benutzen.

Werde ich auch, verrate ich ihm. Es sei denn, du sagst deinem Homie im Bad, dass er seine Waffe auf den Boden legen und herauskommen soll.

Da fängt der gelbe Nigger an zu grinsen und schwenkt die hinter der schwarz getönten Brille versteckten Augen vom Fernseher zu mir herum.

Du bist ja verrückt, sagt er. Da ist keiner drin.

Genau, sage ich. Und Schweine scheißen nicht, und du hast auch keinen Revolver in der unteren linken Tasche in deiner Jacke. Wieso legst du nicht einfach deine Hände in den Schoß, wo ich sie sehen kann? Schön langsam … schön langsam. Gut, sehr gut. Und jetzt zu deinem Kumpel da im Bad. Was hat er dabei? Für einen Job wie diesen sollte es besser eine Schrotflinte sein. Ich persönlich mag die Mossberg. Die Remington ist nicht schlecht, aber ich mag die Mossberg lieber. Und soll ich dir was sagen? Ich hab dein kleines Video gesehen, von der Sache bei der First Union. Und wo ich jetzt so drüber nachdenke, scheinst du auch die Mossberg zu bevorzugen.

Der gelbe Nigger kneift die Lippen zusammen. Vielleicht soll das ein Lächeln darstellen. Vielleicht aber auch nicht.

Also, sage ich, los geht's!

Da ruft er: Yo, Hitter. Nimm die verdammte Flinte runter und beweg deinen Arsch hier raus.

Die Badtür geht auf, und Two Hand schwenkt die Cobray auf den Lichtstreifen. Hände hoch und raus da, sagt er. Und heraus kommt ein drahtiger, fies aussehender Kerl. Mit erhobenen Händen.

Danke sehr, sage ich zu dem Hitter-Typen. Setz dich einfach da drüben aufs Bett zu deinen Freunden.

Nachdem er dort sitzt, nehme ich die Glock herunter und den Finger vom Abzug. Ich drehe sie in der Hand herum, sodass der Griff nach vorn zeigt, und reiche sie dem gelben Nigger. Er blinzelt nicht mal, nimmt meine Pistole und zielt damit direkt auf mich. Ich kann das Geräusch hören, dieses kaum wahrnehmbare Klicken, in etwa wie bei einer Kamera, als der gelbe Nigger die Abzugssicherung an der Glock betätigt, meiner Glock, und mit fünfzehn Überschallgeschossen auf die Steuerbordseite meines Schädels zielt.

Ich sage: Ich kann es nicht leiden, wenn Leute mit Pistolen auf mich zielen. Schätze, da geht es dir ähnlich.

Ich drehe mich zu Renny um und sage: Nimm das Magazin raus und die Waffe runter.

Dann sehe ich zu seinen Homies und sage: Euer Mann hier kann mich abknallen. Aber das wird er nicht. Es gibt einen Grund, warum er mich nicht erschießen wird, und einen guten dazu. Das ist der gleiche Grund, warum auch ich ihn nicht umgebracht habe, obwohl ich es gekonnt hätte, ihr habt es gesehen, ich hätte sein Gehirn zu Mus machen können, und mein Freund hier hätte euch den Cha-Cha-Cha zu heißem Blei tanzen lassen können, und danach wären wir einfach runter zu Dennys spaziert und hätten uns Pfannkuchen bestellt.

Also, ich hätte ihn erschießen können, und habe es nicht getan. Wir hätten euch umlegen können, und haben es nicht getan. Wir hätten verdammt noch mal zu Dennys gehen können, und haben es nicht getan.

Und warum nicht? Weil wir keinen Streit mit euch haben. Es gibt keinen Grund, uns mit euch anzulegen. Es gibt überhaupt nur einen einzigen Grund, warum wir uns mit euch zusammentun, und der lautet Geld.

Ich sehe aufs Bett.

Okay, es gibt noch einen anderen Grund. Waffen.

Dieser Mann, Kruikshank, der gerade mit Juan E draußen ist, das ist der Mann, der euch beides beschaffen wird. Ich bin der Kerl, der aufpasst, dass uns niemand in die Quere kommt. Oder dass sie es bereuen werden, falls sie es doch versuchen.

Es gibt nur eine Möglichkeit, wie das Ganze funktionieren wird, und das ist die harte Tour. Was bedeutet, dass wir uns gegenseitig vertrauen und uns den Rücken freihalten müssen. Dieser Mann da, sein Name ist Renny Two Hand, dieser Mann und ich sind eure Verstärkung. Das bedeutet, dass wir jeden verdammten Mistkerl umnieten werden, der euch auch nur schief anguckt. Und ihr seid unsere Rückendeckung. Was bedeutet, dass wir unsere Leben in eure Hände legen. So wie eure gerade in unseren lagen. Also hört zu:

Ihr wart alle bereits tot.

Ich lasse meine Augen zu dem gelben Nigger wandern.

Und jetzt bin ich ein toter Mann. Aber ich denke, wir mögen uns alle lebendig lieber. Also–

Aber jetzt ist es der gelbe Nigger, der redet: Also wird dieser Scheiß nicht mehr passieren, sagt er. Denn im Moment bist du ein Geist. Zumindest so weiß wie einer.

Seine Crew beginnt zu lachen, als er die Glock von meinem Kopf nimmt und sie auf den Boden richtet.

Geht doch nichts über ein befreiendes Lachen am Morgen.

Scheiß doch auf euch, sagt er an seine Jungs gewandt. Und dann an mich: Und auf dich auch. Vielleicht will ich ja tot sein. Schon mal daran gedacht? Hättest besser abdrücken sollen, Schneewittchen. Noch mal wirst du die Chance nicht kriegen.

Eine Chance reichte mir schon, lasse ich ihn wissen. Und dann sage ich noch: Ich brauche meine Glock.

Ja, sagt er. Schätze, ist wohl so. Er gibt mir die Pistole zurück, als wäre sie Wechselgeld.

Weißt du was?, sagt er. Du bist echt ein verdammter Psycho.

Irgendwie bezweifle ich, dass das ein Kompliment ist. Ich checke meine Waffe und stecke sie zurück ins Holster. Dann atme ich alles aus, was sich seit den letzten Minuten in meinen Innereien angesammelt hat.

Der gelbe Nigger sinkt wieder in seinen Sessel und ins Fernsehland zurück, aber er wiederholt die Worte noch mal, dieses Mal lauter, für seine Homies:

Das Weißbrot ist echt ein verdammter Psycho.

Also sage ich: Du hast echt Probleme, Kumpel.

Ich hab keine Probleme, sagt er. Ich hab 'ne Mossberg.

FREITAG

Und dann ist Freitag und ich warte auf Two Hand. Wir haben uns einen Sedan für die Fahrt rausgesucht, eine unscheinbare Karre mit einem Monster von Motor, und dann fahren wir zum Lagerhaus hinunter, um die Knarren in Augenschein zu nehmen, die wir transportieren werden. Wir werden dort heute übernachten – auf Befehl von CK – also packe ich meinen ganzen Kram zusammen, recht überschaubar, aber man muss trotzdem schauen, dass man nichts vergisst. Ich habe mir einen Anzug eingepackt, zwei Hemden, drei paar Unterhosen und Socken, ein Rasierset, sechs große Magazine und fünf Schachteln Neun-Millimeter-Munition. Das ist der Lederkoffer. Die Reisetasche steht immer fertig gepackt bereit.

Fiona hat mal wieder einen von diesen Morgen. Zuerst war es die Espresso-Maschine – wieso hab ich ihr nicht gleich eine von Braun gekauft? – und dann die Kontaktlinse, und es gibt wenige Dinge, bei denen man sich hilfloser fühlt, als einer Frau, und auch nicht jeder Frau, sondern der Frau, die man liebt, dabei zusehen zu müssen, wie ihre Kontaktlinse verrutscht ist. Sie weint und sie kriegt sie nicht heraus, und sie will, dass man ihr hilft, aber das geht nicht, und man kann nichts weiter tun, als weiter zusehen, wie die Tränen kommen und das Auge erst rosa und dann rot wird, und man hält sie fest, und dann lässt man sie wieder los, und dann hält man sie wieder fest und sagt ihr, dass sie sich entspannen soll, aber sie kann sich nicht entspannen, also sagt man es wieder und wieder, und nach einer Weile bleibt ihr gar nichts anderes mehr übrig, als sich zu entspannen, und dann versucht sie es noch einmal, und wie von Zauberhand schlüpft ihr die Kontaktlinse dann aus dem Auge und in die Hand.

Aber das wäre auch die Zeit gewesen, die einem bliebe, um sie noch einmal auf dem Bett auszubreiten, dass wilde Tier aus ihr herauszulecken, sie zu schmecken, sie zu berühren und zu versuchen, es dieses Mal richtig zu machen. Richtig für sie.

Stattdessen muss man sich verabschieden.

Ich würde sie gern verstehen, aber sie redet in Zungen. Hitzige Prophezeiungen. Schicksal. Hoffnung. Liebe, die so heiß brennt, dass sie schweigend an einem fernen Horizont darauf wartet, wie die Sonne im Fernsehen aufzugehen.

Ich traf sie in dieser Absteige namens Spunkys, wo mich Two Hand gerade um mein Kleingeld beim Poolspielen erleichterte, als irgend so ein Arschloch – ich war gerade dabei, die Acht an der Bande entlang in die linke hintere Tasche zu spielen, ein ganz gemütlicher Stoß, Ende vom Lied, Spiel zu Ende – als also dieses Arschloch von hinten gegen mein Queue rempelt, ich damit über den Billardfilz kratze und verliere, und natürlich stellt sich heraus, dass sie das Arschloch war. Dieses Mädchen – ja, ich weiß, ich sollte besser einen Begriff wie Frau verwenden, aber in dem Moment war sie ein Mädchen, trug sogar ihre langen schwarzen Haare in zwei Zöpfen, nur nicht geflochten – sie hatte diese Augen, und er erst viel später kam ich über diese Augen hinweg, riesige braune Augen, die in einer unschuldigen Intensität leuchteten – ich will die Welt sehen, ich will die Welt umarmen, ich will die Welt besitzen – und sie sagt zu mir:

Ups.

Sie versucht, ein paar Bier und eine Coke zu ihren Freundinnen, diesen zugedröhnten Dinnerschlampen mit auftoupierten Haaren an einem Tisch weiter hinten zu tragen, und hat es irgendwie geschafft, diese drei großen Biergläser in den Händen zu halten, und passt nicht auf, aber behauptet, dass ich sie mit dem Billardqueue angerempelt hätte und nicht anders herum. Und sie hat Bier auf ihrem Rock, diesem blauem Jeansrock, und der ist kurz, wirklich sehr, sehr kurz, und deshalb fällt mein Blick auch auf diese Beine, tja, und was hätte ich da noch sagen sollen?

Also sage ich einfach nur:

Ich hol dir ein neues Bier.

Das war das letzte Mal, dass ich mit Renny Pool spielte.

Rede mit mir, sagt sie. Und zwar jetzt, nicht damals.

Ich kann die Ledertasche noch rechtzeitig schließen, bevor sie den Flur zurück und zur Schlafzimmertür gelaufen kommt. Ich lasse den Blick über die Kommode schweifen. Außer meiner Medizin steht da nichts. Die obere linke Schublade ist geschlossen, aber nicht abgesperrt.

Ich rede doch mit dir, sage ich. Obwohl ich lieber gesagt hätte, dass ich ihr noch ein Bier hole. Damals hatte sie daraufhin gelächelt. Ihr besonderes Lächeln.

Nein, tust du nicht, sagt sie. Du redest mit mir, wie du mit deiner Mutter sprichst. Du redest mit einem gottverdammten Foto. Du redest mit jemandem, der dir nicht antworten kann.

Einmal sah ich bei *Oprah* diesen Typen, der mit seinen Händen lustige Zeichen machen konnte. Er behauptete, er könnte sich mit Schimpansen in Handzeichen unterhalten, so wie bei dieser Zeichensprache für Taubstumme. Ich wünschte, ich könnte das auch.

Burdon, verdammt noch mal, sagt Fiona. Rede mit mir.

Das versuche ich, Baby, das versuche ich wirklich. Aber in fünf Minuten wird Renny hier aufgeschlagen, und ich hab noch für mindestens zwanzig Minuten zu tun.

Kann ich mir etwas Geld abheben?

Mit der Karte? Klar.

Wären Hundert okay?

Nimm Zweihundert. Kauf dir was Schönes.

Sie huscht ins Schlafzimmer und zieht sich ihr T-Shirt straff über ihre Brüste. Kein BH. Nur einmal in der Woche trägt sie keinen BH.

Schwebt dir was vor?

Ja, sage ich. Du könntest eine neue Heckenschere gebrauchen.

Ahmmm, sagte sie. Dann schnurrt sie. Das ist mein Mann.

Ihre Finger kraulen mir am Hinterkopf durchs Haar. Sie weiß, dass ich das mag, und ich vermassele mir deswegen meinen Krawattenknoten. Was sie bemerkt, und deswegen beinahe überglücklich scheint.

Also, mein Hübscher. Was ist es dieses Mal?

Geschäftliches, Baby. Wie immer was Geschäftliches.

Klar, Burdon, das weiß ich. Du und Renny. Du und Renny. Vielleicht solltet ihr beide heiraten.

Sie schaut wieder in den Spiegel, sieht sich das Schlamassel mit meiner Krawatte an und kontrolliert dann ihren Lippenstift.

Mal sehen, sagt sie, und dann kräuselt sie die Nase. Das bedeutet, dass sie nachdenkt. Danach lächelt sie, und bei dem Lächeln schmilzt man dahin. Es ist eines von diesen Lächeln, bei denen man ihr alles geben will, was man hat, und dann trommelt sie mit den Fingernägeln auf die Kommode.

Ihr fahrt weg, sagt sie.

Richtig, sage ich. Klar, denn hier ist meine Ledertasche, und die Reisetasche steht draußen im Flur.

Aber nicht lange, sagt sie.

Wieder richtig, sage ich. Kein Koffer, kein Kleidersack, also kann es nicht für lange sein.

Am Sonntag seid ihr wieder zurück, sagte sie.

Stimmt, sage ich, aber erst nach kurzem Stutzen. Vielleicht hat sie nur gut geraten, wegen des leichten Gepäcks. Aber dann fällt mir die Hochzeit wieder ein. Meredith Berengers Hochzeit. Am Sonntagabend. Und dass ich Fiona versprochen habe, dass sie sich dafür ein neues Kleid kaufen kann.

Ihr fahrt nach Norden, sagte sie.

Jetzt wird es knifflig, weshalb ich nicht sofort Ja sage, denn sie könnte genauso gut auch nur wirklich gut geraten haben. Ich meine, eine von drei möglichen Antworten ist jetzt nicht gerade wie Lottospielen, es gibt nur Norden, Süden oder Westen, denn Osten würde Atlantischer Ozean bedeuten, und nachdem ich schließlich meinen Knoten gebunden bekomme, beschließe ich, ausweichend zu antworten.

Norden?

Ja, sagt sie. Nach Norden. *North to Alaska, hurry up, the rush us on.* Das ist ein Song aus irgendeinem Film mit John Wayne, und sie lacht einfach nur und sieht mich an und sagt: Weißt du was, mein Hübscher?

Und ich antworte: Ich weiß 'ne Menge Dinge, Baby.

Worauf sie wiederum antwortet: Ich hab über das nachgedacht, was du letzte Woche gesagt hast, weißt du noch? Mal etwas anderes zu machen? Etwas nur für mich? Und ich dachte mir so, na ja, vielleicht macht Arbeit allein mich ja doch nicht glücklich, und vielleicht gibt es da ja ein paar Sachen, verschiedene Sachen, die ich vielleicht tun sollte?

Sie atmet geräuschvoll aus, und wahrscheinlich ist das die längste Ansprache, die ich je von Fiona gehört habe. Dann sagt sie:

Also, Melody, das ist die Frisörin am dritten Stuhl von hinten, die mit dem Eidechsen-Tattoo, erinnerst du dich? Auf ihrer Schulter? Also, Melody hat mir von dieser riesigen Ausstellung erzählt mit all diesen Mumien und jeder Menge Gold und dem ganzen Kram. Aus Ägypten. Also dachte ich mir, vielleicht sollte ich mir dieses ganze Pharaonen-Zeug mal ansehen gehen, wo die Ausstellung gerade mal läuft, denn wer weiß, vielleicht kriegt man diese Chance nie wieder? Weißt du, was ich meine?

Ich weiß, was du meinst, Liebling.

Ist ja auch egal, sagt sie, jedenfalls denke ich, dass ich dieses Wochenende vielleicht mal ins Museum gehen sollte.

Dann mach das, sagte ich ihr.

Na ja, das Museum ist aber in New York City, sagt sie.

Das ist 'ne lange Fahrt, sage ich, ohne zu zögern. Ohne auch nur eine verdammte Sekunde zu zögern.

Liebling, sage ich und kann sie dabei nicht einmal ansehen. Schatz, ich fahre am Wochenende weg. Ich hab Geschäftliches zu tun. Egal, wo ich hinfahre, ob nach Wheeling oder Philly oder Virginia Beach oder Raleigh oder sogar New York City – ich sage einfach die Namen verschiedener Städte, weil ich sie nicht anlügen kann – egal, wo ich hinfahre, egal, wo ich sein werde, ich bin nur geschäftlich unterwegs. Zusammen mit Renny. Geschäftlich.

Klar, sagt sie. Und das ist alles, was sie sagt. Sie ist weg. Ich höre ihre nackten Füße über den Flur und in die Küche tapsen, ich höre wie die Türen an dem Hängeschrank aufgehen und wieder geschlossen werden, ich höre Wasser in ein Glas laufen und ich höre, wie sie das Wasser trinkt, und in der Zwischenzeit habe ich die obere linke Schublade der Kommode geöffnet und mir zwei Wechselmagazine in die Tasche meines Regenmantels gesteckt, außerdem ein weiteres Magazin mit teflonbeschichteter KTW-Munition in der linken Seitentasche meines Anzugs verstaut, und dann bin ich auch schon fertig. Nein, bin ich nicht. Ich nehme das Handy von meinem Gürtel und vergrabe es in der Schublade. Dann nehme ich das neue, taufrische aus der Schublade und hake es an meinem Gürtel ein. Ich sperre die Schublade ab, schnappe mir meine Ledertasche, und dann betrete ich den Flur mit den Worten:

Ich muss dann los.

Sie kommt zu mir zurück, und wir treffen uns auf halbem Weg im Flur, direkt vor der Treppe, und bevor ich die Reisetasche aufheben kann, hat sie ihre Arme um mich geschlungen und drückt sich so fest an mich, dass ich sowohl ihren Körper als auch die Glock in meiner Armbeuge spüre, und dann lässt sie mich wieder los. Ihre Augen sind rot und voller Traurigkeit. Von draußen hört man, wie ein Auto in die Auffahrt biegt. Ihr Blick weicht mir aus, sieht zu dem schwachen Lichtschein, der zum Fenster hereinfällt, und dann sieht sie mich wieder seufzend an:

Du musst los.

DIE EISERNE AUTOBAHN

Wenn man früher eine Lieferung nach Norden bringen wollte, mietete man sich einen Transporter und fuhr los. Heutzutage benutzen wir dafür FedEx. Das ist ein teurer Spaß, weil man ein paar Typen schmieren muss, um sich einen Van und ein paar Uniformen zu besorgen, aber dafür ist es narrensicher. Diese FedEx-Transporter sieht man überall, sie sind blau und weiß und allgegenwärtig, und deswegen komplett unsichtbar, nur ein weiteres Stück Hintergrundrauschen. Außerdem sind sie straßentauglich und man kann mit ihnen anstellen, was man will, und niemanden interessiert es. Parken in der zweiten Reihe oder auf einem Behindertenparkplatz oder gleich den ganzen Verkehr aufhalten? Es kümmert keinen. Es ist verdammt noch mal FedEx. Außerdem kann man diesen Vans kaum zu schnell fahren, und selbst wenn man es könnte, würden dir die Cops keinen Strick draus drehen, denn man ist nicht einfach nur jemand, der mit seinen Kindern und seiner vertrottelten Frau den New Jersey Turnpike heruntergerast kommt. Man hat einen Job zu erledigen, so wie sie, nichts anderes.

In dem Van sitzen zwei Typen auf einer Highway-Lieferung, und beide tragen Uniformen. Damit ist man sofort eine Autorität, genießt sofort Respekt. Nicht einfach nur zwei Typen bei ihrer Arbeit, sondern zwei Typen in Uniformen bei ihrer Arbeit. Und hinten im Van haben wir die fein säuberlich aufgestapelten Kisten – beschriftet, versiegelt und bereit, nach Saudi Arabien geliefert zu werden, mit mehr Papierkram hintendran als ein Bundesgesetz.

Die Lieferung kann anhalten, wer will. Gerne doch. Da ist nichts dabei. Halten wir eben die Kiste an. Wenn sie einen Durchsuchungsbefehl haben sollten – und das ist ein *wenn* mit einem großen Fragezeichen dahinter, so groß wie King Kong – was werden sie finden? Einen FedEx-Transporter mit korrektem Kennzeichen und korrekter Registrierung, und hinten drin: Waffen. Neue Waffen. Legale Waffen. Vielleicht nicht legal für die Straße, aber in Ordnung, danke vielmals, für unsere Freunde und Alliierten in Übersee. Mit einem zweieinhalb Zentimeter dicken Stapel an Dokumenten, die das beweisen. Egal, wen sie anrufen – das FBI, ATF, State Troopers, irgendwelche dämlichen Ortspolizisten oder die Ghostbusters – Sie finden genau gar nichts. Nur eine lupenreine Lieferung von UniArms in den Hafen von Boston, und *Das war's dann, Leute.*

Dann verschwindet unser FedEx-Van irgendwo in den mächtigen Eingeweiden von NYC, während sich die Papiere auf eine andere Reise begeben, dieses Mal weiter nach Norden, wo sie eine andere Wagenladung decken sollen, die irgendwo in einem Vorort von Boston fein säuberlich mit den richtigen Gütern zusammengestellt wurde. Bereit, um zum Hafen gebracht zu werden, den Zoll zu durchlaufen und dann der Sonne, dem Sand und einer lustigen Baller-Surfari in Saudiland entgegen zu segeln.

Wenn man genau, sehr genau hinschaut, findet man ein paar Unstimmigkeiten. Aber wer sieht schon genau hin? Schließlich sind wir doch der Wahrheit verpflichtet, der Gerechtigkeit, dem American Way! Ich meine, die Saudis brauchen diese Waffen, damit sie dieses oder nächstes Mal all jene pulverisieren können, die wir gerade pulverisiert sehen wollen.

Die Behörden sind bei einem Waffendeal nicht das Problem. Eher sind es noch Diebe, falls ein paar Trottel die Eier haben, so etwas zu versuchen. Aber das echte Problem sind die Kunden. Was bedeutet, dass man sich den ganzen Ärger für irgendwelche Typen aufhalst, die sich dann dazu entschließen, für die Ware nicht bezahlen zu wollen. Was für eine wundervolle Welt. Aus diesem Grund sind wir vorsichtig, und fahren auch dieses Mal in einer lustigen Autokolonne, mit einem Dodge Minivan und CK's Leuten irgendwo vorneweg, dann dem FedEx-Transporter und dann unserem Oldsmobile, und dann noch ein Wagen, irgendwas schnittiges, ein Speedster mit zwei weiteren von CK's Jungs darin, der wie eine zornige Hummel um die Kolonne herumsummt.

Wir sind nach Norden unterwegs, nördlich auf der Interstate 95, dem steinernen Rückgrat hinauf an die Ostküste, viel zu viele Meilen an Highway, die sich von Miami aus bis weit hinter Derry in Maine dahinwinden. Nach Norden, von Dirty City nach Manhattan, die I-95 bis zum New Jersey Turnpike, und dann den Tunnel oder über die Brücke. Diese zweihundertfünfzig Meilen von D.C nach NYC nennt man auch Iron

Highway – die eiserne Autobahn. Nicht der harten Straße wegen oder wegen der Autos und Lastern, die darauf herumkurven, sondern wegen dem, was in den Wagen ist: den Waffen.

Denn New York in all seiner grimmigen und schmutzigen Fressen-oder-Gefressen-werden-Pracht braucht diese Waffen, will diese Waffen, ist süchtig nach diesen Waffen. Sie ist die Stadt mit den meisten Waffen auf der ganzen Welt, und den vielleicht strengsten Waffengesetzen der Welt. Es gibt ein Wort dafür, und das lautet Ironie. Die Ironie der Knarren.

Es gab mal eine Zeit, da kamen diese Waffen aus South Carolina, aber dann ging man dort härter dagegen vor, und nun kommen sie aus Virginia, und wenn sie uns hier das Leben schwermachen, dann ziehen wir eben weiter, nach Georgia oder Indiana. Aber wenn man derzeit in New York lebt und eine Waffe besitzen möchte, dann begibt man sich in diesen fernen Außenbezirk namens Virginia. Dem FBI zufolge wurden mehr als die Hälfte aller Waffen, die in Gewaltdelikten in Manhattan benutzt wurden, in Virginia gekauft. Kein Scheiß. Das ist mein Bundesland. Mein Revier. Das sind meine Kanonen, CK's Kanonen. Klar, es gibt hier und da auch noch ein paar Leute, die ihr eigenes Ding machen, und eine Menge Banden – Sie wissen schon: Komm, wir fahren nach Richmond raus und spielen das Strohmann-Spiel – aber bei UniArms sprechen wir von dem richtigen Geschäft.

Und wir haben rund um die Uhr geöffnet.

Heutzutage liefern wir unser Zeug nach New York. Keine Spotdeals mehr, und wir fahren auch nicht mehr in den Norden hoch, um einen Käufer zu finden. Die Käufer finden uns. Überzeugen uns von ihren ehrlichen Absichten. Leisten eine Anzahlung. Dann, und nur dann, liefern wir. Wie bei jedem anderen Händler auch – egal ob Männerklamotten, Melonen oder Maschinengewehre.

Und dieser Deal hier wird ganz allein auf das Konto der U Street Crew gehen. Wir werden den Jungs ein paarmal über den Weg laufen, aber ansonsten führt von ihnen keine Spur zu uns. Nur ein paar Wagen und ein paar Typen in einer U-Bahn nach LaGuardia. CK's Idee. Und soll ich Ihnen was sagen? Die Idee ist gut. Denn das Einzige, was noch verdächtiger wirkt, als ein Auto mit vier Schwarzen darin, ist ein Wagen mit zwei Schwarzen und zwei Weißen an Bord.

Trotzdem mache ich mir Sorgen. Es ist mein Job, mir Sorgen zu machen. Gerade im Moment mache ich mir über drei Dinge Sorgen. Der gelbe Nigger ist gefährlich. Und er hat eine Bande von eiskalten Kids um sich geschart, die nichts zu verlieren haben. Außerdem ist er furchtlos, und da er bewaffnet ist, wird er das Ding früher oder später benutzen. Es ist mein Job, dafür zu sorgen, dass das erst später passiert, also nachdem der Job über die Bühne gegangen ist und er wieder mit Drive-By-Shootings oder Drogen-Kriegen oder Auftragsmorden oder was immer seine Aufgabe bei Doctor D sein mag, beschäftigt ist.

Und Doctor D's Halbbruder, dieser Juan E, scheint mir eine große Nummer in seiner Bruderschaft, aber ansonsten nicht die hellste Kerze auf der Torte zu sein. Er hält das Ganze für ein Spiel, eine nette Art, sich das Wochenende zu vertreiben. Einfach in Big Apple ein wenig Krawall machen, ein paar Red Bull trinken, die Sau rauslassen, oh, und ein paar 9 Bravos die Hand schütteln, klar. Aber so läuft das eben. Sie sind eben diejenigen, die heute das Sagen haben, die jungen Wilden. Die kriegen ihr Geld und ihre Pager und ihre Porsches, und früher oder später, für gewöhnlich eher früher, kriegen sie auch ihre Knarren. Denen gehört die Straße. Und sollte jemand auf dumme Gedanken kommen, ziehen sie sich einfach ihre Skimasken über und rechnen ab.

Mackie the Lackey fährt die Kiste, und das ist mir recht. Ich sehe mir wieder die Landschaft an und halte für den Rest der Unterhaltung die Klappe, denke an Fiona, während die Meilen an uns vorbeifliegen, und schlafe irgendwann ein.

Als CK mich mit einem Hieb gegen die Schulter aufweckt, sind wir an Vince Lombardis Rest Stop, und er hält einen zur Hälfte aufgegessenen Hamburger in der Hand.

He, Dornröschen. Über die Schulter ruft er Mackie und Renny Two Hand zu: Seht mal, wer wieder wach ist. Er schüttelt den Kopf, beugt sich nach vorn und flüstert:

Scheiße Mann, wie schaffst du es nur, so locker zu bleiben? Nimmst du irgendwas?

Nein, sage ich, und versuche den Schmerz unterhalb des Genicks loszuwerden. Ich nehme nichts. Und genauso wenig gebe ich auf deine blöden Kommentare.

Gegenüber auf dem Parkplatz kuschelt der FedEx-Transporter mit einer Herde Wohnmobile. Ein Stück davor fährt einer von Amerikas beliebtesten Minivans, ein Dodge Caravan, in eine Parklücke direkt neben einem Grand Cherokee Jeep mit Behindertenkennzeichen. Es ist beinahe zu einfach.

Mit einem Kopfnicken deute ich auf den Rasthof hinüber. Werd mal die Örtlichkeiten aufsuchen, sage ich zu CK.

Mach das, sagt er. Aber lass dir nix weggucken.

Drinnen ringen die Touristen mit ihren Kids, den Straßenkarten und den Kartons mit gebratenem Hähnchen. Die beiden Kerle am Joghurtstand denken wahrscheinlich, dass ich sie nicht bemerkt hätte, aber die gehören so offensichtlich zur U Street als hätten sie ihren Gang-Namen quer über der Brust stehen.

Dann ist da noch der Typ vom Sicherheitsdienst in Zivil, am Zeitungsstand, der so tut, als würde er sich interessiert durch ein Esquire-Magazin blättern, und der Taschendieb, der die Herrentoilette umkreist.

Sie alle tun so, als würde niemand sie bemerken, obwohl man sie schon auf eine Meile Entfernung riechen kann.

Nach dem Pinkeln wasche ich mir die Hände und frage diesen mir völlig unbekannten Typen, der plötzlich neben mir auftaucht und sich die Haare kämmt, ob er weiß, wie spät es ist. Er weiß es.

Viertel vor drei, sagt der Typ, den ich nicht kenne.

Aber in Wirklichkeit kenne ich ihn natürlich doch, sein Name ist Rudy Martinez und er gehört zu CK's Crew.

Das Treffen ist noch in vollem Gange.

EIN LETZTER DEAL

Ist das zu fassen, sagt Mackie the Lackey. Wir werden reich.

Wir haben die Ausfahrt 15 A auf dem New Jersey Turnpike hinter uns gelassen und kommen gut voran. Vor uns zeichnet sich die Skyline von Manhattan als graues Nadelkissen ab. Ich war schon beinahe wieder im Traumland, aber dieser Mackie-Typ kann einfach seine Klappe nicht halten.

Wie viel springt dieses Mal für uns raus, CK?

So ist das immer. Jedes Mal das Gleiche.

Wir werden reich.

Immer wieder hört man diese Gespräche, darüber, dass wir reich werden oder was zumindest für uns abfällt. Der große Wurf. Das schnelle Geld. Der letzte Deal.

Dann sieht man sich um und sieht die immer gleichen Typen da sitzen, immer wieder auf Tour, immer das gleiche Spiel. Die einzigen, die aussteigen, sind die, die Fehler begehen. Auf jeden Abednego Jones mit einem Häuschen im sonnigen Nirgendwo kommen fünf, die im Knast sitzen, fünf weitere sind tot, und dann sind da noch wir. Immer noch unterwegs. Immer noch am Waffenverschieben.

Also, Mackie sitzt am Steuer und träumt davon, reich zu werden. Zumindest kann er fahren, das muss ich ihm lassen. Wenn er nur seine Klappe halten könnte.

CK fummelt am Lautstärkeregler des Autoradios herum und dreht die Led-Zeppelin-Kassette auf volle Pulle.

Immer wieder die gleiche Led-Zeppelin-Kassette. Die einzige Led-Zeppelin-Kassette. Die, die wir schon die ganze Zeit auf der Fahrt nach New York hörten und die wir auf jeder anderen Fahrt mit diesem Typen anhören müssen.

Renny Two Hand sitzt auf der Rückbank, schräg hinter mir, und blättert durch die *USA Today*, die er sich an der Raststätte gekauft hat. Ich kenne sein System. Zuerst sieht er nach, wie die Orioles gespielt haben, und egal, ob sie gewonnen oder verloren haben oder das Spiel wegen Regen abgesagt wurde oder gar keine Saison ist, findet er was zu meckern. Nur Cal Ripken ist davon ausgenommen. Dann geht es weiter mit dem Wetter. Heute vereinzelte Schauer, morgen sonnig und heiter. Zuerst für D.C. Dann weiter nach New York. Dann Denver. Dann Los Angeles. Dann Honolulu. Er erzählt einem auch, wie das Wetter in Helsinki wird, wenn ihn jemand danach fragt. Früher oder später sind dann aber die Nachrichten dran. Es dauert also zehn bis fünfzehn Minuten, bis man erfährt, dass ein Atomkrieg ausgebrochen ist.

Renny ist anders. Das ist eine Art, es auszudrücken – anders. Er ist noch nicht einmal dreißig, und in so einem Job ist er damit beinahe noch ein Kind, wirklich wahr. So wie ich, als ich anfing. Also komme ich mit seinen Spleens klar, und er mit meinen.

Sie nennen ihn Two Hand, weil er einmal draußen auf der Schießanlage versucht hatte, zwei Pistolen gleichzeitig abzufeuern. Hat er mal in einem Film gesehen. Als ob eine Pistole abzufeuern nicht schon schwer genug wäre – zumindest dann, wenn man vorhat, damit auch jemanden umzunieten. Jedenfalls lässt er die beiden .45er losdonnern, und der Rückstoß reißt ihm beide Hände in die Luft, als würde er rufen: Ich ergebe mich! Irgendwann nimmt er Vernunft an und feuert sie nacheinander ab. Rechts. Links. Rechts. Links. Und ich will verdammt sein, wenn er nicht mit allen mitten ins Schwarze getroffen hat. Treffer, versenkt. Deshalb ist er jetzt der legendäre Renny Two Hand.

Burdon, sagt er und blättert die Titelseite mit der Schlagzeile über eine Bürgerrechtsversammlung von niemand Geringerem als unserem Reverend Gideon Parks nach hinten, um an die Unterhaltungsseite zu kommen. Er zeigt mir ein kleines Farbfoto von Dana Delany, dieser Schauspielerin aus dem M.A.S.H.-Rip-Off, und die fett gedruckten Überschriften darunter krakeelen was von Alzheimer-Erkrankungen, Waisenkindern, die entführt wurden, und solchen Kram.

Renny sieht sich das Bild von Dana Delany an, als wäre sie hier im Wagen, auf der Rückbank, zusammen mit uns. Die Mädchen würden auf Renny nur so fliegen, das kann man in ihren Augen sehen, wenn sie ihn ansehen. Das ist mehr als offensichtlich. Das Problem ist nur, dass Renny nicht weiß, wie er das mit den Mädchen anstellen soll. Er ist noch nicht hinter das Geheimnis gekommen, das da lautet, dass es eben ein Geheimnis ist, und man damit aufhören muss, sich darüber Gedanken zu machen, eine andere Lösung für dieses Problem zu finden, weil es nämlich keine gibt.

Sieh sie dir an, sagt Two Hand. Ist sie nicht süß? Also, nicht auf die Art wie in Filmen, aber–

Er kann den Satz nicht beenden, denn das macht CK für ihn, der die Musik runtergedreht hat und sich wie ein entnervter Vater zu uns nach hinten dreht.

Süß, nicht wahr? Wirklich süß. Zuckersüß.

Er grinst, und das ist ein Grinsen von ganz unten aus seiner Trickkiste.

Stehst du auf sie, Two Hand? Ich wette, du stehst ziemlich auf sie. Jede Wette, dass du hin und wieder an sie denkst, hab ich recht? Du weißt schon, auf ganz bestimmte Art. Du denkst auf ganz bestimmte Art an sie. Hab ich recht? Also verrate mir eines, Kid, was denkst du wirklich, jetzt gerade?

CK dreht sich wieder nach vorn und sieht zur Windschutzscheibe hinaus.

Ich meine, glaubst du, sie mag es, wenn man es ihr in den Arsch besorgt?

Renny starrt zuerst CK's Hinterkopf an, dann sieht er ihm über den Rückspiegel in die Augen. Er fängt an, die Zeitung wieder zusammenzufalten. Irgendein Bericht über Late-Night-Shows verdeckt ihr Bild. Rennys Hände zittern, und während er sie langsam in die Zeitung krallt, beginnt das Papier zu zerknüllen.

CK's Gelächter ist das reinste Gift. Als sich Mackie the Lackey ihm anschließt, schneidet ihm CK das Wort ab, dreht sich zu Renny und fährt fort:

Ich hab nur ein Problem mit dir, Reynold James.

Leckt sich über die Lippen. Lächelt.

Und das Problem ist, dass ich dich verdammt noch mal nicht leiden kann.

Mackie prustet.

Hast du ein Problem damit?

Renny knüllt einfach nur weiter die Zeitung zwischen seinen Händen zusammen, und sagt dann schließlich:

Nein, Mr. Kruikshank. Kein Problem. Damit hab ich überhaupt kein Problem. Und weißt du, warum? Weil ich dich verdammt noch mal auch nicht leiden kann.

CK versucht, wieder zu lächeln, und es sieht so aus, als ob es ihm nicht gelingen will, bis er laut loslacht, zuerst nur wenig, dann aber immer mehr, und dann stimmt Mackie the Lackie mit ein, und dann – kann mir einer verraten, was hier los ist? – lacht selbst Two Hand, und damit bin ich wohl der Einzige in dem Wagen, der nicht den Verstand verloren hat. Ich brauche mehr Schlaf.

DÄMMERUNG

Irgendwann hinter der Staten Island Abfahrt übernehmen wir die Führung, und unser verstreuter Konvoi schlittert aus New Jersey heraus und taucht aus dem Lincoln Tunnel ins Halbdunkel Manhattans. Diese Stadt ist wie ein Ameisenhaufen, hier herrscht immer Betrieb, jedes dritte Auto ist ein Taxi, und man sieht nichts anderes als Menschen und Lichter, Menschen, Lichter, und graue Gebäude, so breit und riesig, dass man nicht einmal mehr den Himmel sehen kann. Mackie lotst uns auf der Tenth Avenue nach Norden, und ich sehe nur Menschen, die umherlaufen, und rechteckige Lichter von den Ladenfronten und Bars und Hotels. Im Rückspiegel sehe ich das endlose Verkehrschaos aus PKWs und Taxen und Transportern, und der FedEx-Van ist irgendwo hinter uns, oder es ist der links vor uns, oder der andere, der da an dem Gehsteig parkt. An der nächsten Ampel streiten sich zwei Kids auf Spanisch, wedeln mit den Armen herum, und als sie die Straße überqueren, schubst der eine den anderen und beide fluchen. Stop-and-go, Stop-and-go, die ganze Tenth Avenue entlang. Vorbei an den Weingeschäften, den Peepshows und den Feinkostläden, den Parkplätzen, den Autos und den Menschen, hauptsächlich den Menschen.

Früher oder später erreichen wir endlich die City Centre Garage. Fahren daran vorbei und halten am nächsten Hydranten. Wir warten im Wagen, warten und sehen zu, wie die anderen eintreffen und nacheinander in den Eingeweiden des Parkhauses verschwinden. Auf dem Gehsteig peilen in der Zwischenzeit CK's Leute die Lage. Eine Menge Gesichter. So wie's aussieht, hat CK seine ganze verdammte Crew mitgebracht: Rudy Martinez, Crimso, Toons und Fryer. Zu viele Gesichter. Dawkins, Quillen, Wood Williams. Ich fange an zu zählen und komme bis zwölf. Zwölf von unseren Leuten, und dann noch ich, macht dreizehn.

Meine Güte, sage ich zu CK. Wird das ein Geld-gegen-Waffen-Deal oder springen wir gleich an Bord einer C-130 und fallen noch mal in Hué ein?

CK unterhält sich mit Crimso, es geht irgendwie um Autos, und danach nimmt er Wood Williams einen Koffer ab und entschließt sich, mir zu antworten.

Viel hilft viel, sagt er. Und dann noch: Versuch' das Ganze doch mal aus meinem Blickwinkel zu sehen. Mr. Berenger will, dass die Sache hier richtiggemacht wird. Die 9 Bravos sind wie die tollwütige Ausgabe der U Street. Wir müssen sie an der Leine halten. Alles wird gut laufen. Ich denke, dass alles gut laufen wird. Aber hey, wenn's dir nicht passt, kannst du beim nächsten Mal ja mit einem reinen Optimisten auf Tour gehen. Ansonsten weiß ich nicht, was ich dazu noch sagen soll, Burdon. Das ist vielleicht nicht dein Stil, aber weißt du was? Es ist auch nicht deine Entscheidung. Das hier ist mein Deal. Du bist ein guter Mann, und das hier wird eine doppelte Übergabe, von daher–

Ich weiß, ich weiß, sage ich. Der FedEx-Transporter rumpelt vorbei, windet sich die Rampe hinunter und in das Parkhaus. Wir folgen ihm zu Fuß. Das Gebäude ist ein vierstöckiger Klotz, von dem sich drei Etagen unter der Erde befinden. Drinnen ist die Luft kühl und stickig von den Abgasen. Ich atme nur flach. Dieses Zeug kann einen umbringen. Als wir ganz unten ankommen, herrscht dort ziemlicher Trubel.

Yo, ruft CK und in dem Parkhaus wird es still. Quillen, du und deine Jungs legen los.

Womit wahrscheinlich gemeint ist, das Gelände zu sichern. Der Übergabeort ist gut gewählt, mitten in einem Parkhaus, das wegen Umbaumaßnahmen geschlossen ist. Eine Zufahrt, aber da wir clevere Burschen sind, gibt es zwei Wege wieder hinaus. CK begibt sich mit mir in die zweite Etage und zeigt es mir: Dort im Dunkeln gibt es einen Heizkanal, tatsächlich einen kleinen Tunnel, für den Fall, dass wir uns aus dem Staub machen müssen. Quillen geht also rauf aufs Dach, zusammen mit ein paar guten Schützen, Crimso kümmert sich wahrscheinlich um die Autos, zwei Leute, die jeweils an einem Ende des Blocks parken, und Wood Williams wird eine sehr ruhige Nacht vor sich haben, denn er läuft die Etagen zwischen uns ab. Schöner Job, wenn man ihn ergattern kann.

Als wir wieder oben sind, lässt CK alle aufhorchen: Wir lassen uns hier nieder, sagt CK, also könnt ihr euch alle aufs Ohr hauen. Macht, was ihr wollt, aber für heute sind wir fertig.

Die Typen von der U Street, und die anderen rotten sich zu losen Gruppen zusammen, ein paar Gruppen aus Schwarzen, ein paar aus Weißen, aber keine gemischten. Schlafsäcke werden ausgerollt. Kartenspiele ausgepackt,

Geschichten aus dem Krieg erzählt, vielleicht wird hinterher auch noch ein wenig geschlafen. Das Übliche eben. In der Zwischenzeit hat CK ein paar Auserwählte um sich versammelt: Mackie the Lackey direkt neben ihm, dann ich, Juan E und der gelbe Nigger, dann noch Toons, Fryer und Dawkins.

Okay, sagt er. Hört zu. So wird's laufen. Morgen früh um sieben fahren wir mit den Wagen und den Taxen zum Excelsior Hotel, oben an der 110th Street. Das da ist eure Gegend, Juan E.

Juan E zeigt ein breites Grinsen.

Der Van bleibt hier. Lane, du bleibst bei dem Transporter.

Alle drehen sich zu mir um. Ich kann förmlich die Kinderstimme hören, die ruft: Haha, angeschmiert! Aber was soll's, am Ende ist es das, wofür ich bezahlt werde.

Two Hand bleibt bei dir, sagt CK. Und Jeffers und Rose zur Bewachung.

Bevor ich ausspucken kann, dass wir dann ziemlich in der Unterzahl sind, erklärt er mir:

Du hast hier nur einen Eingang im Auge zu behalten. Und weißt du was, Lane? Ich habe vollstes Vertrauen in deine Glocks. Das Hotel ist 'ne andere Sache. Dort werden wir bezahlt. Deshalb brauchen wir dich dort, Juan E. Dich und deine Jungs. Damit wir sicherstellen, dass die 9 Bravos nicht einen auf *GoodFellas* machen.

Juan E schnaubt verächtlich und sagt: Sollen sie mal versuchen, Mann. Interessiert mich einen Scheiß, klar? Da kommt keiner rein oder raus, wenn ich oder meine Leute es nicht wollen.

Genau das wollte ich hören, sagt CK. Nun, meine Jungs kümmern sich um die Lobby, das Dach und die Straße, damit da alles seinen Gang geht, aber ich will deine Leute drin haben, damit sie sich um die 9 Bravos kümmern können. Behaltet die Finger weit genug von den Abzügen entfernt, okay? Die Sache ist friedlich, und soll auch friedlich bleiben. Du und ich, Mackie hier und ein paar von meinen besten Schützen, wir übernehmen das Treffen. Zehnter Stock. Zwei Bravos auf dem Zimmer. Nur zwei, so lautet die Regel. Zwei von denen, zwei von euch. Der Rest von ihnen, und wie ich hörte, werden das noch sechs oder sieben mehr sein, lassen wir bis auf den Flur, und – na ja, wie du sagtest, ihr seid diejenigen, die sie rein und wieder raus lassen.

Geht klar, sagt Juan E.

Und jetzt wird's richtig interessant, sagt CK. Richtig, richtig gut. Wir schaffen 'ne ganze Menge Holz auf die Bank. Seht euch das an.

CK zieht ein Stück Papier aus seiner Hemdtasche und faltet es auseinander. Eine Fotokopie von irgendwelchen hochoffiziell aussehenden Dokumenten. Sehen aus wie Lizenzen oder Diplome, gravierte und mit schicken Borden verzierte Zertifikate, auf denen eine Menge Dinge geschrieben stehen, die aber im Kern nur eine Sache bedeuten: Zahltag.

Was ihr hier seht, ist eine hübsch geschwungene Zahl mit einer ganzen Menge Nullen hintendran, sagt CK.

Zwei Millionen Dollar.

Um uns herum wird gemurmelt. Juan E schüttelt den Kopf, als musste er sich gerade einen uralten Witz anhören. Dann sagt CK:

Das hier ist eine Kopie von sogenannten Inhaberobligationen. Und diese Inhaberobligationen sind sauber, so wie gutes altes Bargeld. Es heißt, dass von denen nicht mehr so viele im Umlauf sind, weil sie nicht registriert sind, also nicht in den Büchern der Firma oder der Stadt oder von wem auch immer sie ausgestellt wurden auftauchen. Was bedeutet, dass keiner weiß, wer sie besitzt. Soweit klar? Was ich damit sagen will, ist: Wer das Papier hat, dem gehört das Geld. Man nennt so was auch übertragbare Wertpapiere, wie ein riesiger Scheck, den man nicht unterschreiben muss. Ich meine, es ist noch nicht mal wie ein Scheck, eher wie ein riesiger Geldschein. Die werden nicht für jemand Bestimmten ausgestellt, sondern für den, der sie verdammt noch mal gerade *besitzt.* Also demjenigen, der sie mit sich herum trägt. Ist das zu fassen? Demnach kann also jeder, der sie besitzt, sie auch … einlösen. Niemand wird Fragen stellen.

Und so wird das mit den Obligationen laufen. Wir werden in Teilbeträgen ausbezahlt. Vier Teile, jeweils eine halbe Million. Die erste haben wir als Anzahlung bekommen. Wenn wir uns mit den Bravos zusammensetzen, bekommen wir die zweite Zahlung und deren Leben in unsere gierigen Griffel gelegt, und sie kriegen dafür den Ort, wo die Schießeisen zu holen sind. Unserem Mr. Lane hier übergeben sie dann Zahlung Nummer Drei. Er gibt ihnen die Schlüssel zu dem Van, wir geben ihnen ihre Jungs zurück, und dann kriegen wir die vierte Zahlung. Dann gehen wir alle miteinander wieder nach Hause und gratulieren uns dafür, noch am Leben zu sein. Und reich.

Okay, wir haben das zehnte Stockwerk des Hotels für uns. Perfekt. Das Gebäude hat nicht mehr als achtzehn, maximal zwanzig Stockwerke, und über der fünften Etage wohnt kaum noch jemand. Der Rest verfällt, und was noch übrig ist, dient den Obdachlosen als Bleibe. Wir werden das Stockwerk durchkämmen, und dann werden meine Jungs die Ausgänge kontrollieren.

Er dreht sich wieder zu Juan E: Ich will, dass einer von deinen Jungs, ein Schütze, der zweitbeste nach ihm hier–

Juan E sieht an dem gelben Nigger vorbei. Das wäre Lil Ace, sagt er.

Okay, dann will ich, dass sich Lil Ace mit einem von meinen Jungs zusammentut – das wäre dann Meehan, sagt er zu Mackie – und die ganzen oberen Stockwerke überprüft, und die beiden dann vom Dach aus Ausschau halten. Soweit alles verstanden?

Alle nicken.

Wir haben Männer auf dem Dach, auf der Straße, in der Lobby, und wenn die 9 Bravos aufkreuzen, werden wir ziemlich schnell wissen, ob sie Probleme machen werden oder ob Zahltag ist. Wenn Zahltag ist, werden Juan E und seine Brüder mit den 9 Bravos das Brot brechen–

Juan E unterdrückt ein Lachen.

Sag deinen Leuten, dass sie cool bleiben sollen. Wenn euch einer von den 9 Bravos dumm anmacht, dann schluckt's runter. Wenn ihr wollt, könnt ihr die Kerle später aufmischen, wenn ihr wieder unter euch seid. Aber nicht, solange ich hier bin. Solange ich hier bin, spielen wir das verdammte *LoveBoat.* Verstanden?

Juan E nickt. Kein Problem, sagt er. Kapiert? Kein Problem. Es sei denn, die betteln darum, ins Gras zu beißen.

Eine kleine Sache noch, Boss, sagt der gelbe Nigger, und es ist entweder seine Stimme oder der Hauch von Spott, der darin liegt, der CK's Kopf ruckartig in seine Richtung schnellen lässt. Ich bleibe hier. Bei den Knarren.

Das war eine Feststellung, keine Frage. Und niemand sagt CK, was zu tun ist. Es sei denn, man ist dieser Kerl, dann vielleicht schon. Und vielleicht kommt man damit sogar durch.

CK sieht mich an, und ich setze mein Pokerface auf und zucke mit den Achseln. Schließlich bin ich ja ein guter Soldat, nicht wahr?

Aber CK will ein Spielchen spielen, denn CK kämpft immer mit harten Bandagen, also sagt er zu dem gelben Nigger: Ach, wirklich?

Ja, wirklich, sagt der. Das Hotel hat kein Monopol auf die 9 Bravos. Spielt ihr dort oben mal mit euren Obligationen rum, wir sitzen hier unten auf dem echten Stoff. Und es ist solange nicht vorbei, bis die nicht hier runterkommen und das Ding über die Bühne bringen. Und wenn die euch reinlegen wollen, tja, dann müssen sie das hier machen und nicht in dem verkackten Hotel. Also bleibe ich hier, und wenn die 9 Bravos gierig werden sollten, werden sie schnell feststellen müssen, dass sie sich mit dem falschen Nigga angelegt haben.

Juan E stimmt ihm zu: Mein Bruder hat recht. Ich will, dass mein Nigga hierbleibt.

Ende der Geschichte. Als ob das nicht sowieso genau das ist, was wir wollten: Dass der Schlimmste von allen, der gelbe Nigger, nicht bei der Konfrontation in dem Hotel dabei ist.

Damit ist unser kleines Gipfeltreffen auch schon beendet, und für mich ist es Zeit, mir CK kurz zur Seite zu nehmen.

Eine Sache, CK, sage ich.

Was?, fragt er.

Wenn die Bravos anrücken – woher weiß ich, dass sie mir die richtigen Papiere übergeben? Ich meine, was hält sie davon ab, mir was anzudrehen, was zwar offiziell aussieht und sich offiziell anfühlt, aber keine fünfhunderttausend in Inhaberobligationen wert ist?

CK seufzt und sagt: Weißt du was, Lane? Du solltest es wirklich ein wenig ruhiger angehen lassen. Manchmal denkst du einfach zu viel nach, und das hilft niemandem. Ich sage nur ein Wort, Lane: Vertrauen. Oder wie wäre es mit: Glauben.

Verstehe, sage ich. Aber du weißt, was Charlie Manson sagte: Absolute Paranoia bedeutet auch absolute Vorsicht. Lass mich wenigstens noch mal einen Blick auf die Fotokopie werfen. Ich will wissen, wie die Dokumente aussehen müssen. Ich möchte ungern nach Hause fahren und Jules ein paar Garantiezettel für Videorekorder überreichen.

CK lacht und sagt: Klar. He, pass auf, die haben diese CUSIP-Nummern. Wenn die übereinstimmen, ist alles okay. Siehst du, genau hier. Wenn du dir Sorgen machst, dann schreib dir die Nummern ab und sieh nach, ob sie übereinstimmen.

Er reicht mir die Kopie, und während ich mir diese ulkigen Dokumente ansehe und versuche mir die CUSIP-Nummern einzuprägen, sage ich:

Oh, richtig, und da ist noch etwas. Vielleicht habe ich ja was übersehen, aber wo ist unser alternativer Treffpunkt?

CK sieht irgendwo hin und sagt: Bei dieser Fahrt gibt es nur einen Zwischenstopp auf dem Weg nach Hause, und der ist in Morristown. Aber nur zwischen uns beiden … hör zu, erinnerst du dich noch an die South Jersey Lagerhäuser?

Ich nicke, sehe aber nicht von der Fotokopie auf. Ich starre auf Papier, einem Bild von Papier, und das Papier hat Embleme und Nummern, aber kann unmöglich so viel Geld wert sein. Zwei Millionen Dollar.

Also, sagt er, von mir hast du das nicht. Und erzähl es bloß nicht den Niggern, okay? Die South Jerseys sind das, was man vielleicht den Treffpunkt der weißen Männer nennen könnte. Und jetzt gib mir das Ding und leg die Füße hoch. Die Nacht wird schnell rum sein.

DAS WARTEN

Womit wir es, nach langem Warten, eine Stunde vor Sonnenaufgang haben, als CK und ich uns die Nacht aus den Knochen schütteln und durch das Parkhaus laufen und die Jungs aufwecken, die nicht gerade Wache stehen oder in einem halbwegs annehmbaren Bett in einem der Hotels schlafen. Nach einer Nacht wie dieser wundert sich niemand mehr, warum ich auf der Fahrt nach Norden so viel geschlafen habe. Vor einem wichtigen Treffen kann ich nie schlafen, und selbst wenn ich es könnte, wäre ich ein Narr, wenn ich es versuchen würde.

Stattdessen verbrachte ich die Nacht hinter dem Steuer des Vans, starrte hinaus und machte mir Sorgen. Was für eine Art, acht Stunden totzuschlagen: mit genügend Schmuggelware unterm Arsch, um den nächsten Bürgerkrieg loszutreten oder ungefähr tausend gleichrangiger Schwerverbrechen angeklagt zu werden. Hängt immer ganz vom Standpunkt des Betrachters ab. Und neben mir sitzt der gelbe Nigger, mit einer .38er Ruger ohne Hahn und einer Tüte Schweineschwarten in seinem Schoß.

Während der Nacht haben CK's Leute Wagen an verschiedenen Punkten in der Stadt abgestellt. Renny und ich haben den Olds für die Heimfahrt gewonnen. Laut dem Parkschein steht er vor dem Warwick Hotel.

Am frühen Morgen führt Juan E dann seine Leute hinaus, und die sehen aus wie ein Rudel junger Löwen. Protzig prüfen sie ihre Waffen, und es besteht kein Zweifel:

Das mögen noch Kids sein, aber die meinen es ernst. Ich denke, die werden sich als nützlich erweisen. Direkt nach ihnen kommt Renny Two Hand mit Donuts und noch mehr schwarzem Kaffee an. Ich kippe mir schnell den Rest meiner letzten Tasse hinunter, und in einem unbeobachteten Moment werfe ich noch ein paar Dexedrine ein.

Dann sind die Trupps verschwunden und nur noch wir fünf sind übrig: Renny, Jeffers, Rose, der gelbe Nigger und ich. Und die ganzen Waffen.

Okay, sage ich zu Renny. Geh rüber in das Restaurant auf der anderen Straßenseite und kauf dir noch ein Frühstück. Und lass dir Zeit. Das wird ein langer Morgen werden. Nimm dir einen Sitzplatz am Fenster. Behalte die Tür im Auge. Und wenn jemand reinkommt, oder selbst wenn dich jemand auch nur länger ansieht, dann ruf mich an.

Hey, sagt er. Ich hab ein gutes Gefühl bei der Sache. Und soll ich dir was sagen? Ich hab mich gestern Abend mit ein paar von den Jungs der U Street unterhalten.

Ja, sage ich. Hab ich gesehen.

Also, fährt er fort, die Jungs sind in Ordnung. Harte Typen. Aber die machen ihr Ding. Ein wenig wie wir, was? Die passen auf sich auf, weißt du?

Schon klar, antworte ich. Du solltest dir nur keine allzu großen Hoffnungen machen, deine neuen Kumpels nach der Sache hier in ihrer Nachbarschaft zu besuchen, okay?

Ja, verstehe, okay, sagte er. Es ist nur wie sonst, wenn du–

Seine Hand fährt zu seinem Gürtel hinunter und fördert sein Handy zutage.

Gib mir noch mal deine Nummer. Ich diktiere ihm die Nummer, er tippt sie ein, lächelt und sagt: Hab dich jetzt auf Schnellwahl. Rose und Jeffers und CK auch. Ich hatte überlegt, bei Pizza Hut anzurufen, aber weißt du was? Ich glaube nicht, dass die hierhin liefern.

Er macht sich auf den Weg zur Treppe. Wenn du mehr Kaffee brauchst, dann klingle mich an, sagt er. Vielleicht liefere ich ja was.

Ich begebe mich zu Jeffers und Rose, die ihre Waffen überprüfen und ihre CAR-15-Sturmgewehre mit ACOG-Reflexvisieren und Laserzielsuchern ausstatten. Die perfekte Ausrüstung für ein Feuergefecht innerhalb einer Stadt, was das Letzte ist, was ich erleben will. Ich sage ihnen, dass sie hoch aufs Dach sollen. Zu dem gelben Nigger sage ich nichts.

Nach einer Weile sitzen wir beide wieder im Van. Ich auf der Fahrerseite, er auf der Beifahrerseite. So wie sich das gehört.

Wir warten. Und dann warten wir weiter.

Er muss so um die fünfunddreißig sein, aber ich kann das Alter von Leuten nur schwer einschätzen. Könnte auch älter sein. Heute hat er sich seine Dreadlocks im Nacken zusammengebunden. Er ist nicht sonderlich groß, aber auch nicht klein, einfach nur Durchschnitt, mit jeder Menge Muskeln. Aber keine Knastmuskeln, die erkennt man sofort. Bestimmt saß er mal ein, die meisten von diesen Straßenkids landen zwei oder drei Mal im Bau, bevor sie einundzwanzig sind, aber nichts Großartiges. Er ist ein cleverer Kerl, der frühzeitig seine

Lektion gelernt hat: Sich niemals erwischen lassen. Sein Gesicht, das so bleich ist wie Sand, ist ein einziges Rätsel. Seine blauen Augen verbirgt er hinter dieser gruseligen Sonnenbrille. Dazu seine leise Stimme, die jedes seiner wenigen Worte noch mit einer unterschwelligen Drohung versieht, und schon hat man jemanden, den man eigentlich nicht um sich haben will. Es sei denn, man muss einen Deal mit ihm abwickeln.

Tja, was soll ich sagen? Die Stille schlägt mir so langsam auf die Stimmung.

Hey Mann, wie geht's?

Ich reiche ihm die Hand hinüber. Er bewegt sich nicht. Ich ziehe die Hand zurück.

Wie wär's, wenn du mir deinen Namen sagst?, versuche ich es, ernte aber nur diese dunklen Brillengläser und versiegelte Lippen.

Hey, sage ich, dieses Mal nicht als Frage.

Dein Name.

Er atmet langsam und geräuschvoll aus, wie ein Schulkind, dem man eine Geschichte erzählt hat, das es nicht glauben kann. Dann sagt er:

Jinx, du Blödmann.

Jinx, sage ich. Echt wahr? Jinx.

Ich sehe zum Fenster hinaus. Hammeraussicht in so einer Tiefgarage.

Ja, hast du ein Problem damit?

Pass mal auf, Jinx, sage ich. Die Jungs nennen mich manchmal *Locker*. Weil ich den Leuten früher zu oft gesagt habe, dass sie locker bleiben sollen. Meine Freundin nennt mich hin und wieder ihren *Hübschen.* Aber das ist auch nicht mein richtiger Name. Das sind Spitznamen, klar? Ich heiße Burdon. Burdon Lande. Und ich sitze hier, und du sitzt hier, und ich denke, dass du mir vielleicht sagen könntest, wie du heißt.

Er atmet noch einmal aus. Dann redet er mit mir, als wäre ich ein vollkommen fremder Mensch für ihn.

Mein Sklavenname ist Michael Sexton.

Und dann lächelt er. Zumindest glaube ich, dass das ein Lächeln sein soll.

Aber für dich, Weißbrot … bin ich Jinx.

Er zeigt zu viele Zähne für ein echtes Lächeln. Dieser Typ ist ein Jäger, ein Wolf unter jenen, die er für Schafe hält.

In dem Moment wird mir klar, dass ich ihn nicht aus den Augen verlieren darf. Nicht für eine Minute. Entweder ist er direkt bei mir, oder tot unter der Erde.

Also, fragt er, was liest du da?

Ich sehe zu meinem neuen Kumpel Jinx hinüber. Er nimmt seine Sonnenbrille ab, poliert sie eine Weile, dann steckt er sie sich in seine Jackentasche. Er deutet mit einem Kopfnicken auf meinen Schoß.

Das Buch, sagt er. Liest du die Bibel?

So, wie er das sagt, klingt es, als sei der Umstand, dass ich die Bibel lesen könnte, zugleich die lächerlichste und wichtigste Sache von allen.

Nein. Das ist nicht die Bibel, erkläre ich ihm. Ich hab mal versucht, sie zu lesen, aber ich bin nicht über die Stellen mit dem ganzen *der zeugte den und der zeugte den* und so weiter hinausgekommen. Nein, ich lese das hier, *Schuld und Sühne.*

Dann zeige ich ihm noch den Umschlag, falls er mir nicht glaubt.

Ah, sagt er. Nettes Buch.

Ein nettes Buch?, sage ich und ertappe mich gleichzeitig dabei, lehne mich zurück, und dann lache ich. Hast du es gelesen?

Und dann ist plötzlich er es, der lacht.

Gelesen? Verdammt, Mann, ich hab es geschrieben.

Und dann lachen wir beide, und dann passiert es irgendwie. Während sich der Morgen aus der Dunkelheit herauswindet und zu der Zeit wird, in der die Kinder aufwachen, wo die Wecker die Leute aus ihren Träumen und in die Albträume ihres Lebens reißen, während CK und Mackie und Juan E und die anderen die Treppenstufen in den zehnten Stock des Excelsior Hotels hinaufsteigen, erzähle ich meinem neuen Kumpel Jinx die Geschichte hinter diesem Buch, die ich noch niemandem zuvor, nicht Renny Two Hand und noch nicht einmal Fiona, erzählt habe.

Das Buch gehörte meiner Mutter, erkläre ich ihm. Eines von vielen. Meine Mutter hatte viele Bücher, ganze Regale voller Bücher, oben im Schlafzimmer in unserem alten Haus. In den letzten Jahren ihres Lebens hat sie nichts anderes mehr getan als gelesen. Das war alles, was sie noch tun konnte, während sie im Bett lag und darauf wartete, dass sie der Krebs von innen auffraß. Ich war bei ihr, als die Ärzte ihr die Nachricht von dem Krebs überbrachten und sagten, wie viel Zeit ihr noch bleiben würde, aber sie hätten ihr auch etwas über die neue Herbstkollektion erzählen können, so viel Beachtung, wie sie dem Ganzen widmete, so als wüsste sie das alles längst. Sie wartete darauf, dass sie sich nacheinander vom Acker machten, und dann las sie weiter ihre Bücher.

Einmal fragte ich sie, fragte ich sie frei heraus, was es mit den Büchern auf sich hatte. Ich besuchte sie ein paar Mal die Woche, oben in ihrem Schlafzimmer, und immer hielt sie ein Buch in den Händen, hatte eines in ihrem Schoß und auf dem Nachttisch, und ich musste sie einfach fragen:

Mom, wieso sitzt du hier und liest all diese Bücher?

Und sie sah mich mit Augen an, die so klar waren, dass ich durch sie hindurch und direkt in sie hinein sehen konnte. Sie faltete die Ecke der Seite um, auf der sie gerade war, dann klappte sie das Buch zu, und es war dieses Buch hier, *Schuld und Sühne,* und sie drückte es mir in die Hand. Und nach einer ganzen Weile sagte sie zu mir:

Nimm dieses Buch, Burdon. Dann wirst du schon sehen.

Lies es, sagte sie. Nicht einfach nur ansehen, lies es wirklich. Wenn man ein Buch liest, erklärte sie mir, kommt man an das Ende einer Seite, und dann, na ja, dann blättert man weiter zur nächsten. Und zur nächsten. Dann kommt man an das Ende eines Kapitels, und dann folgt das nächste Kapitel. Es gibt immer eine nächste Seite, ein weiteres Kapitel, eine weitere Geschichte, ein anderes Buch. Es ist nie vorbei. Selbst wenn am Schluss das Wörtchen ENDE steht.

Das war das letzte Mal, dass ich Mom weinen sah, aber sie lächelte auch.

Es gibt immer eine weitere Seite, sagte sie. Ein weiteres Kapitel.

Es ist nie vorbei.

Ich weiß nicht, was ich gesagt habe, und ich weiß auch nicht, was ich getan habe, bis mir Jinx das Buch zurückgibt und sagt:

Stimmt.

Dann klingelt das Motorola. Ich ziehe es aus meinem Gürtel.

Hallo?

Es ist CK: Du bist dran.

Alles klar, sage ich.

Klick.

Klick.

Und nachdem genug Zeit vergeht, klingelt das Motorola wieder.

Dieses Mal ist Renny Two Hand dran: Wir kriegen Gesellschaft, sagt er. Drei Typen. Und die gefallen mir nicht. Überhaupt nicht. Die sin–

Bleib locker, sage ich zu ihm. Bleib in dem Restaurant. Und bleib locker.

Ich lege auf und weiß, dass ich Jinx nichts erklären brauche. Denn da kommen sie auch schon die Treppe herunter, drei Anzugträger in knittrigen Regenmänteln, die für den Rest der Welt wie Wall-Street-Banker aussehen, die sich auf dem Weg zum Mittagessen hoffnungslos verirrt haben. Schweigsame Gesichter. Ernste Gesichter.

Weiße Gesichter.

Das ist sie also – die Zusammenkunft. Die Übergabe. Das Treffen. Ich hab Hunderte von Bezeichnungen für diesen Moment gehört, und keine davon passt, nicht in der echten Welt. So was passiert einfach, wie Unglücke. Man kann planen, alles bedenken, sich vorbereiten. Aber dann passiert es einfach.

Jedes Mal, wenn ein großer Deal ansteht, ist da dieses furchtbare Gefühl. Nicht dieser Rausch, nein, keiner von diesen nervenzerfetzenden Adrenalin-Momenten, den sie den Kaufrauschzombies in diesen billigen Gangsterfilmen vorsetzen. Es ist nur dieses kalte Etwas, das dir die Wirbelsäule hinaufkriecht. Ein kleiner Teufel, der irgendwo in deinem Hintern geboren wurde, schießt einfach hinauf in dein Gehirn, und dort bleibt er und flüstert dir zu, dass du weglaufen sollst, so schnell wie ein Wiesel, und vor dem Morgen nicht anhalten sollst.

Diese Botschaft ist von erstaunlicher Klarheit. Sie schmerzt in deinem Kopf. Manchmal tut es auch in deinem Bauch weh, und dann willst du nichts weiter tun, als die Hosen runter und es raus lassen.

Und du willst auf die Stimme hören. Hin und wieder liegt sie richtig, aber das weiß man erst, wenn man es … weiß. Dann ist Schadensbegrenzung angesagt. Wenn man dieses Gefühl nicht kennt, ist man entweder ein Idiot oder tot. Wahrscheinlich sogar beides.

Und jetzt, in diesem Moment, lügt mich der Teufel wieder an.

Weiße Gesichter. Und es sind nicht nur die Gesichter, es sind ihre Frisuren, die Mäntel. Es ist die Art, wie diese Jungs auf den Van zulaufen, wie keiner von ihnen sich umsieht, sich über die Schulter sieht, sich Sorgen zu machen scheint, was vielleicht hinter ihnen lauert.

Weiße Gesichter.

Jinx sieht mir an, was ich denke.

Okay, sagt er. Wer zum Teufel sind diese Albinos? Aber hey, weißt du was? Wenn eine Sache so sehr stinkt, muss sie sauber sein.

Er nimmt sich die Pistole aus dem Schoß.

Alles cool, sagt er. Niemand wird umgelegt. Die Bravos sind Nigga, aber ganz sicher keine dummen Nigga. Also haben sie sich ein paar weiße Bwanas angeheuert, damit die die Drecksarbeit für sie machen. So wie ihr ein paar von hier für eure benutzt habt. Macht so viel Sinn wie der Rest bei diesem Deal auch. Dann los, lassen wir's krachen.

Warte noch 'ne Sekunde, sage ich und wähle Roses Nummer, der auf dem Dach steht.

Ja?

Was hast du gesehen?

Drei sind rein, noch keiner wieder raus,

Okay, sage ich. Bleib in Bereitschaft.

Ich rufe Jeffers an.

Was?

Irgendwas zu sehen?

Gar nichts. Sag einfach Bescheid, wenn's losgeht.

Okay, sage ich. Halt dich bereit.

Jinx?

Er ist schon halb zur Tür hinaus, als er sich noch einmal umdreht: Ja?

Halt die Klappe und lass die Finger vom Abzug. Und merk dir nur eines: Wenn du mich irgendwas Ausgefallenes sagen hörst, so was wie oh, leg sie um, also, dann ist das der Moment, wo du sie umlegst, okay? Aber für Erste kümmere ich mich um Mr. Filialleiter. Du kannst dich in der Zwischenzeit mit seinen Arschkriechern anfreunden.

Jinx schnaubt verächtlich, dann ist er aus dem Van, und sein leicht angewinkelter rechter Arm verbirgt die Ruger hinter seinem Rücken.

Ich stecke mir die Glock vorn in meinen Gürtel, wo man sie sehen kann.

Mr. Filialleiter bleibt etwa zehn Meter vor dem Transporter stehen, streckt seine weiße Hand aus und sagt:

's klar?

Genau so sagt er es, als wäre es nur eine Silbe, nur ein Wort.

Alles bestens, antworte ich. Aber ich gebe ihm nicht die Hand. Dann frage ich: Haben Sie die Papiere dabei?

Oh, na klar, sagt er. Ich hab die Papiere da. Dann eine Pause. Haben Sie die Schlüssel? Seine Augen huschen zu dem Van, dann wieder zurück zu mir.

Sicher doch, sage ich. Ich habe die Schlüssel.

Großartig, sagt er. Dann geben Sie mir doch die Schlüssel, und dann gebe ich Ihnen die Papiere.

Nein, Sir, antworte ich ihm. So läuft das nicht.

Hören Sie, sagt er, vielleicht liegt hier ja ein Missverständnis vor, aber mein Job ist es, in dieses Parkhaus zu kommen. Und Ihr Job ist es, mir die Schlüssel zu geben.

Nein Sir, entgegne ich. Ihr Job ist es vielleicht, in dieses Parkhaus zu kommen. Aber wenn Sie die Schlüssel wollen, müssen Sie sie mir abnehmen. Denn freiwillig rücke ich die erst dann raus, wenn ich tot bin. Es sei denn natürlich, Sie wollen mir zuerst die Papiere übergeben.

Er verliert die Fassung. Sieht sich hilfesuchend nach seinen Freunden um, die jetzt, wo sie meinen neuen Kumpel Jinx kennengelernt haben, ein wenig besorgt wirken. Zuerst zeigt er ihnen seine Pistole und dann den Weg zurück zu den Treppen. Die Show läuft nur auf eine Art ab – oder gar nicht.

Hey, sage ich zu Mr. Filialleiter. Hey. Beim zweiten Mal habe ich seine Aufmerksamkeit. Hören Sie zu, Kumpel, wieso fangen wir nicht noch einmal ganz von vorn an? Wir tun einfach so, als wären Sie gerade hier hereinspaziert, okay, und sagen zu mir: 's klar? Und darauf sage ich: Hey, alles bestens. Dann sagen Sie zu mir: Hier sind die Papiere, die ich Ihnen geben soll. Mit Betonung auf dem Wörtchen geben, denn das hier ist kein Handel. Es ist alles andere als das, okay? Also, bereit? Dann sage ich jetzt …

He, alles bestens.

Mr. Filialleiter stiert wieder zu seinen Freunden zurück, und Jinx, der mich noch ungeduldiger ansieht als ein Junkie, der auf seinen nächsten Schuss wartet, hat sie schon fast wieder zurück zur Treppe gescheucht.

Also frage ich Mr. Filialleiter: Geben Sie mir jetzt die verdammten Papiere oder was?

Er knickt ein, hat kleine Schweißperlen auf der Stirn, die Angst ist ihm immer mehr anzumerken, und dann sagt er: Hören Sie, Sie müssen mir die Schlüssel geben.

Ich muss Ihnen einen Scheiß geben, Kumpel, und wissen Sie wieso?

Ich greife an meinen Gürtel, und der Typ zuckt zurück, kein Witz, er zuckt wirklich zurück, aber ich hole nur mein Handy hervor und wähle Two Hands Nummer.

Ja?

Wie sieht's aus?

Alles ruhig.

Cool.

Ich lege auf, und dann halte ich meine Ansprache an Mr. Filialleiter:

Ich sage Ihnen, wieso. Sie latschen hier mit den Papieren rein, nicht wahr? Sie, er und er, nur drei von euch und die Dokumente. Die Sie wo versteckt haben? Wahrscheinlich in Ihrer Hemdtasche. Also habe ich Sie und die Dokumente, und mein Kumpel hier hat Ihre beiden Verabredungen zum Essen im Auge, und mein anderer Kumpel am anderen Ende der Stadt hat Ihre Bravos und die anderen Dokumente und … na ja, vielleicht übersehe ich hier ja auch einfach etwas, aber sagen Sie mir doch, okay, verraten Sie mir doch eines: Warum sollte ich Ihnen die Schlüssel für den Van geben?

Er schluckt, und jetzt will er sich nicht mehr zu seinen Freunden umdrehen, aus Angst vor dem, was er da vielleicht zu Gesicht bekommt. Aber zumindest bekommt er noch eine Antwort herausgepresst:

Weil wir einen Deal hatten?

Wir war das?, frage ich. Ich hab Sie nicht verstanden.

Weil … wir einen Deal hatten?

Bingo, sage ich. Und jetzt geben Sie mir die verdammten Papiere.

Ich hatte recht, er hatte sie zusammengefaltet in seiner Hemdtasche, und sie sehen echt aus, und ich nehme die Dokumente, überprüfe sie, die CUSIP-Nummern stimmen, und ich falte sie wieder zusammen, stecke sie in meine Hemdtasche und sage:

Die Schlüssel stecken im Wagen.

Jinx steckt sich seine Pistole in seine Tasche und verschwindet mit den anderen zwei Typen die Treppe hinauf.

Dann sagt Mr. Filialleiter sein letztes Wort zu mir. Er fragt:

Und?

Und ich laufe zurück zu dem Van, schnappe mir meine Reisetasche, und dann lasse ich ihn stehen. Ich zücke mein Handy und rufe CK an und lasse ihn wissen, das wir hier fertig sind. Und wissen Sie, was CK zu mir sagt? Er sagt:

Bleib dran.

Dann ist es lange still am anderen Ende der Leitung, und dann ist er wieder da und sagt:

Ich musste mir schnell etwas Privatsphäre verschaffen. Bist du noch dran?

Ja, sage ich, und er sagt:

Verschwinde so schnell wie möglich aus New York.

Seine Stimme hört sich über die Leitung wie ein tiefgefrorenes Flüstern an.

Geh zum zweiten Treffpunkt oder vielleicht nach Wilmington, zum Bahnhof. Verschwinde, in Richtung Heimat. Such dir einen abgeschiedenen Flecken Erde abseits der Straßen und ruh dich aus. Verschwinde dorthin und zieh den Kopf ein.

Seine Stimme kommt von weit her, so leise und doch plötzlich so deutlich:

Und sobald du die Chance dafür bekommst, bringst du den Nigger um.

DIE KACKE IST AM DAMPFEN

Als ich mir das Motorola an den Gürtel hänge, fällt mir wieder ein, warum ich Mathe immer gehasst habe:

Weil Zwei plus Zwei nicht immer Vier ergibt.

Das fällt mir in dem Moment ein, als mir klar wird, dass Jinx bereits die Treppen hinauf gelaufen und draußen ist. Auf und davon. Scheiße. Ich hänge mich wieder ans Telefon. Wähle Two Hands Nummer. Er nimmt beim ersten Klingeln ab.

Ja, was gibt's?

Ich komme rauf, sage ich. Hast du Jinx gesehen?

Wen?, fragt er.

Den gelben Nigger.

Nein, sagt er, und dann: Der ist doch bei dir.

Nein, erkläre ich ihm. Er ist nicht bei mir, und genau das ist das Problem. Ein großes Problem. Unser Problem. Halt die Augen offen. Ruf Jeffers an und gib ihm Bescheid. Ich bin gleich bei dir.

Der Motor des Vans heult auf und hört sich wie das Knurren eines müden Hundes an. Und ich stehe einfach nur da und starre ihn an, bis ich Mr. Filialleiters Blick erhasche. Mir gefällt nicht, was ich sehe. Der Kerl hat noch nicht mal den Laderaum überprüft. Es gefällt mir ganz und gar nicht.

Ich bin raus aus der Tür, im Treppenhaus und dann wieder draußen auf der Straße. Niemand befindet sich auf dem Gehweg, niemand zu sehen. Jinx und Mr. Filialleiters Statisten sind verschwunden. Gegenüber des Eingangs zur Tiefgarage, hinter dem übersichtlichen Sonntagmorgenverkehr, steht Two Hand am Fenster des Restaurants. Er schüttelt den Kopf von links nach rechts. Nein. Also stecke ich mir die Hände in die Taschen meines Regenmantels und verhalte mich wie ein New Yorker, latsche mit eingezogenem Kopf bei Rot über die Straße, um mir einen Cappuccino und einen Bagel zu gönnen.

Renny fängt mich an der Tür ab, mit einem verlorenen Gesichtsausdruck.

Jeffers und Rose–

Lass mich raten, unterbreche ich ihn. Die haben sich mit ihrem Chevy aus dem Staub gemacht.

Ja, aber–

Sind sie Jinx gefolgt? Dem U Street Typen?

Nein, nein, sagt Renny. Den hab ich nicht gesehen, aber das Ding ist, Burdon, ich hätte ihn nicht übersehen können. Auf gar keinen Fall. Ich war–

Du hast alles richtig gemacht, Kid, sage ich. Aber wir müssen verschwinden, und ich meine verschwinden. Irgendwas stimmt hier nicht.

Ich wühle in meinen Taschen herum: Hier.

Ich halte ihm den Parkschein hin.

Warwick Hotel. Das ist an der 54th und – scheiße, kann mich nicht mehr erinnern – Sixth Avenue, glaube ich. Der Taxifahrer wird's wissen. Nimm den Olds vor dem Hotel und beweg deinen Arsch nach Jersey. Aber egal, was du auch tust, bleib von Morristown weg. Hör mir zu, das ich wichtig. Fahr nicht nach Morristown, verstanden?

Ich nehme den Kuli aus seiner Hemdtasche und schreibe ihm die Orte auf eine Serviette.

Das ist der andere Treffpunkt, erkläre ich ihm. Süd-Jersey. Ein paar Lagerhallen. Ich treffe dich dort. Um ein Uhr. Warte nicht länger als eine Stunde auf mich. Wenn ich nicht aufkreuze … scheiße, Mann, wenn ich nicht aufkreuze, dann fahr nach Hause und finde Trey Costa, okay?

Aber was, wenn ich–

Ich drehe ihm den Rücken zu, denn ich weiß, dass er ein guter Soldat ist, so wie ich, ein guter Soldat, und er wird zum Warwick fahren, er wird den Wagen nehmen, zum zweiten Treffpunkt fahren und sich aus allem raushalten.

Und was mache ich? Ich hab noch was zu erledigen. Jinx ist auf und davon, und er unterhält sich entweder mit den Banktypen über Geldmarktkonten oder ist auf dem Weg zu Juan E und dem Rest seiner Crew. Da braucht man nicht lange nachzudenken. Ich muss Jinx von diesem Hotel fernhalten. Und herausfinden, was für eine Scheiße hier wirklich abgeht.

Ich rufe mir ein Taxi heran und sage dem Fahrer, einer von diesen Turban-Typen, wo ich hin will. Seine Augen bekommen diesen glasigen Ausdruck, und er fängt an, in seinem Stadtplan herumzublättern. Mittlerweile kennt die ganze Welt diese Ecke, aber jetzt, in diesem Moment, um 9:30 Uhr an diesem gewissen Sonntagmorgen hat

Manhattan das Excelsior Hotel vergessen, wenn es den Ort überhaupt je gekannt hat.

Scheiße, sage ich zu dem Taxifahrer, und dann nenne ich ihm die Straße, die Avenue und die Kreuzung. Und jetzt gib Gas, Gandhi, sage ich.

Das Excelsior. Ein schöner Name für ein Hotel, wenn vielleicht auch ein wenig zu großspurig für eines, dass seit zwanzig Jahren keinen zahlenden Gast mehr gesehen hat. Weit oben hinter der 110th Street in einer entmilitarisierten Zone, am Rand von Harlem.

Der Taxifahrer eiert immer noch mit seinem Stadtplan und seinen Straßenkarten herum.

Gib Gas, sage ich noch einmal und hämmere gegen die Plexiglasscheibe.

Er zwinkert nicht mal, legt nur die Karten zur Seite und wir fahren stadtaufwärts. Er nimmt die Westseite des Central Parks, und ich weiß nie, ob ich von diesen Fahrern verschaukelt werde oder nicht, jedenfalls sehe ich die Stadthäuser an mir vorbeiziehen, und dann weichen sie Gebäuden am Rand einer Fantasterei von Stadtsanierung, die in den späten Sechzigern rapide den Bach runterging. Wohnkomplexe, die wie Schrottplätze aussehen. An jeder neuen Kreuzung das gleiche erbärmliche Bild, ein ausgebranntes Gebäude, ein ausgebranntes Auto und dazwischen ausgebrannte Männer und Frauen und Kinder, die wie Kriegsflüchtlinge aussehen.

Als das Taxi am Ziel ankommt und an den Straßenrand fährt, fällt mein Blick auf eine Reihe von Polizeifahrzeugen, und beinahe hätte ich laut ausgesprochen, was ich denke: Oh, scheiße. Aber dann sehe ich die Leute, die sich auf der anderen Straßenseite versammelt haben, und deren Gesichter – lächelnde schwarze Gesichter und schwarze Körper in den besten Sonntags-Ausgehklamotten, eine nicht enden wollende Welle aus Pink und Blau und Gelb und Weiß, die gegen das weit offene und einladende Maul der Free African Methodist Church brandet, und ich denke bei mir: Nur CK schafft es, ein Treffen mitten in einem Sonntagsgottesdienst anzuordnen.

Ich gebe dem Fahrer einen Zehner, sage ihm, dass er den Rest behalten kann, ein Trinkgeld, aber nicht zu hoch, um im Gedächtnis zu bleiben, und dann bin ich auf der Straße und bewege mich langsam und eingewickelt in meiner New-Yorker-im Regenmantel-Verkleidung voran, die mich an mehr Cops vorbeibringt als ich in einer ganzen Woche in Virginia zu Gesicht kriegen würde. Sie sehen gelangweilt aus, ein lästiger Job, der aber gemacht werden muss, und die ganze Straße ist abgesperrt. Muss ja eine verdammt beliebte Kirche sein. Auf der anderen Seite sehe ich eine kleine Reihe von NYPD-Fahrzeugen, dazu ein paar Limousinen und sogar Übertragungswagen von Funk und Fernsehen.

Auf dieser Seite der Straße ist ein Appartementhaus, irgendein Sozialbau, ein Altenheim, das noch ganz gut aussieht, und bündig daneben lehnt sich das heruntergekommene Hotel Excelsior an. An dem verwitterten Vordach lässt sich noch geisterhaft der Name des Hotels ausmachen. Die eingeschlagenen Fenster links und rechts des Eingangs sind mit schmiedeeisernen Gittern gesichert, die ein kunstvolles verschnörkeltes Gebilde ergeben. Was von dem Gebäude noch übrig ist, also die unteren Etagen, wurde von den Methodisten übernommen und in eine Art billige Absteige umgewandelt, die sie Obdach nennen. Für die Landstreicher, die Hilflosen, und natürlich für die Cracksüchtigen.

Es ist der perfekte Ort für ein Treffen. Ein Ort für die, die durchs Raster fallen, die Anonymen, die Unsichtbaren, die Verlorenen. Ein Ort, wo man sich, egal ob Schwarz oder Weiß, unter die Leute mischen kann. Selbst an einem Sonntag.

In der Lobby des Excelsior treibt sich der übliche Abschaum herum. Die meisten hier sind im Heroinrausch eingenickt, und der Gestank ist wirklich erstaunlich, ein feuchter Dunst aus Lysol und Sperma. Wood Williams tut so, als wäre er hinter seiner Zeitung schon fast eingeschlafen, aber er grinst, als ich an ihm vorbei trabe. Ich drücke auf die Schalter, um mir einen der Fahrstühle zu rufen, und kann kaum glauben, dass die Tür von einem offen steht und darin sogar noch Licht brennt, doch ich nehme viel lieber im Rollstuhl die Treppen bis in den zehnten Stock als mein Leben diesem elenden Kasten anzuvertrauen.

Das Treppenhaus sagt schon alles: Das Haus ist tot und verfault von innen nach außen. Farbe und Putz lösen sich von den Wänden, bauliches Lepra, das den Blick auf verrottenden Gipskarton und Ziegel freigibt. Die Absätze auf jeder Etage bestehen aus einer Mischung aus abgeplatztem Beton, Glasscherben, Bierdosen, Crackpfeifen, gebrauchten BIC-Feuerzeugen und leeren Medizinfläschchen. Die Treppen scheinen mit jeder Stufe mehr nachzugeben, und jede weitere Etage offenbart neue Wunden an dem Gebäude. Im siebten Stock muss ich über ein paar Stufen springen, auf die Putz und Steine von der Decke gefallen sind.

Im neunten Stock versuche ich, zu Atem zu kommen. Noch ein Stockwerk vor mir. Ich höre eine Stimme, verstehe aber nicht, was sie sagt. Jemand summt. Ein Husten. Also scheint alles in Ordnung zu sein.

Möglicherweise.

Die letzten Stufen nehme ich sehr vorsichtig. Wie in vielen Stockwerken darunter fehlt auch hier die Tür zur Etage. Irgendwer hat sie aus den Angeln gerissen, um Feuerholz daraus zu machen. Oder um sie für etwas Stoff zu verscherbeln. In dem Gang dahinter ist es so düster, dass ich nichts erkennen kann. Also warte ich einen Moment im Dunkeln, bis ich schließlich wieder eine Stimme höre, und dieses Mal auch die Worte: Zehn Uhr.

Ich sehe auf meine Uhr, und die scheint nachzugehen, denn da ist es erst 9:50 Uhr.

Die Stimme gehört Martinez, und Martinez gehört zu CK und Mackie. Ich lege meine Reisetasche im Treppenhaus ab, dann rufe ich:

Rudy? Danach atme ich noch einmal tief durch und trete in den Gang.

Da ist Martinez, im Schatten. Ein anderer von unseren Jungs, ich denke, es müsste Crimso sein, steht weiter hinten im Gang und hält eine langläufige Automatikwaffe an der Hüfte, eine AK mit eigens angefertigtem hölzernen Kolben.

Lane?, ruft Martinez zurück, halb flüsternd, und was kann ich schon anderes antworten als:

Ja, Rudy, ich bin's.

Meine Fresse, sagt er. Wir hätten dich beinahe erschossen. Was machst du hier? Ich dachte, du wärst in der Stadt mit den–

Ich lege mir den Finger an die Lippen und sage:

Ich muss mit CK sprechen.

Martinez rollt mit den Augen. Ach ja?, sagt er und wird lockerer. Der Typ weiter hinten – ja, es ist tatsächlich Crimso – beachtet uns gar nicht weiter, also sage ich:

Er hat mich angerufen. Es ist wichtig.

Also sagt Rudy:

Warum hast du das nicht gleich gesagt. Komm mit.

Wir laufen den Gang hinunter, und da gibt es nicht viel zu sehen außer blanken Glühbirnen, von denen nur die Hälfte leuchtet, und diese schmierige grünliche Tapete, die Blasen wirft und teilweise in Fetzen von der Wand hängt. Die Türen zu den früheren Räumen sind entweder offen oder fehlen ganz, und die Zimmer selbst sind alle leer, bis wir uns schließlich dem Ende des Korridors nähern. Dann fangen die Dinge an, interessant zu werden.

Licht dringt aus einem Raum zu unserer Linken. Der Raum ist voll mit den Brüdern. Die 9 Bravos und U-Streets lungern auf dem Boden und auf den abgewetzten Möbeln herum, chillen, kippen sich Literflaschen

Starkbier hinter die Binde, nuckeln an Joints oder hängen einfach nur ab. Ein wirklich geselliges Treffen.

Dann, nach ein paar weiteren leeren Räumen, gibt es einen mit Toons und Fryer darin, und sie haben Leinentaschen auf ein paar Stühlen abgestellt und kramen in den Sachen herum, die sich in den Taschen befinden, und als wir vorbeilaufen, gibt mir Toons das Daumen-Hoch-Zeichen und wühlt dann weiter in der Tasche herum.

Dann haben wir das Ende des Flurs erreicht, und dieses Mal ist da eine Tür, auf der rechten Seite, und die Tür ist geschlossen, und mir muss keiner sagen, wer sich dahinter befindet.

Martinez klopft an die Tür, und als sie sich einen Spalt breit öffnet, sagt er:

Wir haben Gesellschaft. Lane ist da.

Mackie the Lackey führt mich in einen Raum voller grinsender Gesichter. Ich lasse den Raum auf mich wirken, der mal so eine Art Suite gewesen sein muss, breit, lang und leer, mit Ausnahme eines Tisches und ein paar Stühlen, den Überresten einer Essecke. CK steht am hinteren Ende, vor zwei großen Fenstern ohne Vorhängen, wie der Gastgeber einer surrealen Dinnerparty. Juan E und sein Django-Kerl sitzen an der einen Seite des Tisches und irgendein auf den Punkt zurechtgecasteter Boss-Nigger sitzt ihm auf der anderen Seite gegenüber, zusammen mit einem Typen, der aussieht wie die Gangster-Version von einem NFL-Linebacker. Der Boss muss Daddy Big sein, eine große Nummer bei den 9 Bravos.

Auf dem Tisch vor ihnen liegen ein offener Koffer, dicke Bündel Bargeld, jede Menge Handfeuerwaffen und vielleicht zwanzig Beutel Illejo. White Daddy. Kokain.

Verdammt. Ich wusste, es würde um Drogen gehen. Ich wusste es.

Hört zu, sagt CK, aber nicht zu mir, sondern zu den Typen am Tisch. Er ist cool. Einer von meinen Jungs. Nicht wahr, Lane?

Ich nicke, während ich mit Mackie den Raum durchquere, an dem Tisch und an Dawkins vorbei. Der Kerl lehnt zusammengesunken an der Wand, als würde er auf einen reichlich verspäteten Zug warten.

Hey, sagt Juan E, und damit meint er mich: Yo, hey. Du da. Weißbrot. Wie geht's meinem Lieblings-Nigga Jinx?

Ich werfe CK den Blick zu, den er braucht, einen der nichts und zugleich alles sagt, und dann sage ich zu Juan E: Hey, Jinx geht's prima.

Dann finde ich meinen Platz, einen leeren Flecken an der hinteren Wand, zwischen den beiden großen Fenstern, mit freier Sicht auf die Player und freiem Weg zur Tür, lehne mich zurück und genieße den Rest der Show.

Der Warlord der 9 Bravos sitzt da, unbewegt, ungerührt. Eine Onyx-Statue mit zwei .45er Desert Eagles als Gedeck vor sich. Der Linebacker zählt Dollars ab, und ich habe noch nie so viel zornige Langeweile gesehen seit der letzten Ansprache zur Lage der Nation.

Zwei Sachen stinken: Zum einen ist der Deal gelaufen. Und wenn der Deal gelaufen ist, bleibt man nicht noch zusammen, um sich die Hände zu schütteln. Oder Drogen zu verscherbeln. Und dann ist da noch Mackie, der rechts von mir am Fenster steht und abwechselnd auf seine Uhr und zum Fenster hinaus sieht, hinunter auf die Straße. Ein paarmal zu oft hinaus sieht.

Bis er sich dann CK zuwendet und sagt: Hey, wir müssen los.

Woraufhin sich CK seinem kleinen Publikum zuwendet:

Gentlemen, das wäre dann für heute wohl alles. Es fehlt nur noch eine kleine Dreingabe. Eine Kleinigkeit. Eine kleine Sonderzulage.

CK nickt Mackie zu, und Mackie hebt zwei lange Kisten vom Boden auf und stellt sie vorsichtig nebeneinander auf den Tisch.

Aufgemerkt, sagt CK zu Juan E und dem Bravo-Warlord. Was immer das bedeuten soll. Er benimmt sich wie einer dieser überkorrekten französischen Kellner in den Sketchen im Fernsehen.

CK zieht ein paar weiße Latexhandschuhe, wie sie auch Ärzte benutzen, aus seinem Mantel, und während er sie sich überstreift, erklärt er den beiden: Neuwertig. Absolute Schmuckstücke. Das Beste vom Besten. Eine für jeden der anwesenden Gentlemen.

Er lässt die Verschlüsse aufschnappen, und dann klappt er den Deckel nach hinten, als würde er die Kronjuwelen offenbaren. Und jetzt, wo ich hineinsehen kann, weiß ich, dass es auf gewisse Art tatsächlich Juwelen sind.

Mit den besten Empfehlungen von Mr. Berenger.

UND GOTT SPRACH ZU KAIN

Ich hab über diese Gewehre schon was gelesen, hab Geschichten gehört, Fotos gesehen, hab sie sogar schon in Trophäenschränken gesehen, aber noch nie direkt vor mir, in den Händen eines Schützen. Bis jetzt.

In dem Raum herrscht Schweigen. So still, dass man eine verdammte Stecknadel fallen hören könnte. Wie in einer Kathedrale. Mit einer gewissen Ehrfurcht hebt CK vorsichtig das erste Gewehr aus der Kiste und reicht es Daddy Big, dem Bravo-Warlord. Ein Angebot. Und jetzt ist auch endlich er bewegt. Er erhebt sich und nimmt den Malteser Falken der modernen Waffentechnik entgegen:

Die Van Doekken Longbore.

Das begehrteste Sportgewehr der Welt. Eines dieser Dinge, von dem die Leute bis ins Totenbett hinein behaupten, dass sie ein Mythos wäre, ein Produkt der Fantasie, ein Märchen. Aber die hier ist echt.

Es gibt nur ein paar hundert Logbores. Niemand weiß genau, wie viele, außer vielleicht Van Doekken selbst, aber der ist tot. Eine Waffe, wie sie nur die überaus Reichen besitzen, seien es Könige oder Königinnen, Film- oder Rockstars. In den Siebzigern in Südafrika hergestellt, handgefertigt, graviert und mit weltmeisterlicher Treffsicherheit ist sie das Lieblingsspielzeug der Millionäre und gut bezahlter Söldner. Meine erste Longbore sah ich in Mittelamerika. Damals gehörte sie dem gerade angesagten CIA-Mann da unten. Das zweite Mal begegnete ich einer in einem mit Seide ausgelegten Kiste in der südafrikanischen Botschaft in D.C. Diese hier, in den kräftigen Händen der Bravos, ist meine dritte, und so wie es aussieht, wird Juan E die vierte bekommen.

Ich frage mich, ob er überhaupt weiß, was er da bekommt, aber seine Augen werden immer größer, als CK ihm den Preis überreicht. Innerlich tanzt er herum wie ein Kind, das an Weihnachten richtig fett abgeräumt hat.

Die Longbore ist riesig, bestimmt über einen Meter zwanzig lang. Wenigstens einen Meter davon nimmt der Lauf ein. Insgesamt wiegt sie knapp sechs Kilo. Ein Zentralfeuer-Repetiergewehr, das beim Abfeuern wahrscheinlich singt.

Diese Ausgaben hier sind für den Einsatz in der Savanne angepasst worden. Auf dem titaniumblauen Lauf sitzen ein Nikon-Sucher und ein Laser-Zielsystem. Der Schaft ist aus Seidenholz, Bayrische Backe, mit vergoldetem Abzugsmechanismus. Alles handgemacht, vom Kolben bis zum Lauf, von den Einlegearbeiten ganz zu schweigen. Was für ein wunderschönes Schießeisen, und was für eine verdammte Schande. So etwas gehört ins Museum, nicht in die Hände von Ganoven.

Und ganz egal, ob Juan E und der Bravo nun wissen, was sie da in Händen halten oder nicht, das ist falsch. Das ist definitiv falsch.

In einem Raum voller verrückter Typen mit Waffen, Geld und Drogen gibt es allerdings nicht viele Optionen. Deshalb halte ich meine Klappe, aber ich lege mir die

Hand an den Gürtel und finde dort den Griff meiner Glock. Wenn die Hölle losbricht, werde ich nicht mit untergehen.

Sehen Sie mal hindurch, Gentlemen, animiert sie CK. Werfen Sie mal einen Blick durch den Sucher.

Juan E hält sich die Longbore an die Schulter und späht durch das Zielsuchsystem wie Davy Crockett.

Der Bravo, Daddy Big, ist hin und weg. Seine Hand fährt über den Kolben und sein Finger tänzelt über den Abzugsbügel. Es juckt ihn förmlich.

Mackie sieht wieder aus dem Fenster, und als der Bravo die Longbore in seine Richtung schwenkt und durch den Sucher bis nach Albany blicken kann, kippt der ganze Raum ein klein wenig nach rechts.

Boss, sagt Mackie. Er nimmt den Blick vom Fenster, sieht den Bravo und das riesige Gewehr an und muss noch nicht einmal blinzeln.

Boss, sagt er noch einmal. Wir müssen los.

CK ignoriert ihn. Sie können mit diesem Baby einen Elefanten aus tausend Yards Entfernung umlegen, erklärt er seinem dankbaren Publikum. Aber mit diesem Sucher und so wie sie in der Hand liegt, verdammt, damit können Sie auch eine Ameise umlegen, wenn Sie das wollen.

Juan E schwenkt das Gewehr herum.

Vorsichtig, sagt CK und lacht.

Mu'fuck, sagt Juan E. Verdammt.

Der Bravo schweigt noch immer. Er sieht durch den Sucher, dann zieht er den Kopf zurück, kneift die Augen zusammen und sieht mit seinen eigenen Augen in die gleiche Richtung. Dann geht er in Rührt-Euch-Stellung und wiegt das Heft in seinen Händen.

Wie wäre es mit etwas Zielschießen?, fragt CK. Aus seiner Jackentasche zaubert er ein glänzendes Magazin. Mit dem Magazin wedelt er vor Juan E herum. Ich zeige Ihnen, wie man es macht.

Er drückt das Magazin in Juan E's rechte Hand. Dann wühlt er in seiner Jackentasche herum und kramt ein weiteres Magazin heraus, das er dem Bravo zuwirft.

Okay, sagt CK. Drei-Schuss-Magazin, .557er Magnum-Kaliber. Das sind Monster. Winchester FailSafes, eine Kreuzung aus den zwei besten Patronen der Welt, der Nostler Partition und den Barnes X. Damit können Sie durch einen Mercedes schießen, wenn es sein muss. Allerdings etwas hakelig zu laden. Sie können die Babys nicht einfach so einlegen. Man muss sie leicht schräg halten und nach vorn drücken, okay?

Juan E schiebt das Magazin in die Longbore und schlägt von unten dagegen. Trés chic, sagt er mit diesem goldenen Lächeln.

Boss, sagt Mackie. Wie müssen wirklich los, und zwar sofort.

Okay, okay, sagt CK. Aber er spricht mit Juan E und dem Bravo. Jetzt kommt der schwere Teil. Wir haben es hier mit einem dreistufigen Sicherheitssystem zu tun. Ich zeige Ihnen, wie es funktioniert. Werfen Sie mir doch mal für eine Minute das Baby rüber.

Juan E wirft CK das Gewehr zu. Das Gewehr dreht sich wie in Zeitlupe in der Luft, das Sonnenlicht fängt sich funkelnd in dem Gold und blendet mich, und ich weiß nicht warum, ich weiß wirklich nicht warum, aber ich rufe:

Nein.

Und dann passiert es.

Mackie verlässt seinen Platz am Fenster, seine Hand schnellt unter seiner Jacke hervor, um Juan E die schallgedämpfte Pistole in den Hinterkopf zu bohren, der mit einem plötzlichen roten Zischen explodiert.

Dawkins holt mit seinem Unterarm gegen den Bravo Warlord aus, der ihn gegen die Wand prallen und sein Gewehr auf den Boden fallen lässt.

Django und die anderen Bravos zucken zusammen und fallen um, als Quillen seine schallgedämpfte Pistole in ihre Torsos leert.

Und CK bewegt sich mit selbstgerechter Sicherheit auf das hintere Fenster zu, die Longbore in seinen Händen, die in den Latexhandschuhen stecken, während Dawkins die zweite Longbore vom Boden angelt und das Magazin aus der Hand des gefallenen Bravos windet, und ich sehe, dass Dawkins' Hände auch in Handschuhen stecken, diesen weißen Latexhandschuhen, und er rammt das Magazin in die Waffe und bewegt sich mit der gleichen selbstgerechten Sicherheit zu dem anderen Fenster.

Ich drehe mich um und sehe hinaus, drehe mich um und sehe hinunter, über die Straße, zur Free African Methodist Church, dorthin, wo sich die Brandung aus Pink und Blau und Gelb und Weiß um die mächtige Freitreppe zum Eingang der Kirche verteilt, wo Mikrofone aufgebaut, die Anzüge schwarz und die Uniformen blau sind, wo der Pastor in der roten Robe den Weg für seinen Kollegen in der weißen Robe aus dem Süden freimacht, den Mann in der weißen Robe, den ich aus dem Fernsehen kenne, aus den Magazinen und Zeitungen, den Mann in der weißen Robe namens Gideon Parks, Reverend Gideon Parks, der seine Gefolgschaft, diese Leute da unten, aus ihrer langen Gefangenschaft in diesem modernen Ägypten führt, heraus aus der Sklaverei und in die Erlösung.

Das Geräusch gleicht einem brachialen Donner. Der Rückstoß der Longbore rüttelt CK durch, und das Glas der Fensterscheibe splittert und schickt funkelndes Licht in alle Richtungen. Dann kann man das leise Klingeln der Patronenhülsen hören, die auf dem Holzboden auftreffen, und dann ertönt ein weiteres Donnern, dieses Mal links von mir, aus Dawkins Gewehr, und das zweite Fenster splittert, und dann wieder von rechts, und dann noch einmal von links, und nach sechs Schüssen, drei von jedem, sind sie fertig, sind fertig mit der Schießerei, aber nicht mit dem, was sie geplant haben.

CK wirbelt herum, kniet sich hin, lässt die Longbore auf den Boden fallen und drückt den Kolben in Juan E's flache, leblose rechte Hand. Dawkins wirft sein Gewehr in die Ecke des Zimmers. Wie bei Oswald, schießt es mir durch den Kopf, genau wie bei Oswald.

Okay, sagt CK, der wieder aufgestanden ist und einen kurzen Blick auf seine Uhr wirft. Fünf Minuten. Dawkins, Quillen. Los.

Genau in dem Moment, als sich die Türen öffnen und Rudy Martinez hereinschaut, anerkennend pfeift und sagt: Party Time. Mit einem Klaps gegen dessen Unterseite lässt er das Magazin in seine Maschinenpistole einrasten und macht sich auf den Weg durch den Korridor. Dawkins und Quillen folgen ihm nach, und ich höre, wie Martinez herumbrüllt:

Die haben Juan E umgelegt. Die verdammten Bravos haben Juan E umgelegt.

Ich sehe CK an.

CK sieht mich an.

Was tust du hier, verdammt noch mal?, frage ich.

Nichts, sagt CK. Absolut gar nichts. Herrgott, Lane, ich bin doch noch nicht einmal hier. Mackie, Dawkins, Quillen … die sind auch nicht hier. *Du* bist nicht hier.

Irgendwo, ein paar Räume weiter, brüllen wilde Tiere. Automatikwaffen, Schnellfeuersalven. Dann Stimmen. Schreie. Noch mehr Gewehrfeuer.

Lausche der Musik, sagt CK. Diese Nigger machen so einen tollen Job. Und es ist immer die gleiche Arbeit. Die haben sogar einen Ausdruck dafür: Verbrechen unter Schwarzen. Die bringen sich gegenseitig um.

Oh, ja, sage ich. Schön. Wirklich schön. Lass mich raten, wie morgen die Schlagzeilen lauten werden. Irgendwas über eine Straßengang, die einen Bürgerrechtler ermordet hat.

Nah dran, sagt CK. Für Regierungsarbeit. Denn Waffen und Drogen reimt sich auf Attentäter. Das sind die perfekten bösen Jungs. Zuerst bringen sie Reverend Gideon Parks um und dann sich selbst.

Dann sagt er zu Mackie: Los geht's.

CK greift unter seine Lederjacke und zieht eine .44er Magnum aus seinem Schulterholster.

Dachte, ich hätte dir gesagt, dass du aus der Schusslinie bleiben sollst, sagt er.

Seine Augen wandern zu meiner Schläfe, seine Knöchel bewegen sich, und ich weiche zur Seite aus, als er abdrückt, und dann ist da dieses Kreischen in meinem linken Ohr, dieser großmäulige Schrei, und ich umklammere mein Ohr, während ich hinter mich blicke, und ich sehe den Bravo Warlord, Daddy Big, der versucht hat aufzustehen, und dann wieder zu Boden geht wie ein Kind, das auf glattem Eis ausrutscht. Zuerst verlieren die Beine die Kontrolle, dann rudert er mit den Armen und dann prallt er – Zack! – flach mit dem Rücken auf dem Boden auf. Nur dass dieses Kind nicht wieder aufsteht, um weiterzuspielen.

CK sieht an der silbernen Schnauze seine Kanone entlang und sagt:

Ich hab dir gerade das Leben gerettet.

Ich kann ihm kaum verstehen, aber ich lasse ihn sofort wissen:

Das denke ich nicht. Ich denke, das war nur vorübergehend. Ich denke, ich bin bereits ein toter Mann, und es ist nur noch eine Frage, wo es am Ende passiert. Willst du mir verraten, wieso?

Wenn du getan hättest, was ich dir gesagt habe–

Wenn ich getan hätte, was du mir gesagt hast, was dann? Was?

Dann wärest du auf dem Weg nach Hause. Nach Hause. Als ob es mich interessiert, dass du mich dort umlegst, anstatt … na ja, sagen wir gleich hier?

Ich hab keine Zeit für so was, Lane.

Nein, gebe ich zu. Sie kommen. Selbst wenn du an den Bravos und den U Street Typen vorbeikommst, dann sind da immer noch die Typen, die von unten herauf kommen. Cops. Feds. Sie kommen, CK, sie kommen.

Er wirft einen weiteren Blick auf seine Uhr. Scheint sich ein Gähnen zu unterdrücken.

Ja, sagt er. Läuft alles nach Plan.

Das ist der Moment, wo ich die Glock ziehe, denn etwas anderes bleibt mir nicht mehr übrig. Ich ziehe die Glock aus meinem Gürtel und richte sie auf ihn, während ich mich an den Leichen vorbeidränge, und er lächelt, steht einfach nur da und lächelt.

Wo willst du hin, Lane? Wo willst du hin?

Ich habe keine Ahnung, CK, sage ich. Vielleicht in die Hölle.

Ich drücke einmal ab. Putz platzt aus der Wand neben ihm.

Ich hab dir gerade das Leben gerettet, sage ich zu ihm. Also sind wir quitt.

Dann bin ich hinaus, draußen im Gang, und links von mir sehe ich Gesichter, ich sehe schwarze Gesichter, und die Gesichter tragen Waffen bei sich und sie kommen den Gang hinauf, und ich drehe mich nach rechts und sehe weiße Gesichter, und diese Gesichter haben Waffen, und mir bleibt nichts anderes übrig als über den Gang zu hechten, denn da ist eine andere Tür, aber dort ist bereits Martinez und deckt den Raum daneben mit seiner Maschinenpistole ein, und als sein Magazin leer ist, tritt Crimso mit seiner AK hinzu, Flammen schießen aus der Mündung, und ich weiß, dass in dem Zimmer nichts mehr zu retten ist. Dann wird es still und die beiden fangen an zu lachen.

Dann ist da eine Stimme auf dem Gang, vielleicht ist das Mackie: Los geht's.

Dann hört man es knallen, *Bang Bang Bang,* und dann wieder diese Stimme – ja, es ist Mackie –, die sagt: Der ist hinüber. Und dann noch mehr Gelächter, und ich weiß, dass ich zu meiner Reisetasche muss.

Ich höre, wie sie über den Gang hetzen. Fünf, sagt jemand. Fünf Tote. Nein, nein, vier, sagt jemand anderes. Dann höre ich CK:

Zählt sie, sagt er. Elf kamen rein, und ich will, dass zehn bleiben. Kümmert euch darum.

Quillen geht vorüber und schleift die Leiche von Daddy Big hinter sich her.

Passt auf! Passt auf! Und ihn kann ich sehen, dieses Kid, das aus seinem Versteck spurtet, einem Wandschrank, und mit einer abgesägten Schrotflinte genau zwischen sie springt.

Gangsta!, brüllt er und feuert beide Läufe ab, aber CK bringt ihn mit einem klassischen Mozambique zur Strecke: Zwei Schüsse in die Brust, einen in den Kopf. Bläst den Jungen regelrecht aus den Schuhen. Der Schwachkopf hat sein Leben riskiert, um eine Ladung Schrot in die Decke zu ballern.

Das hier ist kein Wettkampf. Diese Kerle sind Drive-By-Shootings gewöhnt oder rennen einfach herum und nieten irgendeinen Witzbold auf der Straße um. CK's Jungs hingegen sind bereit für den Dritten Weltkrieg.

Ich rolle mich aus der Tür und krieche den Flur entlang, gebe mir währenddessen selbst Feuerschutz, indem ich hoch über mich hinweg schieße. Noch fünfzehn Meter bis zum Treppenhaus, meiner Reisetasche und vielleicht der Freiheit.

Komm schon, sage ich zu niemand anderem als mir selbst, komm schon. Die Worte kann ich nicht hören, nur das Klingeln in meinem Ohr, und dann das Rattern irgendeiner Maschinenpistole. Kugeln fressen sich in die Wand hinter mir und spucken große fette Stücke Putz und Trockenbauwand heraus.

Ich verballere den Rest meines Magazins und falle ins Treppenhaus. Ein blauer Anzug kommt die Stufen hinauf, zielt mit einer Pistole auf mich, und mir bleibt keine Zeit, nachzuladen. Ich ziehe die andere Glock unter meinem Mantel hervor und schieße mit Links. Ich bin aus dem Gleichgewicht und ziele viel zu hoch, die Schüsse schlagen weit über der Körpermitte ein, aber sie treffen. Hochrot platzt es aus seinem Kopf und seiner Schulter, und er taumelt zurück und außer Sicht, noch bevor ich richtig realisiere, was ich da eben getan habe. Oh mein Gott, ein toter Cop. Jetzt könnt ihr mich auch CK rufen.

Ich bin bereit für den nächsten, seinen Partner, aber im Treppenhaus regt sich nichts. Also ist der Cop allein. Mein linkes Ohr pulsiert und der Schmerz kommt wellenförmig mit. Noch mehr Gewehrfeuer. Irgendwo weiter unten ist die Party in vollem Gange: maximaler Rock'n Roll. Was von den U Street Kids noch übrig ist, liefert sich Feuergefechte mit den 9 Bravos und CK's kleiner Privatarmee. Der reinste Affenzirkus. Ein Wahnsinn.

Ich bleibe, wo ich bin, denn das ist nicht der richtige Zeitpunkt, um weiterzugehen. Entweder kommen sie hier rauf oder nicht. Ich würde eher sagen nicht, aber ich gehe kein Risiko ein. Ich lasse das Magazin aus der Glock in meiner rechten Hand herausfallen, krame ein frisches aus meinem Anzug und lasse es einschnappen.

Schritte.

Zuerst sehe ich nur einen Schatten, dann einen Typen in einem Atlanta-Braves-Sweatshirt und Tarnklamotten, und dann ein Kid in einem viel zu großen T-Shirt und herunterhängenden Jeans. Zwei Bravos. Wahrscheinlich die Einzigen, die noch stehen. Sie wedeln mit ihren Uzis herum und setzen den Korridor ganz hübsch unter Dauerfeuer, bis es den Typen im Sweatshirt von den Beinen holt und nach hinten reißt, außer Sicht. Das wahrscheinlich schwere Geschoss, das er sich eingefangen hat, reißt ihm dabei einen Großteil seiner rechten Körperhälfte auseinander. Der Typ mit den Schlabberhosen scheint davon kaum Notiz zu nehmen. Er lässt einfach sein Magazin durchrattern, dann wirft er die Uzi auf den Boden und hastet den Gang hinunter.

Ich höre nur, wie er sich fünf Schüsse in den Rücken einfängt und seinen letzten Tanz tanzt.

Die Zeit, Gentlemen.

Das ist CK, und zwar ein ziemlich angefressener CK.

Die Zeit ist um. Los geht's.

Ich presse mich gegen die Wand im Treppenhaus, und sie rauschen an mir vorüber, den Gang entlang. Dabei ziehen sie die Leiche des Bravo-Warlords und einen Verwundeten von uns hinter sich her.

Ich versuche das Ganze zu durchdenken, versuche mir vorzustellen, was als Nächstes passieren wird, versuche dahinterzukommen, versuche rauszukriegen, was CK weiß, und während ich versuche dahinterzukommen, wünschte ich, ich würde es nicht wissen, denn ich will diese Worte nicht hören, aber sie kommen, sie kommen, sie kommen:

Feuer frei!

Ich kann Mackie nicht hören und auch kaum sehen, wie er geduckt von Türrahmen zu Türrahmen huscht, direkt auf mich zu, und verdammt, wenn der nicht so was von bereit ist mit seiner Benelli Black Eagle Schrotflinte.

Vor seinen Füßen liegt ein Körper, einer von diesen Gang-Typen, und er stößt ihn mit dem Fuß an, und dann noch einmal. Er seufzt und lässt die Schultern sinken. Die Benelli schwingt hinunter, zeigt direkt auf den Kopf des Kids, und als die Schrotflinte losgeht, explodiert ein Klumpen Hirnmasse vom Teppich hoch und klatscht gegen die gegenüberliegende Wand.

Yeah!, fängt er an zu jubeln, als wäre das hier irgendein Football-Spiel. Yeah, yeah, yeah! Er wedelt mit der Schrotflinte den Gang entlang. Los jetzt! Los!

Ich sehe wahrscheinlich aus wie ein Gespenst, als ich mich im Treppenhaus aufrichte, komplett mit Mörtelstaub bedeckt, in beiden Händen eine Pistole haltend. Aber niemand sieht zu, niemand außer dem toten Kid und dem toten Cop kann mich sehen. Mackie dreht mir den Rücken zu und macht einen großen Schritt über die Schweinerei, die einmal der Kopf des Jungen gewesen ist.

Mackie.

Es genügt, einfach nur seinen Namen zu rufen, damit er sich in meine Schusslinie zurückdreht.

Mackie.

Und als er sich umdreht und eigentlich nicht sehen will, was er da sieht, sind das die letzten zwei Worte, die er in seinem Leben zu hören bekommt:

Fick dich.

Denn dann schieße ich ihm ins Gesicht.

UNTERWELT

Einer tot, damit bleiben noch zehn übrig. Ganz fantastische Aussichten. Aber eine Sache hab ich ihnen voraus:

Ihr Plan ist es, lebend hier rauszukommen.

Die Einfachheit dieser Erkenntnis lässt mich weitermachen. CK ist nicht gerade suizidär veranlagt. Ihre Flucht ist in vollem Gange. Es gibt einen Plan und wahrscheinlich auch noch einen Ersatzplan und mit einiger Sicherheit auch noch einen Ausweichplan für den Ersatzplan.

Verwirrung ist alles. Seit den Schüssen am Fenster sind mittlerweile fünf oder sechs Minuten vergangen. Der Sturm auf das Hotel wird erfolgen, aber noch nicht gleich. Der tote Cop war ein Einzelgänger, hatte Pech, vielleicht ein Möchtegern-Held. Egal wie, er war zur falschen Zeit am falschen Ort, ohne Rückendeckung. Leute wie er haben es nicht anders verdient.

Das Problem ist nur, dass ich jetzt auch so einer bin.

Hinter mir höre ich Schritte, aber sie rennen davon. Davon, aber wie? Die Fahrstühle? Auf gar keinen Fall. Die Treppen. Nun, zumindest nicht diese Treppen. Die Feuerleiter? Zu offen, zu offensichtlich, es sei denn, es gibt noch etwas auf der Rückseite. Dort muss es noch Treppen geben.

Jedenfalls werde ich mich hier aber nicht eingraben und auf sie warten. Denn CK's Leute sind auf dem Weg nach draußen, und herein kommen … na ja, herein kommt der Zorn Gottes.

Verwirrung ist immer noch alles. Zehn Stockwerke tiefer, auf der Straße, muss es zugehen wie in einem Tollhaus. Das letzte bisschen Menschenverstand hat es zusammen mit dem Kopf des Reverends weggeblasen. Eine wilde Meute, eine Welt aus Schreien und Sirenen, und nicht genug Sicherheitsleute, um den Verkehr zu regeln. Wer immer da draußen ist – ganz sicher das NYPD, vielleicht noch ein paar Typen vom FBI und sicher auch ein paar schießwütige Mitglieder aus der persönlichen Leibwache des Reverends – kommt jetzt in die Hotellobby gerannt. Sofern man sich einigen kann, dass die Schüsse von hier kamen. Ich kann sie förmlich vor mir sehen, wie sie die gleichen Möglichkeiten durchspielen: Fahrstühle, Treppen, oder vielleicht sogar die Feuerleitern. Alles abgeriegelt. Wo also geht CK hin? Und wo gehe ich hin?

Es gibt keine andere Möglichkeit: Ich muss nach oben.

Ich nehme zwei oder drei Treppenstufen auf einmal und bin nach drei Etagen außer Puste, als ich etwas höre und es für das Beste halte, kurz zu verschnaufen und die Ohren zu spitzen.

Jemand anderes ist noch im Treppenhaus. Ich denke an die Cops, aber das Echo hört sich nicht richtig an. Und schließlich komme ich auch darauf, wieso: Das Echo kommt von oben herunter.

Von oben, verdammt noch mal. Aber das ist unmöglich. Auf dem Dach kann noch kein SWAT-Team gelandet sein, noch nicht, also muss es einer von uns sein. Also einer von denen. Und dann fällt mir wieder CK's Briefing ein: Meehan, aufs Dach. Meehan und dieser

U-Street-Typ, wie hieß er noch … Lil Ace, sollten aufs Dach.

Die Schritte kommen näher, und es besteht kein Zweifel, dass es nur ein einzelner Mann ist. Was bedeutet, dass Lil Ace auf dem Dach die Grätsche gemacht hat.

Ich gehe die Treppen wieder hinunter, komme an dem Durcheinander im zehnten Stock an und laufe weiter, werfe einen kurzen Blick auf den Cop, den ich umgelegt habe, und der verdammt noch mal kein Cop ist. Ich meine, er sieht natürlich aus wie ein Cop, NYPD Blue, mit roten Rosen aus Blut, die aus seiner Schulter erblühen, aber sein Name ist Ernie Gonsalves, und er ist einer von CK's Fahrern.

Irgendwo unter mir wird eine Tür eingetreten, und eine Menge Füße kommen die Treppenstufen heraufgestürmt. Noch mehr Drama.

Es ist Zeit, sich zu entscheiden. Entweder ich habe Glück oder sehe mir die Radieschen von unten an.

Dieses Mal bewege ich mich langsam und vertraue nur den undeutlichen Geräuschen um mich herum. Ich stecke meine Glocks in ihre Holster und ziehe die Schrotflinte aus meiner Reisetasche, atme einmal tief durch und dann lade ich sie durch. Mossberg Model 500, Kaliber .12 mit Klappschaft. Mit einem fetten Tschack-Tschack wird die erste von sieben Patronen in die Kammer geladen. Schwere Schrotmunition. Jetzt kann ich es krachen lassen.

Ich werfe mir die Tasche über die Schulter und drehe mich um die Ecke in den Gang hinein, sehe nicht einmal hin, sondern feuere, lade durch und feuere wieder. Die

Schüsse legen die Wand auf der anderen Seite in Schutt und Asche, aber das ist auch schon alles. Jemand kauert unter der Wolke aus Mörtelstaub und schießt mit einer Pistole auf mich. Ich ziehe den Kopf ein, benutze den Türrahmen als Deckung, und mir gehen immer noch die Zahlen durch den Kopf, zehn von ihnen – zehn von ihnen, wenigstens zehn – und dann fällt mir wieder der Typ ein, der von oben die Treppe herunterkam, der Typ, den ich jetzt im Rücken habe, und im gleichen Moment glaube ich, weitere Schritte zu hören. Schritte von unten, eine Menge Schritte, die heraufgestürmt kommen.

Ich schiebe die Mündung der Schrotflinte am Türrahmen vorbei und feuere erneut. Eine zwölfkalibrige Frage, und als Antwort folgt eine wütende Salve, die mich zurückweichen und beinahe über Gonsalves Leiche stolpern lässt, während ich zusehen muss, wie der Türrahmen und die Hälfte der ihn umgebenden Wand zersplittert.

Meine verdammten Waffenbrüder.

Nach unten. Es gibt nur den Weg nach unten. Ich tänzele um Gonsalves Leiche herum und laufe die Treppen hinunter, husche durch die Tür und sehe hinauf. Kein Zweifel, dass sie jetzt hinter mir her sind, also leere ich meine Schrotflinte in die Decke. Stromkabel zucken herum, es regnet Funken, und dann gehen im neunten Stock die Lichter aus.

Ich ducke mich in den erstbesten Raum, der genauso verlassen ist wie der ganze Rest, und lade die Mossberg nach. Der Lauf ist noch heiß, kleine Rauchkringel steigen daraus auf.

Nach links oder nach rechts, aber da ein halbes Dutzend Kerle mit Kanonen von links anrücken, bleibt mir eigentlich keine Wahl. Ich hole einmal tief Luft, dann renne ich los.

Nichts passiert.

Aber nur für einen Moment. Dann höre ich, wie ein paar unverständliche Worte geschrien werden, die mit *Jetzt* enden, und dann höre ich ein paar Pistolenschüsse und denke noch, das ist okay, ich werde es schaffen.

Und dann höre ich die Uzi. Und renne weiter.

Die Kugeln peitschen links und rechts an mir vorbei. Zu nah, viel zu nah.

In dem Moment wird mir klar: Ich habe das Ende des Korridors erreicht. Und hier gibt es keine Türen, keine Treppen.

Keinen Ausweg.

Scheiß drauf. Ich bin keine Ratte, und das hier ist auch kein Labyrinth. Ich ziehe eine meiner Pistolen und feuere wild den Gang hinunter, einfach nur, um Lärm zu machen. Dann trete ich gegen die Wand. Putz, Holz und Sand bröckeln mir entgegen. Wurmstichig, vergammelt, von Termiten zerfressenen, uralt und verdammt noch mal meine Rettung.

Ich stecke die Pistole zurück in meinen Gürtel und mache mich an die Arbeit.

Ich ziele nicht einmal, schwinge einfach das vordere Ende der Schrotflinte in Richtung der Wand und drücke ab. Der erste Schuss bläst ein Dreieck aus tennisballgroßen Löchern in den Putz, der zweite verbreitert die Löcher auf die Größe von Basketbällen, und nach dem fünften oder sechsten Schuss sehe ich einen Lichtschein, sehe etwas auf der anderen Seite, und in dem Moment drehe ich mich um. Ich sehe Schatten, Schatten die aus der Tür kommen, aus dem Treppenhaus, deshalb heißt es jetzt oder nie, also drehe ich mich zurück zur Wand und schieße und schieße und schieße noch einmal, und als ich es nur noch Klicken höre, stürme ich los, ziehe den Kopf ein, schiebe die rechte Schulter nach vorn und renne schnurstracks in die Wand hinein. Ich spüre den Putz, die Trockenwand, die Ziegel, spüre wie das ganze demolierte und verrottete Konstrukt nachgibt, habe das Gefühl, als würde ich gegen acht Leute prallen, und dann ist da plötzlich nichts mehr. Ich knalle auf den Fußboden, den Boden auf der anderen Seite, dem Nachbarhaus, und meine Schrotflinte schlittert davon.

Vor mir liegt ein weiterer Korridor, dieses Mal hell erleuchtet, mit weißen und gelben Tapeten, und während ich mich aufrichte, öffnet sich rechts von mir eine Tür, und dieser alte schwarze Mann schaut mich an, als wäre ich der Zimmerservice, und fragt:

Haben sie den Krach eben gehört?

Ja, sage ich und rappele mich wieder auf die Füße. Ja, hab ich. Ich hab den Krach gehört. Hören Sie, wir haben ein Problem.

Grundgütiger, sagt er kopfschüttelnd. Lieber Gott.

Ich lasse ihn stehen, und als ich mich zu der Schrotflinte hinunter bücke, kann ich den Schmerz spüren – immerhin bin ich gerade durch eine verdammte Wand gebrochen – aber ich hieve mich wieder hoch und stakse unsicher zur nächsten Tür und donnere zweimal mit dem hinteren Ende der Schrotflinte dagegen. Ein Typ macht auf, ein verwirrt aussehender grauhaariger Opa. Er starrt einzig und allein die Mossberg an. Ich erzähle ihm die erstbeste Lüge, die mir einfällt.

Polizei. Sie müssen das Gebäude verlassen.

Was?, fragt er.

Ich werfe einen Blick zu dem Loch in der Wand zurück und kann die Flammen sehen, die sich dahinter ausbreiten. Feuer. Niemand sagt ein Wort, aber ich kann es hören. Feuer. Irgendwo aus einem kleinen Punkt in meinem Hinterkopf, der extra für Albträume wie diesen reserviert ist, kann ich die Stimme hören:

Feuer frei!

Ich sagte, Sie müssen hier raus.

Jetzt steht diese gebrechliche kleine Frau neben ihm, seine Ehefrau wahrscheinlich, blinzelt mich durch Augen voller Tränen hindurch an und sagt: John Henry Mason, wer ist dieser Mann? Was geht hier vor?

Feuer, sage ich zu ihr. Das Gebäude brennt.

Sie sieht ihn an. Er sieht mich an. Steht auf dem Schlauch. Dann sagt sie: Die haben Reverend Parks umgebracht. Die haben Reverend Parks umgebracht. Die haben–

Haben Sie mich nicht verstanden?, frage ich. *Es brennt.* Ich brülle mittlerweile, und etwas weiter den Korridor entlang öffnet sich eine andere Tür. Zwei weitere schwarze Gesichter schauen heraus. Sie sind verängstigt. Absolut verängstigt.

Es brennt, rufe ich ihnen zu. Feuer. Das Haus brennt, Sie müssen hier raus. Sie müssen sofort hier raus.

Und die kleine Dame nimmt ein undefinierbar graues Fellknäuel auf den Arm, so was wie ein Pudel oder so, und sagt: John Henry? Tu doch was, John Henry. Das Haus brennt.

In dem Moment fällt mein Blick auf den roten Kasten, den Feueralarm, gleich neben den Fahrstühlen. Ich eile den Gang hinunter, schlage das Sicherheitsglas ein, ziehe den Hebel nach unten und … nichts passiert.

Ich drehe mich zu den alten Leuten um, mittlerweile sind es sechs oder sieben von ihnen, und sage:

Machen Sie, dass Sie hier raus–

Da ist dieses schrille Wuup-wuup-wuup, als der Alarm schließlich losheult, und dann kommt endlich Leben in die Sache, Wuup-wuup-wuup, und die Leute strömen aus ihren Appartements in den Korridor, die Leute schreien, und jetzt dringt auch Rauch aus dem anderen Gebäude durch das schwarze Loch, und die Leute schnappen sich ihre Habseligkeiten, schlüpfen in Jacken und Mäntel und Umhänge, begeben sich ins Treppenhaus, und ich stopfe die Mossberg zurück in meine Reisetasche und laufe voraus. Und plötzlich ist da dieses stechende Druckgefühl, als hätte mir jemand eine Ohrfeige verpasst, und ich stolpere, falle, versuche wieder aufzustehen, und dann dröhnt das Geräusch der Explosion durch mich hindurch und ich falle wieder hin, und als ich erneut auf die Beine komme, rauscht die Hitzewelle über mich hinweg. Und dann höre ich die Schreie, diese schrecklichen Schreie um mich herum, aber unterdessen bin ich am Ende des Korridors angekommen, trete die Tür unter dem Notausgangsschild ein und renne. Ich renne die Treppenstufen hinunter, höre, wie meine Füße über die Steintreppen poltern, ein entferntes Geräusch, hohl und dumpf, und als ich eine kurze Pause einlege, lese ich die Zahl Drei über der Tür, und ich höre gar nichts und bin nicht einmal sicher, ob das Klingeln nicht auch nur in meinen Ohren ist, und da ist nur noch dieses Wuup-wuup-wuup, aber das spielt im Moment keine Rolle, nichts spielt in diesem Moment eine Rolle, außer das ich hier raus muss, raus, raus, raus. Die nächsten Treppenabsätze nehme ich langsamer. Leute mit fragendem Blick eilen die Treppen hinunter, wundern sich lautstark über das Wuup-wuup-wuup und dann erschüttert die zweite Explosion unsere kleine Welt, und auf dem nächsten Absatz warte ich wieder einen Moment, alle laufen nur hinunter, niemand kommt herauf, und dann renne ich die Stufen auf dieser Etage hinab, vorbei an der Tür mit der Aufschrift LOBBY und weiter, den nächsten Absatz hinab, und weiter und immer so weiter, und dann bin ich an der Tür, die zur Tiefgarage hinaus führt, und ich fange an, mir meine Krawatte zurechtzuziehen, und als ich an mir herunter sehe, wird mir klar, warum mich der Mann weiter oben so ungläubig angesehen hat, denn ich sehe diese grausige Version von einem Penner in Herrenklamotten voller Putzstaub und Blut und denke so bei mir:

Scheiß drauf.

Ich ziehe meine Pistole, und betrete wieder die Garage, bin zurück im Untergrund. Ich laufe hinaus in diese fluoreszierende Schäbigkeit, als würde sie mir gehören, und suche nach meinem Nissan Sentra oder was immer ich hier unten geparkt haben könnte, nachdem ich meine Enkel zur Schule gebracht habe. Das Licht ist dürftig und ich halte nach einem Wärter Ausschau, finde aber keinen, und genauso mag ich es.

Das hier ist kein Parkplatz wie in der Vorstadt, sondern ein innerstädtischer Friedhof. Überall, links und rechts, stehen Autos, und die meisten davon sind reisemüde und verschlissen. Die Hälfte von ihnen sieht aus, als würden sie hier schon seit Jahren rumstehen. Keine große Auswahl. Ich stehe so da, klopfe mir den Staub aus meinem Mantel und von meiner Hose, versuche mich wieder auf die Reihe zu kriegen und überlege, ob ich den runtergewirtschafteten Vanagon nehmen sollte. Aber falls ich in die Verlegenheit kommen sollte, mir ein Stockcar-Rennen liefern zu müssen, würde mir der nichts nützen, also entschließe ich mich stattdessen für einen alten Buick Regal. Ich tausche die Nummernschilder mit einem Caddy, sieht gut aus, sieht richtig gut aus, und dann muss ich das Baby nur noch auf Touren bringen und nach Hause kommen.

Ich beuge mich hinunter und mache ich an dem Türschloss zu schaffen. Ramme die Klinge meines Taschenmessers in das Schloss und drehe es so lange hin und her, bis ich die Metallplatte im Inneren klicken höre. Dann sind da Schritte.

Und dann schießt mir irgend so ein Wichser in den Rücken.

»… und das Licht scheint in der Finsternis,
und die Finsternis hat es nicht ergriffen.«
JOHANNES, 1:5

DIE STADT DER LEBENDEN TOTEN

Sich eine Kugel einzufangen ist keine große Sache. Besonders nicht bei denen, die man nicht kommen sieht. Die aus größerer Entfernung. Die, die einen im Rücken treffen. An solchen Orten wie Manhattan und Detroit und Dirty City passiert das den Menschen jeden Tag.

Das Schwierige daran ist, wieder aufzustehen.

Ich habe keine Ahnung, wie lange ich so mit dem Gesicht am dreckigen Beton der Tiefgarage liege. Ich habe keine Ahnung, wieso niemand kommt, um nach mir zu sehen und mir in die Rippen zu treten. Warum mir niemand in den Hinterkopf schießt. Vielleicht hatten sie es eilig oder vielleicht sehe ich auch schon tot genug aus.

Ich fühle mich aber nicht tot. Mein Leben zieht nicht an mir vorbei. Ich schwebe nicht hoch an die Decke, blicke hinunter und sehe mich selbst dort liegen. Es gibt kein helles Licht, auf das ich zuwandere, keinen Tunnel, an dessen Ende meine Mutter steht und mich mit den Händen zurückwinkt: Es ist noch nicht soweit, es ist noch nicht soweit. Kein Himmelstor, keine Engel, und ganz sicher kein flüchtiger Blick aufs Paradies.

Stattdessen sehe ich etwas wirklich Merkwürdiges:

Da ist dieser Hund, dieser kleine Hund, und der Hund humpelt aus dem Schatten unter dem Buick Regal auf mich zu. Der Hund gehörte mir, als ich noch ein Kind war. Ich habe seit Jahren nicht mehr an ihn gedacht. Ich muss acht oder neun Jahre alt gewesen sein, als ich diesen Hund besaß, und er war gerade mal einen Sommer lang bei mir. Er war dieser kleine, und ich meine wirklich kleine Wicht, wog alles in allem sicher nicht mehr als viereinhalb Kilo, halb Pekinese und halb irgendwas, mit einem Fell, das mein Opa immer einen Fleckenteppich nannte. Er hatte nur ein Auge, so war er auf die Welt gekommen. Und nicht viele Zähne. Dann wurde er von einem Auto angefahren, und sein Rücken wurde so schlimm verrenkt, dass er kaum noch laufen konnte, also humpelte er nur noch irgendwie herum. Abgesehen davon aber war er der beste Hund, den man sich als Junge wünschen konnte.

Sein Name war Lucky – klar, was auch sonst. Ich liebte das kleine Hündchen, und als er von uns ging, war das der schlimmste Tag meines Lebens. Was soll ich sagen, da wusste ich ja noch nicht, wie viel schlimmer alles noch werden würde.

Aber jetzt ist Lucky wieder da, seht euch das an, er kommt unter dem Buick hervorgelaufen, und da mein Gesicht immer noch auf dem Boden liegt, sieht er mich direkt an. Mit seinem einen Auge. Zuerst humpelt er zu mir und leckt mir die Nase. Dann setzt er sich irgendwie auf die Hinterbeine, legt seinen Kopf leicht schräg und sagt:

Du hast mich im Stich gelassen.

Es überrascht mich kein Stück, dass mein Hund, der seit vielleicht fünfunddreißig Jahren tot ist, sprechen kann und ich jedes Wort davon verstehe. Das Ganze macht absolut Sinn. Ich erkenne sogar seine Stimme wieder.

Es ist nur so, dass ich Mühe habe, ihm zu antworten.

Du hast mich im Stich gelassen, wiederholt er noch einmal.

Ich gebe mir Mühe, ich gebe mir wirklich Mühe, aber ich finde keine Worte und kann Lucky nicht sagen, dass er da falschliegt. Ich versuche es, aber ich kann ihm nicht sagen, dass ich an diesem Tag in der Schule war. An dem Tag, an dem er starb. Dass ich beim Baseballtraining der Little League war und erst abends um sechs zu Hause war. Dass ich in die Küche kam, und meine Mutter Hühnchen und Klöße kochte und mein Vater irgendwelche Rechnungen bezahlte, und nachdem sie mich lange genug ignoriert hatten, mein Großvater seine Nase aus der Tageszeitung nahm und mir erzählte, dass ein Bussard aus dem Himmel geflogen kam und Lucky mitgenommen hatte. Als ob ich tatsächlich glauben würde, dass das passiert sei.

Lucky leckt wieder über meine Nase. Sein Auge durchbohrt mich regelrecht. Und ich schwöre, es blinzelt nicht.

Ich möchte ihm auf die Stirn küssen. Ihm einen Hundekuchen geben. Aber ich kann nicht. Ich kann mich nicht bewegen. Ich kann nicht sprechen. Und dann beißt er in mein Gesicht, und ich kann spüren, wie die Haut unter meinem Auge aufplatzt, ich weine Blut, und er zwinkert mir zu und rennt davon, das Humpeln ist verschwunden, sein Rücken ist wieder gerade, und er tänzelt, Lucky tänzelt, und verschwindet wieder unter dem Buick in dem Schatten.

Das treibt mich an. Ich berühre die Wunde an meiner Wange und spüre etwas Warmes und Feuchtes. Dann stelle ich fest, dass ich nichts anderes mehr spüre, und bevor ich noch darüber nachgrübeln kann, ob ich vielleicht gelähmt bin, drücken mich meine Hände vom Boden ab.

Ich schaffe es, mich auf einen Ellenbogen zu stützen, als ich eine andere Stimme höre:

Das sieht gut aus, Burdon Lane. Sieht wirklich gut aus.

Zumindest glaube ich, dass die Stimme das gesagt hat. Auf meinem linken Ohr höre ich immer noch nur ein Freizeichen, dank CK's Magnum.

Zuerst spucke ich den Kies von meiner Zunge, und dann spucke ich hinterher:

Fick dich.

Wer immer auf mich geschossen hat, hat drei Fehler begangen:

Er hat eine Spielzeugknarre benutzt, wahrscheinlich eine .22er.

Er hat mir in den Rücken geschossen.

Und er hat nur einmal auf mich geschossen.

Anstatt also eine Anzahlung auf ein sechs Fuß tiefes Schlafsofa zu leisten, habe ich einen guten Eindruck vom Geschmack des Straßenbelags bekommen, mein linker Arm ist so sehr eingeschlafen, dass er sich wie ein Nadelkissen anfühlt, ich hab eine Fleischwunde unter meinem Auge, und etwas unterhalb meines linken Schulterblatts fühlt es sich an, als hätte ich einen satten Schwung mit einem Vorschlaghammer abbekommen. Was immer mich getroffen hat, wird einen mordsmäßigen blauen Fleck verursachen, aber es wird mich nicht umbringen. Es sei denn, es gibt innere Blutungen. Ich sollte mich weiter auf solche fröhlichen Gedanken konzentrieren.

Ich trage eine kugelsichere Type IIA-Weste aus Kevlar. Deren Markenname lautet Second Chance – Zweite Chance. So wie es dieser Typ mit der großen Nase im Fernsehen immer sagt: Gehen Sie nicht ohne aus dem Haus.

Nun gibt es so was wie eine kugelsichere Weste eigentlich nicht. Die Jungs von Du Pont haben dieses Kevlar-Zeug ursprünglich für Reifen entwickelt, und wussten lange Zeit nicht, wozu das noch gut sein könnte. Sie nennen das kugelabweisend, was bedeutet, dass es sich mit dem Kevlar-Zeug wie mit diesen Teppichfasern verhält, die sie herstellen; sie wissen schon, es ist schmutzabweisend, und dann ein Zwinkern, ein wissendes Nicken, ein Wink mit dem Zaunpfahl, denn: Wenn sie Kinder haben oder einen Hund oder einen Besoffenen, dann wissen sie, dass ihr Teppich trotzdem dreckig werden wird.

Nun, wenn man eine Weste trägt, kann man trotzdem nass werden. Ist der Schuss oder die Munition nur gut genug, dann gehen Sie auf die Bretter, egal ob mit Weste oder ohne. Dabei bringen einen auch noch nicht einmal immer die Wunden um. Es ist der Schock, der zählt.

So eine Art von Schock wie der, den ich gerade habe, als ich sehe, wer da mit mir gesprochen hat, wer über mir steht, mit einer Glock, die wie meine aussieht, und damit auf meinen Kopf zielt, nämlich niemand anderes als der gelbe Nigger, meine neuer bester Kumpel Jinx.

Also sage ich das Erste, was mir in den Sinn kommt:

Wo warst du?

Er lächelt sein Wolfslächeln, zeigt nur wenig Zähne, und dann sagt er:

Du bist der, der am Boden liegt. Ich stelle hier die Fragen.

Ja, schon klar, antworte ich. Wenn dieser Typ mich tot sehen wollte – nun, dann wäre ich bereits tot. Also sage ich:

Okay. Frag.

Er beschließt, meine Vermutung zu bestätigen, und nimmt die Waffe herunter. Seine Augen wandern nach oben.

Die sind tot, oder?

Alle von deinen Jungs, antworte ich. Ich versuche herauszufinden, wo das alles hinführen soll. Im Moment gibt es nur eine sichere Antwort, und die gebe ich ihm:

Vielleicht auch alle von meinen.

Vielleicht?, fragt er.

Ziemlich sicher.

Und du?

Ich hatte Glück.

Da sehe ich den kleinen Hund wieder. Glück. Lucky. *Du hast mich im Stich gelassen,* sagt Lucky. *Im Stich gelassen.*

So was Ähnliches wie Glück, sagt Jinx. Bist dem Tod von der Schippe gesprungen, du Held, und mir mitten ins Schussfeld.

Er richtet die Pistole wieder auf mein Gesicht. Herrgott, ich bin diesen Scheiß langsam leid.

Hoch mit dir. Und ins Auto.

Leichter gesagt als getan. Mein linker Arm hält immer noch ein Nickerchen, aber das Vorschlaghammer-Gefühl hat nachgelassen. Jetzt sind es eher scharfe Messer, die sich mir in den Rücken bohren und mir weiter oben ein zweites Arschloch aufreißen. Ich atme tief ein, und das tut weh. Kralle mich am Türgriff fest, und das tut weh. Versuche mich hochzuziehen, und das tut weh. Auf die Knie, okay. Auf die Knie–

Wow. Jemand spielt seine Spielchen mit dem Boden. Er kippt nach links, dann nach rechts, dann wieder nach links. Wie auf einer verdammten Kreuzfahrt. Ich hebe die Hände, aber nur ein wenig, wegen dem Brummen in meinem Arm und den Schmerzen im Rücken. Taumle auf Jinx zu. Der packt meinen linken Arm, und dann lehne ich mich gegen ihn, schiebe seine Pistolenhand mit meinem ganzen Körpergewicht beiseite und verpasse ihm einen Schlag in die Magengrube. Ich trete nach oben aus, schramme aber an seinen Eiern vorbei, und mein Knie bohrt sich stattdessen in seine Hüfte, und er presst mir seinen Unterarm unter mein Kinn und stößt mich gegen den Wagen zurück, und das tut nicht mehr weh, denn über so einfache Dinge wie Schmerz bin ich mittlerweile hinaus, und ich kann nichts weiter tun als langsam an dem Auto auf meinen Hintern hinunterzurutschen.

Die Uhr tickt, mein Freund, sagt Jinx. Steh verdammt noch mal auf. Steh auf und klettere in den Kofferraum.

Also noch mal von vorn. Ich finde den Türgriff, benutze ihn als Hebel und brauche etwas Zeit, aber schließlich schaffe ich es auf die Füße und versuche mich zurechtzufinden.

Das Meer hat sich beruhigt. Meine Beine stehen etwas sicherer. Aber:

Ich werde nicht in den Kofferraum steigen, sage ich.

Wieder die Pistole.

Ich schüttele den Kopf. Damit er weiß, dass ich weiß, dass er sie nicht benutzen wird. Zumindest jetzt nicht, und nicht hier.

Du willst hier raus?, fragt er.

Klar, sage ich.

Und dann sage ich: Okay, verstehe. Also steige ich in den Kofferraum.

Das mag nicht der klügste Schachzug sein, aber ich denke nicht, dass mir eine andere Wahl bleibt. Ich schaffe es, das erste Bein anzuheben und in den Kofferraum zu bugsieren, als er mir einen Stoß verpasst.

Hey–

Ich setze noch an, um ihm zu sagen, dass er ein Loch in die Haube des Kofferraums machen soll, oder in den Kotflügel oder irgendwo anders, damit ich etwas frische Luft bekomme, aber es geht nur Zack-Bumm-Danke-Nein, und dann bin ich im Kofferraum eines alten Buick Regal gefangen, der im Keller eines brennenden Gebäudes parkt, und ich habe plötzlich das Gefühl, dass das alles ist, was ich noch sehen werde, und ich denke bei mir: Tja, das Leben ist eben, was du draus machst.

Dann höre ich, wie der Motor mit einem Husten direkt aus dem Hals eines Kehlkopfkrebs-Patienten zum Leben erwacht. Alles klappert. Der Motor dreht und dreht und irgendwann läuft er dann.

Als Nächstes atme ich Abgase und meine Nebenhöhlen brennen. Der Buick fährt los, zuerst langsam, dann immer schneller, und ich bemerke eine Steigung und eine Kurve und dann noch eine Steigung und dann wird die Luft besser, aber ich habe keine Ahnung für wie lange.

Dann halten wir an.

Ich höre Sirenen und Stimmen und noch mehr Sirenen, lausche und lausche, und für einen Moment höre ich überhaupt gar nichts, und dann höre ich Jinx Stimme und noch jemand anderes. Dann wieder Jinx, dann wieder jemand anderes, und dann rollt der Wagen wieder an. Hält. Fährt an. Hält wieder. Fährt an. Und dann werden wir schneller und schneller, und dann weiß ich, dass Jinx es irgendwie fertiggebracht hat, den alten Buick Regal aus dem Hurrikane zu bugsieren. Wir haben es geschafft, wir sind raus, denn da sind Schlaglöcher und die kaputte Straße, Autohupen, der Gestank der Kanalisation und die Leute mit den traurigen Gesichtern.

Hey, New York. So wie Old Blue Eyes damals sang: My kind of town.

Obwohl, wenn ich genauer darüber nachdenke, sang er das eigentlich über Chicago.

DAS LICHT DER WELT

Und Jesus sprach: Ich bin das Licht.

Das war, bevor sie ihn zum Trocknen an zwei Kanthölzer genagelt haben.

Ich hab diese Geschichte von Jesus vor Jahren gehört, in etwa zu der gleichen Zeit, als ich meinen Hund Lucky verlor. Sie erzählten mir die Geschichte von dem Typen in der Sonntagsschule der First Baptist Church. Ich hörte die Geschichte und ich lernte gleichzeitig meine Lektion. Man hält besser die Klappe und bleibt im Dunkeln. Andernfalls hängen sie dich auch zum Trocknen auf, vielleicht nicht an einem Holzkreuz, aber etwas in der Art. Und dann trifft sich niemand an einem Sonntag, um dich anzubeten.

Das Licht ist zu hell. Man sieht einfach alles. Man sieht so viel, dass man davon erblindet. Was in diesem Moment genau mein Problem ist? Zu viel Licht. Sonnenlicht. Es dürfte Mittag sein, etwa, wer weiß? Ich blinzle aus dem Hintern des Buick Regal heraus und in dieses alles erhellende Licht, das so grell ist, dass es gleichzeitig Nichts ist. Licht, das so hell scheint, dass es schmerzt. Dann schiebt sich ein großer dunkler Schatten davor.

Licht und Dunkelheit, das ist es, worauf am Ende immer alles hinausläuft. Zumindest reden sie einem ein, dass es immer darum geht, und das nicht nur in den Geschichten der Sonntagsschule, sondern auch an der Grundschule und im Fernsehen und allen anderen verschissenen Geschichten. Da gibt es die guten Jungs und die bösen Buben, das Licht und die Dunkelheit, Weiß und Schwarz, und auf gar keinen Fall etwas dazwischen. Kein Grau. Auf gar keinen Fall darf es Grautöne geben.

Ich sehe, wie diese Hände, riesengroß und schwarz, aus dem Licht auf mich zukommen und nach mir greifen, und ich höre, wie diese Stimme in meinem Hinterkopf immer wieder flüstert:

Bring den Nigger um.

Dann höre ich die andere Stimme, direkt vor mir. Die verträumt-bekiffte Stimme von Jinx, als er mein Gesicht an seines heran dreht und sagt:

Hab mir 'nen Chevy besorgt.

Ich will etwas ganz besonders Cleveres antworten, aber stattdessen fange ich an zu husten. Ich huste und huste und habe das Gefühl, dass ich nie aufhören kann zu husten. Meine Lunge fühlt sich an, als würde ich seit dem Tag, an dem ich die Geschichten über Jesus erfahren habe, fünf Päckchen Kippen am Tag rauchen.

Jinx zerrt mich wie einen Sack Müll aus diesem stinkenden Kofferraum, und dann stehe ich wieder auf festem Boden. Es geht doch nichts über eine lange beschwerliche Fahrt im Kofferraum eines Buick Regal, um das Leben schätzen zu lernen. Wo man durch ein Taschentuch atmet, sich nach einem Hauch frischer Luft sehnt und spürt, wie sich einem die Nieren zusammenziehen. Wo man bei jeder Bodenwelle über seinen verletzten Rücken nachdenken kann. Wo man die letzten paar Stunden seines Lebens immer und immer wieder vor seinem geistigen Auge vorbeiziehen sieht, wie ein schlechter Videofilm, den man sich ausgeliehen hat, ihn aber nicht aus dem Videorekorder bekommt:

Hier sehen Sie Burdon Lane. Hier sehen Sie Burdon Lane, der es vermasselt hat. Hier sehen Sie Burdon Lane, der es so richtig vermasselt hat. Hier sehen Sie Burdon Lane, wie er tot im Kofferraum eines Buick liegt.

Nach dem vierten oder fünften Mal, nachdem ich dieses jämmerliche Abenteuer mit der Lupe untersuchte, tat ich das einzig Gute, das man tun kann, wenn man im Kofferraum eines Autos eingesperrt ist: Ich schlief ein. Oder die Abgase ließen mich wegtreten. Und irgendwie bin ich wieder aufgewacht. Jetzt muss ich nur noch aus diesem Sonnenlicht raus und mir ein kaltes Sixpack besorgen.

Hey.

Ich kneife noch immer die Augen zusammen und kann noch immer Jinx's Gesicht nicht erkennen.

Oder das Gesicht von dem Typen neben ihm. Dieser Typ trägt einen schlecht sitzenden Anzug, einen von der Sorte, den man für fünf Steine hinterhergeschmissen bekommt, feinster *Soul-Train*-Polyester, und dazu ein Hemd, das früher wohl mal gelb gewesen ist, und nach allem, was ich von ihm erkennen kann, sieht er aus wie Uncle Ben mit nur drei Zähnen und einem ernsten Alkoholproblem.

Hihi, kichert der Uncle-Bens-Typ. Sieh mal einer an, was da aus der Rosette gekrochen ist.

Ich bin zu sehr mit Atmen beschäftigt, um ernsthaft beleidigt zu sein. Außerdem zählt Jinx ihm gerade Dollarnoten in die Hand, und es sieht so aus, als wäre er so gut wie weg von hier, wo immer das auch gerade sein mag.

Wo zur Hölle sind wir, frage ich Jinx, und dabei zieht es mir die Kehle zusammen und ich muss wieder husten.

Du bist in einer Welt des Schmerzes, sagt Jinx.

Ich hingegen bin in Newark. Das hier ist der hintere Teil von Dooleys Yard. Und das hier – dabei neigt er seinen Kopf zu dem Uncle-Bens-Typen – das ist Arbutus Dooley. Und Mr. Dooley hat soeben einen Buick Regal gekauft.

Hihi, kichert Uncle Ben, ohne jemand bestimmten damit zu meinen, und dann sagt er zu Jinx:

Solltest besser noch fünfzig drauflegen, Sportsfreund. Wusste ja nich', dass der alte Dooley noch vergessen soll, sich an was Weißes zu erinnern.

Ich sag dir was, alter Mann, erwidert Jinx. Er zeigt Uncle Ben einen Dollarschein mit zwei Nullen darauf, knüllt ihn zusammen, legt ihn oben auf den Stapel zerknitterter grüner Scheine in dessen rechter Hand. Damit kannst du anfangen, jeden weißen Mann im ganzen verdammten Bundesstaat zu vergessen.

Hihi, kichert Uncle Ben, nickt ein paarmal und dann schlurft er irgendwohin, wo er eine Flasche stehen hat und seinen Hintern abladen kann, um mit dem Vergessen anzufangen.

Wir sollten weiter, sagt Jinx. Er deutet auf eine Limousine, die aussieht, als hätte man sie mit Pisse angestrichen, und es ist ein Chevrolet, aber das ist alles, was ich darüber sagen kann. Ich hab nicht den Hauch einer

Ahnung, was für ein Modell das ist, oder welches Baujahr, nur eben, dass es irgendein Chevy ist, und dass sein Kofferraum weit offen steht wie das Maul eines hungrigen metallenen Biests. Hinter dem Chevy Irgendwas ragt der erste von vielen krummen Bergen aus verrostetem Schrott auf.

Ärgert mich, den Buick loswerden zu müssen, sagt Jinx. Ich liebe dieses ganze Metall. Fährt sich auch echt geschmeidig, verstehst du?

Er durchbohrt mich mit seinem Sonnenbrillenblick und zeigt weder ein Lächeln noch sonst irgendwas. Dann ist er an mir vorbei und zieht die Hecktür des Buick auf.

Trotzdem kann ich kein Risiko eingehen, sagt er. Jemand wird die Karre früher oder später vermissen. Wenn das NYPD seinen Job richtig macht, dann eher früher.

Klar wie Kloßbrühe, sage ich, und fühle mich schon viel besser.

Und jetzt rein in den Wagen.

Ah-ah, sage ich. Du kannst jetzt machen, was du willst, aber ich steige nicht wieder in den Kofferraum.

Er langt in den Buick und zieht meine Reisetasche von der Rückbank.

Nee, du sollst auch nich' mehr in den Kofferraum. Du fährst mit mir, Bubba. Aber die hier–

Er hebt die Tasche an.

Das Teil wandert in den Kofferraum.

Was er auch sofort macht. Er wirft meine Reisetasche in den Kofferraum des Chevy Irgendwas, knallt die Luke zu und sagt:

Und jetzt steig in den verdammten Wagen.

Also lande ich auf dem Vordersitz des Chevy Irgendwas, er fährt, ich sitze mit leeren Händen daneben, und er deichselt den Chevy Irgendwas einen Streifen aus Dreck und Geröll hinunter, vorbei an einem handgemalten Schild, das für Dooleys Yard wirbt, und dann auf eine verlassene Straße, dem letzten Teilstück eines Industriegeländes, das sich in das typische apokalyptische Ödland von Jersey verwandelt hat.

Nur zwei Dinge, erklärt er mir. Ich fahre. Du bleibst da drüben sitzen und behältst deine Hände in deinem Schoß. Und du redest. Du hast 'ne Menge zu erklären, weißer Mann.

Ach ja?, frage ich.

Und ob, sagt er. Du hast mir einiges zu erklären, und je eher du damit anfängst, umso besser.

Ach ja?, frage ich wieder.

Ja, echt, sagt er. Denn wir sind fast da.

Ist das so?, frage ich, denn es wäre ein Zeichen von Schwäche, wenn ich fragen würde, wo das genau wäre. Und außerdem habe ich eine ziemlich gute Ahnung. Das wird einer von diesen Orten sein, die ich schon zig Mal gesehen habe, wahrscheinlich diese runtergekommenen Überreste der Tankstelle da vorn, oder nein, nein, jetzt, wo ich genauer darüber nachdenke, eher diese Gruppe von Bäumen hinter der Tankstelle, die sehen danach aus. Ja, das wird's sein …

Er kurvt mit dem Chevy Irgendwas um das verrostete Sunoco-Schild herum, fährt an den Tanksäulen vorbei und dann einmal um das Gebäude herum zur Rückseite. Ich warte noch nicht mal, dass er mir sagt, dass ich aussteigen soll. Ich mache einfach die Tür auf und laufe zu den Bäumen.

Hey, ruft er und springt an seiner Seite aus dem Wagen, um mir nachzulaufen. Er hat die .38er Ruger gezückt.

Bringen wir's hinter uns, sage ich, ducke mich unter ein paar tief hängenden Ästen hindurch und kämpfe mich tiefer in das Dickicht hinein, bis ich einen schönen Flecken Wiese finde. Das ist ein beschissener Ort, um zu sterben, aber genau genommen gibt es keinen schönen Ort, um zu sterben. Zumindest sieht es hier ein klein wenig nach Frieden aus, also sage ich:

Jetzt drück schon ab und gönn' mir etwas Ruhe.

Du bist ein böser Mann, Burdon Lane. Ein wirklich böser Mann. Du lässt dich einfach von mir ausknipsen, einfach so? Willst hier und jetzt abtreten?

Ob Sie es glauben oder nicht, aber ich schaffe es tatsächlich noch, zu gähnen.

Ich bin müde, mir tut alles weh, sage ich. Also tu's einfach.

Du willst echt deinen Kopf für deine Crew hinhalten?, fragt er. Was ist das? So eine Art weiße Gangster-Scheiße?

Vielleicht hast du von so was einfach keine Ahnung.

Ich? Ja, kann sein. Ich bin ja nur irgendein Nigga aus dem Südosten von D.C. Aber du, du hast Reverend Gideon Parks umgelegt.

Ich hab niemanden–

Und an der Stelle höre ich auf zu reden, denn ich wollte sagen, dass ich niemanden umgelegt habe, aber ich habe sehr wohl jemanden umgelegt, und dann noch jemanden, nicht wahr? Also sage ich stattdessen:

Ich habe Gideon Parks nicht umgelegt.

Du meinst, du hast nicht selbst abgedrückt.

Hör zu. Glaub meinetwegen, was du willst, Kumpel, aber ich weiß überhaupt nichts. Es war ein Deal. Ein Treffen. Geld gegen Waffen, mehr nicht. Das ist alles, was ich mache. Das ist mein Job. Geld gegen Waffen, Waffen gegen Geld.

Wenn das alles ist, was du tust, wieso willst'n dann sterben?

Weil du willst, dass ich dir irgendwas verrate, aber ich werde nicht reden.

Du willst für diese Typen sterben? Man hat dich reingelegt, Burdon Lane.

Kann sein, sage ich. Könnte aber auch sein, dass man dich genauso reingelegt hat.

Mach jetzt hier nicht einen auf Klugscheißer, Weißbrot.

Sagt sich so leicht, wenn man derjenige mit einer Waffe in der Hand ist.

Solltest dich malredn hör'n, sagt er, und es hört sich wie der lustigste Satz an, den ich je gehört habe, so wie er es sagt: malredn hör'n.

Ich denke, ich verzichte vorerst auf diesen Flecken Wiese zwischen den Bäumen. Es ist wirklich ein beschissener Ort zum Sterben, und im Moment habe ich noch nicht das Gefühl zu sterben. Und dieser Typ, Jinx, macht auf mich auch nicht den Eindruck, als würde er mich umbringen wollen. Zumindest im Moment nicht. Was bedeutet, dass wir ein anderes Spielchen spielen werden.

Wenn du glaubst, dass ich dir was erzählen werde, Kumpel, dann liegst du falsch. Also hast du jetzt ein Problem. Du kannst mich umlegen, aber dann findest du nicht heraus, was du wissen willst. Aber wenn du mich nicht umbringst, dann wirst du mit mir auskommen müssen. Und das wird nicht einfach werden.

Sag bloß, meint er, klemmt sich die Ruger unter den Arm und steht für eine sehr lange Zeit einfach nur da, bevor er seinen Zug macht.

Also, Mr. Lane, sagt er. Was machen wir jetzt?

Witzig, entgegne ich. Das Gleiche wollte ich dich gerade fragen.

Nein, sagt er. Du wirst mir sagen, was wir jetzt machen.

Ich lächele nur und er schüttelt den Kopf.

Du bist schlimmer als meine alte Großmutter. Was wir jetzt tun werden, du beschissenes Gespenst, ist deine elenden Freunde zu finden. Den Treffpunkt. Den, von dem weder ich noch Juan E etwas wussten. Und der ist ganz sicher nicht Morristown.

Ach ja?, sage ich.

Und hör mit deinem *Ach ja* auf, du Arschloch. Vielleicht sollte ich dich einfach eine Grube schaufeln lassen.

Ja, schon klar. Wie du mir, Kumpel. Wie du mir, so ich dir. Du weißt, dass du mich eigentlich gar nicht umbringen willst, und hey, ich kenne dich. Also–

Also was?

Also, was weißt du über Morristown? Wieso der Treffpunkt nicht in Morristown ist.

Ich weiß eben auch das eine oder andere, Blödmann.

Ich sagte ja schon, Kumpel, ich weiß, dass du es weißt: Was ich aber wissen will, ist, woher du es weißt?

Ich hab diese 1-900er-Nummer angerufen, sagt er. Dionne Warwicks Wahrsager-Hotline.

Ah, verstehe. Dann hat sie dir hoffentlich auch verraten, wie du die zur Strecke bringen sollst, die du dort womöglich findest. Mit ein paar Pistolen oder was immer du dabei hast.

Ah, sagt er. Aber ich werde dabei ja nicht allein sein, nicht wahr?

Schätze, da hat er mich kalt erwischt.

Er lässt den Blick über den Horizont schweifen, und dann sagt er:

Und je eher wir damit anfangen, umso eher haben wir es hinter uns.

Er rückt seine Sonnenbrille zurecht.

Okay, weißer Mann. Ich fahre, du sitzt daneben. Wo fahren wir hin?

Also sitze ich wieder auf dem Beifahrersitz dieses Chevy Irgendwas, versuche mir die Krämpfe aus meinen Armen und Beinen zu schütteln, und wünschte, ich könnte irgendwie das Set aus Steakmessern aus meinem Rückgrat bekommen. Aber ich verrate diesem Jinx nicht, wo wir hinfahren, ich verrate ihm nur, wie wir dahin kommen, weshalb ich ihm sage, er soll weiter nach Süden fahren, auf dem New Jersey Turnpike bleiben, vorbei an dem Teil, wo der Highway sich aufsplittet, sodass die Laster auf der einen Route weiterfahren können und die Autos auf der anderen, vorbei an dem dreispurigen Teil und weiter auf dem zweispurigen und weiter und immer weiter. Nach Süden.

Ich frage mich, ob CK bezüglich des zweiten Treffpunktes gelogen hat. Ich meine, bei dem, was sie vorhatten – würde der Typ mir dann wirklich den Treffpunkt verraten? CK ist nicht so dumm. Aber ganz sicher ist er arrogant genug dafür.

Hey, sage ich zu Jinx. Ich nehme nicht an, dass du mich mal an meine Tasche lässt?

Jinx antwortet nicht, lässt den Chevy Irgendwas ständig die Fahrspuren wechseln. Der Kerl fährt sicherlich um die 80 Meilen pro Stunde, und ich bin nicht sicher, ob mir das gefällt. Als ob wir nicht schon genug Sorgen hätten, um am Ende noch von ein paar Cops die Hölle heißgemacht zu bekommen, weil wir zu schnell gefahren sind.

Hey Mann, sage ich. Entspann dich. Ich brauch nur ein paar Aspirin.

Hast du Schmerzen? Scheiße Mann, jemand wie du sollte keine Schmerzen haben. Du bist ein böser Mann. Ein großer böser Mann. Einer von den Killern, die Reverend Gideon Parks auf dem Gewissen haben.

Ich hab's dir schon mal gesagt. Ich hab's dir schonschon mal gesagt, und ich sage es nicht noch einmal. Ich hab den Kerl nicht erschossen.

Nee, sagt er zu mir. Nee, du hast ihn nich' erschossen. Hast nur zugesehen. Willst du mir das damit sagen? Dass du bei der ganzen Show nur zugesehen hast?

Hey, wahrscheinlich ist es sowieso ganz egal, was ich sage, oder?

Falsch, sagt er. Absolut falsch.

Ich meine, der Kerl ist tot. Spielt der Rest überhaupt eine Rolle?

Fuck, und ob, sagt er. Der Mann war bereits tot. Meinst du nicht, dass er das nicht ohnehin schon wusste? Meinst du nicht, dass er wusste, dass er mit einem Fadenkreuz auf der Stirn herumspazierte? Meinst du nicht, dass er wusste, dass dieser Tag kommen würde? Scheiße Mann.

Was zählt, führt Jinx weiter aus, und da ist wieder dieses Wort, ist die Wahrheit. Was die Leute wissen, woran sich die Leute erinnern werden. Seine Zeit war gekommen, vielleicht früher, als er dachte, aber wer weiß, vielleicht auch später. Also kriegt Reverend Parks einen Gedenkgottesdienst, alle möglichen Leute werden Reden für ihn halten, ein paar Schulen und Straßen werden nach ihm benannt werden, vielleicht wird es ihm zu Ehren sogar einen Feiertag geben. Aber er ist tot, der Mann ist tot, und nach einer Weile werden sich die Leute nur noch an das erinnern, was ihnen über ihn erzählt wurde, und sie werden nicht mehr wissen, was er tat, und ganz sicher nicht, wofür er einstand. Wir haben unsere Märtyrer, Mann. Und von denen gibt es mittlerweile ein paar zu viel. Was uns aber fehlt, ist die Botschaft. Darin sind wir gut, wir erinnern uns an den Mann, vergessen aber seine Botschaft. Vergessen die Wahrheit. Verstehst du?

Gerade im Moment verstehe ich gar nichts. Ich will auch nichts verstehen. Ich höre nur zu und denke nach.

In der Zwischenzeit haben sie die perfekten Sündenböcke gefunden, nicht wahr?, sagt Jinx. Ein paar üble Gangster. Ein paar Drogendealer, die mit Waffen herumfuchteln. Die schlimmsten Nigga. Wahrscheinlich heißt es dann, dass die Rap-Musik an allem schuld sei. Also sag mir, Burdon Lane, was ist deine Meinung? Klang das da oben für dich nach Rap-Musik? War es das, was die alle hat verrückt spielen lassen?

Er greift nach vorn und hämmert gegen das Radio, kriegt erst einmal nur statisches Rauschen rein, drückt ein paar Knöpfe, und dann Countrymusik, drückt noch einmal, und dann ist da die Stimme, diese eine Stimme, die ernste Stimme von Tod und Zerstörung, eine, die sie einem beim Einmaleins der Nachrichtensprecherausbildung beibringen, die Stimme, die sagt: Blah blah Gideon Parks blah. Blah blah blah Schüsse blah blah tot. Blah nach Angaben blah blah Weißen Hauses bla der Präsident blah blah blah blah blah dieser Tragödie blah blah blah Bürgerrechtler blah blah blah jehes Ende nahm blah blah blah bekämpfende Straßengangs blah U Street Crew blah blah blah 9 Bravos blah blah Metamphetamin blah blah Explosion blah blah blah blah noch immer auf freiem Fuß–

Woher können die das alles schon wissen?, fragt Jinx. U Street? The Bravos? Und was soll das mit diesem … Meth-Labor?

Ich weiß, was er denkt. Die Feds haben das damals schon in Waco versucht. Ich erinnere mich, wie ich an dem Hotelzimmer mit Toons und Fryer und diesen Paketen darin. Sahen verdammt nach Semtex aus. Und fühlten sich auch danach an. Die Scheiße stinkt immer mehr. Dann fragt mich Jinx:

Immer noch auf freiem Fuß?

Ja, sage ich, während die Nachrichtensendung häppchenweise verschiedene Aufnahmen des Schocks und der Ungläubigkeit und der Mitleidsbekundungen abspult, bevor man wieder zu dem bekannten blah blah zurückkehrt.

Eine Kleinigkeit, um die Jungs in Blau zu beschäftigen, erkläre ich ihm. Und dann erkläre ich ihm mehr, als ich wahrscheinlich sollte, aber ich will ihn daran erinnern, warum er mich am Leben lassen sollte. Die haben den Anführer der Bravos umgelegt, sage ich. Diesen Daddy Big-Typen. Den haben sie umgelegt, ach verdammt, alle haben sie umgelegt, aber seine Leiche haben sie hinausgeschleppt, wahrscheinlich, um ihn irgendwo ganz tief zu verscharren. Niemand soll ihn finden, aber eine Menge Typen mit Polizeimarke werden eine Menge Zeit damit verschwenden, nach ihm zu suchen. Und hey, ganz sicher wird das für eine ganze Menge Durchsuchungsbefehle in Harlem und Manhattan, vielleicht sogar in D.C. reichen.

Er lässt das Ganze sacken, und tatsächlich ist dieser ganze Plan einfach wunderbar, perfekt, denn er hat recht, die haben die perfekten Sündenböcke gefunden. Es sind Dealer und Gangster und Killer, und sie sind schwarz noch dazu. Und am allerbesten: Sie sind tot. Sehr, sehr tot. Das nenne ich mal saubere Arbeit.

Jinx drückt wieder die Knöpfe an dem Radio, und dann redet niemand mehr, nur Musik ist zu hören, *thrown like a stone in my vast sea,* und ich sehe ihn an, aber er kann es unmöglich wissen, *I opened my eyes to take a peek,* und ich strecke die Hand nach dem Aus-Schalter aus, *to find that I was by the sea,* und schalte das verdammte Ding ab.

Wir machen Folgendes, sag ich. Fahr die nächste Ausfahrt raus. Dann entscheidest du, welche Richtung du nehmen willst, nach Westen oder nach Osten. Die Chancen stehen fifty-fifty. Und vielleicht rätst du richtig. Wenn nicht, dann sage ich es dir, vielleicht, vielleicht aber auch nicht. Egal, wohin wir aber fahren, ich sage dir, wo du abbiegen sollst. Vielleicht bringen uns die Straßen dorthin, wo wir hin wollen, vielleicht auch nicht.

Hast du vor irgendwas Schiss?, fragt er.

Nein, antworte ich. Es ist einfach nur ein guter Tag für 'ne Spritztour. Du kümmerst dich um deinen Kram, das Fahren des Autos, und ich kümmere mich um meinen.

Also fahren wir an der nächsten Ausfahrt raus, biegen rechts ab und dann noch einmal recht, und dann sage ich ihm, dass er links abbiegen soll und wir biegen links ab, fahren eine Weile geradeaus, bevor ich ihm sage, dass er wieder links abbiegen soll, und nachdem wir lange genug durch den südlichen Teil Jerseys getuckert sind, erreichen wir den Teil, der wie die Mitte vom Nirgendwo aussieht, genau wo wir hinwollen, und ich sage ihm, dass er den Wagen rechts ranfahren soll.

Zeit für einen Spaziergang, sage ich, und er ist kein Dummkopf. Er weiß, dass wir nicht bis direkt vor die Tür fahren werden. Also steigt er aus dem Chevy Irgendwas, sperrt den Kofferraum auf, nimmt meine Reisetasche heraus und sagt:

Du gehst voraus.

Aber ich gehe nirgendwo hin, und das sage ich ihm auch. Noch nicht.

Ich nicke in Richtung meiner Tasche und sage: Hey. Weißt du, was dieser Bibel-Typ über das Wandern sagte? Die Stelle mit dem finsteren Tal? Und dem Kerl, der kein Unglück fürchtet?

Klar, antwortet Jinx. Die Psalmen.

Nun, dieser Typ trug 'ne Glock bei sich. Sogar zwei. Also, was sagst du? Wenn du hier finden solltest, wonach du suchst, wirst du Hilfe brauchen.

Das bezweifle ich, sagte er. Und in der King-James-Version der Bibel steht nichts über Glocks. Aber vielleicht in der King-Jinx-Version–

Er langt in die Tasche, holt eine meiner Pistolen hervor, überreicht sie mir, und dann gibt er mir auch die zweite.

Während ich die Magazine herausschnappen lasse und sie überprüfe, sagte er:

Woher soll ich wissen, dass du dir nicht die Zeit nimmst, eine von denen zu ziehen, um ich über den Haufen zu schießen?

Du kannst es nicht wissen, antworte ich. Und weißt du was? Das ist die Art von Dingen, die das Leben so interessant machen.

RENDEZVOUS

Also arbeiten wir uns wie die Guerilla-Krieger durch die Bäume, halten unsere Köpfe unten, mein neuer Kumpel Jinx huscht hin und her, und wenn ich ihn so beobachte, ist klar, dass er schon beide Arten des Dschungels gesehen hat – den grauen und den grünen. Er bewegt sich wie eine Raubkatze. Und höchstwahrscheinlich kann er auch wie eine zupacken.

Er hält den Ruger-Revolver in der Hand und nach unten gerichtet, der Zeigefinger liegt nicht auf dem Abzug, sondern seitlich an der Waffe, und deutet den Lauf entlang. Definitiv ein Profi.

Ich hab mir die Tasche über die Schultern geworfen und die beiden Glocks in meinen Holstern geparkt. Jinx folgt mir nach, aber er hält ordentlich Abstand, bestimmt zehn Yards hinter mir. Dann folgt er meinem Beispiel und schlittert hinter einen Baumstamm in Deckung, als das Blattwerk um uns herum lichter wird. Er prüft seine Waffe, und bringt sie schussbereit auf Schulterhöhe.

Bleib locker, Mann, sage ich zu ihm – und vielleicht auch zu mir selbst. Bleib einfach locker.

Ich deute mit dem Kopf geradeaus, nach vorn, wo wir das Lagerhaus sehen können, das erste in einer Reihe von niedrigen, zweigeschossigen Gebäuden, die der Vanegar Chemical Supply gehören. Die Firma sagt mir nichts, wohl aber die Reihe von Fahrzeugen, die am anderen Ende des Lagerhauses neben einer steinernen Überführung parken. Ich hab zu meiner Zeit schon einige von den Wagen gefahren.

Ich erkläre Jinx, dass wir die Sache auf zweierlei Art hinter uns bringen können: Entweder wir tun es auf meine Art, oder auf die falsche Art. Also bleib dicht bei mir. Und egal, was du tust, fang nicht an zu schießen, bevor ich es dir sage.

Ohne ein weiteres Wort zu verlieren, arbeiten wir uns von der Baumgrenze zur nächstgelegenen Deckung vor, einer kleinen Gruppe von Büschen, die ungefähr so hoch wie ein ausgewachsener Mann sind. Ich sehe Jinx an, und er zuckt mit den Schultern, ohne sich zu rühren, also spähe ich aus der Deckung heraus. Ich schätze, dass etwa hundert Yards an Wiese zwischen uns und dem Gebäude liegen. Wir tragen Pistolen bei uns. Vielleicht können die das ja in den Filmen – scheiße Mann, in den Filmen können die alles machen – aber es ist ausgeschlossen, dass wir auf diese Distanz irgendwas anderes treffen als leere Luft.

Sieh nach den Fenstern, weise ich ihn an. Die Rückseite des Lagerhauses ist mit billigem Aluminium verkleidet, mit zwei Fenstern und einem Notausgang dazwischen. Wenn sich dort jemand befindet, wird man uns sehen, sobald wir aus unserer Deckung spurten; wenn nicht, dann ist das vielleicht unser Weg hinein. Das Sonnenlicht spiegelt sich in den Fensterscheiben, also bleibt uns nur zu raten, ob jemand zu Hause ist.

Mein Gespür sagt Nein, und Jinx scheint das Gleiche zu denken, denn als ich hinter dem Busch hervortrete, spaziert er aus der Baumgrenze heraus, als würde er sich einem Picknick anschließen wollen. Nichts rührt sich. Über uns ist nur Sonnenschein und ein blauer Himmel, und ich denke, wir sollten uns an der rechten Seite des Lagerhauses vorarbeiten, und dabei den Müllcontainer als Deckung benutzen, aber gleichzeitig denke ich bei mir, dass es ruhig ist. Genau wie es in den Filmen immer heißt: zu ruhig.

Gerade als ich Jinx zu mir heranwinken will, höre ich das Geräusch von Autoreifen auf Asphalt, und ich haste auf das Lagerhaus zu, aber ich werde es nicht rechtzeitig schaffen, also lasse ich mich ins Gras fallen. Jinx ist jünger, und er ist schneller, und er legt noch einen Zahn zu und drückt sich genau in dem Moment flach gegen die Aluminiumverkleidung des Lagerhauses, als ein Wagen an dem Müllcontainer vorbeirollt und in Sichtweite kommt, und es ist ein Crown Vic, normale Lackierung, aber trotzdem so offensichtlich wie abgelaufenes Fleisch: Es stinkt zum Himmel. Cops.

Ich lege mir die Finger an die Lippen, und Jinx nickt und bleibt, wo er ist. Und als ich wieder hinsehe, ist der Crown Vic an dem Müllcontainer vorbeigefahren und verschwunden.

Ich laufe zu dem Container, lehne mich gegen das warme Metall und sage zu Jinx: Da bin ich. Sieh mal nach den Reifen.

Er lehnt sich ans hintere Ende des Lagerhauses, späht hinaus und sagt: Gürtelreifen.

Sind es Weißwandreifen?

So weiß wie Schnee, sagt er.

Dann sind es keine von hier. State Troopers, erkläre ich ihm. Oder Feds. Konntest du Frisuren erkennen?

Nicht zu kurz, aber auch nicht zu lang, sagt er.

Jede Wette, dass das Feds waren, sage ich zu ihm. Und dann zu mir selbst: Was bedeutet, dass hier etwas ganz gewaltig stinkt.

Verdammt, sagt er.

Verdammt richtig. Dafür braucht man keine Hellseher-Hotline. Die suchen nach uns. Oder vielleicht sollte ich sagen nach mir. Oder–

Ich will gar nicht weiter darüber nachdenken. Ich weiß nur allzu gut, wie das ausgeht.

Wir sollten sehen, dass wir unsere Ärsche hier wegbewegen, sagt Jinx.

Stimmt.

Und zwar jetzt.

Nein, sage ich. Nicht jetzt. Noch nicht. Im Moment warten wir einfach nur. Irgendwas ist hier faul.

Er will etwas sagen, behält es aber für sich, und ich schaue hinter dem Müllcontainer hervor, und wir beide sehen dem Bullenauto hinterher, dass nördlich die Zubringerstraße entlangfährt und beschleunigt, und wir warten und warten, und dann ist nur noch der Staub übrig und der Wagen verschwunden.

Ich laufe hinaus zu der Zubringerstraße, sehe mir die Reifenspuren an, die rechts an dem Parkplatz vorbeiführen, und versuche, die Sache zu durchdenken. Wir haben Cops an unserem Treffpunkt. Vielleicht haben es CK und seine Jungs also nicht aus dem Gebäude geschafft.

Vielleicht wurde jemand erwischt. Oder umgebracht. Oder … vielleicht war CK weder dumm noch arrogant, als er mir diesen Ort nannte, vielleicht erwähnte er ihn, weil es eine Falle war.

Vielleicht, vielleicht, vielleicht.

Aber das erklärt nicht einen Wagen mit zwei Cops, oder was passieren wird, wenn ich der Zubringerstraße zu dem Parkplatz folgen werde. Wenn ich mich umsehe und nichts sehe, die Art von Nichts, die einem alles sagt.

Sie sind nicht hier, Burdon Lane.

Nein, antworte ich ihm.

Was ich aber sehe, ist etwas, das ich seit einigen Jahren nicht mehr gesehen habe. Seit vielen, vielen Jahren schon nicht mehr, aber es sind nie genug Jahre, um so etwas zu vergessen. Das ist nichts, was man so schnell vergisst, es sei denn, man hat Glück und fängt sich eine Kopfverletzung ein.

Ich stehe inmitten eines außerirdischen Fußabdruckes, einem Stück Erde, das aus umgeknickten und platt gedrücktem Gras und verstreuten Kieselsteinen besteht, einem seltsamen Kreis, der von oben vom Himmel heruntergedrückt wurde, und bei dem Anblick dreht es mir den Magen um.

Sie waren hier, sage ich zu ihm, und vor meinem geistigen Auge sehe ich Renny, ja, ich sehe Renny Two Hand, und er parkt das Oldsmobile auf dem Parkplatz am Rand des Lagerhauses, wo eine Flotte bunt durcheinandergewürfelter Autos auf ihre Fahrt wartet, oder darauf, auseinandergenommen zu werden. Er fuhr das Oldsmobile vom Warwick Hotel hier runter, denn er ist ein guter Soldat, und deshalb hat er genau das getan, was man von ihm verlangte, er parkt das Oldsmobile in der Reihe der vergessenen Fahrzeuge, und dort laufe ich gerade hin. Und da steht er, Herr im Himmel, da steht der Wagen.

Da ist niemand, ruft mir Jinx hinterher, aber da liegt er falsch. Hier ist jemand, oh ja, und ob hier jemand ist. Denn da steht das Oldsmobile, der dritte Wagen in einer Reihe von Autos, die man sieht und zugleich nicht sieht, die neben dir auf dem Parkplatz vor einem Einkaufszentrum stehen, unsichtbare Autos für unsichtbare Menschen, und Renny parkt den Wagen dort ein und er wartet, wartet auf mich, und er sieht auf die Uhr, als es langsam gegen Eins zugeht, und er wartet dort. Auf mich. Und dann passiert es, kurz vor eins, denn er ist ein guter Soldat, er hätte nicht bis weit nach eins gewartet, und das ist der Moment, wo der Helikopter aus dem Himmel herunterschwebt, das ist der Moment, wo sich Renny Two Hand hinter dem Lenkrad aufrichtet und die Umrisse beobachtet, die aus der Sonne treten, und dieses Lächeln tritt in sein Gesicht, dieses eine Lächeln, genau dieses. Renny, will ich am liebsten laut ausrufen, als Jinx auch sieht, was ich sehe, und das ist, als kleine Kieselsteine und Staub auf die Motorhaube und gegen die Windschutzscheibe des Oldsmobile prasseln. Und über das wilde Dröhnen der Rotorblätter hinweg hört man ein trockenes Husten, und dann zuckt Renny Two Hand in seinem Sitz zurück, und ich sehe dabei zu, sehe es verdammt noch mal vor mir, die Fahrertür ist offen und ich kann den Fahrersitz sehen und sehe es vor mir, durch die durchlöcherte Windschutzscheibe, das Graffiti aus Blut, das wie mit Sprühfarbe verteilte Alphabet des Todes, und Renny versucht aus dem Wagen zu rutschen, aber er fällt auf die Knie; seine rechte Hand hinterlässt rote Abdrücke, genau da, auf dem Asphalt. Er nimmt den Blick von den Männern, die mit Kanonen auf ihn zukommen. Nein, sagt er. Die Farbe weicht aus seinem Gesicht und läuft auf den Asphalt und in den Dreck. Nein. Er verzieht den Mund und er ruft meinen Namen, und dann steht er auf und dann–

Ich knalle die Fahrertür zu, und was von der Scheibe noch übrig ist, splittert heraus. Das Oldsmobile hat so viele Löcher wie ein Schweizer Käse, und der Asphalt daneben ist noch feucht, und die feuchte Spur führt zu einem Maschendrahtzaun und durch ein Loch in dem Zaun, und dann den Abhang der Überführung hinunter und in eine flache Rinne. Ich folge dem Blut, bis hin zu dem Ort, an dem er sich hingelegt hat und gestorben ist.

Für eine Weile stehe ich da und schaue auf ihn hinunter. Renny Two Hand. Reynold James. Dann sagt Jinx hinter mir:

Vielleicht glaube ich dir jetzt. Vielleicht hast du niemanden umgebracht.

Ich habe Gideon Parks nicht umgebracht, erkläre ich ihm. Aber ich habe zwei Typen umgelegt. Von meinen Leuten. Zumindest waren das mal meine Leute.

Er wirkt nicht sonderlich überrascht. Nur traurig. Auf seltsame Art traurig.

Ich sehe mir über die Schulter, nach Osten, zum Ozean. Da draußen ist noch etwas, nicht wahr? Irgendetwas jenseits der Wahrnehmung. Etwas, das mir erklären könnte, was das alles bedeutet.

Jinx sagt, was ich denke:

Wir müssen die Biege machen. Wir müssen von hier verschwinden.

Ja, sage ich. Aber ich kann ihn nicht so zurücklassen.

Du kannst nichts mehr für ihn tun, Mann. Er ist tot.

Ich weiß, dass er tot ist. Aber ich kann ihn nicht einfach so da liegen lassen. Sie dürfen ihn nicht … so finden.

Wie denn? Die Uhr tickt, Burdon Lane!

Die Uhr tickt. Aber Zeit ist nicht alles auf der Welt. Ich stehe in der Abflussrinne, und der Staub oder meine Allergien machen sich bemerkbar, jedenfalls brennt es mir in den Augen, und dann fällt mir etwas Seltsames ein. Ich erinnere mich, wie Renny heute Morgen mit mir sprach, irgendwas davon erzählte, Pizza zu bestellen. Und ich erinnere mich, wie er noch etwas anderes sagte, etwas über–

Wie ist er so weit gekommen?, fragt Jinx.

Sie haben ihn gelassen. Hier. Und dann zeige ich es ihm.

Die ersten Schüsse trafen ihn in der Schulter und an den Armen, nahmen ihn aus dem Rennen, aber brachten ihn nicht sofort um. Doch er konnte nicht mehr schießen. Das Einzige, was er noch tun konnte, war kriechen.

Wahrscheinlich wollten sie noch mit ihm reden, erkläre ich, während ich mich frage, was er ihnen denn bestenfalls hätte erzählen können.

Ich deute auf seine Brust. Als sie fertig waren, sich mit ihm zu unterhalten, hat ihm jemand zwei Kugeln verpasst, genau ins Herz. Sieht so aus, als wäre es jemand mit einer großen Kanone gewesen, wie einer .44er Magnum.

Renny sieht friedlich aus. Seine Augen sind geschlossen, aber sanft, nicht zusammengepresst. So als würde er schlafen. Aber nichts wird Renny jemals wieder aufwecken. Ich versuche, die Wunden und das Blut auszublenden. Starre nur auf das Gesicht und tue, was getan werden muss.

Ich ziehe das Handy aus seinem Gürtel und hake es an meinem fest. Rennys Jackett ist unter ihm zusammengeschoben. Ich ziehe es gerade und greife dabei in das Loch in seinem Rücken. Eine einzige feuchte Schweinerei. Er trägt keine Weste, aber das hätte auch keinen Unterschied gemacht. Ich finde das Holster und darin die verfluchte Colt Python. Sie ist kalt. Er hatte gar nicht erst die Chance, sie abzufeuern. Überhaupt hat er in seinem Leben nie auf jemand anderen geschossen, soweit ich weiß.

Aber jemand hat ganz sicher auf ihn gefeuert. Zwei Jemande, so wie es aussieht. Renny musste acht Treffer einstecken. Und das noch vor der .44er Magnum.

Ich nehme seine rechte Hand, biege seine Finger zurück, um ihm den Pistolengriff hineinlegen zu können, und dabei fällt ihm etwas aus seiner Handfläche. Eine Patrone. Eine glänzende Neunmillimeter. Ich frage mich, was Renny in dem Moment, als er starb, mit einer Neunmillimeter-Patrone in seiner Hand wollte. Seine

Python ist eine .357er. Ich meine, der Kerl hat immer alles Mögliche angefangen, ohne es zu Ende zu bringen. Aber noch mehr beschäftigt mich die Frage, was passieren wird, wenn ich nicht in die Gänge komme und mich hier vom Acker mache. Also stecke ich mir die Patrone in die Tasche meines Anzugs und mache mich wieder an die Arbeit.

Ich drücke ihm die Python in seine rechte Hand und lege seine Finger um den Griff. Stecke seinen Zeigefinger durch den Abzugsbügel. Wenigstens hat er es auf die Art noch zum Killer gebracht.

Ich wische mir meine Hände an seinem Anzug ab und versuche, ihn so zurückzulassen, als ich über mir Jinx's Stimme höre:

Soll ich noch ein paar Worte für ihn sagen?

Nein, sage ich. Das geht dich nichts an.

Bullshit, sagt er. Das hier geht jeden was an.

Ich sehe hinunter auf Renny Two Hand, der in dieser Abflussrinne liegt. Ich sehe zum letzten Mal zu ihm hinab, senke den Kopf wie ein Priester und sage die einzigen Worte, die nötig sind:

Sie sind tot, Renny.

Jeder Einzelne von ihnen ist schon so gut wie tot.

DINER

Also haben sie es aus dem Hotel geschafft, haben es aus dem Feuer geschafft, haben es an den Cops vorbei geschafft, haben es aus der Stadt geschafft, und dann haben sie es geschafft, Renny umzulegen.

Das ist keine große Überraschung. CK hatte mehr als nur einen Plan. Diese ganze Sache war von Anfang bis Ende bis ins kleinste durchdacht. Schießen und Abhauen. Vielleicht haben sie so etwas Simples wie einen Wäscheschacht benutzt. Oder einen Dienstaufzug, oder ein paar Treppen, die auf der Rückseite des Gebäudes versteckt waren. Vielleicht war es auch etwas komplizierter. Oder vielleicht haben sie auch einfach nur die Flügel ausgebreitet und sind aus dem Hotel geflogen wie die Vögel.

Diese ganzen *Vielleichts* spielen keine Rolle mehr. Jetzt nicht mehr. Nicht mit deinem besten Freund tot am Boden und ein paar neuen Kerben in deiner Kanone. Nicht, wenn du müde bist und dir alles wehtut und alle Welt nach dir sucht und du dich mit 'nem schwarzen Typen herumdrückst, den sie ebenfalls auf dem Kieker haben, und wenn du, kurz bevor du zurück an deinem Wagen bist, einen Crown Vic daneben parken siehst, mit zwei Anzügen und Schuhen mit dicken Sohlen darin, getragen von Typen mit Zehn-Dollar-Haarschnitten, die Dinge in kleinen Büchern notieren, in Sprechfunkgeräte sprechen und sich überhaupt genau wie Cops verhalten.

Jinx bleibt wie angewurzelt stehen, so wie ich.

Wir ziehen uns zurück und ducken uns hinter einen Busch.

Glaubst du, die haben uns gesehen?, fragt er mich.

Darüber muss ich nicht nachdenken. Allein die Möglichkeit reicht mir schon.

Lass uns verschwinden, sage ich, und deute mit einem Kopfnicken nach links. Zwei oder drei Kilometer weiter die Straße runter steht ein Truck Stop, Bar & Grill, jede Menge großer Sattelschlepper und Wohnwagen und ganz, ganz viel Lärm und Durcheinander.

Also pirschen wir uns wieder geduckt durchs Unterholz, und das Ganze hat was von einer Vietnam-Rückblende, die Art, wie sie die Psychos in den Filmen immer kriegen, bevor sie ihre Waffen scharfmachen. Wir halten uns von der Straße fern, bewegen uns parallel zu dem Pfad, auch wenn der Pfad hier aus zwei Spuren Beton besteht und der einzige Charlie am anderen Ende ein dickbäuchiger Kerl ist, der einem den Wagen betankt oder ein Bier serviert.

Irgendwann mogeln wir uns schließlich unauffällig an den Straßenrand, und da ist das Basislager mit dem Namen Titos Truck Stop, und ich erinnere mich wieder an das Diner, ich erinnere mich an den Kaffee hier, erinnere mich an die fettigen Pommes, erinnere mich an den Grundriss. Der Laden ist nicht die Wucht, aber hey, es ist eben so wie bei der Kommunion, wenn man angewidert auf die trockene Hostie hinunterschaut, und der Pfarrer einem erklärt: Was anderes haben wir nicht.

Ich geb meinem Kumpel Jinx die schnelle Dreißig-Sekunden-Tour, und dann erkläre ich ihm: Du gehörst der verdächtig aussehenden Minderheit an. Also gehst du zuerst. Such dir einen Platz ganz hinten und setze dich so, dass du direkt zurück zum Eingang sehen kannst. Ich geb dir fünf Minuten. Wenn du nicht wieder rauskommst, komme ich hinterher. Falls es ein Problem gibt, nennst du mich Jake, und ich latsche direkt wieder durch die Hintertür raus. Und wenn du weißt, was gut für dich ist, dann kommst du hinterher.

Leck mich, sagt er. Er nimmt meine Tasche, wirft sie sich über die Schulter, steckt sich die Hände in die Taschen und wandert aus dem Wäldchen auf den Truck Stop zu, als wäre er so eine Art Pfadfinder.

Er sieht nicht zurück, läuft einfach geradewegs zu dem Diner. Ich sehe auf die Uhr und gebe ihm fünf Minuten. Dann versuche ich, mir den Staub aus dem Anzug zu klopfen, und folge ihm nach.

Der Laden ist genau das, was man erwartet: Burger und Fritten, Keulen und Schenkel. Keine Cops. Ein Barkeeper, eine Bar, an beiden Enden der Bar hängt jeweils ein Fernseher von der Decke, und dazwischen lassen eine Menge durstiger Trucker ihre fetten Ärsche über die Barhocker quellen. Ein ausgeblichener Storch von Bedienung stakst mit Tassen, Tellern und noch mehr Tassen die lange, vornehmlich leere Reihe von Tischen auf und ab. Am letzten Tisch ganz hinten sitzt mein Kumpel Jinx, kümmert sich um seinen eigenen Kram und studiert die Speisekarte.

Die Bedienung schenkt mir ein Lächeln, ich lächle zurück, schüttele den Kopf und schlendere zu dem Tisch.

Ich setze mich. Die Bedienung schwirrt heran und ich bestelle mir einen Kaffee. Meine Hand nehme ich von der Glock und aus der Tasche heraus. Ich falte die Serviette auseinander, lege sie mir in den Schoß. Sehe in die Speisekarte. Finde, was ich suche. Lege die Speisekarte auf den Tisch. Schiebe das Besteck um. Lese mir die Etiketten auf dem Ketchup, dem Senf, dem Zucker und dem Süßungsmittel durch.

Ich warte darauf, dass Jinx mich ansieht und *Na?* sagt. Aber er sagt kein verdammtes Wort, für eine halbe Ewigkeit nicht; studiert die Speisekarte, die Speisekarte und immer nur die Speisekarte.

Dann kommt der Kaffee. Die Bedienung verzaubert uns, indem sie einen Bleistift hinter ihrem Ohr hervorholt, sich die Zunge in den Mundwinkel schiebt und fragt: Wasdarfsnsein?

Ich brauch noch 'ne Minute, sagt Jinx. Er wartet, bis sie sich in die Küche zurückzieht, und dann sieht er von der Speisekarte auf, aber er sieht nicht mich an, sondern sieht zu dem Fernseher am anderen Ende der Bar und dem Barkeeper, der den Ton aufdreht, weil CNN gerade von Mord und Totschlag überquillt. Künstlich klingende Musik schwillt über der Einblendung des geschmackvollen Logos und der Silhouette eines Kopfes im Fadenkreuz eines Gewehrs an, welches in eine Collage aus Standbildern mit Text mündet und schließlich von einer dauergewellten Nachrichtensprecherin abgelöst wird, die über den aktuellen Stand der Ermittlungen im Fall des ermordeten Bürgerrechtlers Gideon Parks informiert. Interviews mit einem weinenden Jesse Jackson und ein paar sich bedeckt haltenden U.S.-Senatoren wechseln sich mit Eindrücken von ein paar ziemlich angepissten Schwarzen vor irgendeinem Regierungsgebäude ab, die ihrerseits einer unermüdlichen Parade aus Bild- und Tonschnipseln weichen. Das typische Statement des Präsidenten ist zu hören, irgendwas von einer Tragödie, irgendwas davon, dass jetzt etwas heilen muss, irgendwas darüber, dass man die Verbrecher aufspüren und bestrafen wird, und dann sind die Live-Aufnahmen zu sehen, der feuchte Traum von einem Zapruder-Film, aufgenommen mit Netzwerkkameras aus drei verschiedenen Winkeln, in Farbe und Nahaufnahme, und es folgen Wiederholungen als wäre das der verdammte SuperBowl, vom ersten Treffer, der den Kopf des Reverends auseinanderreißt, bis hin zu den anderen fünf kleinen Explosionen, die seinen Oberkörper in einen blutigen Fetzen aus Fleisch und gebrochenen Knochen verwandeln.

Ein kleiner Mann an der Bar fängt an zu lachen und klatscht in die Hände, und der Barkeeper sagt ihm, dass er die Klappe halten soll.

Ich sehe zu Jinx, doch der starrt nur auf den Fernseher, und nun schwenkt eine wackelige Kamera herum und zeigt das Hotel Excelsior, die Linse wandert zitternd an dem Gebäude hinauf, aber man kann nur Feuer und Rauch erkennen. Dann, aus einem anderen Blickwinkel und von einer stabileren Kamera weiter unten an der

Straße aufgenommen, schwenkt das Bild wie ein Suchscheinwerfer über die Vorderseite des Hotels und das Appartementgebäude daneben, und es sieht aus wie in einem fremden Land, irgendein fremder Krieg, Bagdad, Beirut, Bosnien, und außer Flammen kann man nichts erkennen, und dann gibt es eine riesige Explosion, die ein paar Stockwerke aus dem Hotel drückt und Glas, Ziegel und Holzfragmente auf die Straße darunter regnen lässt–

Das ist nicht echt, das ist irgendwo anders, und ich kann mir im Moment überhaupt nicht vorstellen, da drin gewesen zu sein. Oder dass ich es heraus geschafft habe.

Aber das habe ich, und sie auch. Und ich weiß noch etwas, verdammt, ich weiß noch eine Sache. Ich hole die Neunmillimeter-Patrone aus meiner Jackentasche. Halte sie so lange, bis er sie und dann mich ansieht.

Ich weiß, was sie Renny gefragt haben, erkläre ich Jinx. Ich weiß, was sie wissen wollten. Sie wollten wissen, ob du tot bist.

Er rührt mit dem Löffel in seinem Kaffee herum und sieht wieder in die Speisekarte. Er versteht's nicht. Noch nicht.

Ich sollte dich umlegen, erkläre ich ihm.

Er legt die Speisekarte beiseite und rührt weiter in seinem Kaffee.

Ich sollte dich mit nach Süden nehmen und dich umbringen.

Er nippt an seinem Kaffee, als würden wir uns gerade über das Wetter von Morgen unterhalten. Dann sagt er:

Wie sind die Panhas hier?

Was?

Die Panhas, sagt er. Du warst hier doch schon mal, oder? Also, wie sind die Panhas?

Und damit endet unsere kleine Unterhaltung, bis schließlich die Bedienung kommt und unsere Bestellung aufnimmt. Ich bestelle trockenen Toast und mehr Kaffee, und Jinx sagt, dass er gern ein paar Spiegeleier und die Panhas hätte.

Sie läuft davon, und ich versuche, die Unterhaltung wieder auf Kurs zu bringen.

Wir müssen nach Wilmington, sage ich. Aber er sieht nur durch mich hindurch und meint:

Ich muss mal für kleine Mädchen.

Dann mach das, sage ich, und er steht auf und ist weg, und ich sitze da und versuche, mich auf die Bierschilder zu konzentrieren. Ich sehe mir das Bud-Schild an und das Coors-Schild und das Lite und wünsche mir im Moment nichts sehnlicher, als mich so lange zu betrinken, bis ich wieder klar denken kann.

Dann gebe ich es auf, die Bierreklame anzustarren, und sehe für eine Weile fern, und nach einer kurzen Werbeeinblendung unseres Sponsors – so wie es aussieht, wurde uns dieses Attentat von Infiniti präsentiert – beginnt die Nachrichtenmaschine wieder von vorn, zurück zu Jesse Jackson, den Senatoren, dem Präsidenten, bevor es noch mehr Videos vom Tatort zu sehen gibt, und zeitlich springen die Berichte hin und her, zuvor und jetzt, die gelbschwarze Blüte der Explosion breitet sich aus dem zehnten Stockwerk dieses Hotels aus, und dann folgt eine Serie nervöser Aufnahmen, aus einem Nachrichtenhubschrauber heraus, der über dem brennenden Gebäude schwebt. Mit Polizei- und Feuerwehrhubschraubern, die darunter hin- und herschwirren, Flammen, die seitlich aus dem Hotel und dem Appartementgebäude daneben lodern, und den ganzen Menschen, den ganzen armen, armen Leuten. Und dann wechselt der Blickwinkel zu dem Leiterwagen am Boden und dann zu den weißen, unbeschrifteten Helikoptern, die am Rand der Rauchwolke entlang kreisen und zur Landung auf dem Dach des Hotel Excelsior ansetzen. Die haben echt Eier, die Typen. Und dann steigt das FBI Hostage Rescue Team, eine SWAT-Einheit, in die Hubschrauber ein und wird weggeflogen, und die Typen sind angezogen, als würden nur noch Hakenkreuze auf den schwarzen Uniformen, Helmen und Masken fehlen, und ich will verdammt sein, wenn der Kommandeur der Truppe, der Kerl, der die anderen schwarz-uniformierten Typen in den Chopper winkt und dabei zusieht, wie sie ein paar Leichensäcke einladen, keine Smith & Wesson Model 29, sondern eine .44er Magnum in seiner rechten Hand hält.

Keine Chance, dass das als Dienstwaffe durchgeht. Keine verdammte Chance.

Zumindest weiß ich jetzt, wie sie herausgekommen sind. Die sind nicht einfach rausspaziert, nein, nein, die wurden ausgeflogen. Mit Stil. Mit freundlicher Unterstützung von irgendeiner Bundeseinheit.

Das ist jetzt nicht mehr nur Zwei plus Zwei. Jetzt sind wir bei chinesischer Arithmetik angekommen.

Tja, was passiert jetzt? Wenn ich sie wäre, würde ich ihnen raten, sich zu verteilen. Eine Auszeit nehmen. Eine Kreuzfahrt buchen. Tequilas in mich reinstürzen, den Hula-Tänzerinnen zusehen und mir die Eichel polieren lassen.

Andererseits, wenn ich sie wäre, würde ich mir wegen eines kleinen Problems Sorgen machen, und das wäre ich.

Oder machen wir zwei kleine Probleme daraus, denn das andere kommt gerade wieder vom Klo zurück, welches wahrscheinlich nicht weit vom nächsten Telefon entfernt ist und weshalb er auch wesentlich länger weg war, als man braucht, um einen Strahl in die Ecke zu stellen.

Nettes Gespräch mit deinen Jungs gehabt?, frage ich ihn, nur um ihn daran zu erinnern, wer hier das Sagen hat.

Oh, klar, antwortet er.

Tja, dann hoffe ich, dass sie gute Anwälte haben. An ihrer Stelle würde ich sehen, dass ich aus Dirty City rauskomme.

Kann gut sein, sagt er. Aber du bist keiner von denen. Zumindest noch nicht. Und du bist nicht dort.

Hey, sage ich, dann hab ich Neuigkeiten für dich. Alles, worum es geht, ist von hier nach dort zu kommen.

Er will etwas antworten, aber ich schneide ihm das Wort ab: Auf meine Art. Und ohne jede Diskussion.

Ich denke eine Sekunde lang nach, und es dauert nicht lange, weil die Antwort quasi auf der Hand liegt.

Ich stehe auf und gehe nach hinten zu den Toiletten, und natürlich hängt ein Telefon neben der Tür zum Herrenklo. Ich werfe ein paar Vierteldollar ein und rufe Lauren an, meine Freundin in Philadelphia.

Es klingelt.

Ich warte und hoffe, dass jemand anderes als der Anrufbeantworter rangeht. Dann klingelt es das zweite Mal. Ich tue so, als wäre ich absolut entspannt.

Das dritte Klingeln, dann ein:

Hallo?

Hey, Lauren.

Hey, Burdon. Was liegt an?

Nicht viel. Also, eigentlich 'ne Menge.

Kommst du nach Philadelphia? Ich bin nicht mehr verlobt.

Ich weiß.

Ach ja, und wie willst–

Ich hab's an deiner Stimme gehört Lauren. Und weißt du was? Du warst sowieso zu gut für ihn.

Oh, Burdon, wann ziehst du endlich her und heiratest mich?

Dafür liebe ich dich viel zu sehr, Lauren.

Wow, sagt sie. Wow, der war neu. Dachte, ich kenne sie mittlerweile alle, Burdon. Aber der war neu für mich. Wie geht's deiner Freundin?

Fiona geht's gut, Lauren. Aber–

Ich weiß, ich weiß. Es gibt einen Grund, warum du mich anrufst, und der ist sicher nicht, weil du dich einfach mal melden wolltest. Also, was ist los?

Du musst mir einen Gefallen tun, Lauren. Einen großen Gefallen. Einen riesigen Mann-geht-der-mir-auf-den-Sack-Gefallen.

Also, das braucht es, damit du an mich denkst?

Das oder ein Essen, Lauren.

Sie schweigt einen Moment. Und dann fragt sie: Also, was ist das für ein Gefallen?

Du musst dir ein Auto mieten. Quasi sofort. Dir fällt wieder ein, dass dein Auto zur Reparatur muss oder so etwas und dass du dir ein Auto mieten musst. Von jemand Anständigem, wie Hertz oder so. Mittelgroß, einen Taurus oder einen Capri vielleicht, nichts Auffälliges. Sieh zu, dass du dir die Versicherung geben lässt. Dann musst du den Mietwagen für mich nach Wilmington fahren. Du musst den Wagen auf dem Parkplatz der Amtrak-Station abstellen und die Schlüssel unter den Fahrersitz legen. Den Parkschein und den Mietvertrag packst du ins Handschuhfach. Dann legst du den Sportteil aus dem heutigen *Inquirer* oben auf das Armaturenbrett, direkt hinter die Windschutzscheibe, damit ich weiß, dass das unser Auto ist. Dann unternimmst du irgendwas, isst ein spätes Mittagessen oder gehst shoppen, ist mir egal, aber sperr das Auto nicht ab, und egal was du tust, du darfst nicht vor 20 Uhr zurückkommen. Wenn das Auto dann noch da steht, hey, dann gehört es dir. Wenn nicht, rufst du die Polizei, denn dann hast du herausgefunden, dass unser Wagen gestohlen wurde. Danach nimmst du den Zug zurück nach Hause. Verstanden?

Burdon–

Sie setzt an, unterbricht sich, seufzt, und fängt dann noch einmal von vorn an.

Burdon, sagt sie, steckst du grad in irgendwelchen Schwierigkeiten?

Ja, sage ich, und mehr nicht, das ist alles, was sie wissen muss, denn sie sagt:

Ja, klar. Immer noch der alte Burdon. Okay, der Sportteil des *Inquirer*, richtig?

Richtig. Und du fährst sofort los, okay?

Okay, Burdon. Schon erledigt. Aber merk dir eines.

Was denn?

Du schuldest mir mehr als nur ein Abendessen.

Mehr, als du dir vorstellen kannst, sage ich zu dem schweigenden Telefon mit der Hand auf der Gabel. Mehr als du dir vorstellen kannst.

Ich füttere das Telefon mit weiteren Vierteldollarstücken und versuche mein Glück auf Trey Costas Handy, bekomme aber nur eine Roboterstimme dran, die sagt, dass die Nummer nicht mehr vergeben ist.

Also kehre ich zu unserem Tisch zurück, zurück zum Kaffee und meinem Kumpel Jinx, und ich sage zu ihm: Okay, wir müssen ein wenig Zeit totschlagen, nicht viel, eine Stunde vielleicht. Wenn wir Wilmington erreichen, sind wir in Sicherheit. Aber dazu müssen wir erst mal nach Wilmington kommen, und das sind wie viel … fünfundvierzig Minuten … mindestens. Schon mal ein Auto gestohlen?

Scheiße Mann, ich knacke schon länger Autos, als du dir einen von der Palme wedelst.

Also?

Also was?

Dann los.

Trink deinen Kaffee aus, sagt er. Ist längst erledigt.

Seine linke Hand kommt aus seinem Schoß geschwebt, und er hält einen Schlüsselbund in die Luft.

Der Pick-up-Truck da draußen, sagt er. Muss dem Barkeeper oder dem Koch gehören. Hat die Schlüssel in der Tasche seiner Jacke gelassen, die hinten an dem Haken neben der Küchentür hängt. Und hey, heute ist ein geschäftiger Tag, viel los. Dürfte für eine ganze Weile keinem auffallen.

Dann kommt unser Essen. Er sticht seinen Spiegeleiern die Augen aus, bis die gelbe Flüssigkeit aus ihnen heraus und über das Stück Fleisch fließt, und er schneidet die Sauerei in kleine Quadrate und fängt an, sie in sich hineinzuschaufeln.

Was für eine Scheiße ist das?, frage ich ihn.

Es kommt nicht darauf an, was man isst, sagt er. Sondern, wie man es kaut.

Okay, sage ich. Aber du zahlst die verdammte Rechnung.

Und dann lassen wir uns Zeit und trinken unseren Kaffee zu Ende, und nachdem Jinx die Rechnung bezahlt hat, spazieren wir vorn raus, gehen einmal um das Gebäude nach hinten herum, und sind einfach nur zwei Typen, die sich in einen Pick-up-Truck setzen. Er fährt immer noch, ich sitze immer noch daneben und die Tasche steht genau zwischen uns, und er setzt zurück und dann fährt er schnurgerade auf die Ausfahrt an der Westseite zu, dann biegt er nach einer langen Reihe geparkter Sattelzüge rechts ab, dann fährt er aus Titos-Truck-Stop, und dann biegt er nach links ab, was uns zurück zum Turnpike bringt, und dann hören wir, wie die Sirenen von dem Polizeiwagen losplärren. Bliep, bliep, bliep. Und ich greife nach meiner Glock und Jinx sagt: Verflucht. Und ich sage ihm, er soll langsamer werden, langsamer, und er sagt, ich soll die Klappe halten, meine verdammte Klappe halten und die Waffe runternehmen und ihm das Reden überlassen, und jetzt bremst er ab und setzt den Blinker und lässt den Truck an den Straßenrand gleiten, schön langsam, und bringt ihn sanft zum Stehen und sieht in den Rückspiegel, stellt den Ganghebel auf Parken, schaltet den Motor aus und sagt zu mir:

Ich regele das. Nimm die Waffe runter. Nimm sie runter.

Und dann traue ich meinen Augen kaum. Denn er zwinkert mir zu.

Ich sehe zum Rückfenster hinaus und beobachte den Cop – es ist ein State Trooper, der auf die typisch lässige State-Trooper-Art auf uns zugelaufen kommt – und ich denke so bei mir, dass mein Tag schon beschissen genug war. Ich will das nicht tun, einen Bundespolizisten umlegen, einen echten Cop, aber ich hebe die Glock an den Rand meiner Rückenlehne und weiß, dass ich tun werde, was nötig ist.

Jinx ist aus dem Pick-up gestiegen. Er wartet nicht auf den Cop, und er hat die Hände von sich gestreckt wie ein Basketballtrainer, der sich über diesen blinden Schiedsrichter aufregt, und so läuft er auf den Cop zu und ich bemerke, dass der Cop ein Schwarzer ist und der schwarze Cop die Hände vor sich ausgestreckt hat, um ihn zurückzuhalten, langsam, Junge. Und Jinx macht langsam, kratzt sich irgendwie mit der rechten Hand am Kopf und sagt irgendwas zu dem Cop und nickt sogar zu mir zurück, und der Cop schaut etwas unsicher und dann springt er drauf an, schluckt Jinx's Köder so schnell, wie der ihn auswerfen kann, und dann deutet der Cop auf etwas hinten am Truck und Jinx beugt sich vor und der Cop beugt sich mit ihm zusammen hinunter, überprüfen irgendwas am Kotflügel, das Schlusslicht vielleicht, und ich spüre, wie sich meine Finger am Griff entspannen und dann richtet sich Jinx wieder auf und der Cop ebenfalls. Und Jinx greift in seine Tasche, schön langsam, und kramt eine Brieftasche hervor und wühlt darin nach dem Führerschein oder so herum und händigt ihn dem Cop aus, und der Cop prüft ihn gründlich und schüttelt den Kopf, als würde er eine traurige Geschichte hören und dann nickt er einmal, dann noch einmal, gibt Jinx den Kram zurück und ich traue meinen Ohren nicht, aber dieser Typ überredet gerade einen Bundespolizisten des Staates New Jersey, ihm keinen Strafzettel zu verpassen, aber genau das tut er, und der Trooper schaut noch einmal zu mir, als wäre ich irgendein Zootier in einem Käfig von General Motors, und dann geht er zurück zu seinem Wagen und Jinx stolziert zu dem Truck zurück, springt hinter das Lenkrad und grinst mich an.

Klappt jedes Mal, sagt er.

Lass mich raten, sage ich. So ein Ding unter Schwarzen, richtig?

Nein, sagt er. Ein Ding unter Grünen. Hat mich hundert Steine gekostet.

Er zerrt an dem Ganghebel, und dann sind wir auf und davon.

WILMINGTON

Niemand ist wichtig. Das ist es, was mir der Bahnhof in Wilmington sagen will. Er ist das, was diese Künstler eine Studie oder Skizze nennen, und es ist eine Studie des Nichts.

Aber es ist ein geschäftiges Nichts. Überall sind Geräusche. Automatische Türen gehen ratternd auf und ratternd wieder zu. Gesprächsfetzen, immer in Eile, manchmal traurig, manchmal wütend. Gerüche. Kalter Rauch und Hotdogs und irgendeine Art von Reinigungsmittel. Bewegung, konstante Bewegung. Das ist kein Bahnhof, sondern ein Bienennest. Leute laufen herum, Leute unterhalten sich, Leute stehen an Schlangen und anderen Schlangen und noch mehr Schlangen an. Andere Leute warten zusammengesunken hinter Absperrungen auf Ticketverkäufer, als wären sie Besucher in einem Gefängnis. Trostlose Menschen, die trostlosen Dingen nachhängen. Das ist alles, was ich sehe, als ich die Lobby vor diesem Terminal beobachte und durch Menschen hindurchsehe, die irgendwohin und gleichzeitig nirgendwohin gehen.

Niemand ist wichtig.

Kein Einziger.

Ich warte auf Jinx. Zumindest habe ich ihm das gesagt, und er wäre gut beraten, wenn er es glaubt.

Ich hingegen denke, dass ich auf eine Kugel warte.

Nachdem Jinx seine Show bei dem State Trooper abgezogen hat, war die Fahrt nach Wilmington ein Kinderspiel. Gerade mal vierzig Minuten. Nichts, was mir außer meinen Unterhosen die Eier zusammengedrückt hätte, bis wir um den Bahnhof herumfuhren und uns auf dem Parkplatz umsahen. Der Mietwagen war leicht auszumachen. Hertz muss eine Million dieser roten Mercury Capris haben, aber dieser hier war derjenige mit dem fein säuberlich zusammengefalteten *Philadelphia Inquirer* im Fenster, und, so wie ich meine Lauren kenne, einer Flasche Jack Daniels im Handschuhfach.

Unser neuer fahrbarer Untersatz ist also kein Problem. Und den Truck, den wir uns ausgeborgt hatten, wieder loszuwerden, war mindestens so leicht wie einen Parkplatz zu finden.

Es sind die üblichen Dinge, die mich nachdenklich werden lassen: Was fehlt hier? Und das Gleiche frage ich meinen Kumpel Jinx:

Siehst du es?

Nee, sagt er. Aber irgendwas ist faul. Ich kann es spüren, aber nicht sehen.

Stimmt, sage ich. Du kannst es nicht sehen. Wo sind sie? Wo sind die, die für gewöhnlich alles überwachen?

Die alles überwachen? Jinx zieht die Nase hoch und lässt als Antwort einen von seinen krassen Lachern hören. Ich meine, es spricht nichts dagegen, sich Sorgen zu machen, Mann, aber solche Sätze klingen schon ziemlich gaga.

Hey, sage ich. Totale Paranoia–

Aber er bringt den Satz für mich zu Ende: Bedeutet totale Achtsamkeit. Bobby Seale hat das gesagt.

Blödsinn, sage ich. Das war Charlie Manson.

Seale, gibt er zurück.

Manson, kontere ich wieder.

Okay, okay, sagt er. Meinetwegen. Hörte sich eh Weiß an. Weiß und irre. Irres Gequatsche. Als ob dich jemand beobachten würde. Mach mal halblang.

Nein, nein, nein. Was ich sage, ist, dass hier etwas faul ist. Richtig faul. Siehst du es nicht?

Was sehen, Mann? Wenn ich mich hier umsehe, sehe ich gar nichts.

Exakt. Du siehst dich um und siehst gar nichts. Also, wo sind die Cops? Die Bullen?

Es gibt keine Cops. Keine Stadtpolizei, keine Bahnpolizisten. Mein Gott, ich sehe noch nicht mal jemanden vom Sicherheitsdienst. Wir stehen vor einem Bahnhof in einer gar nicht mal so kleinen Stadt, und das einzige, was einer blauen Uniform am nächsten kommt, steht da drüben und kassiert Standgebühren für den Parkplatz.

Pass auf, sage ich zu Jinx. Das andere Problem, vielleicht das eigentliche Problem, ist, dass es hier wahrscheinlich von Überwachungskameras wimmelt. Die Autos wurden um acht Uhr als gestohlen gemeldet, und das Erste, was sie machen werden, ist, sich die Überwachungsbänder anzusehen.

Und das ist ein Problem?, fragt er. Sieh mich doch mal an, Mann. Ich bin dein klassischer Nigga-Täter. Ich hab die Dachmütze, ich hab die Sonnenbrille, ich hab die Moves. Du stehst hier Wache und lässt einfach mich die Drecksarbeit machen. Scheiße Mann, auf wie viele Typen in dieser Stadt trifft wohl meine Beschreibung zu? Da suchen die wochenlang. Und wie intensiv werden sie überhaupt nach uns suchen? Es ist nur ein gestohlener Wagen, Mann. Von denen gibt es hier sicher zwanzig am Tag.

Ich mag die Art, wie der Typ denkt. Es ist genau die Art, wie ich will, dass er denkt, um mir die Zeit zu verschaffen, die ich brauche. In der Bahnhofshalle. Allein.

Na okay, sage ich. Dann mach. Wir treffen uns in … sagen wir … zehn Minuten. Am Eingang zum Bahnhof. Vorn, auf den Stufen. Bei den Taxen.

Dann besiegele ich unsere Abmachung, indem ich ihm sage, dass ich nirgendwohin ohne ihn gehen werde. Vergiss bloß nicht meine Tasche, sage ich zu ihm.

Und weg ist er, und ich tue so, als müsste ich mich um meine eigenen Angelegenheiten kümmern. Ich versuche, mich nach links umzuschauen, ich versuche, mich nach rechts umzuschauen, und mit diesem Bild stimmt so vieles nicht, dass man einfach weiß, dass man recht hat. Also drehe ich mich um und laufe in den Bahnhof, sehe mir die Leute an, die in der Schlange auf ihre Tickets warten, sehe mir den Oldtimer an dem Schuhputzstand an, sehe mir den Typen an, der einen Besen schwingt, sehe mir den Fernsehmonitor und die Züge an, die eintreffen und abfahren, und für eine schwache Minute frage ich mich, ob das vielleicht der richtige Weg wäre, einfach das Auto zu vergessen und tschuff-tschuff runter nach Dirty City zu fahren.

Manchmal wird man schwach, so wie in diesem Fall. Man wird ungeduldig, wird abgelenkt, man träumt und lässt zu, dass die falschen Dinge für einen die Entscheidungen treffen. Einmal falsch geraten, und dann ist man am Arsch.

Aber jetzt, in diesem Moment, denke ich, dass ich richtig geraten habe. Es trifft mich mit solcher Wucht, dass ich weiß, dass da kein Zweifel besteht. Das hier wird eines von diesen Dingen werden, die in einer Riesenscheiße enden. Es wird passieren, und ich bin hier, genau hier, und ich bin derjenige, der dafür sorgen wird.

Ich sehe wieder zu dem Monitor, suche nach dem nächsten Zug nach D.C., und ich sehe nach der Zeit und die passt, und deshalb gebe ich ihnen noch zwei Minuten. Denn wenn CK oder irgendjemand anderes von UniArms mich treffen will, ist das deren letzte Chance: *Geh zum zweiten Treffpunkt,* hatte CK zu mir gesagt, *oder fahr meinetwegen nach Wilmington, zum Bahnhof.*

Ich sehe auf meine Uhr. Und der Sekundenzeiger dreht gerade seine zweite Runde, als es passiert. Und es ist eine Riesenscheiße, das ist mal sicher. Eine Riesenscheiße auf zwei Beinen: Es ist Lukas. Der Kerl, der nicht mitkriegt, wenn sie Waffen aus einer Pizzeria heraus verscherbeln.

Da also ist Lukas, und der Kerl sieht aus, als wäre er gerade aus der Mangel gekommen: blütenweißes Hemd, die Bügelfalten an seinem Anzug so scharf wie die Klinge eines KA-BARs, und sogar seine gottverdammte Krawatte sitzt wie angegossen. Irgendein billiges Aftershave weht in meine Richtung. Er beugt sich so nahe an mich heran, dass ich sein minziges Mundwasser riechen kann.

Wie geht's?, fragt Lukas mich.

Ist immer das Gleiche, sage ich.

Das Gesicht von dem Typen ist gerötet, als hätte er sich gerade erst blitzeblank geschrubbt, gerade erst frisch rasiert.

Aha, sagte er.

Aha, sage ich zurück.

Dann stehe ich da, mitten in einer Bahnhofshalle, bestimmt eine gottverdammte Minute lang, und sehe zu, wie dieser Typ mit dem Kopf nickt und nickt.

Und?, frage ich.

Also, sagt er, also, das wird dir gefallen.

Er dreht seinen Kopf herum, als ob jemand zuhören könnte, was er zu sagen hat, und dann sagt er:

Da kommen diese drei Juden in eine Bar, okay? Und der erste Jude sagt – sag Bescheid, wenn du den schon kennst – also, der erste Jude sagt zu dem Barkeeper: Was für ein Tag, was für ein Tag, mach' mir ne Hühnersuppe und einen Wodka. Also, der Barkeeper tut, was der Typ sagt, okay? Er bringt ihm die Suppe, gießt ihm seinen Wodka ein und alles ist in bester Ordnung. Und dann sagt der zweite Jude, der Zweite, er sagt zu dem Barkeeper: Was für ein Tag, was für ein Tag, mach mir eine Hühnersuppe und einen Tequila. Und der Barkeeper, der macht auch, was dieser Kerl will, okay? Bringt ihm die Suppe, den Tequila, alles prima. Und damit kommen wir zu dem dritten Juden, richtig? Und der dritte Jude sagt … weißt du, was der dritte Jude zu dem Barkeeper sagt?

Nein Lukas, sage ich zu ihm. Was sagt der dritte Jude zu dem Barkeeper?

Er sagt: Scheiß auf die Suppe und scheiß auf den Schnaps, gib mir einfach die zwanzig Dollar, die du mir schuldest.

Lukas lacht laut drauflos, und es ist ein lausiges Lachen, wie das Miauen einer kranken Katze, und dann reibt er sich die Hände und schenkt mir ein viel zu breites Grinsen. Ich kann die Seife an seinen Händen riechen, dieser grüne Schleim, den man in öffentlichen Toiletten findet und der viel zu sauber riecht.

Haha, sage ich.

Ich sehe mich um. Nichts als Zivilisten.

Dann schaue ich rüber zum Eingang der Bahnhofshalle. Auch dort ist niemand zu sehen. Hier gibt's nichts weiter außer Lukas und mich.

Lukas, sage ich. Weißt du was? Weißt du, was ich gesagt hätte, wenn ich der dritte Jude gewesen wäre?

Nein, antwortet er. Was hättest du gesagt?

Ich hätte gesagt: Wer verdammt noch mal hat mich zum dritten Juden gemacht?

Ha, sagt er.

Ahm, sagt er.

Und dann sagt er: Versteh ich nicht.

Klar, sage ich. Klar verstehst du es nicht. Was gibt's sonst Neues? Hast du mir noch was anderes zu erzählen, Lukas? Oder bleiben wir einfach weiter in diesem lausigen Abbild eines Bahnhofs stehen und du erzählst mir für den Rest des Tages Witze?

Oh, na sicher hab ich dir noch was anderes zu sagen, sagt Lukas. Und das ist jetzt kein Witz, okay? Es ist was

Gutes: CK sagt, du sollst wieder zurückkommen. Es gibt kein Problem, sagt CK. Alles ist cool.

Wirklich?, frage ich.

Ja, wirklich, beteuert Lukas. Das hat CK gesagt. Tu einfach, was du tun musst, das hat CK mir aufgetragen, dir zu sagen. Tu, was du tun musst.

Und da ist wieder CK's Stimme in meinem Ohr, wie sie durch das statische Rauschen des Handys dringt: *Bring den Nigger um.*

Dann erzählt Lukas weiter:

Und CK hat mir noch etwas anderes aufgetragen, das ich dir sagen soll, aber ich habe keine Idee, was das bedeuten soll, ist es wohl eines von diesen Dingen, weißt du? CK sagte mir, ich soll dir sagen: Was du in deinen Taschen hast, gehört dir. Die Papiere. Gehören alle dir, was immer das bedeutet. Ich schätze mal, du wirst wissen, was er meint. Tu einfach, was du tun musst, lässt CK ausrichten, und sie gehören dir.

Wirklich?, frage ich noch einmal. Und was ist mit Renny Two Hand?

Lukas schüttelt seinen Kopf. Ja, na ja, davon hab ich gehört, weißt du. Ich mochte den Jungen, ist echt 'ne Schande. Aber du hast dafür Mackie aus den Latschen geschossen, oder? Dabei lächelt Lukas.

Dann sagt er:

CK lässt dir ausrichten: *Jetzt* sind wir quitt.

Verstehe, sage ich und sehe mich ein letztes Mal um, bevor ich zu Ende bringe, was gar nicht erst richtig angefangen hat. Ich sage zu Lukas:

Also, jetzt erzähle ich dir mal was, du beschissener Laufbursche, du kannst CK ausrichten, dass wir nicht quitt sind, dass wir so lange nicht quitt sind, bis er nicht unter der Erde liegt. Das richtest du ihm von mir aus, okay, du beschissener Retrovirus?

Lukas taumelt einen Schritt zurück und ich musste ihn dafür noch nicht einmal anrempeln.

Weißt du was, Lane? CK hat mich schon gewarnt, dass du Nein sagen wirst. Er meinte, du bist genau die Art von Blödmann, der mir ein Nein als Antwort geben wird.

Er sieht auf seine Fingernägel hinunter. Ich kann immer noch die Seife an seinen Händen riechen. Wie kann ein Stück Scheiße nur so verdammt sauber riechen?

Pass auf, sagt Lukas. Du willst den Nigger nicht umlegen? In Ordnung. Um den Nigger werden wir uns kümmern. Also vergiss CK. Das hier kommt von Mr. Berenger direkt, okay? Seine Lippen kleben an meinen Ohren. Komm nach Hause, soll ich dir ausrichten. Fahr einfach mit mir zurück nach D.C.

Lukas tippt sich mit der Handfläche gegen seine Jackentasche, linke Brust. Ich hab ein Ticket für dich. Salon. Erste Klasse. In etwa fünf Minuten verlässt ein Metroliner dieses Kaff. Mr. Berenger sagt, du sollst nach Hause kommen, und dann wird die Sache geklärt und–

Du hörst mir nicht zu, Lukas. Genau das ist dein Problem, weißt du? Du siehst nicht hin und du hörst nie zu. Aber jetzt solltest du besser aufpassen und mir zuhören. Denn siehst du die Tür da drüben? Zu dieser Tür werde ich rausspazieren, und du solltest besser hoffen und beten, dass ich dir danach nie wieder begegne.

Er zeigt mir seine Zähne. Ich weiß nicht, wie groß seine Eier sind, aber ich bin hier weg und drehe mich auch nicht um. Und als ich durch die Eingangstür der Bahnhofshalle hindurch und auf den Treppen bin, manövriert Jinx draußen den Capri an ein paar Taxen vorbei und an den Bordstein. Nur einer von Millionen Hertz-Mietwagen, rot und blitzsauber. Vielleicht nicht perfekt für die Art von Fahrt, die wir vor uns haben, aber so astrein wie es eben geht.

Jinx hebt die Reisetasche vom Sitz neben sich.

Hab sie noch dabei, sagt er. Aber die wandert in den Kofferraum.

Er beugt sich hinüber zu dem Handschuhfach.

Scheiße, sagt er.

Er schaltet den Motor aus, steigt auf der Fahrerseite aus, mit der Tasche in der Hand, und schlägt die Tür hinter sich zu.

Wenn du uns das nächste Mal einen Mietwagen bestellst, dann sieh zu, dass es ein Caddy oder ein Lex ist, sagt er und wedelt mit den Schlüsseln vor meiner Nase herum. Oder zumindest ein Modell, bei dem man den Kofferraum von innen aufmachen kann.

Er steckt den Schlüssel in das Kofferraumschloss und dreht ihn herum. Der Kofferraumdeckel springt auf, und der Geruch lässt mich beinahe zusammenklappen. Ich starre hinein, starre weiter hinein, und verstehe nicht, was ich sehe. Weil es keinen Sinn ergibt, kein bisschen Sinn.

Da ist Blut.

Jinx lässt die Schlüssel auf den Gehweg fallen und tänzelt von dem Wagen weg, als hätte er sich gerade verbrannt.

Blut. Ich habe noch nie so viel Blut auf so wenig Raum gesehen.

Blut, Blut und noch mehr Blut, und dort, mitten aus dem ganzen Blut, ragen zwei Beine aus einem Rock, verbogen und zerbrochen wie dünne Äste.

Die Schuhe, die Beine, der Rock, die Bluse, das alles formt sich zu einer Faust, die mich mit voller Wucht trifft:

Es ist Lauren.

Verflucht, sagt Jinx.

Nein. Das ist nicht Lauren. Nicht mehr.

Verfluchte Scheiße, sagt er. Wo ist ihr Kopf, Mann. *Wo ist ihr Kopf?*

Ich habe eine Antwort parat, aber das ist die Antwort auf eine andere Frage, und die Frage stelle ich nicht, und ich sage auch nicht die Antwort, denn ich laufe weg, weg von dem Auto, weg von Jinx, renne die Stufen hinauf und in die Halle hinein. Vorbei an dem Schuhputzer, der mich nicht einmal bemerkt. Vorbei an dem Typen mit dem Besen, der mich bemerkt, aber dann zu dem Schluss kommt, ich sei einfach nur spät dran.

Spät dran. Für den Zug.

Ich bahne mir wie ein Bulldozer meinen Weg durch die Menschen und an dem Ticketverkäufer am Gate vorbei, ziehe meine Brieftasche halb aus meiner Anzugjacke und rufe ihm das Einzige zu, was er hören will: Washington. Dann bin ich durch die Doppeltür hindurch und draußen auf dem leeren Bahnsteig und ich bin zu spät, zu spät, der Zug ist bereits angefahren, und ich renne und die Räder drehen sich und ich hole auf, aber ich kann nichts weiter tun als rennen, als die Räder quietschen und sich schneller drehen und der Zug schneller wird und ich beinahe das Ende des letzten Waggons erreiche. Und ich bin Auge in Auge mit Lukas, der aus dem Heckfenster des Zuges sieht wie ein Politiker auf einem Podium, und Lukas sieht hinaus, sieht mich, hebt diese blitzsauberen Hände und lächelt und winkt mir zu und sagt etwas, aber ich kann es nicht von seinen Lippen ablesen.

Dann bin ich am Ende des Bahnsteigs angekommen, und der Zug rollt aus Wilmington hinaus, fort von mir.

Ich stoße die Luft aus meiner Lunge und mache mich locker.

Das ist der Moment, wo ich meine Glock aus meinem Holster unter meiner Anzugsjacke ziehe und in den Weaver-Stand gehe. Hinter mir höre ich Schritte, und ich blende sie aus, achte auf nichts weiter, atme einfach nur tief ein und stoße die Luft wieder aus meinen Lungen hinaus, als Jinx neben mir auftaucht. Er hat meine Tasche in der Hand und einen mürrischen Gesichtsausdruck und spuckt seine Worte zwischen schwerem Keuchen aus:

Auf gar keinen Fall.

Ich atme tief ein.

Auf gar keinen verdammten Fall.

Locker. Ich sage die Worte nicht, fühle sie nur. Bleib locker. Sehe mit beiden Augen an dem Visier der Glock entlang und in ein Fenster, ein Rechteck aus Glas, das vor mir flirrt, das das Licht zu mir zurückwirft, eine Sonne, eine untergehende Sonne, eine schwache Hoffnung gegenüber der Nacht, sie kommt, die Nacht kommt, und da ist mein Vater, da ist Farmland, Farmland in Illinois, und ich sehe das Stück Pappe mit dem mit roten Wachsmalstiften aufgemalten Kreis darauf, das an dem hölzernen Zaun festgenagelt ist, und ich bin wieder dreizehn Jahre alt und blicke durch das Visier der Winchester meines Vaters, und er sagt zu mir:

Bleib locker.

Du verarschst mich doch, Mann, sagt Jinx. Du verarschst mich.

Zwanzig Meter.

Gib's auf, Mann, sagt er.

Fünfundzwanzig Meter.

Aber ich bin locker. Über dem Visier der Glock sehe ich die untergehende Sonne und die Pappzielscheibe, und durch das Ziel hindurch sehe ich Glas, und durch das Glas hindurch sehe ich Lukas, und ich sehe den Tod.

Siebenundzwanzig Meter.

Ich blinzle und sehe wieder hin. In der Ferne sehe ich, wie sich der Mais im Wind hin und her wiegt. Den sternenlosen Himmel, der ruhig ist und grau, ruhig und grau, und grau und grau und dann schwarz, und ich drücke den Abzug, ein Schuss, und in dreißig Metern Entfernung bekommt das Zugfenster ein Spinnenwebenmuster, und das Spinnennetz färbt sich rot, und ich hab keinen Zweifel, überhaupt keinen Zweifel, dass Lukas tot ist.

Dann ist der Zug weg.

Verdammt, sagt Jinx.

Er sieht auf meine Pistole.

Sieht mich an.

Sieht meine Pistole an.

Sieht wieder mich an.

Heilige Mutter Gottes, sagt er.

Nein, antworte ich. Glock 19.

FREIER FALL

Ich stecke die Pistole ins Holster und setze mich in Bewegung.

Ich gehe ganz entspannt, kein Schlurfen, kein Hasten, und ich renne auch nicht, ich gehe ganz locker, ich bin immer noch ganz locker. Ich bin einer dieser von der Reise abgekämpften Steuerzahlern, die ihren Zug verpasst haben oder so, und als dieser Polizist mit erhobenem Arm aus dem Terminal gestürmt kommt, so als hätte er vergessen, uns zum Abschied zu winken, ignoriere ich einfach, was er ist und was er sagt und gehe weiter. Ich laufe an dem Polizeitypen vorbei und bis zum hinteren Ende des Bahnsteigs, wo sich eine Tür befindet, auf der ZUTRITT NUR FÜR BEFUGTES PERSONAL steht. Dann halte ich an, seufze kurz und drehe mich um.

Der Polizeityp trägt eine komische Uniform, vielleicht ist er ein Bahnpolizist, und Jinx packt die komische Uniform am Revers, hebt die komische Uniform aus den Schuhen und knallt die komische Uniform gegen einen Pfeiler. Dann brüllt er irgendwas in das Gesicht unter der komischen Uniformmütze, knallt die komische Uniform noch mal gegen den Pfeiler und dann lässt er die komische Uniform wie eine schlechte Angewohnheit einfach liegen, und dann geht auch er seiner Wege.

Jinx kommt also auf mich zu, und da ist die Tür mit der Aufschrift ZUTRITT NUR FÜR BEFUGTES PERSONAL, und damit müssen wohl wir gemeint sein, also schiebe ich mich durch die Tür und laufe die Handvoll Treppenstufen hinunter und schiebe mich durch eine andere Tür, und schon bin ich wieder der typisch ungeduldige Business-Typ, der durch den Bahnhof von Wilmington eilt, sich durch die Menschenmenge in der Halle drängt und sich durch den Haupteingang drängt und durch die Menschen draußen vor der Bahnhofshalle drängt und ... ach, was soll's ... sich ein Taxi ruft.

Hey. Ich sitze hinten im Taxi, Jinx rutscht neben mir rein und knallt die Tür zu, und ich sage zu dem Taxifahrer: Hey, zum Hotel Du Pont.

Jinx weiß genug, um die Klappe zu halten, aber er starrt mich an, als hätte ich den Verstand verloren. Vielleicht habe ich das ja auch, aber ich weiß ganz genau, was ich tue. Das Hotel hätte unser nächster Haltepunkt sein sollen.

Wir haben ein Meeting und sind spät dran, erkläre ich dem Taxifahrer. Nichts Dramatisches. Ich bin schließlich nur der typische ungeduldige Geschäftsmann. Ich sage nichts, was mich von einem gewöhnlichen Arschloch in einem Anzug unterscheiden würde.

Also, wie sieht's aus, Sportsfreund?, frage ich den Taxifahrer. Hotel Du Pont.

Und schon fahren wir los.

Vor dem Hotel Du Pont steht ein Portier, dessen rotes Jackett Fransen auf der Schulter hat. Ja, das ist schon ein dufter Ort, und der Portier macht die Tür auf und winkt mich heraus, und ich lasse mir dabei Zeit, während Jinx dem Taxifahrer ein paar Dollarnoten zuschiebt, und dann zeigt uns der Portier die Lobby und als Erstes brauche ich ein Telefon, um Fiona anzurufen, aber ich kann Fiona nicht anrufen, denn sie ist noch nicht Zuhause, es ist noch nicht Zeit für *60 Minutes,* und ich werde ihr ganz sicher keine Nachricht auf einem Tonband hinterlassen. Noch nicht. Also rufe ich stattdessen Trey Costa an, lasse es kurz auf seinem Handy anklingeln und lege auf, als die Roboterstimme verkündet, dass die Nummer dieses Anschlusses nicht vergeben sei. Noch mehr gute Nachrichten also. Dann laufe ich zur Rezeption und zücke meine Brieftasche.

Darin befinden sich mehrere Kofferanhänger, und ich finde den Richtigen, den mit der Aufschrift *Hotel du Pont,* und ich reiche dem Hotelpagen den Anhänger und einen Fünfer, und der verschwindet für eine Minute und kommt dann mit einem tiefblauen Koffer zurück, und weil es auch schon egal ist, gebe ich ihm dafür noch einen Fünfer. Mit dem tiefblauen Koffer biege ich einmal um die Ecke und in die Herrentoilette hinein, setze den tiefblauen Koffer auf dem Boden ab und fange an, mir kaltes Wasser ins Gesicht zu spritzen, und nach einer Weile taucht Jinx über meiner Schulter im Spiegel auf und ich frage ihn:

Was ist?

Er starrt eine Zeit lang mein Spiegelbild an und sagt dann:

Netter Schuss.

Ich untersuche weiter mein Gesicht im Spiegel, während Jinx sagt:

Damit haben wir jetzt also jeden Cop in Wilmington – ach was, sagen wir gleich dem ganzen Staat Delaware – auf den Fersen, ganz zu schweigen von den Jersey-Cops, den New Yorker Cops, und dann sind da ja noch die Feds, richtig, die sollten wir nicht vergessen. Wahrscheinlich ist mittlerweile jede verdammte Organisation der verfluchten USA mit Großbuchstaben im Namen da draußen auf der Suche nach uns. Und ich schätze, wir treffen auch bald auf weitere von deinen Jungs, hab ich recht?

Ich nicke in das Waschbecken hinein und sage:

Was meinst du: Porzellan?

Was?, fragt er.

Das Waschbecken, sage ich. Meinst du, das ist aus Porzellan?

Ist mir scheißegal, sagt er. Aber dann klopft er mit dem Knöchel seines Mittelfingers gegen die glänzende weiße Wölbung, und da ist dieses Klingeln, tief und dumpf, wie die Glocke einer weit entfernten Kathedrale.

Ja, sagt er.

Natürlich ist es aus Porzellan. Wie ich bereits sagte, das Hotel Du Pont ist ein dufter Ort.

Ich verschließe den Abfluss in dem Waschbecken, und dann ziehe ich die Glock aus dem Holster an meinem Rücken, der Lauf ist noch warm, nehme das Magazin heraus und lasse die Glock in das Waschbecken fallen. Das Gleiche mache ich mit der Glock aus meinem Schulterholster und dann mit Rennys Handy und gleich noch mit meinem eigenen Handy.

Dann krame ich die Flüssigkeit aus meiner Tasche.

Ich kippe den gesamten Inhalt der Flasche über die Pistolen und die Mobiltelefone, und die Flüssigkeit macht sich an die Arbeit und zerfrisst die Teile zu einer dampfenden Sauerei. Ist so 'ne Art Säure, echt fieses Zeug. Da gehen sie dahin, die Fingerabdrücke, der Schweiß, das Polymer und das Plastik.

Ich kann sehen, dass Jinx so was wie das hier noch nicht erlebt hat, weder gesehen noch gerochen. Das FBI kann Kugeln bis zu der jeweiligen Waffe anhand der Drallzüge nachverfolgen. Diese Kerben in der Kugel sind im Prinzip so aufschlussreich wie DNA. Das verdammte FBI kann eine Kugel sogar bis zu ihrem Hersteller anhand der Schmauchspuren zurückverfolgen. Was bedeutet, dass sie, wenn sie nur hart genug daran arbeiten, herausfinden werden, dass die Neunmillimeter in Lukas, Ernie Gonsalves und Mackie the Lackey allesamt Teil einer Lieferung direkt vom Hersteller an das Memphis Police Department gewesen sind. Ha-ha. Ohne die Waffen haben sie demnach aber gar nichts in der Hand.

Es sei denn, sie haben die Schlagbolzen. Welche das FBI natürlich den Patronenhülsen zuordnen kann. Weshalb ich den Abfluss öffne und die geschmolzene Schmiere abfließen lasse, und dann den Wasserhahn aufdrehe und den Rest abwasche. Die Bolzen sind zu groß für den Abfluss, also falte ich ein Papierhandtuch zusammen und benutze es, um diese damit herauszufischen und im Klo hinunterzuspülen. Bye-bye. Die Läufe und die Schlitten wickle ich in Papierhandtücher ein, dann schlage ich noch mehr Papierhandtücher herum und begrabe die Pakete ganz unten im Mülleimer.

Ende dieses kleinen Spielchens und Zeit für ein neues. Also sage ich zu Jinx:

Der Koffer.

Er ist mit seinen Gedanken woanders, starrt immer noch ins Waschbecken. Ich lasse die Schlösser aufschnappen und öffne den tiefblauen Koffer. Ganz oben liegt ein neues weißes Hemd. Gebügelt und zusammengelegt, leicht zerknittert, aber allemal besser als das schmutzige, verschwitze und von Kugeln durchlöcherte Hemd, das ich trage. Ich ziehe meine Anzugjacke aus, mein Hemd, und dann schäle ich mich aus der Kevlar-Weste.

Ich wasche mir die Brust und die Achselhöhlen und untersuche den faustgroßen Bluterguss, der purpurn auf der linken Seite meines Rückens prangt. Wo wir gerade von netten Schüssen sprachen: Der ging direkt unters Schulterblatt, knapp über die Nieren, nur wenige Zentimeter neben das Rückgrat. Alles, was mich weiter oben oder weiter unten oder weiter rechts getroffen hätte, hätte ernsthaften Schaden anrichten können. Schätze, da wollte mich jemand am Leben lassen.

Ich lege die Weste wieder an und knöpfe das frische Hemd zu. Dann nehme ich eine Krawatte aus dem Koffer und binde sie mir zu.

Was zur Hölle soll das? Jinx ist endlich wieder bei uns. Versuchst du, dich rauszuputzen, für den Moment, wenn sie kommen und uns die Handschellen anlegen?

Nope, antworte ich.

Pass auf, da sind noch ein weiteres Hemd und eine Krawatte in dem Koffer. Und zwei weitere Anzüge. Nimm du den marineblauen und lass mir den grauen. Der sollte dir stehen.

Ich falte die graue Anzugjacke auseinander, und sie ist identisch mit der, die ich trug, nur dass sie sauber ist, gebügelt, und keine Einschusslöcher hat.

Ich hab meine Meinung geändert, sage ich zu ihm. Ich werd den marineblauen Anzug nehmen.

Ich reiche ihm die graue Anzugjacke, schlüpfe aus den alten Hosen und ziehe das frische blaue Paar an, und dann betrachte ich mich im Spiegel. Nicht schlecht für jemanden mit so einem Tag hinter sich. Den Job verloren. Die Ex-Freundin wurde umgebracht. Der beste Freund wurde umgebracht. Der Mann-des-Jahres des *Time Magazines* wurde umgebracht. Wurde in den Rücken geschossen. Und hat ein paar Kerle umgelegt.

Gar nicht mal schlecht.

Ich werfe einen Blick auf meine Timex und sage zu Jinx: Zieh dich an. Ich bring uns nach Hause.

Und wie zur Hölle willst du das anstellen?, fragt Jinx.

Auf meine Art, antworte ich. Wir ziehen uns um. Dann gehen wir zum Bahnhof.

Das ist verrückt, sagt er.

Von dort fährt jede Stunde ein Zug nach Dirty City. Wir haben noch ungefähr dreißig Minuten.

Die Scheiße ist doch verrückt, sagt er.

Das stimmt, antworte ich. Denn es ist verrückt, und da gibt es einen kurzen Moment, wo ich mir bei ihm unsicher bin, und dann werden seine Augen ein wenig heller, nur eine Spur, und daran merke ich, dass er weiß, dass es verrückt ist, und genau deshalb werden wir es durchziehen. Denn im Moment ist dieser Bahnhof der letzte Ort in der Stadt, wahrscheinlich sogar der letzte Ort auf diesem Planeten, an dem sie uns vermuten werden.

Jinx nimmt sich seinen Stapel Klamotten aus dem Koffer und geht in eine der Toilettenkabinen. Witziger Typ. Wahrscheinlich ist ihm seine Privatsphäre wichtig.

Ich klappe die andere Seite des Koffers zurück und entferne die klobigen Schaumstoffpakete, die mit Klebeband daran befestigt sind. Ich reiße das Erste auf, und darin kommt eine neue Glock 19 zum Vorschein. Eine zweite Glock wartet in dem anderen Paket. Das Dritte enthält vier Magazine und zwei Schachteln Winchester 9x19 JHPs: Neunmillimeter-Hohlspitzgeschosse. Als ich die Magazine beinahe fertig geladen habe, wandert Jinx aus der Kabine, und es ist, als wäre ein Wunder geschehen – der Kerl ging als Mr. Hyde hinein und kommt als Dr. Jekyll wieder heraus. Der Gangster ist verschwunden, vor mir steht jetzt ein Prediger. Ich schüttele den Kopf und hoffe, dass ich dabei nicht lächle, und dann sehe ich seine Schuhe. Er trägt immer noch diese Schuhe.

Du musst die Schuhe loswerden, Mann.

Ach ja?, sagt Jinx. Hast du etwa auch ein anderes Paar Schuhe dabei?

Habe ich nicht, und irgendetwas sagt mir, dass er, selbst wenn ich welche dabeihätte, sie nicht anziehen würde. Also müssen wir damit wohl leben.

Ich deute ein letztes Mal mit dem Kopf auf den Koffer und sage:

Da ist noch eine Mossberg mit Klappschaft drin, das längliche Stück Schaumstoff da. Außerdem ein Dutzend Schachteln mit Munition. Gehört dir. Wir stopfen die alten Klamotten in den Koffer und dann ist das unser Gepäck.

Zeit aufzubrechen. Die Erste der neuen Glocks wandert in das Holster unter meiner Armbeuge, die zweite stecke ich in das Bianchi an meinem Rücken. Während Jinx mit dem Koffer herumhantiert, lasse ich die Schuldverschreibungen aus meinem abgelegten Hemd zwischen die Seiten des Buchs meiner Mutter gleiten. Das Buch stecke ich mir in die Gesäßtasche. Aber ich habe etwas vergessen. Ich suche meine alte Hose ab, meine alte Jacke, und da ist sie, in der Jackentasche, die Neunmillimeter-Patrone, die aus Rennys Hand. Ich stecke sie in die Außentasche meines blauen Anzugs. Vielleicht als Glücksbringer. Oder, um sie nicht zu vergessen.

Ich ziehe eine Drahtgestellbrille aus der Innentasche meines Anzugs und setze sie mir auf. Sehe mich im Spiegel an. Und da ist er, sieht mich direkt an. Dieser Typ. Sie wissen schon … genau der.

Die alten Klamotten und die Schaumstoffpakete wandern in den Koffer. Wir sind so gut wie fertig.

Zwei Taxen, sagt er. Ich werde die ganze Zeit hinter dir sein.

In Ordnung, sage ich. Das nächste Mal, wenn ich mit dir rede, das nächste Mal, wenn ich dich überhaupt erst wieder sehe, wird in Washington D.C. sein.

Nein, sagt er. Nicht D.C., Maryland. Er spricht es wie dieser Zauberer aus, den von König Arthur: Merlin. Dann sagt er:

New Carrollton.

Das ist ein Vorort nordöstlich des Districts. Ich kann mich erinnern, dass es dort eine Amtrak-Station und eine U-Bahn-Station gab, aber das ist auch schon alles. Er hat seine Gründe, hoffentlich gute Gründe dafür.

Okay, sage ich. New Carrollton.

Ich schnappe mir meine Tasche, bin aus der Toilette raus und in der Lobby und wieder der ungeduldige Geschäftsmann. Ich gehe zur Rezeption, und da ist der Hotelpage, und der Hotelpage erinnert sich nicht mehr an mich, hat keinen Schimmer, und ich sehe noch einmal nach meiner Tasche und dann bin ich draußen, schiebe mich durch die Drehtür, und dort steht der Hotelportier, und auch der erinnert sich nicht an mich, und ich stecke ihm ein paar Dollar zu und sage:

Philadelphia Airport.

Die Taxis lauern in einer Reihe wie die Geier. Der Hotelportier winkt das erstbeste heran und sagt zu dem Fahrer: Philadelphia Airport, und ich mache es mir auf dem Rücksitz bequem und warte, bis wir die nächste Querstraße erreicht haben, um dem Taxifahrer zu sagen:

Ich schätze, der Mann muss mich falsch verstanden haben. Fahren Sie mich doch zum Bahnhof.

Wir fädeln uns die paar Querstraßen zum Bahnhof durch, und dort ist die Vorderseite abgesperrt, da steht ein roter Mercury Capri und der Mercury ist mit gelbem

Absperrband und blauen Uniformen umringt, und ich will den Mercury nicht sehen, nichts davon.

Fünf Minuten später stehe ich in der Schlange, um mir eine Fahrkarte zu kaufen, und zehn Minuten später stehe ich in der Schlange für den nächsten Metroliner nach Washington D.C., versuche interessiert, aber auch nicht zu interessiert zu beobachten, was drüben auf dem anderen Bahnsteig und dahinter abgeht, denn da ist noch mehr gelbes Absperrband und sind noch mehr blaue Uniformen, auf einem Abstellgleis, wo ein Zugwaggon mit zersplitterter Scheibe und ein paar Rettungssanitäter stehen, die nichts mehr zu tun haben.

Zehn Minuten später fahre ich in dem Zug, und Jinx sitzt ein paar Reihen hinter mir, so als würde er mich nicht kennen. Ich sitze mit einer ausgeklappten Zeitung im Schoß da, und ja, es ist der *Philadelphia Inquirer,* und ja, es ist der verdammte Sportteil, und wieso auch nicht, denn unter der Zeitung ruht meine rechte Hand, und meine rechte Hand hält eine Pistole umklammert, und wenn wir ehrlich sind, habe ich gerade erst damit begonnen, abzudrücken.

Ich frage mich, ob sich Jinx dessen bewusst ist.

Ich frage mich, ob er weiß, dass ich weiß, dass er noch einmal jemanden angerufen hat. Am Bahnhof. Während ich mir eine Zeitung gekauft hatte und in der grauen Masse unterging.

Ich frage mich, ob er weiß, wie dringend ich selbst jemanden anrufen müsste. Fiona wird bald Zuhause sein. Ich sehe zum bestimmt zehnten Mal auf die Uhr und erwäge, das Zugtelefon zu benutzen, denn es nimmt Kreditkarten an, aber das ist eine schlechte Idee. Wenn es angezapft ist, dann gibt es womöglich eine Spur, und es braucht niemand zu wissen, dass ich mit einem Zug fahre.

Als der Zugbegleiter Baltimore ankündigt, in drei Minuten, nächster Halt Baltimore, fühlt es sich an, als würden wir eine unsichtbare Grenze passieren, ein irrationales Gefühl der Sicherheit, welches ich sofort wieder abschüttele, denn Baltimore ist womöglich der Ort, wo der Schlamassel erst so richtig losgehen könnte, und der Zug wird langsamer, und der Zug hält an, aber nichts passiert, und als der Zug wieder ruckelnd anfährt, entspanne ich mich gerade genug, um mein Buch zu lesen, und dann sind Wilmington und die flackernden Lichter, das gelbe Absperrband und die blauen Uniformen und das rote Blut, die arme Lauren … dann liegt all das hinter uns, zusammen mit den ganzen anderen Erinnerungen, und wir fahren einfach mit dem Rest dieser Geschichte fort.

Die immer klarer wird und gleichzeitig immer schwerer zu verstehen ist.

Denken wir mal nach: Die haben ihr Telefon abgehört. Die haben Laurens Telefon abgehört. Oder sie hatten jemanden in Philly, der sie beschattet hat, ihre Wohnung beobachtete und auf mich warten sollte. Egal wie, da läuft einiges schief. Denn um welche Zeit starb Reverend Gideon Parks? Fünf Stunden vor Wilmington. Zu dem Zeitpunkt müssen sie die Leitung aber schon angezapft oder ihren Spitzel vor Ort gehabt haben. Was bedeutet–

Tja, was? Dass sie mich schon im Visier hatten, vielleicht. Oder dass sie vorhatten, mich ebenfalls aus dem Verkehr zu ziehen. Mich erst Jinx erledigen lassen, und danach mich irgendwo näher an Zuhause umbringen. Oder–

Es bedeutet das, was Abhöranlagen meistens bedeuten: die Feds. Was bedeutet, dass sie Freunde ganz weit oben haben mussten.

Der Deal, der kein Deal ist. Die Killer, die keine Killer waren. Die FBI SWAT-Einheit, die im Fernsehen in einen Helikopter steigt und keine FBI SWAT-Einheit ist.

Also denke ich über dies und jenes nach und sehe zu, wie die Orte und die Landschaft draußen vorbeiziehen, und nach einer Weile nehme ich meine Hand von der Waffe und lese weiter in meinem Buch, und dann ist es irgendwann zwischen Nachmittag und Abend.

Und der Morgen ist sechs Stunden alt.

Und dann ist der Morgen sieben Stunden alt und mir gehen das Herumsitzen und die Warterei auf die Nerven, bis der Zugbegleiter schließlich sagt:

Als Nächstes erreichen wir New Carrollton. Nächster Halt in drei Minuten, New Carrollton Station.

Wo die Dinge dann wieder interessant werden dürften.

Beim Aussteigen gibt mir Jinx einen Klaps auf die Schulter. Den Koffer hat er zurückgelassen, und das ist okay. So wird er in einem Fundbüro enden oder ganz verschwinden.

Ich schiebe mir die Glock wieder unter meine Anzugjacke und lasse den Sportteil auf dem Boden zurück.

Draußen auf dem Bahnsteig ist New Carrollton, dieser schmucklose Betonklotz, mit einem riesigen Parkplatz und ein paar Bäumen dahinter. Der Himmel ist dunkel und bewölkt, aber es riecht nicht nach Regen, es riecht nach Herbst, ein dichter Geruch, irgendwie grau, als würde etwas sterben.

Jinx zieht die Nase hoch. Er riecht es auch.

Ich lasse den Blick über den Bahnhof wandern, der ist sauber. Sieht gut aus. Also sage ich zu Jinx:

Ich muss mal telefonieren.

Es gibt hier gleich eine Reihe von Münztelefonen, aber das lasse ich besser. Ich denke, ich sollte nach draußen gehen, zur U-Bahn-Station gegenüber und eine leere Telefonzelle finden und diese mit meinen Vierteldollars füttern und Fiona anrufen. Die Nummer wird auch verwanzt sein, aber das interessiert mich einen Scheiß, die können ruhig hören, was ich zu sagen habe, denn nicht das zählt, was ich sage, sondern das, was ich hören muss.

Beim zweiten Klingeln wird mir klar, dass ich die Luft anhalte. Beim dritten Klingeln geht sie ran.

Hey, wer ist da?

Fiona, sage ich.

Fiona wer?, sagt sie, genauso, wie wir es verabredet haben, falls ich einmal anrufen und ihren Namen sagen sollte. Es sei denn, es gibt ein Problem. Also ist alles cool. Alles ist in Ordnung.

Ich atme wieder.

Dann lacht sie und sagt:

Hey, Baby. Kommst du nach Hause?

Warte, warte, warte, sage ich. Geht's dir gut?

Klar, antwortet sie. Was–

War einer von den Jungs da?

He mein Hübscher, sagt sie, was geht hier vor?

Honey, sage ich zu ihr, nicht jetzt, okay? Sag mir einfach nur–

Trey ist hier, sagt sie. Schon seit … keine Ahnung, wann, Baby. Er war schon hier, als ich nach Hause kam, saß draußen in seinem Wagen. Er will mir nicht sagen wieso, aber er meint, dass er auf dich wartet. Also, wirst du mir jetzt verraten, was los ist?

Okay, okay, sage ich. Hör zu, beruhige dich, okay? Ich bin wieder da, bevor du Pfeifen kannst.

Ich kann überhaupt nicht pfeifen, sagt sie. Aber hey, dein Horoskop für heute ist richtig gut, wusstest du das?

Nein, Schatz, aber–

Irgendwas mit … warte, hier, hör zu, da steht: Wo vorher noch Dunkelheit herrschte, ist nun endlich wieder Licht zu sehen. Die Dinge kommen in Bewegung, gerade auch in der Partnerschaft. Lebensbündnisse können geschlossen werden. Ein Betriebsausflug könnte sich als faszinierend und fruchtbar erweisen. Ist das nicht toll, Burdon? Ist das nicht–

Das ist toll, Schatz. Wirklich toll, aber – Fiona? Gib mir mal Trey, okay?

Kleinen Moment, sagt sie. Die Verbindung bricht ab. Sie benutzt dieses verdammte tragbare Telefon. Trey?

Warte noch kurz, sagt sie.

Ich halte die Muschel mit der Hand zu und sage zu Jinx: Trey Costa ist da.

Wer zur Hölle ist Trey Costa?, fragt Jinx.

Mein anderer Partner, erkläre ich ihm.

Woher willst du wissen, dass er noch auf deiner Seite ist? Woher willst du wissen, dass er das je war?

Das weiß ich nicht, antworte ich. Aber was weiß man schon wirklich? Ich vertraue dem Typen. Das ist es doch, worauf es ankommt, oder?

Ein weiteres statisches Knacken. Scheiße, Scheiße, Scheiße, sage ich. Trey?

Er ist in der Garage, sagt Fiona. Wollte wissen, wo du die, die–

Dann seltsame Geräusche. Hört sich beinahe so an, als würde sie weinen.

Burdon?, sagt sie. Was macht er hier? Er hat eine Schrotflinte. Sieht immer wieder nach draußen, so als ob, als ob – Was ist los, Schatz? Wo bist du?

Fiona, sage ich. Hör zu. Hör mir gut zu, Baby. Ich bin da, wo ich sein soll, und du ebenfalls. Ich rufe dich wieder an, innerhalb der nächsten Stunde, okay? Dann … jetzt hör mir genau zu, Schatz – und ich spreche ein wenig langsamer – dann komme ich nach Hause.

Ich lege eine Pause ein, und dann sage ich für die Typen, diese Mistkerle, die mithören: Ich komme mit einem Taxi. Einem Diamond Cab. Wenn du irgendetwas anderes siehst, gibt es ein Problem, okay? Sag es auch Trey, damit er Bescheid weiß. Ein Diamond Cab, okay? Okay?

Burdon–

Sch-Sch. Alles ist in Ordnung. Okay? Und hör zu, Fiona. Wenn ich nicht bei dir bin, bevor deine Sendung vorüber ist, dann verschwindest du aus dem Haus. Du sagst Trey, dass er dir die Welt zeigen soll. Sag ihm genau das. Er weiß dann, was zu tun ist. Okay?

Sag ihm genau das.

Burdon, hör zu, ich–

Wenn deine Sendung vorbei ist. Die Welt ansehen, Schatz. Okay? Ich muss jetzt los.

Burdon?

Ich muss jetzt auflegen, okay? Ich liebe dich, Baby.

Ich liebe dich auch.

Und ich versuche, nicht hinzuhören, ich lege einfach auf und sehe Jinx an und sage ihm, was wir beide bereits wissen:

Ich muss zu ihr.

Genau in dem Moment hören wir das Quietschen von Reifen, und jemand legt sich auf die Hupe, tuut, tuut, tuut, tuut, als ob er sie nie wieder loslassen will, und Jinx muss lachen, und gegenüber auf dem Parkplatz steht ein verdammter Zuhälterschlitten, ein silbergraues Lexus Cabrio mit unzähligen Goldketten, die den Rückspiegel erwürgen, und diesen bösen schwarzen Ausgaben der Doublemint-Zwillinge auf den vorderen Sitzen, direkt aus dem prallen Leben und auf derart großem Fuß, dass auf dem Kennzeichen auch gleich mit Leuchtschrift *Bandenmitglieder* stehen könnte.

Yo yo yo, Jinx!, sagt der Typ auf der Fahrerseite. Mein Bruder! Er stößt die Tür auf und tänzelt in unsere Richtung.

Wahnsinnig unauffällig, sage ich zu Jinx. Wieso kommen die nicht gleich mit einem weißen Bronco vorgefahren?

Du bist jetzt in einer anderen Welt angekommen, Burdon Lane, sagte Jinx. Von jetzt an gehen wir die Sache auf meine Art an.

Yo, Jinx, sagt der Typ und steuert auf ihn zu, als wäre ich gar nicht da.

Yo, QP, sagt Jinx. QP Green, mein Bruder.

Sie geben sich auf diese typisch beschissen alberne Art die Hände, und dieser QP Green sieht mich noch nicht einmal an. Nachdem sie sich gegenseitig genug Fleisch abgedrückt haben, sagt der QP-Green-Typ zu Jinx:

Yo, Nigga. Hast dir also einen weißen Keks angelacht.

Dann, und lange genug hat es ja gedauert, wandern QP Greens Augen zu mir herüber. Sie sind dumpf und müde. Er ist bekifft oder hatte wie wir einen langen Tag.

Will Polly einen Keks?, fragt QP Green. Und dann sagt er: Wir machen eine kleine Spritztour. In meinem Lex.

Sagt wer?, frage ich.

Mit einem Grinsen wie aus finsterster Nacht antwortet QP Green: Mr. MAC. Und ich will verdammt sein, wenn er dabei nicht eine von diesen wunderbar kompakten Automatik, eine MAC-10 Maschinenpistole, unter seinem Sweatshirt hervorholt. Und sie durchlädt. Klackerdi-Klack. Klackerdi-Klack. Als wäre das eine Art Spielzeug, das er mir unbedingt zeigen muss. Direkt hier am Bahnhof. Im Freien. Im letzten bisschen Tageslicht. Und niemand schenkt dem auch nur eine Spur Beachtung.

Ich zucke mit den Achseln und sage: Schätze, dann fahren wir wohl zur U Street.

Ich schätze auch, sagt QP Green.

Und Jinx sagt: Ja. Und hey, Burdon Lane … willkommen Zuhause.

Er deutet in Richtung Horizont, und ich sehe hinüber und rieche und sehe sie.

Da in der Ferne, das ist meine Stadt, ich meine, unsere Stadt – die Hauptstadt der Nation, Washington, D.C.

Irgendwo dort am Horizont kräuselt sich Rauch hinauf in die Regenwolken.

Irgendetwas brennt.

DIRTY CITY

QP Green lenkt den Lexus über die Highways und Nebenstraßen der Vororte von Maryland, bis alles zu einem Grau verblasst, das so schmutzig ist wie der Himmel selbst. Wir fliegen auf dem Autobahnring herein und fädeln uns zuerst auf die New York Avenue ein und dann wieder davon hinunter, in Richtung Süden, wie ich glaube. Die Geografie der Stadt ist total im Eimer, aber wir befinden uns im District of Columbia, so viel ist mal sicher, mit seinen kaputten Straßen und den eingefallenen Gebäuden, den zurückgelassenen Autos und den gleichermaßen zurückgelassenen Menschen, und der Rauchsäule, die immer näher kommt, und irgendwann sagt QP Green: Hey Hey Hey Hey, und mein Kumpel Jinx gibt mir den Tipp:

Nimm verdammt noch mal deinen Kopf runter.

Damit bringt er seine Homies zum Lachen. Und ich sehe die Kreuzung vor uns, und da ist eine Traube von Menschen auf der Straße und eine Scheibe eines Schnapsladens geht zu Bruch und Feuer steigt aus der Seite eines Backsteingebäudes daneben auf, und ich beschließe, wohl doch besser meinen Kopf runterzunehmen. Jinx beugt sich halb über mich und QP Green nimmt mit dem Lex eine scharfe Kurve und fährt um Ecken und noch mehr Ecken, bis wir eine Brücke überqueren, vielleicht über den Anacostia River, und schließlich hält er an, keine Ahnung wo wir sind, und Jinx sagt, dass ich hochkommen und aussteigen soll, und das Nächste, woran ich mich erinnere, ist, dass ich an einer Straßenecke stehe und Jinx neben mir.

QP Green sagt irgendwas zu Jinx, und es ist eine Nummer, das ist alles, was ich raushören kann, eine Nummer, und dann wiederholt Jinx die Nummer, als wäre sie etwas, das man sich merken müsste, und QP Green nickt, genau, richtig. Dann gibt mir Jinx einen Klaps auf den Arm und sagt:

Okay, Bleichgesicht. Zeit für deinen Termin beim Doctor.

QP Green krakeelt noch etwas, das sich anhört wie jetzt oder nie, während er gleichzeitig die Lautstärke an seinem Autoradio voll aufdreht, und irgendein großmäuliger Rapper erzählt davon, wie er mit seinen großen schwarzen Stiefeln herumläuft, und dann prescht der Lex davon und man hört nur noch das verhallende Bumm Bumm Bumm.

Ich frage mich, ob das so sinnvoll ist, wir beide hier, in irgendeinem verlorenen Teil von Dirty City, aber Jinx scheint zu bemerken, was ich denke, und sagt:

Die Leute machen sich den Kopf über uns, die denken, wir wären Bullen. Polizei. Ist das zu fassen? Ich meine, überleg mal, wie viele Weiße man zusammen mit einem Schwarzen herumrennen sieht. Besonders hier.

Aber hey, sagt er, und dann deutet er mit dem Kopf die Straße links von uns hinunter. Das hier ist 'ne gute Gegend, weißt du? Hier leben anständige Leute.

Und da hat er recht. Ich habe keine Ahnung, wo wir sind, aber es ist ein Wohnviertel. Eine schöne Gegend.

Einfamilienhäuser stehen sauber aneinandergereiht dicht beieinander. Der perfekte Ort für ein Safe House oder um hier zu wohnen. Ich hatte ein halb verfallenes Crackhaus erwartet, irgendein Drecknest in den Slums im Südosten, aber das hier ist so ruhig und nett, dass es beinahe als Mittelklasse-Gegend durchgeht. Und das ist es auch, beinahe, an beinahe jedem anderen Tag, wenn heute nicht ein trauriger Tag wäre. Draußen spielen Kinder, fahren mit ihren Fahrrädern herum, werfen Körbe und spielen Gummitwist. Da sind Mütter und Tanten und Schwestern mit gequälten Gesichtern, die in den Himmel oder nach ihren Kindern sehen. Und Kerle sind da auch, Väter, die ihren Rasen wässern oder die Rabatte beschneiden und sich mit leisen Stimmen unterhalten. Ein Hund bellt, spurtet über die Straße und springt einem Teenager auf seiner Veranda in die Arme. Davor Gartenzäune, und natürlich sind sie weiß angemalt. Die Müllabfuhr fährt die Straße hinunter. Man kann sich nur schwer vorstellen, dass sich da drüben, unter diesen grauen Wolken, dieser rastlose und heruntergekommene Ort namens Dirty City befinden soll.

Wir sind da, sagt Jinx. Wir bleiben vor einem weiteren Haus in dieser hübschen Straße dieser netten Nachbarschaft stehen. Er gibt mir einen Stoß und seine Finger bohren sich in meinen ramponierten Rücken. Hoch mit dir. Und tue dir und mir einen Gefallen und halt die Klappe.

Ich hebe die Hände, folge dem kleinen Steinweg betrete unsicher die Veranda des Hauses. Das Haus sieht wie jedes andere in der Straße aus, mit Ausnahme eines unerbittlichen Gesichts und des Laufs einer AK-47, die oben aus einem Fenster zu uns herunterstarren.

Jinx läuft um mich herum, öffnet die Vordertür und schiebt mich in den halbdunklen Innenbereich.

Scheiß drauf, lässt er mich wissen. Dann tritt er die Tür hinter sich zu.

Das Innere des Hauses trügt ebenfalls. Der Eingangsbereich und der Flur sind mit Tapeten verziert und auf spießige, feminine Art dekoriert, aber dann, hinter dem Flur, schließt sich ein größerer Raum an, der wie aus einem Industriegelände zu stammen scheint, schmutzig-weiß angestrichen und mit mehr Graffiti übersät als ein Bahnhofsklo. Der Raum wurde auseinandergenommen, die Möbel umgeworfen und beiseitegeschoben, um Platz für offene Kisten zu schaffen. In den Kisten befinden sich Waffen: Kalaschnikows und der Liebling von Onkel Sam, die M-16A. Kriegswaffen. An den Wänden hängen Poster von Martin Luther King und Malcom X, die wie gepeinigte Heilige auf diesen Wahnsinn hinunterblicken, und vielleicht sind sie ja auch genau das. An der Wand dürfte jetzt wohl auch ein Platz für Reverend Parks freigeworden sein.

Ein Typ mit einer Kangol-Kappe auf dem Kopf schiebt sich an uns vorbei. In jeder Hand hält er eine Sig .40. Die Jungs hier sind angepisst und wollen etwas zu tun bekommen. Im Kamin brennt ein Feuer, und eine Menge Papier wandert in seinen hungrigen Schlund. An einer Schulbank sitzt dieser dürre Zwerg, sein Kopf ist viel zu groß für seinen Körper, und seine Finger sind so dünn wie Bleistifte, und mit diesen hackt er wie wild in die Tastatur eines Laptops. Der Laptop hängt an der Telefonbuchse, und was immer der Kerl da macht, er macht es richtig.

So wie es aussieht, ist die U Street Crew dabei, aufzubrechen, und zwar jeden Moment.

Das Ganze kriege ich mit einem Blick mit, denn mehr bekomme ich auch nicht, da Jinx mich wie einen räudigen Hund quer durchs Zimmer und in den nächsten Raum zieht, den Überresten eines Schlafzimmers.

Hey, Getto-Star.

Ein Typ mit einer Baskenmütze und klatscht mit Jinx ab.

Hab gehört, dass du noch lebst, sagt der Typ mit der Baskenmütze zu Jinx. Niemand außer dir, Mann. Niemand außer dir.

Das stimmt, Bruder. Wo ist der Doctor?

In 'ner Beratung, sagt der Typ mit der Baskenmütze. Mit Ray-Ban und Cue Ball. Kommst gerade zum richtigen Moment. Sieht aus, als würde es Krieg geben, Mann. Als würde es Krieg geben.

Der Baskenmützen-Typ beschließt, mich nun in Augenschein zu nehmen. Grinst mich spöttisch an. Und das ist also das Weißbrot?

Ja, sagt Jinx. Und zu mir:

Du wartest hier. Und bleibt verdammt noch mal, wo du bist.

Dann folgt er dem Typ mit der Baskenmütze in den nächsten Raum.

Damit bin ich allein in dem leeren Zimmer. Nein, stimmt nicht, nicht allein, das Zimmer ist alles andere als leer. Ich höre sie, bevor ich sie sehe. Zusammengekauert zwischen einer Kommode und der hinteren Ecke sitzen zwei Frauen, eigentlich noch Mädchen, die sich Babys an ihre Brust drücken und mich mit argwöhnischen, zornigen Augen anstarren. Eines der Babys dreht sein kleines Köpfchen herum und gibt ein süßes Lachen von sich, das mir beinahe körperliche Schmerzen bereitet.

Dann sind laute Stimmen und schwere Schritte zu hören, und dann ist da wieder der Typ, immer noch die gleiche Kappe auf dem Kopf und das gleiche Grinsen im Gesicht, mit dem er verschwunden ist, und ein Typ mit Sonnenbrille, und dann noch Jinx, und dahinter ist dieser schwarze Buddha, ein massiges Schwergewicht mit glattrasiertem Kopf, weshalb er dann wohl Cue Ball sein dürfte, und der Kerl mit der Baskenmütze sagt zu Cue Ball:

Was für 'ne kranke Scheiße, Mann. Die machen Juan E und meinen Nigga Jinx zu Killern. Diese verdammten weißen Teufel. Ich hab's dir gesagt, aber du wolltest ja nich' hören. Hab dir gesagt, dass–

Seine Worte verhallen in plötzlicher Stille. Ein Schatten quillt herein, unter dem Türrahmen hindurch und auf mich zu, und ich höre, wie mir ein Kobold in meinem Ohr etwas flüstert, aber ich bleibe, wo ich bin, bewege mich keinen Zentimeter, als der Schatten das Zimmer betritt und zu einem Mann wird.

Das ist er, der einzig wahre Doctor D, der König der U Street, der König des südöstlichen Teils der Stadt, meinetwegen auch der König von Dirty City. Die Fotos in den Zeitungen werden ihm nicht gerecht. Dieser Typ gibt dem Wort *tiefschwarz* eine völlig neue Bedeutung. Er ist schwärzer als schwarz, dunkler als dunkel, und wirkt nicht nur kalt, nicht nur wie Eis, er ist die verdammte Antarktis.

Jinx sagt, was niemand laut aussprechen muss:

Das ist Doctor D.

Was macht man also in so einem Moment? Was soll man in so einem verdammten Moment tun?

Ich halte ihm die Hand hin und sage:

Burdon Lane. Schön, Sie kennenzulernen.

Doctor D sieht auf meine Hand hinunter, und dann sieht er mich an, als wäre ich eine Fliege, oder noch besser, ein Fliegenschiss, etwas, das so klein ist, dass man sich nicht einmal die Mühe machen würde, es von seinem Schuh zu kratzen.

Wer mich kennt, schuldet mir was, sagt er.

Seine Stimme hat absolute Macht. Damit kann er Tote wieder aufwecken.

Der Kerl mit der Sonnenbrille kommt auf mich zu, tastet mit seinen Händen die Innenseiten meiner Anzugsjacke ab, lässt die Glock in ihrem Bianchi-Holster stecken, aber zieht die andere unter meiner Armbeuge hervor.

Junge, sagt er zu mir, du bist wahrscheinlich das einzige Weißbrot innerhalb einer Meile, mal abgesehen von der Polizei, der Feuerwehr und dem Rettungsdienst. Bist du übergeschnappt?, fragt er mich. Dann presst er mir die Glock an den Hals. Oder bist du Jesus?

Er krümmt seinen Zeigefinger um den Abzug.

Bamm, sagt der Typ mit der Sonnenbrille, und dann fängt er wie ein Idiot an zu lachen. Er schiebt die Glock bis an mein Kinn hinauf, und dann nimmt er sie weg.

Dann sagt er:

Denn niemand, der so weiß ist wie du, besucht Doctor D.

Hey, Ray-Ban. Der Typ mit der Baskenmütze stößt den mit der Sonnenbrille am Ellenbogen an. Hey, Ray-Ban, Bruder, was erzählst du denn da? Jesus war ein *Schwarzer.* Ein schwarzer Mann. Das weißt du doch.

Doctor D wirft dem Typen mit der Baskenmütze einen Blick zu, bei dem er sich ohne Weiteres in die Hosen machen könnte. Er nimmt Ray-Ban die Glock ab und nickt Cue Ball zu, der zu mir sagt:

Du lebst, Teufel. Vielleicht nicht mehr lange, aber im Moment bist du am Leben. Wenn das so bleiben soll, hat der Doctor ein Rezept für dich: Tu, was der Doctor sagt.

Im gleichen Moment zieht Kareem oder wie sie den Kerl mit der Baskenmütze auch nennen mögen seine eigene Pistole hervor, eine Walther P5, und das ist noch gute alte Wertarbeit, keine beidhändigen Kontrollen, nur acht Schuss, und damit wedelt er herum.

Lass mich ihn wegblasen, sagt er zu Doctor D. Wenn du mit dem Teufel fertig bist, dann überlass ihn mir D. Lass mich ihn umlegen. Ich will's machen.

Jinx schiebt Kareems P5 aus dem Weg und sagt zu seinen Spielkameraden:

Ich sage nur ein Wort über dieses weiße Stück Scheiße: Zeuge. Die haben uns reingelegt. Die ganze verdammte

Crew. Morgen wird in den Zeitungen stehen, dass die U Street Crew Gideon Parks auf dem Gewissen hat. Ich meine, auf CNN sagen sie das bereits jetzt. Die sagen, wir hätten den Abzug gedrückt. Und er hier ist der einzige Mann, der bezeugen kann, dass es nicht so war.

Der gute Doctor sieht zuerst Jinx und dann mich an.

Das weiß ich, mein Freund, sagt er zu Jinx.

Was ich jedoch nicht weiß, ist, wieso dieser Mann so etwas zugeben sollte.

Sein Arm wickelt sich um Jinx's Schulter und zieht ihn zu sich heran.

Was ist mit Daddy Big und diesen 9 Bravos?

Die verfluchten Bravos sind alle tot, erklärt Jinx. Und Daddy Big? Der Mann hier sagt, dass sie ihn auch umgelegt haben, aber dann haben sie ihn rausgeschafft, haben ihn absichtlich verschwinden lassen. Damit sind die Bravos noch mehr am Arsch. Und wir auch.

Das dachte ich mir. Die 9 Bravos sind zu dumm, um sich etwas in der Größenordnung selbst auszudenken.

Hey, sage ich zu ihnen. Damit schrecke ich den Typen mit der Kappe, den mit der P5, wieder auf, und handle mir wieder sein Rumgefuchtel mit der Waffe ein. Aber der Doctor und Jinx sind mit sich beschäftigt.

Hey, sage ich noch einmal.

Keine Reaktion, also rufe ich noch einmal:

Hey, sage ich, und dieses Mal etwas schärfer: Hey, Doctor D. Das sieht mir hier alles ein wenig durcheinander aus. Wo liegt das Problem? Sind die Sozialhilfeschecks spät dran?

Damit errege ich Doctor D's Aufmerksamkeit, und seine Augen schnellen zu mir herüber. Er ist erstaunt – und aufgebracht. Also, jetzt oder nie.

Hör zu, sage ich zu ihm. Das war ein Witz, okay? Ich meine, ich weiß, ihr Jungs habt zu tun und so, aber hey, D. Kann ich dich D nennen? Okay, D, hör zu, kann ich dich mal was fragen?

Doctor D's Blick wird kalt und leer. Kein schöner Anblick. Kareem tritt zwischen uns und presst mir die P5 wieder an den Hals.

Lass mich ihn umlegen, D. Auf einen weiteren toten weißen Klugscheißer mehr oder weniger kommt es auch nicht mehr an.

Aber der Doctor wird mir zuhören. Ich weiß, dass er mir zuhören wird.

Du hast mir doch schon eine Frage gestellt, sagt er. Zwei, um genau zu sein. Und niemand braucht eine Erlaubnis, um den Doctor etwas zu fragen.

Dann macht er eine Pause, und dann kommt's:

Aber die Antworten, mein Junge. Das ist ein anderes Thema.

Doctor D macht einen Schritt auf mich zu.

Weißt du, wie man betet, Junge? Weißt du, wie man betet? Denn das ist das Einzige, was du in diesem Leben noch tun wirst. Der Doctor gibt dir noch eine Minute, um zu beten – er zeigt mir sein Goldzahn-Lächeln – und eine Sekunde, um zu sterben.

Das zaubert ein Lächeln in Kareems Gesicht und handelt mir einen weiteren Stoß mit der P5 ein.

Vielleicht ist das so, D, vielleicht ist das so, sage ich. Aber bevor ich Gott um etwas bitte, will ich dich noch etwas fragen. Nur eine Frage. Sieh es als letzten Wunsch an, okay?

Dafür ernte ich beinahe ein Lächeln.

Okay, meinetwegen. Eine Frage. Schieß los, Teufel.

Also, fange ich an, wie ich sehe, habt ihr hier eine nette Nachbarschaft. Schöne Häuser, nette Leute, nette Kinder. Vielleicht nicht die *Cosby Show,* aber trotzdem … nett. Aber eines frage ich mich, weißt du, eines frage ich mich immer wieder, und das ist die Frage, die ich dir stellen will:

Holen die hier immer sonntags den Müll ab?

Kareem rammt mir die verdammte Walter an die Seite meiner Nase, und ich spüre, wie sie mir den Knorpel zudrückt.

Ich leg ihn um, D. Lass mich ihn kaltmachen, lass mich–

Doctor D's Augen ziehen sich zu kleinen Schlitzen zusammen, und ich weiß, dass ich diesen Blick nie wieder sehen will. Und für einen Moment glaube ich, dass ich dazu auch nie mehr die Chance bekomme.

Er schiebt Kareem aus dem Weg und geht ans Fenster. Schiebt die Vorhänge zur Seite und schaut hinaus. Sieht zurück zu mir. Wirbelt auf mich zu, hebt die Glock, meine Glock, hebt sie ihn die Luft und … drückt sie mir in die Hand.

Doctor D dreht mir und meiner Pistole den Rücken zu und sagt an seine U Street Crew gewandt nur ein Wort, das Wort des Tages:

Fuck.

Dann wird er ernst, eine Stimme, die stahlhart ist und das Sagen hat.

Yo. Alle mal herhören, sagt er, und mehr braucht es nicht, damit sofort Stille herrscht und er die ungeteilte Aufmerksamkeit seiner Crew hat. In ein paar Minuten haben wir die Bullen im Haus. Ihr wisst alle, was zu tun ist. Also los.

Dann sagt er: Yoda. Damit ist der dürre Zwerg mit dem Laptop gemeint. Das Kid nimmt seinen Kopf vom Bildschirm, aber er ist gar kein Jugendlicher, sondern geht stark auf die Dreißig zu.

Du bist dran, sagt der Doctor.

Yoda lässt ein verrücktes Grinsen aufblitzen und zieht irgendeine Art von metallener Kiste aus dem Gerümpel, der auf dem Boden verteilt liegt. Aus der Kiste ragen Drähte, und die Drähte führen an dem Tischbein hinab und in ein kleines Paket, das unter das nächstgelegene Fenster geklebt wurde, und dann wieder hinunter auf den Boden und dann wieder hinauf zum nächsten Fenster, die sind alle miteinander verkabelt, muss Plastiksprengstoff sein, und ich denke noch so bei mir: Oh … scheiße.

Kareem wippt auf seinen Füßen vor und zurück und sagt zu mir: Damit lassen wir Waco aussehen wie *Unsere kleine Farm.*

Und ich denke immer noch. Oh scheiße. Ich bin den ganzen Weg von Manhattan nach D.C. gekommen, um eine Gastrolle als Grillwürstchen zu spielen.

Außer einer Sache natürlich, sagt Kareem. Wir werden nicht so wie die draufgehen. Wir gehen gar nicht drauf.

Cue Ball. Dieser riesige schwarze Buddha checkt seine Handfeuerwaffe, ein Riesending von einer Automag V. Trommle die Frauen zusammen, weist ihn Doctor D an.

Blondie. Jeff.

Zwei Typen in Skimasken treten auf den Plan und laden ihre AK's mit Banana-Clip-Magazinen.

Ihr zählt bis dreißig, erklärt ihnen der Doctor. Dann bewegt ihr eure Ärsche vorn raus und haut auf den Putz. Zwei Müllwagen kommen von Osten. Das sind Cops. Aber schießt vorbei, verstanden? Haltet sie einfach nur auf. Und lasst euch nicht über den Haufen schießen. Dann bewegt ihr eure Ärsche wieder hier rein und verschwindet.

Verschwinden?

Jinx, sagt D, bring den weißen Teufel hier weg. Und lass ihn am Leben. Auch wenn du ihn dafür umlegen musst.

Der Typ mit der Baskenmütze, Kareem oder so, ruft Jinx zu: Mach schon. Und Jinx schiebt mich in Kareems Richtung, durch die Tür und in die Küche und auf eine andere Tür zu, und dort führen Stufen in einen Keller hinunter, und die steigen wir hinab.

Ich packe meine Glock fester und halte den Kopf oben.

Das wird nicht funktionieren, sage ich zu Jinx.

Beweg dich, lautet seine Antwort. Beweg dich einfach. Nicht zurücksehen. Denk nicht einmal dran, zurückzusehen. Lauf einfach weiter.

Diese Typen mit den AK's müssen eiskalte Burschen sein, denn ich kann hören, wie sie draußen den Vorgarten aufmischen.

In dem Keller ist es stockdunkel, ich sehe überhaupt nichts. Der Typ mit der Baskenmütze holt uns ein, er hat eine Taschenlampe dabei und geht voraus, und jetzt kann ich etwas erkennen, einen silbernen Lichtschein, und der Kerl mit der Kappe zieht eine andere Tür auf und das ist ein Schrank oder so was. Eine schmucklose Glühbirne gibt gerade so viel Licht ab, dass man die Steinwände und die Umrisse eines grob in die Erde getriebenen Korridors sehen kann. Ein Tunnel. Ein beschissener Tunnel.

Der Tunnel sieht aus wie in diesen alten Westernfilmen, ein Minenschacht, der durch Dreck und Lehm gehauen und alle paar Meter mit Holzbalken abgestützt wurde. Der Typ mit der Kappe leuchtet voraus und wir laufen für vielleicht hundert oder mehr Meter weiter, dann biegt der Gang nach rechts ab und wir stolpern in einen Raum aus Beton, nicht sehr groß, zweieinhalb Quadratmeter, mit einer Öffnung am anderen Ende, die wie ein Tunnel aus Beton aussieht. Ich denke, dass es ein Luftschutzkeller sein könnte, die Kanalisation oder der Keller des Nachbarhauses, wer weiß, aber es spielt ja auch keine Rolle, und ich laufe einfach weiter, Jinx schiebt mich mit der Hand immer wieder voran, und ich sehe Leute in dem Raum, viele Frauen, ein paar Kinder, und noch ein paar Typen mit Sturmgewehren.

Was geht?, fragt einer der Typen, und der Kerl mit der Kappe sagt:

Bullen.

Und ich sage zu dem Typen, der noch ein Kind ist, wirklich, sechzehn oder siebzehn Jahre alt, ich sage:

Nicht nur Cops. Auch die Feds. Und das FBI. ATF.

Denen werden wir einheizen, sagt er mit lodernden Augen, lässt mit einem Schlag gegen deren Unterseite das Magazin in seine AK hineinschnappen und macht sich auf den Weg zurück zu dem Haus.

MJ!, ruft hinter ihm eine Frau und springt auf. MJ!, ruft sie und rennt ihm hinterher.

Scheiße, sagt Jinx.

Gehen wir, sagt der Typ mit der Baskenmütze zu den restlichen Frauen. Vorwärts.

Jinx und ich betreten den Betontunnel, und der Tunnel windet sich hin und her, und es scheint, als würden wir ewig hindurchlaufen, unsere Schritte hallen von den Wänden, zusammen mit den Schritten hinter uns, vielen Schritten, und schließlich dröhnt eine Stimme über alles hinweg, und die Stimme ruft. Los, los, *los!*

Die Stimme lässt Jinx wie einen Hund anspringen, der etwas gewittert hat. Los!, brüllt er mich an. Er stößt mich nach vorn, und ich stolpere und falle beinahe hin, als der Tunnel auf einmal weiß wird und ich spüre, wie von hinten eine Hitzewelle über mich hinwegrollt. Und dann sehe ich ein Licht. Und dann ist der Tunnel verschwunden und ich sehe Sonnenlicht und inmitten des Sonnenlichts einen anderen Schatten.

Ich sehe mir den Typen an und es ist einer von den Doublemint-Zwillingen aus dem Lexus. Die gleichen

Goldketten, das gleiche breite Grinsen, die gleiche MAC-10.

Willkommen in der Hölle, begrüßt mich QP Green.

GRAVE NEW WORLD

Den Rachen hinunter und mitten in den Bauch der Bestie. Wie dieser Hiob-Typ, dieser Jona oder wie der hieß. Der Kerl aus der Bibel, der von einem Wal verschluckt wurde. Genau der. Das bin gerade ich.

In diesem Fall ist der Bauch aus Beton gemeißelt, graue Eingeweide, die jahrelang schlammiges Wasser, Zweige und Äste, zerbrochene Flaschen, weggeworfene Blechdosen und Spritzen eingesaugt haben. Das Ganze ist so eine Art Abwasserrinne, ein Abflussgraben oder so, zwölf Meter tief in den Boden eingelassen und auf dem Weg wer weiß wohin, zum Anacostia River vielleicht. Ich kann nichts weiter erkennen außer steil ansteigenden Betonwänden und den grellen Himmel über mir. Ich stehe auf dem Grund des Grabens, genau wie QP Green.

Beweg deinen fröhlichen weißen Arsch, sagt QP Green, und rennt davon, hopst um die Schlammpfützen herum, und ich bewege meinen weißen Arsch, auch wenn der alles andere als fröhlich ist. Wir rennen, dann gehen wir eine Weile und dann rennen wir wieder. QP Green keucht, ich genauso. Er zieht ein Handy aus seinem Gürtel, wählt eine Nummer und haspelt ein paar atemlose Sätze. Dann warten wir.

Vor uns gabelt sich die Abflussrinne in ein Gewirr aus Rohren, dahinter sind Gitter zu sehen. Nach einer Weile höre ich hinter uns Schritte, dann ist Jinx da und der Typ mit der Baskenmütze, und als ich wieder normal atmen kann, ist da die gesamte U Street Crew und ein paar der Frauen und Kinder, und schließlich tritt zwischen ihnen, als wäre es ein Sonntagsausflug in den Park und ohne zu schwitzen, Doctor D hervor.

Der Doctor schiebt sein Kinn nach vorn, das ist für Ray-Ban das Zeichen.

Wen haben wir?, ruft Ray-Ban.

Cue Ball trollt sich aus der Gruppe und bellt Namen, als wären wir beim Fahnenappell. Wir haben Gemstone, wir haben Andre, wir haben Chilly Mac, wir haben Khalid, wir haben High Boy, wir haben Lil Toby, wir haben Tiny und Hotpoint, wir haben Levon, wir haben–

Also, im Wesentlichen haben wir hier eine Menge sehr junger und sehr harter schwarzer Kerle, die bis an die Zähne bewaffnet sind; und verdammt angepisst.

Außerdem haben wir ihre Frauen und wir haben ihre Kinder und dann noch das Geräusch weiterer Schritte, und zwei AK's treten ins Freie, aber es sind nur Blondie und Jeff, die mit dem Rest von uns Fangen gespielt haben. Dieser seltsame Yoda-Typ trottet hinter ihnen her wie ein Hündchen. Den Laptop hält er gegen seine Brust gepresst und um seine Handgelenke sind Armreifen aus Sprengschnur gewickelt. Demnach hätten wir–

Alle, sagt Cue Ball. Wir haben alle außer MJ. Der Bruder meinte, er würde nicht von hier weggehen. Wollte mit wehenden Fahnen draufgehen, und ich denke, das ist er wohl auch. Und Debbie wollte ihn nicht allein zurücklassen. Also ist sie auch tot.

Scheiße, sagt Ray-Ban, und sieht zu Doctor D hinüber.

Alle sehen zu Doctor D.

Dann wird es still, auf eine ungute Art. Es folgt eine von diesen Minuten, die einem wie Stunden vorkommen, denn Doctor D sieht jeden hier der Reihe nach an, seine Crew, die Frauen, die Kinder, sogar mich.

Dieser Mann ist für uns gestorben, sagt Doctor D. Und seine Frau ebenfalls. Er starb für uns, und sie starb mit ihm. Dass mir das niemand vergisst.

Er läuft hinüber zu Gemstone. Und seine Finger fahren die Buchstaben des USC-Aufdrucks auf dem Sweatshirt nach, dass der Typ trägt. Doctor D's Blick bleibt lange an diesen Buchstaben kleben, bevor er sagt:

Jetzt hört mir zu, und hört mir gut zu. Es geht hier nicht mehr um die Hood, um Gangs. Jetzt nicht mehr. Hier geht es nicht mehr um ein paar Niggas, die sich wegen eines Stück Betons umlegen, das niemandem gehört. Hier geht es ums Ganze. Das ist Krieg. Und den werden wir jetzt kämpfen, und zwar gut.

Gemstone, du und Billy, ihr bringt die Frauen und Kinder von hier weg. Zu Billy.

Doctor D ruft ein paar Namen. Er trifft seine Wahl nicht zufällig; der Kerl hat seine Gründe, und das sind Gründe, die man sehen kann: Größe, Feuerkraft, in den meisten Fällen aber einfach das Aussehen. Das Aussehen, das einem sagt, dass die Typen, die er aufruft, aufs Ganze gehen werden.

Der Rest von euch geht mit Gems und Billy, sagt er.

Von ein paar der jüngeren Kerle, denen, die nicht ausgewählt wurden, sind verärgerte Rufe zu hören, aber die bringt er zum Schweigen und sagt: Vorwärts, Bewegung. Ihr könnt ein anderes Mal für uns sterben, nur nicht heute.

Dieser Gemstone-Typ duckt sich unter den Rohren am anderen Ende dieses Grabens aus Beton hindurch, nimmt die Vergitterung ab und führt seine Leute hinein, in einen anderen Tunnel, der irgendwohin führt, und mit etwas Glück vielleicht sogar in Sicherheit.

Halt die Ohren steif, Gems, ruft ihm irgendjemand hinterher, und dieser Gemstone-Typ macht ein komisches Zeichen mit seiner Hand, ein Signal oder so etwas, und dann ist er verschwunden, und nach ihm ist auch Billy verschwunden, und das Letzte, was er sagt, hört sich an wie: Leben oder sterben.

Diejenigen, die jetzt noch übrig sind, lassen das Dreckige Dutzend wie blutige Anfänger aussehen. Übel beschreibt diese Typen nicht mal ansatzweise, und auch alles andere klingt eher noch wie ein Kompliment. Die Jungs sind genau die Art von Albtraum, aus dem der Staatsanwalt nachts schreiend aufwacht. Gebt mir eure Müden, eure Armen, eure geknechteten Massen, die frei zu atmen begehren, und gebt ihnen Sturmgewehre. Das ist die U Street Crew.

Yo, sagt Ray-Ban, und mir wird klar, dass die Jungs wie eine militärische Einheit funktionieren. Ich werde soeben Zeuge der Befehlskette. Ray-Ban sagt: Dann mal los.

Aber Doctor D hebt die Stimme, und mit einem Mal herrscht wieder Eiszeit.

Alle außer dir, High Boy.

Dieser High Boy hält im Laufen so abrupt inne, dass es aussieht, als wäre er gegen eine unsichtbare Wand geknallt. Er sieht seine Homies an, sieht Ray-Ban an, sieht Doctor D an.

Was soll das heißen, Bruder? Er versucht ein Lachen. Nicht sonderlich überzeugend. Dann versucht er ein Grinsen, mit dem er mich nicht reingelegt und ich mir verdammt sicher bin, dass er damit auch nicht den guten Doctor hinters Licht führen kann. Was soll das, D?

Das soll heißen, dass ich dich nur bis hierher mitschleppe, Bitch.

Die anderen weichen von ihm zurück, und lassen High Boy allein auf weiter Flur stehen.

Du machst einen Fehler, Mann. Du täuschst dich in deinem guten High Boy.

Doctor D dreht ihm den Rücken zu.

Du bist nichts anderes als ein verdammter Spitzel, sagt er zu niemandem im Speziellen. Dann sagt er zu Jinx:

Nimm meine .45er und erschieß die Ratte.

Doctor D zieht eine silbern glänzende .45er aus seinem Gürtel und reicht sie Jinx. Irgendetwas geht hier vor, und ich verstehe es nicht ganz. Die Art, wie Doctor D Jinx ansieht, ist seltsam, und für den Hauch einer Sekunde zögert Jinx, bevor er die Waffe nimmt. Niemandem außer mir und Doctor D scheint es aufzufallen.

Jinx will etwas sagen, aber stattdessen zieht er den Hahn zurück. In dem Moment fängt High Boy an zu winseln. Ich hasse es, wenn sie anfangen zu winseln.

Das willst du nicht wirklich tun, D.

Noch nicht mal richtig betteln kann der Typ.

D? Jinx? Das wollt ihr doch nicht–

Jinx schießt High Boy auf die harte Tour zusammen. Verpasst ihm eine Kugel in die linke Kniescheibe, und schickt ihn damit zu Boden. High Boy kreischt, dann frisst er Dreck. Nach einer Weile hört er auf zu schreien und rollt sich in Embryonalstellung zusammen. Er zittert ein wenig, während sich um ihn herum eine Pfütze aus Blut bildet.

Doctor D schüttelt seinen Kopf, sieht zu Jinx, seiner Crew und zu mir, und sagt:

Verräter werden zum Schweigen gebracht. Das beschissene FBI muss denken, ich wäre ein Idiot. Das ist kein Nigga.

Aber ob Nigga oder nicht, zumindest wird High Boy nie wieder laufen können. Zumindest nicht auf dieser Welt.

Doctor D nimmt Jinx seine glänzende .45er ab und sagt an seine Crew gewandt: Das hier ist mein echter Nigga, Jinx. Schießt mit meiner verchromten .45er und trifft verdammt übel. Stimmt doch, oder?

Jinx grinst ihn wölfisch an, aber irgendwie fehlt da etwas.

Guter Schuss, sagt Doctor D zu Jinx mit leiserer Stimme, eine Sache nur zwischen den beiden. Und mir. Wir wollen doch keinen Fed umbringen, nicht wahr? Zumindest noch nicht.

Und da ist es wieder, und ich frage mich, was es ist, das Doctor D weiß, und das Jinx weiß, ich aber nicht.

Levon, sagt Doctor D.

Ein Typ in Tarnhosen und einem großen blauen Sweatshirt tritt vor und bringt seine Waffe in Anschlag.

Nein, nein, nein, sagt Doctor D. Du und Lil Toby, ihr beiden ladet dieses Schwein vor dem nächsten Tierheim ab. Die sollen zusammenflicken, was von ihm noch übrig ist. Jeder einzelne Schritt, den er in seinem beschissenen restlichen Leben macht, wird ihn an die USC erinnern.

Dann machen wir unsere eigenen Schritte, hinüber zu der Gabelung, durch noch mehr Morast und Scheiße, und nach einer halben Ewigkeit ist da ein Rohr, etwa einen Meter fünfzig hoch, und wir ziehen die Köpfe ein und krabbeln etwa hundert Yards durch das Rohr, vielleicht auch mehr, und dann ist da ein anderes Rohr, und eine Leiter, und wir klettern die Leiter hinauf und in einen anderen Tunnel. Nur ist das kein Tunnel, sondern ein Korridor, wir sind in einem Gebäude. Luftschächte und Kabel säumen unseren Weg bis zu einer kleinen Treppe, und die klettern wir hinauf, an einen Ort voller grauer Ziegel und Staub und verrostetem Metall, scheint so eine Art Wasserwerk zu sein, ein Teil der alten Marinewerft, und dann hält der Mann ganz vorn abrupt an, geht in die Hocke, und alle anderen tun es ihm gleich, hocken sich hin, in Alarmbereitschaft, und ich sehe, wie Ray-Ban irgendwas in sein Handy flüstert, und alles ist cool, die Luft ist rein, alle richten sich wieder auf und lächeln, stecken ihre Pistolen wieder weg und nehmen ihre AK's runter, und dann höre ich das Pfeifen. Irgendein Kind pfeift, es pfeift ein Lied, und ich kenne diesen verdammten Song, aber mir will der Name nicht einfallen.

'n Ordnung, sagt Ray-Ban. Legt los, wir haben nicht viel Zeit.

Die U-Street-Jungs schwärmen in dem Lagerhaus aus. Unter Tarnnetzen sind mehrere Autos und große Kisten verstaut, wie eine vergessene Ladung. Dann bemerke ich den Geruch, den Geruch frischer Farbe, und dann sagt Ray-Ban:

Yo, Jimmy G.

Nun, der Junge, der gepfiffen hat, dieser Jimmy G, ist gerade mal neun oder zehn Jahre auf dieser Welt und trotzdem angezogen wie ein MTV-Gangster, mit einer Rollmütze und jeder Menge Goldkettchen, dem tiefblauen Sweatshirt und den Nikes. In jeder Hand hält er eine Sprühdose und deckt damit die Wand zur Linken ein, irgendwelche feuchtroten Spaghetti, die sich aus den Worten JUAN E LUV herauskringeln und in das Wort MOPES übergehen, bevor sie sich in diese seltsame Art von eingedrehtem S hineinwinden, und ich stehe zu nahe an der Wand, um erkennen zu können, was das werden soll, also mache ich ein paar Schritte zurück in die Halle hinein und sehe, dass das nicht nur das Werk von heute, sondern von Tagen, Wochen, Monaten ist. Dieser Jimmy G oder jemand anderes hat wie er dieses komplizierte Geflecht aus Mustern und Bildern an die Wand gezaubert, diese Namen, die ineinander übergehen und dieses seitlich umgekippte S, das sich andauernd wiederholt, immer wieder in diesen Spiralen aus Blau und Rot, Blau und Rot, Blau und Rot, und es dauert eine Weile, bis ich dahinterkomme, aber ich denke, ich verstehe es. Das soll das Symbol für die Unendlichkeit darstellen, aufgebrochen in ein U und ein S und ein C, alles in einem. Das ist das Zeichen der U Street Crew.

Und über die Namen braucht mir niemand was erklären. Nicht über JUAN E oder den, an dem er gerade arbeitet, MALIK. Das sind die Namen ihrer Toten, und von denen gibt es viele. Zu viele, um sie zu zählen.

Vor dem Graffito aus Namen und Symbolen liegt dieser eigenartige Krempel aus Tennisschuhen und Stiefeln, Starkbierflaschen, unzähligen Ketten, einem Gettoblaster, einer verrosteten Pistole und einer Lederjacke herum, und mit einem Mal komme ich mir vor wie dieser Neil Armstrong, der auf dem Mond war. So als würde ich irgendwo entlang spazieren, wo noch nie zuvor jemand anderes gewesen ist. Zumindest kein Weißer.

Jetzt mach dich vom Acker, Jimmy G, sagt Ray-Ban. Morgen kommst du wieder, okay? Gemstone oder Billy werden dich abholen. Es gibt neue Arbeit zu tun, mein Sohn. MJ ist tot, und Debbie auch. Vielleicht auch noch mehr.

Es liegt eine gewisse Überzeugung in seinen letzten Worten. Er weiß, dass es keine Frage von *Vielleicht* ist. Aber das Kid sieht Ray-Ban nur mit einem Blick an, in dem viel Verständnis und kaum Überraschung wohnt.

Leck mich doch, sagt der Junge, schüttelt die Spraydosen als wären es Würfelbecher, sprüht noch ein letztes Detail an die Wand und pfeift wieder diese Melodie, während er sich davon trollt, wohin ihn seine Nikes auch immer tragen mögen.

Und mir geht das Gleiche durch den Kopf, was Jinx in dem Moment zu mir sagt:

Du denkst dir, dass dieses Kid ein netter kleiner Kerl ist, ein süßer kleiner Kerl, ein cleveres Kid, ein talentiertes Kid, sagt Jinx. Aber gleichzeitig denkst du, gib dem Kid noch ein paar Jahre, und was dann? Dann ist er einer von denen hier. Das ist es, was du denkst.

Das Kind ist, was ihr aus ihm gemacht habt, weißer Mann, bohrt sich die Stimme von Doctor D in mich hinein. Er steht plötzlich neben mir und sieht das Kunstwerk an der Wand an und sagt:

Sieh dich um. Das hier ist nicht die Hauptstadt der USA, das ist das verdammte Beirut. Ich bin hier eines Tages aufgewacht, als ich zwölf Jahre alt war, und meine Oma zu mir sagte, ich soll zur Schule gehen, ich aber um die Häuser gezogen bin und dann wieder nach Hause, um fernzusehen.

Das hat mich geprägt. Das verdammte Fernsehen. Aber nicht die Kriminalität, die Gewalt, die Schießereien im Fernsehen waren das Problem, es war der Mist zwischen den Schießereien, die Bilder von dem ganzen Zeug, die ganzen Spielsachen, die Autos, die hübschen Mädchen, der ganze Kram, den ich nicht hatte und nie haben würde.

Also sitze ich vor der Glotze und rauche Gras und hör mir alte Funkmusik an, und dann, eines Tages, wird draußen vor der Dunbar High mein Cousin Walon erschossen. Irgendeine unbedeutende Crew ballert auf einen Typen und trifft stattdessen meinen Cousin. Was sollte ich tun? Was sollte ich bloß tun? Tja, ich bin rüber nach Virginia, wo ich mich mit einem weißen Mann getroffen habe, und komme mit einer .38 Roundhouse zurück und knall den Gangster und zwei von seinen verdammten Homies ab.

Von dem Punkt an gibt's kein Zurück mehr zu Rechnen-Schreiben-Lesen. Unmöglich. Denn wenn man etwas angefangen hat, sollte man es auch zu Ende bringen, sag ich.

Dann schiebt sich Doctor D an mir vorbei, stellt sich vor die Wand und hält die Literflasche in der Hand. Aber sie ist nicht offen, und er hält sie am Flaschenhals und dreht sich im Kreis wie ein Diskuswerfer und dann drischt er die Flasche gegen die Wand. Das Bier spritzt über die frische Farbe, und lässt das Blau wie Tränen und das Rot wie Blut aussehen.

Fick dich, Juan E, sagt er, und wedelt mit dem abgebrochenen Flaschenhals herum wie ein abgehalfterter Priester, der den Gehsteig segnet.

Fick dich, und dich und dich und dich, sagt er.

Glasscherben fallen ihm aus der Hand, aber Doctor D ist ganz woanders, an einem Ort, an dem ich nicht sein möchte.

Ruhet in Frieden, sagt Doctor D, und dann kommt er mit glänzenden Augen und der funkelnden .45er in der anderen Hand wieder zu mir zurück.

Und das sage ich auch zu dir, weißer Mann: Ruhe verdammt noch mal in Frieden. Und vergiss das mit dem: *Und wenn sie nicht gestorben sind.* Keiner von uns kommt hier lebend raus. Also verrat mir, was zur Hölle hast du hier verloren. Verrat es mir, und zwar sofort.

Willst du den Laden?, frage ich ihn. Willst du Uni-Arms? Ich geb dir den Laden. Ich liefere dir die Typen, die Juan E und den Rest deiner Leute umgebracht haben. Die Kerle, die Gideon Parks getötet haben. Aber dafür lässt du mir, was mir gehört.

Ich höre, sagt Doctor D.

Mit seinen Leuten kannst du machen, was du willst, sage ich zu ihm. Die Jungs, die den Abzug gedrückt haben. Aber der alte Herr? Jules Berenger? Der gehört mir. Er … und der Kerl, den sie CK nennen.

Wer mir dumm kommt, den kauf ich mir, sagt Ray-Ban.

Verstehe ich, antworte ich, aber so funktioniert das nicht. Und mit ihm schon gar nicht.

Ich wiederhole mich noch einmal, sage es Doctor D direkt ins Gesicht: Der Mann gehört mir. Haben wir einen Deal?

Okay, sagt Doctor D. Deal.

Im Grunde ist es einfach, und darum geht es bei Rache eigentlich immer. Um eine einfache Sache. Sich das zurückholen, was einem rechtmäßig zusteht. Nur die Toten kann man nicht zurückbringen, nicht wahr? Mit den Toten kann verdammt noch mal nichts anstellen, außer noch mehr davon zu fabrizieren.

Wer hat eigentlich das Haus mit der kleinen Überraschung verkabelt? Dieser Junge?, frage ich Doctor D.

Das ist kein Junge, sagt der Doctor. Das ist mein Nigga Yoda.

Okay, dann muss ich mit ihm reden. Ein Haus in die Luft zu jagen ist eine Sache. Aber wie würde es dir gefallen, einen ganzen Häuserblock hochgehen zu lassen?

Das würde mir ziemlich gut gefallen, sagt er.

Also, die Sache ist die, ich hab heute Abend eine Verabredung. Eine Einladung. Und ich dachte mir, vielleicht willst du mich ja begleiten. Ihr alle.

Sag mir einfach nur wann und wo, antwortet er.

Ich rede von einer Hochzeit. Die Tochter meines Bosses kommt unter die Haube. Halb acht heute Abend. Drüben in Alexandria. In der St. Anne Cathedral.

Scheiße, Mann, sagt Ray-Ban. Das ist weißer als weiß. Das ist schneeweiß. Das ist der verdammte Nordpol.

Stimmt, sage ich, und dann wieder zu dem Doctor: Deshalb müssen du und deine Jungs sich unsichtbar machen.

Wie meinst du das, fragt Ray-Ban.

Jinx fällt ihm ins Wort: Hältst du einfach mal die Fresse und hörst zu?

Ich meine, ihr müsst da in diese Kirche spazieren, ohne das irgendjemand auch nur ins Grübeln kommt.

Ich höre, sagt Doctor D. Das ist der Teil, wo du mir erklärst, wie das laufen soll.

Ihr werdet als das dort aufkreuzen, wofür euch diese Leute seit ein paar hundert Jahren halten. Als Dienstpersonal.

Doctor D Reaktion ist erstaunlich: Er lächelt. Dann hält er mir seine rechte Hand hin. Blutige Glassplitter schimmern in seiner Handfläche.

Ich nehme die Hand, drücke sie, was soll's, das Glas schneidet in meine Hand, und wie heißt es noch auf diesem einen Albumcover: Let it bleed.

Dann sagt Doctor D zu seiner Crew:

Schnappt euch eure Waffen.

ZUHAUSE

Über den Fluss und durch die Wälder, aber am Ende dieser Straße liegt nicht Großmutters Haus, sondern nur ein zweigeschossiger Bungalow in einer der unbedeutenderen Gegenden von Alexandria. Wir gehen nach Hause.

Jinx gefällt die Idee nicht, aber das ist sein Problem. Ich muss das tun, ich muss zu Fiona, und wenn Doctor D das will, was er will, dann muss Jinx das eben mit mir durchziehen.

Hier geht es um Liebe, erkläre ich Jinx. Unnötig zu erwähnen, dass es auch um Leichen geht, die man in den Kofferraum diverser Autos gestopft hat. Leichen ohne Kopf. Oder um viele andere großartige Dinge, die ich erlebt habe.

Hier geht's nur darum, ins Gras zu beißen, sagt Jinx. Das glaube ich nicht, und selbst wenn, fange ich langsam an, wie Doctor D zu denken: Es ist mir egal.

Wir reiten aus Dirty City in einem weniger verdächtigen Sedan des Doctors hinaus, einem angestaubten Saturn, und dieses Mal sitze ich am Steuer. Ein mordsmäßiger Stau blockiert die I-295, aber wir überqueren die Wilson Bridge und fahren nördlich auf der Telegraph Road, und damit hat es sich auch schon. Der Potomac ist wie eine große Trennlinie zwischen Chaos und Ruhe. Auf dieser Seite ist der Himmel klar und blau und man kann die Sonne sehen, wie sie langsam über Alexandria verschwindet, dort, wo alles angefangen hat und wo es ganz sicher enden wird.

Ich fahre in mein Viertel und die Querstraßen ab, jeweils einmal in alle Richtungen. Nichts zu sehen, also fahre ich zum örtlichen 7-Eleven-Supermarkt und rufe Diamond Cab an. Dann fahre ich wieder durch die Nebenstraßen, biege zwei Querstraßen nach meinem Block links ab und fahre gemächlich die Straße entlang. Nichts rührt sich. Also parke ich den Wagen und wir laufen zu Fuß zwischen den Häusern hindurch. Wieder einmal geht die gute alte Sonne an einem vorstädtischen Sonntag wie diesem unter, und eine Menge Leute kleben sicher bereits vor ihren Fernsehgeräten und schauen zu, wie Gideon Parks stirbt, immer und immer wieder.

Wir überqueren die nächste Straße und den nächsten Vorgarten, umrunden einen Maschendrahtzaun, und dann sehe ich die Mülltonnen hinter meinem Haus. Unserem Haus. Unser Zuhause.

Die Rollläden sind unten, die Lichter aus. Fionas CRX parkt in der Auffahrt. Ich kann das silberne Heck sehen. Ein anderer Wagen parkt am Straßenrand, und den kenne ich nicht. Er ist blau und langweilig. Vielleicht gehört er Trey Costa. Aber wenn ich Trey wäre und in diesem Schlamassel säße, würde ich nicht hier parken. Also ist es vielleicht nur ein Freund oder ein Nachbar. Oder vielleicht doch jemand anderes.

Da kommt das Taxi. Gelb und Schwarz, mit dem roten Diamanten auf der Tür. Das Taxi wird langsamer, langsamer, und hält schließlich vor meinem Haus.

Nichts tut sich.

Wir warten, und das Taxi wartet ebenfalls, für mehrere Minuten. Dann drückt der Taxifahrer auf die Hupe.

Nichts passiert.

Das Taxi fährt davon. Jinx will sich in Bewegung setzen, aber ich sage zu ihm: Warte noch. Also warten wir noch eine Weile, und der Taxifahrer, der einmal ums Haus gefahren ist, rollt wieder vor die Einfahrt. Das Ganze ist wie ein Spiel. Ringelreihen. Jemand hat mir mal erzählt, dass es da ursprünglich um den Tod geht. Von daher passt das ja ganz gut.

Wir warten, und der Taxifahrer wartet ebenfalls.

Nicht rührt sich.

Dann steigt der Typ aus seinem Taxi, halleluja, und läuft zur Vordertür.

Wir können nicht sehen, was passiert, aber wir hören ihn klopfen, und dann noch einmal. Dann läuft er zu seinem Taxi zurück. Er schüttelt den Kopf, steigt ein, und nachdem er eine Weile an seinem Funkgerät gekaut hat, fährt er weg.

Demnach sieht es also entweder sehr gut oder ziemlich schlecht für uns aus, und wie gewöhnlich rechne ich eher mit dem Schlimmsten. Wahrscheinlich lauern da draußen auf den Dächern schon ein paar Typen auf uns, mit langen Gewehren und Nachtsichtgeräten, und warten nur darauf, uns die Rübe wie Luftballons wegzuknallen, sobald wir ins Freie treten.

Aber es gibt nur eine Möglichkeit, das herauszufinden, also–

Ich gehe, flüstert mir Jinx ins Ohr.

Ich komme nicht dazu, es ihm auszureden.

Mit mir rechnet keiner, sagt er. Ich seh mich mal um. Er deutet zur anderen Seite, dorthin, wo sich das Haus von diesem Thomas O'Toole-Typen anschließt, das Haus daneben. Dann, sagt er, machen wir unseren Zug.

Okay, antworte ich. Aber–

Ich weiß schon, sagt er. Locker bleiben.

Dann ist er verschwunden, wird eins mit den Schatten der hohen Büsche. Kurz erhasche ich noch einen Blick auf ihn, eine vage Ahnung in dem schwindenden Sonnenlicht, als er aus seiner Deckung bricht und um die Ecke des Hauses huscht. Und dann ist er wieder verschwunden. Und bleibt es auch.

Ich sehe auf meine Uhr, sehe wieder auf meine Uhr, und nachdem ich lange genug zugesehen habe, wie die Minuten verstreichen, halte ich die Warterei nicht mehr aus. Also ziehe ich mich zu dem Maschendrahtzaun zurück und denke mir: Was soll's, warum mache ich nicht einfach einen kleinen Spaziergang auf dem Gehweg, einen Spaziergang die Straße hinunter, meine Straße hinunter? Also laufe ich zwei Vorgärten zurück und dann bin ich auf der Straße und laufe die Straße hinunter, laufe meine Straße hinunter, und alles ist, wie es sein sollte, bis auf den Wagen am Bordstein eben, und ich laufe weiter, bis ich an dem Haus von Thomas O'Toole ankomme, aber Jinx ist nicht zu sehen, also gehe ich hinters Haus und von da in unseren Garten, und hoffe, dass O'Tooles Hund nicht gerade draußen herumrennt.

Ich ziehe eine von meinen Glocks hervor, presse sie gegen meinen Oberschenkel und bewege mich hübsch langsam, trete durch die Büsche und in das Blumenbeet, vorsichtig, oh, tut mir leid wegen den Narzissen, Fiona, und wenig später werfe ich einen Blick durchs Küchenfenster.

Nichts zu sehen.

Also weiter am Haus entlang, zum nächsten Fenster, das zum Esszimmer, und es ist schon ein seltsames Gefühl, so im Dunkeln um das eigene Haus herumzuschleichen, nach Ärger Ausschau zu halten und Angst vor dem zu haben, was man vielleicht vorfinden wird, und die ganze Zeit über höre ich Jinx' Stimme, höre, wie dieser eiskalte Killer ruft: *Wo ist ihr Kopf, Mann? Wo ist ihr Kopf?*

Nichts zu sehen. Aber dann ist da doch etwas. Ein Schatten ragt aus dem Wohnzimmer ins Esszimmer. Jemand ist im Haus, jemand bewegt sich. Wenn auch nur ganz leicht. Ich mustere den Schatten genau, versuche, die Kontur auszumachen, und es ist der Schatten von jemandem, der sitzt. Jinx. Jinx sitzt da.

Ich ducke mich unter dem Wohnzimmerfenster vorbei und bewege mich weiter zum nächsten Fenster, das Wohnzimmer, und werfe einen schnellen Blick hinein, und mehr braucht es nicht. Ich trete aus dem Blumenbeet und auf die Wiese, gehe zurück zur Hintertür, ziehe die Schuhe aus, stecke den Schlüssel langsam ins Schloss und schiebe ganz vorsichtig die Tür auf, und dann bin ich in der Küche und durch den Flur und hinter ihnen.

Cops.

Keine Bewegung, sage ich. Keinen Mucks. Es wäre auch keine schlechte Idee, für ein paar Minuten mit dem Atmen aufzuhören.

Alexandria Police Department. Zwei von ihnen. Sie tragen Straßenuniformen, diese stahlgrauen Hemden, und sind ein Musterbeispiel für berufliche Chancengleichheit. Zuerst hätten wir da einen asiatischen Cop – Chinese, Japaner, Koreaner, was auch immer, und dann eine Kampflesbe, komplett mit Jungenhaarschnitt und allem drum und dran.

Ich hab hier 'ne Glock Neunmillimeter, sage ich, mit panzerbrechender Munition geladen. Auf euren Rücken gerichtet. Die geht durch eure Körperpanzerung wie durch Butter, Freunde. Also bleibt, wo ihr seid, und macht keine Mätzchen, dann verspreche ich euch, dass alles gut werden wird.

Die Bullen haben noch nicht mal ihre Dienstwaffen auf Jinx gerichtet, und wie zum Teufel sie ihn dann geschnappt haben, ist mir schleierhaft. Er sitzt in der für ihn typischen stoischen Gelassenheit auf der Couch und sieht zu den Cops, als wären es langweilige Verwandte von ihm, die nach dem Thanksgiving-Essen einfach nicht nach Hause gehen wollten.

Jetzt bleiben wir ganz locker, sage ich. Einfach ganz locker bleiben. Ich verspreche euch jetzt etwas. Niemand wird verletzt werden. Alles wird gut. Das ist ein Versprechen, okay? Aber zuerst müsst ihr meinem Freund da auf der Couch eure Waffen geben. Mit der linken Hand. Mit dem Kolben nach vorn. Und das Ganze schön langsam.

Du zuerst, Kumpel.

Die Cops sind clever. Sie geben ihre Waffen ab.

Okay. Und jetzt gebt ihm eure Funkgeräte.

Sie überreichen Jinx auch ihre Walkie-Talkies. Ich nicke ihm zu, und er lässt sie auf den Boden fallen und zertritt beide unter seinen schweren Stiefeln.

Ich gehe näher an die beiden heran, angele die Handschellen aus dem Gürtel des männlichen Cops, gehe in die Hocke und taste kurz seine Knöchel ab. Keine Reserve-Waffen. Dann stehe ich wieder aufrecht und das Atmen fällt mir schon wesentlich leichter.

Ich halte die Glock weiter auf die beiden gerichtet und laufe in einem großen Bogen um sie herum und zu Jinx hinüber.

Okay. Jetzt werden wir Folgendes tun: Mein Freund hier wird jetzt diese Handschellen nehmen–

Ich werfe sie zu Jinx.

Und er wird–

In dem Moment schleicht sich diese Stimme aus der Dunkelheit und tippt mir auf die Schulter:

Sehr gut, Mr. Lane. Wirklich sehr gut.

Ich reiße die Stehlampe herum. Licht flackert auf, der Schatten hastet davon, und dann sitzt da dieser Typ im Lehnsessel.

Mein Haus. Meine gemütliche Ecke. Mein Lehnsessel.

Der Mann sieht aus, als wäre er direkt vom Mount Rushmore heruntergestiegen. Graues Haar, graues Gesicht, grauer Anzug. Ein Monument. Genauso gut hätte er sich auch gleich das Wort *Bundesagent* in die Stirn meißeln lassen können.

Jinx hat die beiden Cops im Visier. Ich schalte die Deckenlampe ein, und es wird heller, und ich sehe mehr von dem gleichen Bild. Dieser Typ könnte nicht deutlicher für die Regierung arbeiten, wenn er auf einem Dollarschein abgebildet wäre.

Hey, frage ich den Mount-Rushmore-Typen. Wo ist meine–

Und beinahe hätte ich *meine Frau gesagt,* wirklich. Ich weiß auch nicht, was ich mir dabei gedacht habe. Also sage ich: Mein Mädchen? Wo ist Fiona?

Sie ist hier, sagt der Mount-Rushmore-Typ.

Geht es ihr gut?, frage ich.

Ihr geht's gut, antwortet der Mount-Rushmore-Typ.

Also, wo ist sie? Ich will sie sehen. Ich muss sie sehen.

Ganz in der Nähe, sagt der Mount-Rushmore-Typ.

Ich bin aus dem Zimmer und sehe im Schlafzimmer nach, und dann bin ich aus dem Schlafzimmer und sehe ins andere Schlafzimmer, und da ist sie auch nicht, viele Möglichkeiten gibt es nicht mehr, ich checke noch das Badezimmer, und dann wäre nur noch der Keller übrig, also gehe ich zurück zu dem Mount-Rushmore-Typen, und er hat dieses Grinsen im Gesicht, das ich ihm am liebsten aus der Visage geprügelt hätte, und ich drehe mich zu Jinx und den Cops, und sehe Jinx an und sehe den Schlitzaugen-Cop an und sehe den Lesben-Cop an, und dann sage ich zu Jinx:

Oh scheiße.

Dann sehe ich noch mal zu der Bullenlesbe. Gehe noch mal zu ihr herüber.

Ich schlage ihr den Hut vom Kopf, schaue mir das kurz geschnittene Haar an, die kühlen Augen, die schmalen Lippen, den Körper, der durch die Uniform und die Weste vierschrötiger wirkt, schaue auf die Marke, die verdammte Marke, und natürlich ist die Bullenlesbe Fiona.

Was soll ich sagen?

Schöner Haarschnitt, Schatz, sage ich. Irgendwie keck. Nennen das die Mädels so, drüben in dem Salon, in dem du arbeitest, aber eigentlich nicht arbeitest? Professionell, ja, aber … keck. Obwohl ich gestehen muss, Fiona … mit langen Haaren hast du mir besser gefallen.

Ich beuge mich näher an die Dienstmarke heran, um den Namen oben auf der Plakette zu lesen, aber ich kann es nicht. Ich kann es nicht.

Verdammt, Fiona. Heilige verdammte Mutter Gottes.

Und bevor ich noch weitere brillante Entdeckungen machen kann, bricht der Mount-Rushmore-Typ sein dramatisches Schweigen und sagt:

Sie haben uns eine ganz ansehnliche Vita zusammenkommen lassen, Mr. Lane. Wir haben ja schon ein paar nette Anekdoten über Sie gehört, aber … das ist in der Tat beeindruckend. Zusätzlich zu dem Umstand, dass Sie gegen beinahe jedes Bundesgesetz zum Thema Waffen, Munition und Ausfuhrkontrolle verstoßen haben, ganz zu schweigen von diversen Gesetzen in verschiedenen Bundesstaaten, die Sie in den letzten Jahren beehrt haben, haben wir jetzt noch organisierte Kriminalität, konspiratives Verhalten und Mord. Und dann sagt der Mount-Rushmore-Typ und deutet mit einem Kopfnicken auf Jinx, ist da natürlich noch ihre … Nähe … zu Attentätern.

Er kräuselt ganz leicht die Lippen, faltet die Hände zeltförmig unter seinem Kinn, die Pose eines nachdenklichen Mannes, und ich habe wirklich keine Zeit für diese Scheiße.

Was geht Sie das an, Kumpel?

Nein, Mr. Lane. Sie stellen hier die falsche Frage. Die Frage lautet: Was bedeutet das alles für *Sie?* Und die Antwort, Mr. Lane, liegt so ziemlich auf der Hand, wie ich finde. Wenn *wir* Sie schnappen, lautet die Antwort lebenslänglich. Aber wenn *die* Sie schnappen?

Er breitet die Arme aus und stellt eine Geste zur Schau, die wohl überaus großherzig wirken soll.

Ich denke, wir beide verstehen die Situation hier, Mr. Lane. Und unter diesen Umständen – tja, ich denke, dieser eine Game-Show-Moderator hat es am Treffendsten formuliert, als er sagte: Let's make a deal.

Vor der Pointe breitet sich auf seinem grauen Gesicht noch ein graues Lächeln aus.

Also, was sagen Sie?

Was ich darauf zu sagen habe? Ich sage zu ihm:

Ich habe zwei Worte für Sie: *Fick* und *dich.*

Das lässt seine Hände in seinen Schoß und ihn selbst in den Sessel zurücksinken.

Burdon.

Das ist Fiona. Der Cop mit dem Lesbenhaarschnitt, meine ich. Wie immer sie heißen mag. Ich werde sie weiterhin Fiona nennen müssen, sonst verliere ich ganz sicher den Verstand.

Burdon, sagt sie. Wieso ist das schwer? Trey Costa ist in Sicherheit. Wir haben ihn mit einer lächerlichen Anklage wegen Waffenbesitzes hochgenommen und nach Richmond geschickt. Damit ist er aus der Schusslinie. Sicher. Das Gleiche können wir auch für dich tun.

Ich kann sie nicht einmal ansehen. Der Mount-Rushmore-Typ und ich haben so eine Art Böser-Blick-Duell. Vielleicht denkt er, dass ich einknicke, die Augen aufreiße, anfange zu schwitzen oder so. Aber das kann er vergessen, denn er wird das Spiel verlieren.

Verdammt noch mal, Burdon, sagt sie. Wir denken, wir wissen, was da oben passiert ist. Du warst dabei. Du musst es uns verraten. Wir wollen diese Leute drankriegen.

Nein, das wollt ihr nicht, sage ich. Ihr wollt diese Leute nicht erwischen. Was ihr wollt, ist ein bisschen Recht und ein bisschen Gesetz. Ihr wollt steife Kragen. Ihr wollt Anklagepunkte. Ihr wollt Prozessabsprachen. Ihr wollt ein Geschworenengericht. Ihr wollt Verurteilungen. Ihr wollt Haftstrafen. Ihr wollt jede Menge Pressekonferenzen. Und dann wollt ihr ein größeres Budget. Das ist es, was ihr wollt.

Mr. Lane. Es ist wieder der Mount-Rushmore-Typ. Auch auf die Gefahr hin, mich etwas melodramatisch anzuhören, sagt er, sollte ich Ihnen verraten, dass diese Angelegenheit nicht unter den Teppich gekehrt wird. Wir hatten einen Informanten eingeschleust. Leider Gottes hat er uns nicht viel genützt, aber–

Genau das ist das Problem mit euch Anzugträgern, brüllt Jinx quer durch den Raum. Aber was wusste er?

Was haben Sie ihm verraten? Was wussten *Sie* denn? Verdammt, sagt er. Und dann zu mir.

Sag es ihnen, fordert mich Jinx auf. Komm schon, sag es ihnen, Mann.

Aber ich sage kein Sterbenswort.

Der Mount-Rushmore-Typ tut so, als wäre Jinx gar nicht anwesend. Tut so, als wäre das hier ein Treffen zwischen lauter Anzugträgern, die an einem Konferenztisch aus poliertem Eichenholz sitzen, in einem Hochhaus, mit einem Bild des Präsidenten an der Wand und der Flagge, die draußen im Wind weht.

Er räuspert sich und bildet mit seinen Händen wieder dieses Zelt.

Mr. Lane. Wir sind autorisiert, Ihnen Immunität zu verleihen. Volle Immunität. Absolute Immunität. Landesweit.

Und Schutz, ergänzt Fiona.

Der Mount-Rushmore-Typ schließt die Augen, als müsse er seine Gedanken genau abwägen, bevor er sagt:

Und Schutz. WITSEC. Zeugenschutzprogramm. Wohnortverlagerung, neue Identität, das ganze Programm.

Ich sehe meinen Kumpel Jinx an. Ich sehe Mount Rushmore an. Und schließlich sehe ich Fiona an.

Fick dich, sage ich zu ihr, aber ich schätze, das habe ich ja bereits. Also sage ich noch: Ich werd nicht reden. Vielleicht bin ich derjenige. Vielleicht bin ich der Letzte. Aber ich werde nicht reden.

Scheiße, Mann. Jinx ist kurz davor, einen Anfall zu kriegen. Das ist unser Weg raus aus der Sache. Nicht nur für dich und mich, sondern auch für meine Crew.

Würdest du einfach die Schnauze halten? Weißt du, wer das ist? Ich deute mit der Pistole auf Fiona.

Hast du eine Ahnung, wer das ist? Ich werd's dir verraten, Mann. Das ist die Frau, die seit den letzten vier Monaten mit mir zusammenlebt. Das ist die Frau, die seit den letzten vier Monaten mit mir schläft. Verstehst du, was ich sage?

Ein kleines boshaftes Lächeln versucht sich in mein Gesicht zu schleichen.

Ich soll einen Handel abschließen … mit denen?

Meine Brust schmerzt. Am liebsten würde ich den Abzug drücken. Ich will es, ich muss es.

Schließlich sage ich zu ihm: Ich habe bereits einen Deal gemacht.

Ich will ihm meinen Deal zeigen. Ich will ihm mein Zuhause zeigen, nicht einfach nur mein Haus, mein Zuhause, von vor drei Tagen. Ich will ihm Fiona und mich zeigen, mich und Fiona, ich will ihm zeigen, was einmal war und was nie wieder sein wird, und mir fällt nichts anderes ein als:

Ich habe meinen Deal gemacht. Und das habe ich dafür bekommen. Cops in meinem Haus.

Mr. Lane–

Wieder der Mount-Rushmore-Typ. Ich richte die Pistole auf ihn. Aber ich sehe ihn nicht an. Ich will den Typen nie wieder sehen. Ich sehe nur Fiona an und sage zu ihr:

Ich will deine Immunität nicht. Ich brauche deine Immunität nicht. Ich will nichts von dem, was du mir geben könntest. Und ganz besonders keinen Schutz.

Und dann sage ich zu dem Mount-Rushmore-Typen: Sie hatten mehr als einen Mann eingeschleust. Sie haben die Lieferung angeleiert, nicht wahr? Sie haben dafür gesorgt, dass es passiert. War es nicht so? *War es nicht so?*

Denn jetzt verstehe ich es, nicht alles, aber genug, um zu wissen, dass die Jungs, die die Lieferungen entgegennahmen, die weißen Jungs, Mr. Filialleiter und seine Kumpane, Feds gewesen sind. Und dass die Feds diejenigen waren, die den Deal möglich machten. Irgendwie haben sie den Deal mit den 9 Bravos ausgehandelt. Um uns dazu zu bringen, mit der U Street zusammenzuarbeiten, um uns nach New York zu kriegen, um uns dazu zu bringen, ihnen Waffen zu verkaufen und um UniArms und die U Street für immer hinter Schloss und Riegel zu bringen. Die Schuldverschreibungen in meiner Tasche gehören ihnen.

Heilige Mutter Gottes. Jinx hat recht: Was wussten sie? Was verdammt noch mal wussten sie?

An Mount Rushmore gewandt sage ich:

Es gibt nur eine Möglichkeit, wie Sie bekommen, was Sie wollen. Und das ist, indem ich hier rausspaziere. Und genau das werde ich jetzt tun. Und wissen Sie was? Ob es Ihnen gefällt oder nicht, Sie werden einfach nur dasitzen und dabei zusehen müssen.

Dann sage ich zu Jinx:

Kümmere dich um die Leute hier. Ich muss etwas holen.

Ich gehe in die Küche. Zum letzten Mal sehe ich das Foto meiner Mutter an. Gute Nacht, Mom, sage ich zu ihr.

Was?, ruft Jinx aus dem Wohnzimmer.

Nichts. Alles in Ordnung. Ich rede nur mit einem Foto. Kümmere du dich um unseren Besuch, okay? Verbinde dem alten Kerl die Hände und sperr ihn in den Schrank dort. Ist ein Waffenschrank, lässt sich von außen verschließen. Dann binde die beiden Cops aneinander.

Ich nehme das Foto meiner Mutter und falte es einmal und dann noch einmal zusammen. Lege es in den Aschenbecher. Zünde ein Streichholz an und setze es in Brand. Es fängt ziemlich schnell an zu brennen, und das gefällt mir. Es scheint an der Zeit zu sein, ein paar Dinge in Brand zu setzen.

Ich gehe den Flur hinunter und trete die billige Trockenbauwand unterhalb der Uhr ein, uuuups, so viel zur hübschen Laura-Ashley-Tapete, und ziehe meine Ledertasche, meine Ausgehtasche, aus dem Hohlraum. In der Tasche befinden sich saubere Ausweise und Kreditkarten, ein gefälschter Pass, geschmeidige Zwanzigtausend in bar, eine weitere Glock 19 mit zehn Magazinen Munition, eine Tweedjacke und die Schlüssel zu einem Lagerraum von dem niemand – und damit meine ich niemand – auch nur die leiseste Ahnung hat. Der Lagerraum befindet sich in einem Ort namens High Point in North Carolina. Ich gehe ins Schlafzimmer, öffne die obere Schublade der Kommode und nehme die Hochzeitseinladung heraus. Dann zum Schrank. Ich brauche neue Schuhe. Ich greife nach hinten in die Ecke und hole die Remington Home Security Schrotflinte heraus, die ich Fiona gegeben habe und die sie aus Angst nicht benutzen wollte, haha. Die für den Notfall immer geladen ist. Nur für den verdammten Fall der Fälle.

Dann bin ich zurück in der Diele. Der Mount-Rushmore-Typ ist im Schrank verstaut. So wie es aussieht, hat Jinx ihnen ordentlich die Handschellen angelegt.

Und da es sonst nichts weiter zu sagen gibt, sage ich es. Natürlich sage ich es:

Hey Fiona, sage ich.

Sie sieht mich an, und ich möchte glauben, dass ich da eine Träne in ihrem Auge sehe, aber es ist nur das Licht. Muss das Licht sein. Aber ich sage es trotzdem:

Ich liebe dich, sage ich. Wusstest du das?

Und während ich diese Worte ausspreche, frage ich mich: Was wusste *sie?* Wusste sie, dass sie vorhatten, Gideon Parks umzubringen?

Es gibt nur einen Weg das herauszufinden, und deshalb sage ich:

Und ich wünschte wirklich, ich hätte dich in diesem Kleid sehen können.

Ich zeige ihr die Einladung zur Hochzeit und den Rest mit meinen Augen.

Du hast dieses neue Kleid gekauft, oder? Für heute Abend? Für die Hochzeit?

Und dann sind wir verschwunden. Beinahe.

Oh, und eines noch. Ich denke, du wirst für eine Weile dein Auto nicht benutzen können.

Dann gehe ich hinaus, direkt zur Vordertür raus. Werfe zum wahrscheinlich letzten Mal einen Blick auf meinen Rasen. Der müsste mal wieder gemäht werden. Ich schaue zu dem Baum, an dem ich hochgeklettert bin, um die Katze vom Nachbarn zu retten. Ich sehe zum Briefkasten, zum Blumenbeet, in das der Geary-Junge jeden Morgen die Zeitung wirft. Schaue über den Gehweg die Straße entlang. Meine Straße. Da, wo ich wohne.

Nein, streichen wir das.

Da, wo ich *wohnte.*

Weißt du was?, frage ich Jinx.

Mein Blick fällt auf das Auto in der Auffahrt, der silberne CRX mit dem Jazzercise-Stoßstangenaufkleber, das Auto, dem ich einmal hinterhergefahren bin, bis ich es sein ließ und mir schäbig vorkam. Mich schuldig fühlte.

Ich bin ziemlich angepisst, sage ich zu Jinx.

Sag bloß, antwortet er.

Nein, sage ich, du verstehst nicht.

Ich nehme die Remington hoch.

Geh mal kurz für einen Moment zur Seite, okay? Was ich dir zu erklären versuche, ist: Ich bin … ziemlich … *angepisst.*

Ruckartig lade ich die Remington durch und fange an, in Fünf-Sekunden-Intervallen dicke fette Hammerschläge von Schrotflintenmunition in den CRX zu pumpen. Einen nach dem anderen, für immer und ewig. Peng. Glas und Metall singen, fliegen und regnen in kleinen Scherben auf den Asphalt, das Gras und in die Büsche, die ich an jedem Sonntag im Sommer immer gestutzt hatte. Peng und Peng. Die Vorderreifen explodieren und das Chassis setzt in einem Funkenregen auf der Straße auf. Peng und Peng und Peng.

Während ich weiter meine Schüsse in den Wagen jage, kommt diese Thomas O'Toole-Type, der Kerl von nebenan, aus seinem Haus, und hinter ihm seine kleine blonde Frau. Sie sehen mir mit diesem *Ahm-Moment-mal*-Blick dabei zu, wie ich den Wagen auseinandernehme: Hey, warten Sie mal, könnten Sie damit bitte für einen Moment kurz aufhören? Ist das tatsächlich Teil der Hauseigentümerverordnung?

Jinx sagt, dass wir verschwinden sollen. Aber da bin ich anderer Meinung. Ich drehe mich um und feuere eine Ladung in den Wagen am Straßenrand, schieße die Vorderreifen kaputt, und die O'Tooles, dieses glückliche Pärchen mit ihrem glücklichen Kind, tänzeln mit großen Augen zurück, hinter ihre Fliegengittertür, als ob diese irgendeinen Schutz bieten würde, und dann gehen gegenüber die Lichter an, und drüben bei den Turners, und das ist der Moment, wo ich ihnen zurufen muss, den O'Tooles und den Turners und den Johnsons und allen anderen, die es hören wollen:

Ja, stimmt, ihr seht richtig.

Mittlerweile schreie ich, damit mich auch jeder verstehen kann. Ich schreie:

Ich bin's. Der Kerl mit der Kanone. Euer Nachbar.

Jinx bleibt hartnäckig. Wir müssen los. Aber wir haben noch Zeit für eine letzte Patrone, und ich drehe mich um und hole damit die Hausnummer von der Fassade herunter.

Kapiert ihr es nicht?, rufe ich ihnen zu. Ich bin euer Nachbar.

Euer gottverdammter Nachbar.

MEIN IST DIE RACHE

Die Nacht bricht an, und das ohne Gnade.

Der Himmel hat eine Art, einem zu zeigen, dass er müde ist, dass das natürliche Licht verschwinden und den Heuchlern weichen wird, und während ich durch die Scheiben des Saturns auf die Häuser und die Eigentumswohnungen und die kleinen Supermärkte und Einkaufszentren hinausschaue, stelle ich fest, dass auch ich müde bin. Ich frage mich, wieso mir das mal was bedeutete, weshalb mir was an dem Dunkin Donuts lag oder der Videothek, diesem chinesischen Restaurant an der Ecke oder der Texaco-Tankstelle, wo Tommy Coogan an meinen Autos rumwerkelte, warum mir das was bedeutete, wieso irgendetwas davon eine Rolle spielte. Wieso ich der Typ gewesen bin, der an jedem anderen Wochenende in den Baumarkt gelatscht ist und ein paar Ziegel gekauft hat, um an der kleinen Veranda weiterzuarbeiten, und sich dabei auch noch gut gefühlt hat.

Ganz besonders, wenn es sich doch so viel besser anfühlte, diesen silbernen CRX in einen Haufen Schrott zu verwandeln.

Nachdem ich die leere Schrotflinte fallen ließ und meinen Nachbarn zum Abschied zuwinkte, folgte ich Jinx zurück zu dem Saturn, und als wir den ersten Block hinter uns gebracht hatten, ohne einem Polizeiwagen zu begegnen, wusste ich, dass alles bestens lief. Und das stimmt, alles lief mehr als bestens. Den ganzen Weg durch das Labyrinth aus Vorstadtstraßen bis zum Abzweig auf die Duke Street. Weshalb ich zu Jinx sage:

Halt an.

Jinx fährt zur nächsten Kreuzung und biegt rechts ab, lenkt den Wagen in einen McDonalds, und da drin herrscht reger Betrieb, klar, das Leben geht weiter, egal ob nun ein Bürgerrechtler gestorben ist oder es Aufstände gibt oder Krieg, die Leute wollen einfach weiter an ihren Big Macs herumkauen, und Jinx findet einen Parkplatz zwischen zwei anderen Autos.

Na los, sage ich.

Ich steige aus dem Saturn.

Na los, sage ich noch einmal.

Er zuckt mit den Achseln und steigt aus.

Wir betreten das goldene M und ich trete an den Tresen und sage zu dem Mann hinter der Kasse, irgendein Pakistani oder so, jedenfalls einer mit einem Turban:

Hey, Sabu. Mach mir einen Vanille-Milchshake.

Und Jinx fragt mich: Was zur Hölle soll das werden?

Ich kaufe mir einen Vanille-Milchshake, antworte ich. Willst du auch was? Ein paar Nuggets vielleicht? Als er ablehnt, sage ich:

Tja, also ich will was. Ich will eine Antwort.

Oh Mann, sagt er, aber ich rede einfach weiter:

Geht das nur mir so, oder war es nicht ein wenig zu einfach, dort rein und wieder raus zu spazieren?

Jinx will genervt tun, aber er weiß es. Er weiß, dass ich recht habe.

Ich meine, zwei Cops aus Alexandria und ein Fed? Reverend Gideon Parks ist tot, 'ne Menge anderer Leute sind tot, und wir sind die Verdächtigen, oder nicht? Die waren für vier Monate in meinem Haus, in meinem verdammten Leben, und alles, was wir kriegen, ist ein Mann mit einem Plan? Keine Luftlandedivision? Noch nicht mal Rundumleuchten und Sirenen, nachdem ich den Wagen zerlegt hatte? Wollen die uns wirklich weismachen, dass es keine Verstärkung gab? Oder dachten die aus irgendeinem Grund, dass es so verdammt einfach sein würde?

Der Turbanträger gibt mir meinen Vanille-Milchshake und ich gebe ihm dafür zwei Dollar.

Schönen Tag noch, sage ich zu ihm. Und dann zu Jinx: Komm schon.

Im Restaurant habe ich nicht gefunden, was ich suche, also nehme ich den Hinterausgang. Jinx bleibt neben mir.

Ich lasse den Blick über den Parkplatz auf dieser Seite schweifen, und dann sehe ich unseren Freifahrtschein, diesen Typ, der mit seiner Frau in ihrem mittelgroßen Irgendwas sitzt, mit dieser Metallplakette hinten am Kofferraum, auf der *Jesus fährt mit* steht. Ich bummele also langsam, ganz langsam auf die Leute zu, setze ein ernstes, aber auch glückliches Gesicht auf, nehme einen Schluck von meinem Milchshake und sage:

Guten Abend, Sir. Ma'am. Tut mir leid, wenn ich Sie belästige, aber Bruder James und ich scheinen ein Problem mit unserem Auto zu haben. Wir wollen zu dem

Gottesdienst heute Abend im Good Shepherd. Der an der Quaker Lane? Der nette Herr im Restaurant meinte, das sei gleich die Straße rauf, vielleicht eine Meile? Und nun hatte ich mich gefragt, ob Sie vielleicht so nett wären–

Gott segne Sie, danke ich ihnen, als sie Ja sagen, und dann noch einmal, als sie uns an der Good Shepherd wieder absetzen, ohne einen Gedanken daran zu verschwenden, dass in dem Gebäude gar keine Lichter brennen oder wir sie auch einfach hätten umbringen können. Und ich meine es auch genau so: Gott segne die beiden. Es gibt noch ein paar Menschen auf dieser Welt, die einem vertrauen. Die an das Gute in anderen Menschen glauben, auch wenn das mindestens so verzweifelt und hoffnungslos ist wie ihr Glaube an einen Fisch, in dem *Jesus fährt mit* steht.

Wir warten, bis sie nicht mehr zu sehen sind, dann überqueren wir die Straße und schlendern zwischen einem von diesen Stadthaus-Projekten entlang, ducken uns unter einer Hecke hindurch und an einer Böschung hinunter, und dann haben wir Container und Laderampen an der Hinterseite dieses Einkaufszentrums namens Hechinger Commons vor uns. Und der Ort und die Zeit stimmen, und da steht ein Aerostar Van, und dieser Aerostar Van ist in einem verblichenen Weiß und mit roten Buchstaben beschriftet, die die Worte *Flowers etc.* bilden, und der Aerostar Van selbst ist tatsächlich mit Blumen und außerdem noch jeder Menge Et cetera vollgestopft, denn in dem Van sitzen noch zwei von der U Street Crew – nein, insgesamt drei, denn da ist noch der Fahrer, und das ist nicht nur irgendein Fahrer, sondern dieser grinsende Hurensohn von QP Green. Neben dem Aerostar Van steht ein Pick-up-Truck mit noch mehr U Street-Typen an Bord, und neben dem Pick-up-Truck steht etwas, das wie ein ganz gewöhnlicher Virginia Power Truck aussieht, mit dem Baskenmützen-Typen, diesem Kareem oder wie er heißt, am Steuer und dem seltsamen Yoda-Kerl, der seitlich aus der Fahrerkabine schaut. Und neben dem Virginia Power Truck steht eine blank gewienerte weiße Stretch-Limousine, die so lang wie ein halber Häuserblock zu sein scheint, und ich habe so eine Ahnung, wer da hinten drin sitzt.

Ich gehe zu der Limousine hinüber und die Scheiben auf der Fahrerseite gleiten hinab, damit ich die Sonnenbrille auf dem Fahrersitz sehen kann, und es ist nicht irgendeine alte Sonnenbrille, es ist der verdammte Ray-Ban, und ich hole die Hochzeitseinladung aus meiner Tasche und halte das goldgeränderte rechteckige Stück Pergament vor die Sonnenbrille und sage zu Ray-Ban:

Hier ist dein Ticket. Hast du auch was für mich?

Ray-Ban sagt: Mann, ich hab bereits neun Homies vor Ort. Sind seit sieben schon da. Lieferdienst. Wartungsmannschaft. Sogar ein paar Cocktail-Kellner. Genau wie du sagtest, Mann. Gar kein Problem.

Ich händige ihm die Einladung aus. Das ist eine Privatangelegenheit, diese Hochzeit. Industrie und Politik schmieden wie gewöhnlich im engsten Rahmen von Familie und Freunden ihre Einheit. Aber wenn man mit diesem Stück Papier aus dieser schicken Limo herauswinkt, wird das den Doctor an den Sicherheitskontrollen vorbei bringen.

Fünf nach acht, sage ich zu ihm, und dann an die Dunkelheit hinter ihm gewandt: Und denk dran – wir machen das auf meine Art. Wenn ich die Sache bis fünf nach acht regeln kann, dann seid ihr dran. Und was immer auch geschieht, nehmt das UniArms-Lagerhaus hoch. Aber lasst mit genügend Zeit, und überlasst mir den alten Mann. Und CK.

Ray-Ban sagt: Leben oder sterben, Mothafucka.

Das Fenster gleitet wieder nach oben und die Limousine fährt davon, raus in die Nacht, Leute treffen.

Jetzt zum weiteren Geschäftlichen. Kareem springt aus dem Virginia Power Truck und ich gebe ihm den Rest von dem, was ich ihm versprochen hatte: Meine Sicherheits-Schlüsselkarte und den vierstelligen Code für den Haupteingang am UniArms-Lagerhaus in Old Town. Genau das, was Kareem braucht, um Yoda hineinzubekommen, damit der dort sein Ding machen kann.

Kareem sieht mich an.

Kareem zwinkert mir zu.

Dann ist er wieder in dem Virgina Power Truck verschwunden und sie fahren los.

Dann schließt sich auch der Pick-up-Truck an.

Nun sind nur noch Jinx und ich und *Flowers etc.* übrig, und ich schätze, es ist Zeit, sich um unsere Lieferung zu kümmern.

Drinnen im Van, nachdem die Türen geschlossen und verriegelt worden sind, sage ich den Jungs des Doctors

Hallo. Da sind Tiny und Hotpoint und jede Menge Blumen, und ich stelle meine Reisetasche hinter den Blumen ab und beginne mit den üblichen Checks. Ich nehme die Magazine aus den Glocks, sehe nach, ob sie geladen sind, und lasse sie wieder einrasten. Eine Glock wandert in das Bianchi-Holster auf meinem Rücken und die zweite in meinen Gürtel, direkt über meiner linken Niere. Ich binde mir ein Holster um meinen rechten Knöchel, und das ist für Nummer drei. Dann stecke ich zwei volle Magazine in die rechte Innentasche meiner Anzugjacke, jeweils zwei weitere in die beiden Außentaschen und auch noch ein paar in meine Hosentaschen. Das zusätzliche Gewicht stört mich zwar etwas, aber andererseits ... wer weiß schon, wie viele Kugeln man auf so einer Hochzeit brauchen wird?

Dann sehe ich mir die Truppe an. Tiny und Hotpoint streicheln ihre AK's als wären es kleine Kätzchen. Das sind nette Teile, aus dem Ausland, die Kampfausführung, Vollautomatik. Wahrscheinlich haben sie die bei UniArms gekauft.

Lass mich mal sehen, sage ich zu Hotpoint. Er reicht mir seine AK herüber, und es ist das nordkoreanische Modell, sauber, geölt und so bereit wie eine Hure von der 9th Street.

Der Boss hat uns ordentlich was beigebracht, sagt Hotpoint. Hat uns verdammt noch mal im Feuer geschmiedet. Mich und Jeff, Tiny und Malik und Lil Ace.

Ich gebe Hotpoint die Waffe zurück und will am liebsten Jinx fragen, was der Boss ihm beigebracht hat, und wann. Der Kerl ist zu alt, um im Irak gewesen zu sein, es sei denn, er war ein höherer Unteroffizier, was ich aber nicht glaube. Genauso wenig wie ich glaube, dass ich wirklich die Antwort auf die Frage wissen will.

Es dauert gar nicht lange, bis der Van wegen einer Bodenschwelle langsamer wird. Wir sind spät dran, so wie das eben vorkommt, und in unserem Fall auch so sein muss. Um den schweren Teil leichter zu machen, und damit die Sache auch wirklich funktioniert.

Der schwere Teil ist, hineinzukommen, zumindest hoffe ich, dass das der schwere Teil sein wird, und als der Van langsam ausrollt und auf die lange Auffahrt einbiegt, die sich den Hügel zur St. Anne Cathedral hinaufschlängelt, spüre ich die Art von Ruhe, die mir sagt, dass es funktionieren wird. Wir werden das hinkriegen.

Ich richte mich auf, spähe durch die Blumensträuße und über QP Greens Schulter und erkenne die Turmspitzen der Kathedrale und das, was vom Sonnenuntergang noch übrig ist. Es sieht aus wie auf einer Postkarte. Und schöner, als ich es in Erinnerung hatte. Die St. Anne ist ein Stück Geschichte: Damals in den alten Tagen errichtet, im Unabhängigkeitskrieg abgebrannt, wieder aufgebaut und im Bürgerkrieg wieder abgebrannt, und auf dem langen flachen Hügel, von dem aus man über Alexandria sehen kann, erneut aufgebaut, aller guten Dinge sind drei, dort, wo sich Jahre später dann noch das Masonic Memorial dazugesellte. Der Glockenturm zeigt nach Süden, in Richtung Richmond, während sich die Türen der Kathedrale zum heidnischen Norden und in Richtung D.C. öffnen. Die östlichen und westlichen Wände der Kathedrale sind der feuchte Traum eines jeden Reiseleiters, mit ihren prächtigen Buntglasfenstern, die – und das kann man nicht anders sagen – über fünfzehn Meter weit in den Himmel hinaufragen. Auf dieser Seite hier, der östlichen Seite, gibt es eine größere Rasenfläche, eine leichte Anhöhe, und auf der Westseite, auf der Schulter des Hügels, befindet sich ein Parkplatz, danach Bäume, Büsche, Zäune und dahinter eines dieser lieblichen Viertel von Virginia.

Am Fuße der Auffahrt steht ein Wagen von einem privaten Sicherheitsdienst, und darin sitzen mit Kaffee und Donuts bewaffnet zwei der allerbesten Nullnummern, die Jules Berenger nur anmieten konnte. Weiter oben auf dem Hügel herrscht Betrieb. Die Viertelmeile der sich den Hang hinaufwindenden Zufahrt ist von Stadtautos und Limousinen gesäumt, jede von ihnen mit getönten Fenstern und einem Typen mit Funkgerät im Ohr, der zur Standardausstattung gehört. Auf dem Parkplatz formen weitere Luxusschlitten, unter denen sich natürlich auch ein weißer Lincoln befindet, das Standbild einer Autokolonne. Davor tummeln sich weitere Typen mit dunklen Sonnenbrillen und Knöpfen im Ohr, in der Nähe eines Teiches mit der Statue irgendeiner gewandeten Dame darin, St. Anne oder die Jungfrau Maria oder Gloria Estefan, was weiß ich. Ein paar andere Typen mit dunklen Sonnenbrillen laufen halbherzig ihre Runden über einen Rasen, der so gut gepflegt ist, dass man Golf darauf spielen könnte. Ich sehe ein paar CAR-15, aber meistens nur die typische Sicherheitsdienst-Ausstattung: Pistolen, vielleicht ein paar Maschinenpistolen, aber nichts, was zu viel Aufmerksamkeit auf sich zieht. In den Baumgruppen weiter hinten könnten sich Scharfschützenteams versteckt halten, aber das ist unwahrscheinlich. In der Kirche befindet sich zwar ein U.S.-Senator, aber es ist immerhin eine Hochzeit, verdammt noch mal. Trotzdem, so viele Finger, so viele Abzüge.

Du bist dran, sage ich zu QP Green, kauere mich wieder hinter die Blumen und atme tief ein.

Hotpoint klebt zwei Bananen Clip-Magazine an den flachen Seiten zusammen. Jinx tut gar nichts, sieht mich aber durchdringend an, als wollte er jeden Moment mit etwas losplatzen.

Riechst du das?, frage ich ihn.

Klar, sagt er. Die ganzen schönen Blumen. Riecht wie bei einer Beerdigung.

Vielleicht, sage ich. Vielleicht auch nicht. Vielleicht wird es funktionieren.

Der Van hält an.

Das Fenster auf der Fahrerseite wird heruntergekurbelt.

Hi, sagt QP Green, aber ich erkenne seine Stimme nicht wieder. Da ist plötzlich dieses Nachrichtensprecher-Englisch, Weißbrot-Englisch aus dem mittleren Westen, und ich muss es nicht selbst sehen, um zu wissen, dass er sich mit jemandem unterhält, der groß und gemein aussieht.

Was habt ihr?, fragt der große und gemeine Kerl.

Hi, sagt QP Green noch einmal. Ich komme von *Flowers etc.*

QP Green macht eine Pause und ich höre das Rascheln von Papier, das zum Fenster hinausgereicht wird. Dann fragt QP Green:

Die, die … äh … Berenger-Blaine-Hochzeit?

Ich sehe Hotpoint an, und der lacht in seine Faust und schüttelt den Kopf.

Der große und gemeine Kerl meint: Ihr seid spät dran.

Ja, Sir, sagt QP Green. Aber diese Blumen hier sind unten für das Gemeindehaus. Nach der Hochzeit gibt es dort noch eine kleine Party.

Der große und gemeine Kerl sagt: Okay. Aber ich will, dass der Van in zwanzig Minuten verschwunden ist. Kriegt ihr das hin?

Ja, Sir, sagt QP Green. Die Papiere wandern zurück, das Fenster wird wieder hochgelassen und QP Green fährt uns hinein, und die ganze Zeit über murmelt er gegen die Frontscheibe, in den Rückspiegel, in die Luft um ihn herum:

Ja, Sir … Ja, Sir … Sicher doch, Sir. Lutschen Sie mir doch den verdammten Schwanz, Sir.

Dann wird der Van wieder langsamer. Hält an. Aus dem hinteren Fenster sehe ich die Kathedrale, deren Kirchtürme sich in den Himmel bohren. Dann sagt QP Green:

'kay. Showtime.

Tja, sage ich zu Jinx, weißt du, was Gary Gilmore damals sagte, als sie ihn vor das Erschießungskommando stellten?

Keine Ahnung, antwortet Jinx. Aber ich habe so das Gefühl, dass es was wirklich Bescheuertes war, so was wie: Bringen wir's hinter uns.

Genau, sage ich. Genau das. Also, was sagst du?

Er sieht mich an.

Ich sehe ihn an.

Ja, sagt er. Bringen wir's hinter uns.

QP Green steigt aus und lässt sich Zeit, um den Van herum und nach hinten zu laufen. Er öffnet die Hecktüren und beugt sich hinein, um einen großen Strauß Blumen zu umfassen. Hotpoint verstaut seine AK und ein Dutzend Magazine in einer langen weißen, dekorativen Vase, in der ein weiteres Blumenarrangement steckt, und dann ist er aus dem Wagen, um die Vase und mich in der Lobby abzuliefern.

Leben oder sterben, sagt er.

Also heißt es: Jetzt oder nie. Ich springe aus dem Wagen, mogele mich zwischen die beiden und hoffe, dass die Blumen mir genug Deckung geben, um umgesehen den kurvigen Weg bis hinauf zu den hölzernen Doppeltüren der Kathedrale gelangen zu können. Irgendwo hinter mir sollte Jinx mit einem anderen Arrangement sein, also laufe ich weiter, weiter und weiter, und dann sind wir auf den Stufen, dann die Stufen hinauf, und ich entferne mich von den Blumen, schlendere auf die Tür zu, ganz normal und natürlich, und bevor ich die Tür erreiche, macht sie jemand anderes für mich auf, und dieser Jemand ist Tully Malone, und Tully Malone sieht mich an, sieht durch mich hindurch, sieht erst irgendjemand anderes, irgendeinen Gast, und als er mich erkennt, bin ich schon an ihm vorbei, und das Beste, was er noch tun kann, ist zu sagen:

Hey, Burdon. Hatte mich schon gefragt, was dir passiert ist.

Vor mir befindet sich noch eine kleinere Doppeltür mit Glaseinsätzen. Ich kann eine Orgel spielen hören und sehe eine Menge gut angezogener Leute herumstehen, und der Moment ist so gut wie jeder andere, also gehe ich durch die Doppeltür hindurch in die Kathedrale, während Tully Malone in der Lobby immer noch tut, was er da so zu tun hat, und die Blumen werden angeliefert und Jinx und der Rest der Crew machen sich bereit.

Drinnen starrt mich irgendein Kid in einem Anzug und zu vielen Pickeln an, weil ihm niemand gesagt hat, was er mit zu spät eintreffenden Gästen anstellen soll, und ich nicke ihm nur zu und flüstere, dass ich zur Familie der Braut gehöre, und er blinzelt ein paarmal, und dann deutet er fuchtelnd zur linken Seite der Kathedrale hinüber, und ich gehe die wenigen Treppenstufen in den Gang hinunter, wo bestimmt hundert Reihen schwerer Holzbänke stehen, und nach zehn oder zwölf Bänken finde ich eine leere auf der linken Seite und rutsche hinein.

Die Kirche ist mit einem feierlichen Geruch erfüllt, Blumen und Kerzen und Holz und Alter, und da ist eine ganz ansehnliche Menge an Besuchern auf den Bänken verteilt, und alle von ihnen verfolgen aufmerksam, was vorn an diesem großen marmornen Altar, diesem – wie heißt das noch? Diesem Podium, diesem Dingsda – vor sich geht, denn dort haben wir das glückliche Paar mit den Brautjungfern und den Trauzeugen und dem Pfarrer, und sie hören zu, was der Pfarrer in das Mikrofon sagt, und egal, was er sagt, es endet mit dem Wort Amen, und daraufhin sagen alle im Saal ebenfalls Amen.

Also bin ich gerade noch rechtzeitig gekommen. Der Pfarrer spricht langatmig auf lateinisch weiter, und dann wird aus der Heiligen Schrift gelesen und dieser nette Song gesungen, aber darauf achte ich nicht besonders, denn ich schaue mich nach den großen und bösen Buben um, die hinten in der Kirche stehen und nach den wenigen weiter vorn, und ja, nach der Frau da drüben in dem Hosenanzug, sehr schick, aber nicht gerade die Garderobe für eine Hochzeit wie diese, und den ganzen anderen auffälligen Tupfern unter den Anwesenden, der Typ in dem übergroßen Regenmantel, der mit der Aktentasche, all die eindeutigen Signale und Hinweise, dass sie Waffen bei sich tragen.

Und ich schaue mir den U.S.-Senator an, ganz der stolze Vater des Bräutigams, und es ist der gleiche Senator Anthony Blaine, der vor ein paar Stunden noch mit Tränen in den Augen in einem Einspieler auf CNN zu sehen war. Nun, wegen eines toten Bürgerrechtlers lässt sich dieser Mann doch nicht den Tag ruinieren, schätze ich.

Dann halte ich nach Jules Ausschau – *für Sie immer noch Mr. Berenger* – und er ist mit seiner aktuellen blonden Trophäe da, und da ist seine Ex, das ist die Mutter, und dann sind da die Politiker, die er in der Tasche hat, und dann sehe ich ein paar gut aussehende Anzüge an meinen alten Kumpels Quillen und Dawkins und Rudy Martinez, und dann ist da noch ein anderer Crew-Chef, McCarty, und dann noch eine Menge Leute, die ich nicht kenne und die mir auch egal sind. Es haben sich bestimmt um die dreihundert Menschen in der St. Anne Cathedral für diesen, wie der Pfarrer es nannte, freudigen Anlass zusammengefunden.

Und dann ist da schließlich diese Stimme an meinem Ohr, und sie flüstert:

Jetzt bist du geliefert.

Hat ja lange genug gedauert, sage ich zu CK, denn natürlich ist es CK, kann nur CK sein, denn er würde so sicher hier sein, wie ich hier sein würde. Das hätte er für nichts auf der Welt verpasst. Denn das ist ja nicht nur eine Hochzeit, sondern auch eine Jubelfeier, nicht wahr?

Eine faltige alte Dame ein paar Reihen vor uns dreht sich zu mir um, um mir zu erklären, dass ich doch gefälligst still zu sein habe, aber nachdem sie mich angesehen hat und danach noch einen Blick hinter mich wirft, lässt sie es lieber bleiben und wendet sich wieder dem freudigen Anlass zu, und dann spüre ich den Lauf von CK's Magnum im Genick. Aber, hey, der Kerl wird ja wohl nicht schießen und allen hier den tollen Tag verderben, oder? Also sehe ich auf die Uhr, lehne meinen Kopf leicht nach hinten zu ihm zurück und sage:

Dir bleiben noch zehn Minuten.

Es folgt eine sehr befriedigende Pause, und dann beißt er an.

Zehn Minuten wofür?

Zehn Minuten, bevor es losgeht.

Der Lauf seiner Pistole bohrt sich in meinen Hals. Halt deine verdammte Fresse, Lane.

Die faltige alte Dame dreht sich wieder nach uns um, und es gibt eigentlich keine Möglichkeit, dass sie die riesige Kanone nicht sehen kann, aber sie legt sich trotzdem einen faltigen kleinen Finger auf ihre faltigen kleinen Lippen.

Vorn am Altar erzählt der Pfarrer etwas über Liebe, aber hier hinten auf den billigen Plätzen komme ich auf etwas Praktischeres zu sprechen.

Spielt keine Rolle, was du tust, CK. Selbst wenn du mein Hirn über die Gästeliste verteilst, wird es trotzdem passieren. Nur, dass es jetzt lediglich noch neun Minuten sind.

Halt die Klappe, Lane.

Der Bräutigam nimmt die Hand der Braut in seine eigene, und zusammen treten sie einen Schritt nach vorn, näher an den Pfarrer heran, näher an das Mikrofon heran, und die beiden sehen aus wie die Deko auf der Hochzeitstorte – er ist dieser bärenstarke, gut aussehende College Boy, und Meredith Berenger ist all das, was man immer über eine Braut sagt, nur dass es in diesem Fall auch zutrifft, sie ist strahlend, hinreißend schön, wundervoll anzusehen, wirklich schön, und ich denke mir, dass ich vielleicht tun sollte, was der Mann sagt und für eine Weile meine Klappe halte, und das tue ich dann auch, ich höre zu, wie sie sich gegenseitig die Treue schwören, und es dauert eine Weile, aber es nagt an ihm, natürlich nagt es an ihm, er will es wissen, muss es wissen, und so dauert es nicht lange, bis er seinen Zug macht.

Wir werden jetzt Folgendes tun, sagt CK zu mir. Dauert nicht mehr lange, dann werden hier alle ihre Ärsche erheben, um irgendwelchen Käse von sich zu geben oder ein bescheuertes Lied zu singen, okay? Und sobald alle aufstehen, tust du so, als müsstest du pissen gehen. Du wirst aufstehen, den Gang zurücklaufen, und ich werde direkt hinter dir sein, genau wie Elvis.

Wie aufs Stichwort stößt er noch einmal den Lauf in mein Genick. Dann sagt er:

Und dann wirst du raus in den Alkoven laufen, und wenn du da angekommen bist, siehst du diesen kleinen Flur auf der Leeseite, und diesen Flur wirst du hinunterlaufen, und dann kommt da ein kleiner Raum am Ende des Gangs, und in den wirst du reingehen, und da sind dann ein paar Stühle in dem Zimmer, und du wirst dich auf einen dieser Stühle setzen. Und dann werde ich entscheiden, ob ich dich am Leben lasse oder nicht. Was meinst du?

Ich antworte ihm nicht. Stattdessen sehe ich mir lieber noch einmal die berühmten bunten Kirchenfenster an. Von denen gibt es fünf auf jeder Seite, und auf den Fenstern sind diese hübschen Bilder zu sehen, die Geschichten erzählen, über die Gebote oder die Heiligsprechungen oder irgendetwas anderes von dem, was dieser Jesus-Typ erzählt oder getan hat, und nachdem ich mir die Fenster eine Weile angesehen habe, hebt der Pfarrer die Hände, als würde er die Braut, den Bräutigam, die Trauzeugen die restliche Gemeinde, einfach jeden umarmen wollen, und dann sagt der Pfarrer:

Wollen wir nun gemeinsam beten, wie der Herr es uns gelehrt hat.

Also stehen wir alle auf, und der Pfarrer spricht sein Gebet, und ich kenne das Gebet, und alle Anwesenden beten mit ihm:

Vater unser, der du bist im Himmel, geheiligt werde dein Name …

Und ich manövriere mich vorsichtig auf den Gang hinaus.

Dein Reich komme. Dein Wille geschehe, wie im Himmel, so auf Erden …

Und ich laufe den Gang entlang.

Unser täglich Brot gib uns heute. Und vergib uns unsere Schuld …

Und ich habe Schuld auf mich geladen, und suche Vergebung.

Wie wir vergeben unseren Schuldigern …

Denn ich selbst kann nicht vergeben.

Und führe uns nicht in Versuchung …

Also werde ich nicht davonlaufen.

Sondern erlöse uns von dem Bösen …

Ich nehme den anderen Weg, den einzigen, der mir noch bleibt. Ich gehe den Gang entlang, auf den Pfarrer zu, ich laufe auf den Altar zu, und um mich herum scheint es still zu werden. Nur die Stimme in meinem Kopf, diese Stimme will nicht verstummen, und ich denke wirklich, dass es die Stimme meiner Mutter ist. Und dann bin ich beinahe an dem Altar angekommen, stehe zwischen den Trauzeugen und den Brautjungfern, und dann ziehe ich die Glock aus meinem Gürtel, ziehe die Glock, drehe mich zu CK um, richte die Glock auf ihn, und er ist vielleicht noch sechs Meter hinter mir und hebt die Magnum, die er umklammert hält, und richtet die Magnum auf mich, und dann ist da diese eigenartige Stille, der Pfarrer hat aufgehört zu reden, und es herrscht Stille, nur Stille, bis ich zusammen mit meiner Mutter sage:

Amen.

Etwas regt sich. Aus den Augenwinkeln sehe ich, wie sich etwas bewegt, ich höre Schritte auf dem schweren Teppich, einen unterdrückten Schrei oder ein Schluchzen oder so etwas aus der Schar der Gäste, und das traurige Geräusch von Menschen, die nicht wissen, was sie tun sollen, aber ich weiß ziemlich genau, was ich tun muss, und lasse mich nicht ablenken. Ich starre an der Glock entlang auf ein Zielbild, das ich nie wieder vergessen will, und CK ist sich genau wie ich darüber im Klaren, dass wir, wenn wir jetzt schießen, wahrscheinlich beide tot sein werden, aber er, wenn er danebenschießt, womöglich eine frischvermählte Braut oder einen Bräutigam auf dem Gewissen hat.

Ich denke, es ist Zeit, das loszuwerden, weshalb ich hierher gekommen bin.

Also sage ich:

Mr. Berenger.

Der erste Schock verfliegt und die Stille weicht dem weißen Rauschen aus Überraschung und Verärgerung und Angst, und dann bewegt sich wieder etwas, in meine Richtung, und ich sage:

Vielleicht bleiben wir besser alle ruhig und genau da, wo wir gerade sind.

Bitte.

Ich höre das Geräusch von Händen, die nach Waffen greifen, ein paar Pistolen machen Klickerdi-Klack, und ich habe so das Gefühl, dass jetzt noch ein paar mehr Leute als nur CK mich über einen Lauf hinweg ansehen.

Ich räuspere mich, die Luft hier drin wird langsam etwas trocken, und dann wiederhole ich, dieses Mal ein wenig lauter:

Mr. Berenger.

Woraufhin und zu guter Letzt ich Mr. Berenger, meinen Chef, meinen Mentor, meinen Freund, den lieben Jules sagen höre:

Kennen wir uns?

Und gerade, als ich darauf mit Ja antworten will, fällt mir CK ins Wort:

Halt deine verdammte Fresse.

Er lädt die Kanone in Kleinformat in seiner Hand durch, und dann ruft er laut und deutlich:

Dawkins.

Dann: Quillen.

Und dann: Legt ihn um.

Aber Jules sagt:

Das reicht.

Worauf CK wiederholt:

Legt ihn um.

Und Jules ruft:

Clarence!

Es gibt einen Riesentumult, und ich kann nicht anders, als meine Augen für einen Moment nach rechts huschen zu lassen, wo ich mit Mühe die ausladende Statur des in einem Anzug steckenden Jules Berenger ausmachen kann, ein zorniger Pinguin mit wutverzerrtem Gesicht, der sich an seiner Frau und seiner Ex-Frau und einer Brautjungfer vorbei drängt und in den Gang neben mich tritt, und dann starre ich wieder über den Lauf meiner Pistole hinweg auf CK. Auf … *Clarence?*

Der Kerl heißt *Clarence?*

Muss er wohl, sonst würde Jules das Wort nicht noch einmal bellen:

Clarence! So langsam gewinnt er wieder die Kontrolle über seine Stimme. Es reicht, sagt Jules. Das hört jetzt auf, Clarence. Sofort!

Für mich klingt das nach einer klaren Ansage, aber CK scheint ihn nicht zu hören. In seinem Gesicht pulsiert dieses perverse Etwas. Vielleicht sein Stolz. Vielleicht Arroganz. Oder vielleicht auch einfach nur Wahnsinn.

CK fängt an zu grinsen.

Ich weiß, wohin ich bei ihm zielen werde: K-5. Körpermitte. Es spielt keine Rolle, ob sie Schutzwesten tragen oder nicht, man zielt immer auf die Körpermitte.

Dawkins, sagt er.

Auf die Art bringt man sie entweder gleich um oder legt sie zumindest auf die Bretter. Ist ein und dasselbe. Wenn man mit der richtigen Waffe und der richtigen Munition die richtige Stelle trifft, ist es der Schock, auf den man baut, und den bekommt man auch. Also in die Körpermitte: K-5. Solange es mein Abzugsfinger hergibt.

Quillen, sagt CK.

Ich werde locker.

Leg ihn um, sagt CK.

Ganz locker.

CK atmet einmal geräuschvoll ein und geht einen Schritt auf mich zu, und ich mache mich schon bereit, ihn aus seinen Latschen zu schießen, als der Spaß erst richtig anfängt. Das Ganze lief jetzt nicht wirklich nach Plan, aber nun sind die zehn Minuten um, zumindest der Uhr von dem Typen rechts von mir nach zu urteilen, die fünf Minuten nach acht anzeigt, und dann hört man das Pfeifen einer Rückkopplung in den Lautsprechern und das dumpfe Wummern von jemanden, der mit dem Finger auf ein Mikrofon klopft, und dann hallt eine Stimme von dem Altar herunter, aber es ist nicht die Stimme des Pfarrers, nein, das ist sie nicht, und es ist auch nicht die Braut oder der Bräutigam, nein, nein, ganz und gar nicht.

Es ist die Stimme eines sehr bösen Mannes. Und sie sagt:

Liebe beschissene Gemeinde.

Ich sehe, wie die Augen der Anwesenden nach oben wandern, zu dem Mann, der dort steht, wo eigentlich der Platz des Pfarrers ist, und zu den Männern, die sich mit Sturmgewehren im Anschlag neben ihm postiert haben. Ich höre das Geräusch von einem Handy, das er in der Hand hält, ein Wählzeichen, und dann die schnelle Melodie einer Nummer, die per Kurzwahl aufgerufen wird.

Es ist Doctor D. Er spricht nicht in das Handy, sondern in das Mikrofon. Er spricht zu uns allen.

Heute ist Nigga-Tag, verkündet er.

Und dann fliegt alles in die Luft.

NIGGA-TAG

Wie von einer plötzlichen Sturmböe erfasst implodieren die Buntglasfenster an der Ostseite der St. Anne's Cathedral.

Im selben Augenblick, diesem eingefrorenem Moment, angefüllt mit dem Klingeln tausender klitzekleiner Glöckchen, bevor auch die Fenster auf der anderen Seite in einem Scherbenregen zerbersten und bevor ich die eigentliche Explosion hören kann, fängt das Gekreische an. Ein Ruck geht durch das Dach, dann bröckelt die östliche Wand nach innen, Ziegel und herausgerissene Brocken aus Wandverkleidung und Putz fallen herab, und durch die zerstörten Löcher, wo vorher noch die Buntglasfenster Geschichten von den Heiligen und den Märtyrern erzählten, ist jetzt ein neues Bild zu sehen, eine neue Geschichte. Es ist die Geschichte eines schwarzen Himmels, dessen helle Wolken gelb und rot glühen. Zornige Schlangen aus Feuer lodern auf und verschlingen einen gesamten Häuserblock von Old Town Alexandria – das Lagerhaus, das Hauptquartier von UniArms, Beton und Holz und Plastik und Metall und Waffen, Waffen und noch mal Waffen – und dann dröhnt er heran, der Paukenschlag von einem Donner, aber ein Donner, wie ich ihn noch nie zuvor gehört habe. Ein Donner, der ankündigt, dass es Blut regnen wird.

Und dann fängt natürlich die Schießerei an.

Ich weiß nicht, welcher Idiot den ersten Schuss abfeuert. Ich bin es nicht, und CK ist es auch nicht, aber man bräuchte schon eine sehr genau arbeitende Stoppuhr, um das herauszufinden. Wahrscheinlich ist es einer von den Amateuren, einer von den Sicherheitskräften weiter hinten in der Kirche, aber nach dem ersten Schuss spielt das keine Rolle mehr. Dieser unterbelichtete Blödmann da hinten kracht mit irgendeiner Vollautomatischen los, die U Street Crew beantwortet es gleichermaßen, und im nächsten Augenblick befinden wir uns mitten in einer Schießerei in einer katholischen Kirche mit ein paar hundert Zivilisten dazwischen, hier und dort und überall.

Ich sehe, wie CK's Magnum zurückzuckt, und als ich den Abzug durchziehe, trifft mich ein Schlag am linken Arm, also gebe ich einen lausigen Schuss ab, aber ich denke, ich habe ihn getroffen, und dann starre ich plötzlich in eine ganz andere Richtung, obwohl ich den Kopf überhaupt nicht gedreht habe, und ich weiß nicht, wie mir geschieht, und dann liege ich auf dem Boden und weiß, dass ich wieder aufstehen werde. Daran, wo genau ich getroffen wurde, verschwende ich gar nicht erst einen Gedanken, ich rappele mich einfach wieder auf und stütze mich für das Gleichgewicht auf den Rand der ersten Kirchenbank.

Ich richte meine Pistole wieder auf CK, versuche ihn ins Schussfeld zu bekommen. Ich will den Kerl fertigmachen, aber er ist bereits den Gang hinunter und ebenfalls getroffen. Dann gerät der verschwommene Fleck um ihn herum in Bewegung, und aus dem Fleck werden Menschen, und diese Menschen sind Zivilisten, und diese Zivilisten sind in heller Panik. Sie rennen vor ihm und hinter ihm umher – eine regelrechte Flucht ist das. Um mich herum höre ich überall das Brüllen von Gewehrfeuer, und ich sehe die Menschen herumwirbeln, die Smokings und Anzüge und Kleider, und alle haben Gesichter, verängstigte und entsetzte und wütende Gesichter, und ich kann es nicht, ich kann nicht abdrücken.

CK hastet davon. Er hat eine Eintrittswunde von der Größe einer Münze in seinem rechten Oberschenkel. Kaum Blut. Bis jetzt zumindest. Er zerrt sich seinen Gürtel aus dem Bund seiner Anzugshose und bindet ihn um sein Bein, die ganze Zeit über sieht er mich dabei an, und es ist dieser Blick, der töten könnte, aber dafür wird er mindestens noch einen weiteren Schuss brauchen.

Ich gehe hinter der ersten Bank in Deckung, dann bemerke ich meinen alten Kumpel Jinx, der neben mir hockt und die Sachlage treffend zusammenfasst:

Scheiße.

Das war nicht, was ich vorhatte. Das sollte nicht passieren. Es sollte mit Worten enden. Jules sollte vor all diesen Leuten seine Sünden gestehen, CK's Sünden, und danach sollte Doctor D das Lagerhaus hochjagen, seine Revanche haben, und dann Lichter aus und den Typen, die mit dieser Schweinerei angefangen haben, dabei zusehen, wie sie versuchen, aus dieser Schweinerei wieder herauszukommen.

Keine Schießerei. Nicht noch mehr Schießereien. Und schon gar nicht hier. Aber irgendwie endet alles in Blut, was ich anpacke.

Leute rennen in alle Richtungen davon, versuchen, von dem Altar wegzukommen, aber es gibt keinen Ausweg. Hotpoint und Tiny haben mittlerweile sicher die Kontrolle über die Vorhalle und die riesigen Doppeltüren abgeriegelt oder blockiert, und sperren damit die bösen Jungs draußen aus, während sie die ganzen guten Menschen drin halten. Einer von den Pistoleros in einem Smoking muss das auf die harte Tour lernen, als er versucht, sich seinen Weg aus der Kathedrale und in die Vorhalle freizuschießen und von einem Dutzend Kugeln wieder zurückgetrieben wird.

Die Säulen hinter dem Altar verschwinden in einem Konfettiregen aus Holzspänen, Putz und Ziegelstaub. Einer von Doctor D's Homies, Khalid, taucht aus dem Rauch auf und erwidert mit seiner AK das Feuer. Bevor sie sich auf ihn einschießen können taucht er wieder ab – und dann mit einem neuen Magazin in der Waffe wieder auf.

Um uns herum erblühen Blumen, in Rosa und Rot, als die Kugel durch die Kathedrale schwirren, durch die hölzernen Bänke schlagen, und durch jeden, der zwischen uns steht. Sich durch diese armen Leute bohren, Stücke aus ihnen herausreißen und Geysire aus Blut versprühen. Ich sehe Blumen aus Fleisch, Blumen aus Blut, und irgendwo in der Ferne höre ich die schwachen Schreie sterbender Engel.

Mein Gott!. Das ist Jules Berenger, und er sagt: Mein Gott, aufhören! Kann irgendjemand dafür sorgen, dass das aufhört!

Aber Gott ist im Moment nicht zu sprechen.

Ich drehe mich etwas nach hinten und sehe Ray-Ban, der irgendein Handzeichen gibt, woraufhin sich ein paar von seinen Jungs in den rechten Gang hinein bewegen, die AK's schussbereit. Aber sie schießen nicht, sondern rufen stattdessen in die Menge: Runter! Runter mit euch, verdammt! Dann ein weiteres Handzeichen. Und dann stehen zwei der Gangster auf und entladen ihre AK's in den hinteren Bereich der Kathedrale, feuern über die Menschenmenge und zerfetzen die hintere Wand und ein paar von CK's Schützen, wie ein verdammtes Stoßkommando.

Ein paar Schritte von mir entfernt schwingt sich QP Green auf die erste Kirchenbank und steht dort wie John Wayne in Alamo. Aus der Hüfte rattert er sein Magazin über die Köpfe der wogenden Menge hinweg leer.

Runter!, kreischt QP Green. Runter auf den Boden mit euch!

Niemand scheint ihn zu hören. Stattdessen branden nur noch mehr Schreie auf, noch mehr tierische Verwirrtheit, und schließlich noch mehr Schüsse. Für seine Mühen fängt sich QP Green einen Treffer ein. Der obere Teil seiner Schulter verschwindet in einer roten Wolke, und die Wucht des Einschlags dreht ihn herum und macht damit Platz für noch mehr Kugeln. Jinx zieht den Kopf ein und kriecht auf den Körper zu, der auf den Boden stürzt, aber das ist nicht mehr als eine Geste. Wir haben einen weiteren toten Mann.

McCarty! Das ist CK. Er versucht, seine Männer zusammenzutrommeln, aber dafür herrscht zu viel von allem: zu viel Lärm, zu viele Menschen, zu viele Kanonen.

CK richtet sich auf, seine Männer richten sich auf, stoßen ein paar der Gäste zur Seite und zu Boden und bahnen sich zusammen ihren Weg durch die Menge. Manche von ihnen feuern auf die U Street Crew. CK ruft den anderen etwas zu, versucht das Kommando zu übernehmen, aber die Dinge geraten einfach immer weiter außer Kontrolle, bis diese Stimme wieder ertönt:

Es reicht.

Doctor D. Seine verstärkte Stimme überlagert das Chaos. Es reicht, sagt er, und die Waffen der U Street verstummen, und ich sehe Jules Berenger, der mit erhobenen Händen den Mittelgang entlang auf CK und seine Männer zutaumelt, dabei über die angsterfüllt am Boden kauernden Menschen hinwegsteigt, und Jules sagt etwas und seine Arme wedeln dabei wie wild herum. Ich höre ihn rufen:

Stop. Stop. *Stop!*

Grundgütiger!, kreischt er. Seine Stimme klingt heiser und panisch. *Stop!*

Da erst nimmt CK den Lauf seiner Magnum herunter. Er blinzelt durch den Rauch und zu Jules Berenger, blinzelt zu dem zerstörten Altar und bellt: Feuer einstellen!

Andere Stimmen tragen den Befehl weiter. Und mehr braucht es nicht. Aus und vorbei, außer für die Amateure. Hinter CK ballert einer von diesen Clowns weiter mit seiner beknackten Maschinenpistole herum, doch als schließlich nur noch das leere Klicken zu hören ist, schlendert CK zu ihm hinüber, hebt die Magnum und bläst ihm sein jämmerliches Spatzenhirn seitlich aus dem Schädel.

Feuer einstellen, lässt er die Leiche des Mannes noch einmal wissen. Damit endet es. Nur die zerrissene Stimme von Jules Berenger ruft:

Mein Gott–

Dafür erntet er nur Schweigen und er lässt die Arme in einer Art verzweifelter Ohnmacht fallen. Er dreht sich zu dem Altar um, wo ein Kruzifix, das sich von seinen Halterungen gerissen hat, wie eine Sense durch die rauchgeschwängerte Luft schwingt und in einem schrägen Winkel auf den Boden und in die erste Bankreihe kracht. Dort, wo der Priester hinter einer Ecke des marmornen Altars kauert und sicherer ist als im Schoße seines Herrn. Wo eine der Brautjungfern, deren pinkfarbenes Kleid tiefrote Flecken verunstalten, ein Kind in einem Smoking umklammert, dessen Beine nur noch zerfetze Reste aus Stoff und Fleisch und Knochen sind …

Und wo Doctor D steht, Hohepriester des Ordens des Totes, der seinen linken Arm um sein weiß-verschleiertes Opfer gelegt hat. Es ist Meredith Berenger. Seine verchromte Pistole, diese hell funkelnde .45er, ist an ihren hübschen blonden Kopf gepresst. Neben ihr steht Ray-Ban wie eine Art unheiliger Brautführer. Um sie herum die meisten anderen der U Street Crew, ohne Skrupel, mit ihren AK's im Anschlag.

Bitte, sagt Jules, der plötzlich sehr alt wirkt und am ganzen Körper bis hinunter zu seinen überteuerten Schuhen zittert.

Er wankt auf den Altar zu. Auf uns. Ich halte meine Glock auf ihn gerichtet. Jinx steht neben mir. Der Kerl hat noch immer nicht seine Kanone gezückt.

Bitte, sagt Jules. Zu mir, zu Doctor D, zu jedem, der es hören will.

Ich lasse ihn vorbei und richte meine Waffe stattdessen auf CK und den Rest von ihnen. Die Zivilisten sehen aus wie die Überlebenden eines Flugzeugabsturzes, mit leeren Augen und einem Blick voller Zweifel, ob das alles Wirklichkeit sein kann.

Bitte, sagt Jules, und dieses Mal bekommt er auch eine Antwort.

Das Wort kenne ich nicht, sagt Doctor D. Seine Hand schließt sich fester um den Griff der .45er, und dann sagt er:

Du hast versucht, mich zu verarschen, Boss Man, und du hast verloren.

Doctor D zieht den Hahn zurück.

Und wenn man verliert, sagt er, hat man seinen Einsatz zu bezahlen.

Das Wort ist da, direkt hinten in meiner Kehle, und es wahrscheinlich eines der kürzesten Worte überhaupt. Nur vier Buchstaben. Das Wort, das keiner mehr zu sagen in der Lage ist. Aber ich sage es, ich sage es.

Nein, sage ich. *Nein.*

Und das rechtzeitig, um vielleicht Schlimmeres zu verhindern.

Ich drehe mich um und richte meine Glock auf Doctor D.

Nein, sage ich noch einmal.

Ray-Ban zielt auf mich, und in diesem Moment beschließe ich, dass das niemand noch einmal mit mir machen wird. Dass ich den nächsten Typen einfach umlegen werde, der meint, seine Waffe auf mich richten zu müssen.

Gottseidank, sagt Jules, und es klingt wie ein geflüstertes Gebet. Gottseidank, Lane.

An Doctor D gewandt sage ich:

Du hast, was du wolltest. Du hast ihm das genommen, was er am meisten liebte. Glaubst du etwa, das da sei die große Liebe seines Lebens?

Keine Chance, sage ich.

Ich deute aus dem zersplitterten Fenster an der Ostseite auf den brennenden Himmel über Alexandria.

Das ist sein Fleisch. Sein Blut. Und es ist vorbei. Aus und vorbei.

Es dauert nur einen Augenblick, aber der fühlt sich wie jene Ewigkeit an, bevor der Zahnarzt den Bohrer ansetzt. Der Moment, bis Doctor D sagt:

Du hast recht.

Er lässt den Hahn zurückschnappen und die .45er langsam sinken. Meredith Berenger bekommt von alldem nichts mit. Sie ist ein Reh mit verheulten, weit aufgerissenen Augen, das regungslos in die Scheinwerfer der Realität starrt.

Aber, sagt Doctor D und richtet seine Pistole auf Jules. Irgendjemand muss bezahlen.

Und da hat er recht, irgendjemand muss bezahlen und irgendjemand wird auch bezahlen, aber das war nicht der Deal. Das war nicht der verdammte Deal.

Die Stimme neben mir sagt:

Nein.

Es ist Jinx, und Jinx hat endlich seine Waffe gezogen und zielt mit der Pistole, einer .38er Ruger, auf Doctor D.

Es ist vorbei, sagt Jinx. Es endet hier.

Ich höre, wie sich hinter uns Schritte nähern und ich drehe mich um, und wer sonst sollte sich uns nähern als CK und ein paar seiner Fanatiker, doch meine Glock bringt sie zum Stehen.

CK will seine Magnum hochnehmen, aber vielleicht denke ich das auch nur. Er überlegt es sich und dann lässt er es bleiben.

So wie ich das sehe, sagt Jinx, sind die Toten bereits tot. Und das gilt auch für diesen Mann. Sieh ihn dir doch an, D. Er ist weiß … und er ist alt … und er trägt nichts anderes mehr in sich als Fäulnis. Es ist noch nicht mal eine Frage der Zeit. Der Mann ist schon tot.

Jinx breitet die Arme aus, wie ein Priester. Als wollte er die Luft umarmen.

Wir haben die Wahl, sagt er. Wir können wie er sein. Wir können töten und töten und brauchen uns keine Gedanken darüber zu machen. Ob schuldig oder nicht, es spielt keine Rolle. Wir töten und töten, weiter und weiter. So wie er. Wie sie.

Oder, sagt Jinx, wir können versuchen, so zu sein, wie Reverend Parks es predigte: Wir können so sein wie wir sind. Wir können ihnen zeigen, dass wir keine Angst davor haben, aufzuhören. Die Waffen abzulegen. Besser als er zu sein. Besser als sie. Wir müssen unser Leben nicht auf deren Art führen. Wir müssen niemanden umbringen, um zu bekommen, was wir wollen.

Doctor D sieht Jinx nicht an, aber er hört ihm zu. Während er mit der funkelnden .45er immer noch auf Jules Berenger zielt, sagt er:

Der Mann hat recht, weißt du. Diese Scheiße muss aufhören, und sie wird hier aufhören. Ich werde deine Tochter nicht umbringen, Mothafucka. Und ich werde dich nicht umbringen. Dafür bin ich nicht hierher gekommen.

Er lässt die Hand mit der .45 an seine Hüfte hinabsinken.

Ich sollte dich umlegen, aber ich werde es nicht tun. Das kann jemand anderes übernehmen. Die Regierung zum Beispiel. Darin sind die ziemlich gut.

Doctor D fängt an zu lachen. Und das Lachen führt zu einem Lächeln, aber es ist kein gutes Lächeln. Es ist das Jinx-Lächeln, das Wolfslächeln, das Lächeln eines Jägers. Und genauso schnell ist es auch wieder verschwunden.

Aber, sagt der Doctor, es ist noch nicht vorbei.

Du solltest das wissen, sagt er. Zu mir.

Es ist niemals vorbei, sagt er zu mir. Und dann fragt er mich:

Wer?

Meine Augen wandern über die Gemeinde, und dann sehe ich den Ersten von ihnen. Von denen, die er will. Die Schützen. Diejenigen, die Gideon Parks töteten.

Mit einem Kopfnicken deute ich auf Quillen.

Er, sage ich.

Doctor D schwenkt die .45er auf Quillen, und CK's Leute fangen an, unruhig zu werden, aber CK ruft: Niemand rührt sich.

Eines muss ich Quillen lassen – der Kerl setzt ein angepisstes Gesicht auf, aber er zuckt keinen Millimeter, blinzelt nicht. Ein Profi, ganz bis zum Schluss.

Der eine Sekunde später eintritt, denn dann legt Doctor D Quillen um. Peng.

Irgendwo in den hinteren Reihen schreit eine Frau auf. Quillen fällt der Länge nach um, aber der Schuss saß und der Typ ist tot, noch bevor er in den Teppich beißen kann. Meredith Berenger zuckt zusammen. Ob wegen des Knalls der Waffe oder des plötzlichen Gewaltausbruchs ist nicht klar zu sagen. Ihre tränennassen Augen sind leer. Vielleicht hat sie ja am Ende einen Blick auf die Wahrheit werfen können.

Wer noch?, fragt mich Doctor D.

Ich suche Dawkins, und es dauert einen Moment, bis ich ihn finde, da drüben, verdreht in einer kaputten Bank hängend, mit schlaffem Körper und Gliedmaßen. Dawkins bevorzugte immer die Action aus der Distanz. Jetzt hatte ihn jemand aus der Nähe erwischt, und das so richtig.

Er, sage ich.

Doctor D richtet seine .45er auf Dawkins Leiche.

Sehr viel toter wird der nicht mehr. Aber was soll's.

Peng. Er schießt auf die Leiche. Dann:

Wer noch?

Ich nehme mir besonders viel Zeit, die Überreste der Kathedrale abzusuchen, jeden anzusehen, nur nicht CK. Und danach wandern meine Augen zu CK. Und dann sage ich:

Niemand.

Sie sind tot, erkläre ich dem Doctor, ohne meinen Blick von CK abzuwenden. Und dann sage ich dem Doctor das Gleiche, was ich Renny Two Hand erzählte:

Sie sind alle tot.

Verstehe, sagt Doctor D, und es ist eine faule Art von *Verstehe,* und ich weiß nicht, ob er mir glaubt, aber im Moment ist es egal, ob er mir glaubt, und ich bin mir auch gar nicht sicher, ob es ihn kümmert. Seine Arbeit hier ist getan, und die Cops suchen nach ihm, jetzt noch viel intensiver.

Kommt, sagt er zu seinen Leuten. Sehen wir zu, dass wir aus Dodge verschwinden.

Mit ihren Waffen auf die Menge gerichtet verschwindet einer nach dem anderen der U Street Crew nach draußen, weg von dem Altar und zur Tür der Kathedrale hinaus. Sie tragen ihre Verwundeten hinaus, und QP Green, ihren Toten. Kurze Zeit später sind nur noch Doctor D und Ray-Ban übrig, und Doctor D hat noch ein paar letzte Worte für Jules Berenger und die ganze Hochzeitsgesellschaft:

Vielleicht habt ihr es alle bereits selbst herausgefunden, sagt er. Aber ich verrate es euch trotzdem. Ihr habt einen verdammt schweren Fehler begangen, denn ihr habt den falschen Nigga umgebracht.

Und dann: Leben oder sterben.

Doctor D verschwindet im Schatten der Sakristei, und dann ist da dieser fragile Moment, bevor Ray-Ban Jinx zuruft:

Yo, Bruder. Verschwinden wir hier.

Jinx steckt seine Pistole zurück in seinen Gürtel. Ohne mich anzusehen, sagt er im Gehen zu mir:

Peace.

WUNDENLECKEN

Peace. Das ist das letzte Wort meines Kumpels Jinx, aber als ich mich nach vorn beuge und versuche, mich nicht zu übergeben, ist es nur die erste Stimme, die ich höre. Worte über Worte prasseln mir an den Kopf, und nach einer Weile lasse ich sie herein.

Daddy? Das ist Meredith Berenger. Die blutverschmierte Braut, mit der U Street Crew als Trauzeugen. Was für eine Hochzeit. Zumindest kam sie dazu, Ja zu sagen.

Lasst sie gehen. Das kommt von Jules. Der Mann findet so ganz langsam in sein altes Fahrwasser zurück und tut, was er am besten kann: Befehle geben. Als wäre nichts dabei.

Holt mir CK, sagt er. Holt mir CK her.

Schritte, laut und schwer. Jemand rennt. Ein Schnarren in einem Funkgerät, das von statischem Rauschen beantwortet wird. Und dann, von irgendwoher, kein Scheiß, das Schreien eines Babys. Das bringt die Sache ins Rollen. Plötzlich plappern und rennen alle Durcheinander, und ich denke wirklich, dass ich mich übergeben muss.

Ich versuche die Luft anzuhalten und starre für eine Weile auf die Sauerei in meiner linken Achsel, dort wo Anzug und Hemd und Kevlar und Haut und Muskeln und Fett von ein paar Millimetern fliegenden Metalls weggerissen wurden, und ich spüre überhaupt nichts, außer dem Drang, mich zu übergeben, und das ist der Schock, manchmal ist es nur der Schock, es ist der

Schock, der einen umbringt. Ich starre weiter auf das Elend in meiner Achsel und schaffe es, meine Glock zurück ins Holster zu stecken, und dann, weil ich gerade nichts Besseres zu tun habe, stecke ich meinen Zeigefinger in die Wunde. Und als ich absolut gar nichts spüre, stecke ich ihn tiefer hinein, bis zum zweiten Knöchel, und dann fängt es etwas an, wehzutun. Also bohre ich mit dem Finger darin herum, so tief ich kann, und als die Fingerspitze auf der anderen Seite aus meinem Arm wieder herauskommt, verdammt, dann tut es richtig weh, und ich weiß, dass ich es überstehen werde, dass ich wieder in Ordnung komme.

Ahm, Chopper Two Niner, hier spricht Top One, over. Chopper Two Niner, hier spricht–

Daddy?

Lass sie gehen, gottverdammt. Wir brauchen ... ich sagte euch doch, ihr sollt mir CK hier herunter schaffen. Und McCarty. Ich will auch McCarty.

Hier entlang, Senator. Eine andere Stimme, aber keine, die ich kenne. Bitte. Senator? Mrs. Blaine?

Und dann ist da McCarty: Mr. Berenger, ahm, Sir, wir müssen diese Leute hier rausschaffen. Aber was ist mit–

Daddy?

Ah, Top One, hier spricht Chopper Two Niner, wir können Sie hören, over.

Hey Jules. Das ist CK, endlich, der gute alte Clarence. Ich schaffe es, mich von dem Loch in meiner Achselhöhle loszureißen und mustere ihn. Der Kerl kommt den Mittelgang heruntergebummelt, als wäre es ein Nachmittag auf der Strandpromenade. Seine Magnum hält er locker in der Hand. Sein Gürtel ist um seinen rechten Oberschenkel geknotet. Er trägt die Wunde wie ein Accessoire.

Ich höre, sagt Jules.

Einen Moment, sagt CK, und dann lässt er den alten Mann links liegen und schlendert herüber, beugt sich vor, drückt mich und sieht sich meine Schulter an, bevor er sich nah an mich heran beugt und mir zuflüstert:

Danke.

Und dann zieht er mir die Magnum über den Schädel. Es gibt einen grellen Blitz, das Flackern einer Glühbirne, und dann nichts als Schmerz. Die Wucht des Schlages zwingt mich in die Knie. Ich kämpfe gegen den Drang an, mit meinen Händen nach meinem Gesicht zu greifen. Alles darin fühlt sich gebrochen an: mein Ohr, meine Wange, meine Nase, mein linkes Auge. Mit dem kann ich eine Weile nichts sehen, und dann doch, und es brennt, und da ist Blut, und da ist noch etwas anderes, etwas lässt mir die Sicht verschwimmen. Und ganz langsam und vorsichtig und behutsam hebe ich meine Hand an mein Gesicht und befühle das Stück abgeplatzter Haut, dass mir von meiner Stirn hängt, wie eine Augenklappe, und ich reiße den Hautfetzen von meinem Gesicht herunter, woraufhin noch mehr Blut an mir herunterläuft. Die Welt sieht aus wie ein Fernsehbild, bei dem die Hälfte der Farben fehlt.

CK wandert wieder zu Jules zurück, gerade rechtzeitig, um ihn sagen zu hören: Clarence, du musst dir etwas mit diesen Leuten einfallen lassen.

Ist schon erledigt, antwortet CK. Er schwenkt nach rechts und ruft in das Chaos hinein, zu den panisch aneinandergedrängten Körpern in Pastell, Weiß und Schwarz am Ausgang und zu seinen Soldaten in deren Mitte:

Okay, Ladies, aufgepasst. Zweierteams. Schafft die verdammten Leute hier raus, dann kümmert euch um die Toten und Verwundeten. Martinez, ich will, dass die Kathedrale abgeriegelt wird, und die Einsatzregeln sind einfach: Es gibt keine verdammten Regeln. Wenn ihr einen Schwarzen seht, wird geschossen.

Dann wendet sich CK wieder Jules zu:

Sag es ihm, sagt CK zu McCarty, und McCarty nimmt sein Gesicht aus seinem Walkie-Talkie, und da er niemanden hat, auf den er die undankbare Aufgabe abwälzen kann, sagt er zu ihm:

Wir haben zwölf Tote, Mr. Berenger. Ein paar davon sind Zivilisten. Und vielleicht zwanzig Verwundete. Ein paar von den armen Seelen werden es wohl nicht schaffen–

Es sei denn, wir kriegen hier sofort jemanden her, beendet CK den Satz für ihn.

Dann sagt er mit leiserer Stimme zu McCarty: Bring unsere Verwundeten raus, aber vergiss die Zivilisten. Wer nicht mehr laufen kann, ist tot. Wir müssen die Sache hier so tief verbuddeln, dass wir in China wieder rauskommen.

Daddy?

Gib mir eine verdammte Minute, Meredith. Was meinst mit *jemanden?*

Hören Sie, sagt CK. Wir haben ein kleines Zeitfenster. Uns bleiben fünfzehn, vielleicht zwanzig Minuten. Sag es ihm, fordert CK McCarty auf.

Also rückt McCarty damit raus: Die, äh … Explosion in Old Town scheint die Polizei und die Feuerwehreinheiten von Alexandria zu überfordern. Die meisten Einheiten im Dienst und die Reserveeinheiten sind im Einsatz. Die haben bereits Unterstützung aus Arlington und Fairfax County angefordert, Code 3, und unsere Freunde in der Leitstelle versuchen, die Ereignisse hier unter den Teppich zu kehren.

Daddy, ich–

Halt die Klappe, Meredith. Halt einfach die Klappe.

Chopper Two Niner, hier spricht Top One, wir haben hier ein Problem, bleiben Sie auf Empfang. Wechseln Sie die Frequenz auf Code Bravo und bleiben Sie dran, over.

CK baut sich direkt vor Jules auf und sagt: Also bleibt uns etwas Zeit, Boss. Zeit, sich um die Sache zu kümmern. Also sollten wir damit anfangen. Sehen Sie es mal so: In Manhattan gibt es Morde, Bomben und brennende Häuser. Jetzt hat es einen Teil von Alexandria ins Nirvana gesprengt. Wie lange wird es dauern, bis sie Eins und Eins zusammengezählt haben? Aber wie wäre es damit: Vielleicht reichte es der U Street Crew noch nicht, Gideon Parks umzulegen, also machen sie sich auf, um auf einen U.S.-Senator, einen angesehenen Geschäftsmann *und* deren gesamte verdammte Familien loszugehen. Bei einer Hochzeit, Herrgott! Die Nigga wollen einen Krieg vom Zaun brechen? Sollen sie doch! Ein paar Vögel und eine Menge guter Freunde sind hierher unterwegs. Wir schaffen zuerst Sie und dann uns hier raus.

Jules will etwas entgegnen, aber McCarty springt dazwischen. Passt auf!, sagt er. Und dann:

Jules.

Eine neue Stimme, und diese ist unverkennbar, eine Mischung aus Polittalk und Larry King, dieser Bariton mit südlichem Einschlag, gewürzt mit Hickory und einstudierter Glaubwürdigkeit. Der Junior-Senator aus Kentucky. Alles, was dieser Kerl von sich gibt, taugt als Zitat.

Mein Gott, sagt Senator Anthony Blaine und Jules gibt ihm das volle Programm:

Senator Blaine – Tony, mein Gott. Meine Männer werden Sie und Ihre Lieben in Sicherheit bringen. Mein Gott, Sir, was ist nur aus diesem Land geworden? Keiner ist vor diesen Wilden mehr sicher. Ich vertraue darauf, dass Sie dafür Sorge tragen werden, dass dieser terroristische Akt nicht ungesühnt bleibt. Aber zuerst werden Sie meine Männer–

Ich frage mich, Jules, ob wir allein nicht sicherer wären.

Wie auf ein Zeichen hin sind da die zwei ernsthaftesten Gesichter, die ich je gesehen habe; geschniegelte Albträume mit Zahnpasta-Lächeln. Der erste zückt für den Junior Senator aus Kentucky seine FBI-Plakette, die in einem Kunstleder-Etui steckt, bevor er ihm mit einer höflichen, aber eindringlichen Geste den Weg zum Ausgang zeigt.

Hier entlang, Senator, sagt Prinz Charming. Agent Smithee hier wird Sie und Mrs. Blaine nach draußen geleiten. Ma'am? Ein Helikopter ist bereits unterwegs.

Aber Senator Blaine ist noch nicht fertig. Jules, sagt er. Wer ist dieser Mann?

Ich hebe den Kopf und zeige dem Politiker mein blutiges Gesicht. Das sollte als Antwort genügen, aber Jules sagt:

Ich wünschte, ich wüsste es, Senator. Ich wünschte, ich wüsste es. Kommen Sie, lassen Sie sich von diesen Herren hier helfen. Und ich kümmere mich um diese grauenhafte Angelegenheit.

Aber–

Prinz Charmings Partner rauscht heran und bugsiert den Senator und Mrs. Blaine zurück nach Oz oder wo immer diese blaublütigen Republikaner sonst so hingehen, während CK das Gespräch wieder aufgreift.

Die Hubschrauber werden in weniger als zehn Minuten hier sein, sagt er zu Jules. Aber Sie sollten noch etwas wissen. Sag's ihm, sagt er zu McCarty.

McCarty klemmt wieder an dem Walkie-Talkie. In das Walkie-Talkie hinein sagt er: Warte kurz, und dann sagt er zu Jules:

Wir haben jede Menge Funkverkehr da draußen. Nicht nur das Alexandria Police Department. Auch die Feds.

Alle Augen wandern zu Prinz Charming, der keine Reaktion zeigt, nicht einmal ein Schulterzucken.

McCarty stecken die Worte in der Kehle fest. Da ist diese merkwürdige Pause, bis CK schließlich Jules erklärt:

Aber keine von unseren.

Dann sagt er zu Jules, zu Prinz Charming, zu McCarty, zu den Jungs, vielleicht sogar zu sich selbst:

Aber hört zu, das ist kein Problem. Sollten sie zuerst da sein, werden wir uns um sie kümmern.

CK's Blick wandert über Jules' Schulter hinweg, und seine Augen formen sich zu kleinen Schlitzen. Er stolziert auf den Altar zu, wo sich der Pfarrer über das Kind in dem geschundenen Smoking beugt. Der arme Junge liegt im Sterben, und macht es nicht mehr lange. CK packt den Pfarrer am Kragen, zerrt ihn auf die Füße und sagt: Verschwinden Sie hier.

CK drängt den Pfarrer in den Gang, an uns vorbei, schiebt ihn immer weiter und weiter. Und dann ist er weg, wohin auch immer.

Jules fragt: Was ist nur aus dir geworden?

Mein Mund schmeckt nach Kleingeld. Ich möchte ausspucken, aber meine Zunge findet keinen Speichel. Noch weiß ich nicht, dass Jules mich damit meint. Dann sagt er meinen Namen und es besteht kein Zweifel mehr, mit wem er redet, er redet mit mir, und Jules fragt:

Was ist nur aus dir geworden, Lane? Was in aller Welt ist aus dir geworden?

Ich brauche eine Weile, aber dann antworte ich:

Ich wurde angeschossen.

Ich sehe auf das Blut hinunter, das mir aus den Hemdsärmeln rinnt und von meinen Handflächen auf den Boden tropft. Wie gottlose Tinte.

Ja, sagt er, das sehe ich. Aber das meine ich nicht. Ich meine, was aus dir geworden ist?

Scheiße, tut mir die Schulter weh. Mein Gesicht tut mir weh. Reden tut weh. Selbst nachdenken tut weh.

Was aus mir geworden ist?

Ja, sagt er wieder. Du warst ein guter Soldat, Lane. Ein sehr guter Soldat.

Das stimmt, sage ich. Wie die ganzen anderen guten Soldaten auch, die draußen auf dem Arlington-Friedhof begraben liegen. Grabsteine, eine Reihe nach der anderen. Mit kleinen Fähnchen am Memorial Day.

Jules kramt ein weißes, seidenes Taschentuch aus seiner Smoking-Jacke und reicht es mir. Ich presse mir das Taschentuch auf die Wunde und sehe zu, wie es sich verfärbt.

Du hast sie hier hereingelassen, nicht wahr? Diese … Männer. Das war deine Idee. Alles deine Idee.

Oh, na klar, sage ich. Meine Idee. Du hast damit angefangen, Jules, schon vergessen? Ich hab nur versucht, es zu Ende zu bringen.

Der Kerl lacht. Dieser elende Kerl lacht mich aus. Er sagt:

Sicherlich. Soll ich dir was verraten, Lane? Vielleicht hast du recht. Vielleicht war es mein Fehler. Und weißt du, warum? Weil ich dich falsch eingeschätzt habe. Ich dachte, du wärst ein guter Soldat. Aber anstatt einfach das zu tun, was du tun solltest, musstest du anfangen nachzudenken, nicht wahr? Du konntest nicht einfach nur tun, was man dir sagt. Du musstest plötzlich ein Gewissen entwickeln.

Sein Kopf schnellt nach links.

Nehmt ihm die Waffen ab, sagt Jules, und da ist wieder dieser neue Typ, Prinz Charming, der mit dem Kunstleder-Etui und der FBI-Plakette.

Prinz Charming nestelt die Glock aus meinem Gürtel und schiebt sie sich vorn in seinen Hosenbund. Dann greift er unter meine Anzugjacke, nimmt die Glock aus dem Bianchi-Holster auf meinem Rücken und steckt sie sich ein. Dann klopft er mich ab. Er nimmt die Magazine aus meinen Taschen und wirft sie auf den Boden. Dann geht er zu den Kleinteilen über, den Kuli und den Kamm und das Klimpergeld, bis seine Hände mein Buch ertasten und er mich spöttisch angrinst. Die Art, wie er mich filzt, ist alles andere als professionell, aber schließlich findet Prinz Charming, wonach er sucht, und als großes Finale zieht er die dritte Glock aus meinem Knöchelholster und hält sie Jules hin, als wäre sie die Überraschung in einer Cornflakes-Packung. Dann zieht er sich zurück und überlässt Jules wieder die Bühne.

Ohne die bist du nicht mehr so 'ne große Nummer, nicht wahr, mein Sohn?

Jules wendet sich ab und bei seinen Worten versammeln sich Prinz Charming und der Rest von seinen Helfern näher um ihn herum. Was er zu sagen hat, ist für sie bestimmt, nicht für mich:

Wenn man einem Mann – ganz egal, welchem Mann – eine Kanone gibt, dann ist er plötzlich jemand. Er kann tun, was er will. Er kann sich nehmen, was er will. Er kann jemanden umbringen, wenn er das will. Und nicht nur irgendjemanden. Er kann damit einen Premierminister umbringen, einen Präsidenten, einen König. Er kann sogar einen Messias umbringen, wenn ihm danach ist.

Ein Mann mit einer Waffe kann all das tun, sagt Jules. Aber wenn man ihm die Waffe abnimmt, was bleibt dann noch übrig?

Jules zieht den Rotz in der Nase nach oben und spuckt ihn auf meine Schuhe.

Nichts. Und weißt du was, Lane? Das beschreibt dich ganz gut. Du warst mal wer. Und jetzt – na ja, jetzt nicht mehr. Du hast nichts mehr. Und weißt du was? Wenn man nichts mehr hat, ist man auch nichts mehr. Und da bist du jetzt angekommen, Lane. Du bist ein Nichts.

Ende der Ansprache. Vielleicht können wir dann ja endlich zur Tagesordnung übergehen. Zum Geschäftlichen. Zu seinem Angebot. Denn Jules ist die Art von Mann, der immer ein Angebot in der Hinterhand hat. Und das ist der Grund, warum ich überhaupt noch stehe. Der Grund, warum ich noch lebe.

Er sagt etwas zu Prinz Charming. Und dann zu mir:

Steck die Hände in deine Taschen.

Hey, Jules, sage ich und versuche zu lächeln. Wozu das Ganze? Wovor hast du Angst?

Steck einfach deine Hände in deine verdammten Taschen, sagt er.

Also tue ich, was er sagt. Als ob ich eine andere Wahl hätte. Und mit meinen Fäusten in den Taschen folge ich Jules Berenger, und wir lassen Prinz Charming und den Rest seiner Kumpane einfach stehen und laufen den Gang zurück in Richtung Altar. Wenn die Sache gut ausgehen sollte, lasse ich mich womöglich noch bekehren.

Ich hätte dich von CK umbringen lassen können, sagt Jules. Seine Lippen scheinen vor Ärger ganz aufgequollen zu sein. Ich hätte ihm befehlen können, dich umzubringen.

Selbst wenn mir nach Reden zumute wäre, gibt es da nichts zu sagen. Nichts, dass einen Unterschied machen würde. Er wird seine Rede halten, und ich werde hier stehen und ihm zuhören müssen. Früher oder später wird er auf den Punkt kommen, und der Punkt sind die Schuldverschreibungen. Nach allem, was passiert ist, will der Mann das Gleiche, was er immer will: sein Geld.

Was in Gottes Namen hast du dir dabei bloß gedacht?, fragt Jules. Diese … diese *Tiere* hier hereinzulassen?

Die Hälfte seiner Achselhöhle zu verlieren und eins über den Schädel gezogen zu bekommen trägt einiges dazu bei, verwirrt auszusehen, und ich frage mich, was dieser Jules Berenger eigentlich von mir hören will. Und das Beste, was ich tun kann, ist mein ehrlichstes Gesicht aufzusetzen und zu sagen:

Ich bin es nicht gewesen, der die Kerle hier reingelassen hat. Das warst du, erinnerst du dich? Das war dein Deal, deine Lieferung, nicht meine. Du wolltest mich dabei haben. Also verdammt, Jules, hier bin ich. Du hättest mich aus der Sache raushalten können. Du hättest Gideon Parks ohne mich umbringen können.

Nein, sagt er. Sein Blick wandert davon, folgen seinen Gedanken an einen Ort, an dem ich nicht sein möchte. Das ist Schwachsinn. Ich will ihm erklären, dass das Schwachsinn ist, als er sagt:

Das konnte ich nicht, Burdon. Ich hatte keine andere Wahl.

Wahl?, frage ich.

Keine andere Wahl, sagt er. Und dann:

Die wollten dich, sagt er.

Die?, frage ich. *Die,* Jules? Wer zum Teufel sind *die?*

Draußen, außerhalb der zerstörten östlichen Mauerwand der Kirche, schwebt der Helikopter heran. Seine Landelichter tasten über die Ruinen, die heimgesuchten Gesichter, die Reihe der sich entfernenden Autos, während er auf den Rasen heruntersetzt. Ich sehe den Helikopter, und dann sehe ich noch einen anderen Helikopter, den aus dem Fernsehen, den vom Dach des Excelsior-Hotels. Die Feds, die keine Feds waren. Oder vielleicht doch Feds waren. Oder–

Wie weit rauf geht diese Sache, Jules? Wie weit geht das die verdammte Befehlskette hinauf?

Burdon, sagt er, es geht nicht nach oben. Und auch nicht nach unten. Es geht hin und her. Hin und her und hin und her.

Jules–

Hör zu, sagt er. So ist das Geschäft, okay? Ich tue, worum man mich bittet. Und ich tue, was man mir sagt. Wie sonst hätte ich deiner Meinung nach so lange in diesem Geschäft überleben können? Glaubst du, ich hatte einfach nur Glück? Glaubst du, die Behörden haben nie Wind davon bekommen? Ich habe einfach nur … Geschäfte gemacht.

Verstehe, sage ich. Erklär das aber Gideon Parks. Oder dem Jungen da drüben. Was soll das Ganze, Jules? Es kann unmöglich nur um Waffen gehen.

Verdammt, Lane. Streng deinen Kopf an, oder was davon noch übrig ist. Natürlich geht es um Waffen. Vielleicht nicht für sie. Aber für mich? Es geht immer um Waffen. Hast du diesem Gideon Parks schon mal zugehört? Für den Nobelpreis nominiert zu werden hat dem Mann nicht gereicht. Dieser Reverend wollte tatsächlich Frieden. Er wollte die Gangs entwaffnen, diesen Gaunern Arbeit verschaffen, sie in die Schule schicken. Und die Leute, sogar die jungen Leute, haben ihm zugehört. Mein Gott, selbst der Bürgermeister von New York hat ihm Geld zugesteckt. Gesetzesentwürfe wurden im Kongress eingereicht, und solch aufrechte Patrioten wie Senator Blaine, diejenigen, die diesen Nonsens aufhalten könnten, sind plötzlich Mangelware. Amerika entwaffnen? *Uns* entwaffnen? Kannst du dir das vorstellen, Lane? Was für eine Welt wäre das?

Also hast du ihn umgebracht, sage ich. Hast ihn für seine Worte umgebracht. Hast ihn dafür umgebracht, dass er Frieden wollte.

Selig sind, die Frieden stiften, sagt Jules. Steht es nicht so in der Bibel? Selig sind, die Frieden stiften, denn sie werden Gottes Kinder heißen.

Tja, sagt Jules zu mir, wir haben seine Seligsprechung einfach nur etwas beschleunigt.

Und falls er noch etwas anderes anfügen will, bleibt dafür keine Zeit mehr, denn ein Schatten fällt auf uns, und eine Stimme kommt aus dem Schatten und sagt:

Boss.

Es ist CK, und CK sagt: Der Chopper ist hier. Wir sollten Sie und Ihre Familie jetzt hier rausschaffen.

Okay, sagt Jules und sieht mich nicht mehr an. Dann fragt er CK: Kommst du mit?

Nein, Sir, antwortet CK, und er bekommt dieses ausdruckslose Gesicht und sagt: Wir haben hier noch was zu erledigen.

Jules seufzt und sagt: Ja. Nun, tu, was du tun musst. Aber um Himmels willen, Clarence, mach es dieses Mal richtig. Und bring mir die verdammten Schuldverschreibungen.

Dann streckt er sich in seinem Smoking und marschiert den Gang hinunter, sammelt seine aktuelle Blondine und Meredith und ihren Schönling ein, und da ist der Senator und Mrs. Blaine und ein paar Freunde, und da ist Agent Smithee bei ihnen, und Agent Smithee führt sie in die Kirchenvorhalle und den gelben Ziegelsteinweg zu dem wartenden Helikopter hinunter. Nächster Halt: irgendwo ganz weit weg.

Also ist es jetzt CK's Show.

Für eine Weile stehe ich da, mit den Händen in den Taschen, und CK steht neben mir, und wir sehen dem flackernden Licht zu, das zu den zersplitterten Kirchenfenstern hereinfällt, und wenig später beginnen die Rotorblätter des Helikopters sich zu drehen, immer schneller, und zusammen schauen wir zu, wie diese schwarze Libelle vom Rasen abhebt, und in dem Moment sehe ich CK an, aber CK starrt den Helikopter an, als wäre er hypnotisiert, er kann seine Augen nicht von ihm abwenden, und ich wundere mich, und dann denke ich nach und dann weiß ich, wieso, und ich sage zu CK:

Nein.

CK blinzelt nicht einmal. Er sagt nur: Doch.

Der Helikopter hebt ungefähr drei Meter vom Boden ab und seine Nase dreht sich langsam der zerstörten Kirche zu. Zu uns.

Ich frage CK: Wer fliegt den Vogel?

CK sagt: Hoyt Lindgren. Und dann: Kennst du ihn?

Oh, klar, sage ich. Bin schon mit ihm geflogen. Guter Mann.

Der Helikopter steigt höher, vollendet seinen Halbkreis und steuert nach Nordwesten und seinem Flugziel entgegen. Wahrscheinlich dem National Airport.

Was für ein Jammer. Was für eine verdammte Schande, sagt CK.

Der Helikopter neigt sich in einem steilen Winkel nach von und beginnt, immer mehr an Höhe zu gewinnen: Fünfzehn Meter, dreißig Meter.

Ich hasse es, einen guten Piloten zu verlieren, sagt CK.

Und dann explodiert der Helikopter, zerbirst zu einer wilden, flammenden Ladung Schrott, die verkohltes Metall und verdampftes Leben zurück auf den Rasen regnen lässt.

CK dreht sich zu mir um und zeigt mir seine Zähne. Man muss nur die Punkte miteinander verbinden, sagt er. Die verdammten Punkte verbinden.

Das ist–

Ich will *Wahnsinn* sagen, aber dann überlege ich mir das mit diesem Wort anders und sage stattdessen:

Das ergibt doch keinen Sinn. Du kannst unmöglich das alles unter den Teppich kehren.

CK spricht mit mir, als müsse er sich die Zeit vertreiben. Komm schon, Burdon, sagt er, das macht sogar perfekten Sinn. Jules war genau das, was der Nigger sagte: zu alt und im Weg. Jetzt ist keines von beidem mehr. Und wenn es auf hart auf hart kommen sollte, gibt er den idealen Sündenbock ab. Das wird meine Freunde sehr, sehr glücklich machen. Und im Gegensatz zu dir habe ich Freunde. Eine Menge Freunde. Und meine Freunde sind die Besten in diesem Geschäft. Die sitzen in Positionen, von denen du noch nicht mal was gehört hast. Die machen so was schon seit Jahren.

CK schnüffelt nach dem Kordit in der Luft. Saugt es gierig ein, wie jemand, der entschieden hat, wieder mit dem Rauchen anzufangen und seinen ersten Zug macht.

Jede Menge Freunde, sagt er. Und weißt du was? Meine Freunde haben riesige Teppiche.

Er beugt sich zu mir herüber. Packt meine verwundete Schulter und drückt zu. Ich versuche, den Schmerz auszublenden. Auf gar keinen Fall wird er mich schreien hören.

Aber du, Lane, du hast nichts mehr. Er drückt noch einmal in meine Schulter und ich kneife die Augen zusammen. Ich frage mich, ob es möglich ist, dass ich ohnmächtig werde.

Damit hatte der alte Jules recht, sagt CK. Du hast nichts mehr.

Da liegst du falsch, presse ich durch den Schmerz hindurch hervor. Meine Stimme klingt uralt, aber die Worte finden ihren Weg hinaus: Ich habe noch etwas.

Ich habe noch etwas, sage ich zu ihm. Habe ich wirklich.

Er lässt meine Schulter los. Ich versuche stehen zu bleiben. Ich atme tief ein, und dann noch einmal.

Hier, sage ich.

Ich bewege mich bewusst langsam, schön langsam, und was ich tue, ist meine rechte Faust aus der Anzugtasche zu heben, um ihm zu zeigen, was ich da habe. Schön langsam, und er sieht zu, er will es sehen und ich will es ihm zeigen.

Ich hebe die Faust zwischen uns und rolle nacheinander die Finger auseinander, und dann, schön langsam, öffne ich meine Faust und zeige es ihm.

In meiner Hand liegt, was ich noch habe, was mir noch geblieben ist: eine Neunmillimeter-Patrone. Jene, die in Renny Two Hands geballter Faust lag, als ich seine Leiche in der Senke fand. Damals wusste ich nicht, warum er diese Kugel in seiner Hand hielt, aber jetzt weiß ich es.

Jetzt weiß ich es.

Ich lasse meine Handfläche in CK's Richtung kippen. Die Patrone rollt mir zwischen die Finger. Ich klemme mir die Patrone zwischen Daumen und Zeigefinger und bringe sie ganz nah an CK's Gesicht heran, direkt vor seine Augen, und sage noch einmal:

Hier.

Er sieht sie an. Sieht sie genau an. Er blinzelt den glänzenden, nüchternen Zylinder an und er sieht sie, aber gleichzeitig sieht er sie auch nicht, denn was ich ihm zeigen will, ist hier, aber auch gleichzeitig nicht hier.

Denn ich habe eine Patrone, nur eine Patrone. Und eine Patrone braucht eine Waffe, nicht wahr?

Falsch.

Ich ramme ihm die Patrone ins Auge.

Das Geräusch, das er von sich gibt, ist kein Schreien. Der Laut aus seinem Mund ist herausgewürgte Luft und Verwunderung, und mein Zeigefinger und mein Daumen drücken die Patrone in die Überreste seines rechten Auges, diesen Glibber, dieses Gelee, diese klebrige Masse, bis er nach hinten umfällt, auf den Boden fällt, und ich will ihm nach und pralle gegen Prinz Charming.

Prinz Charming versucht irgendwas zu sagen, aber was es auch sein mag, dafür ist es zu spät, und er ist gut, er ist schnell, er lässt die rechte Schulter sinken und zaubert seine Pistole hervor, aber meine Faust knallt auf seinen Unterarm hinunter, und seine Pistole fliegt davon und landet scheppernd zwischen den Kirchenbänken. Ich versuche, einen Schritt zurückzumachen, aber mit meinem Gleichgewichtssinn ist es vorbei. Prinz Charming verpasst mir einen Aufwärtshaken, und ich schaffe es, den Kopf einzuziehen, sodass seine Knöchel nur meine Wange streifen und mich über dem Ohr, an der harten Stelle des Schädels erwischen. Tut trotzdem weh, scheiße, tut das weh, aber Prinz Charming schreit ebenfalls auf und schüttelt seine Hand. Vielleicht hat er sich im Gegenzug einen oder zwei Finger gebrochen. Ich kann nicht nach hinten ausweichen, also gehe ich auf ihn los, schlage ihm in die Magengrube, und dann richte ich mich auf und ramme meinen Kopf in sein Gesicht. Ich höre ein schönes

Knacken, spüre, wie sich seine Zähne in meine Haare und die Kopfhaut graben, und dann tänzelt er von mir weg.

Aber nicht für lange.

Er umklammert mich mit seinen Armen, und jetzt kann ich Kupfer riechen, Blut; mein Blut oder sein Blut, ist mir egal. Ich packe die Glock, die vorn in seiner Hose steckt. Prinz Charmings Hände wandern nach oben zu meinem Hals, und ich habe den Griff der Pistole in der Hand, aber ich kriege sie nicht herausgezogen, also drücke ich den Abzug. Der Rückstoß feuert die Glock aus seinem Gürtel und Prinz Charming schreit und schreit und dann hält er den Mund und sackt zusammen.

Ich suche seine Taschen ab, nehme wieder die andere von meinen Glocks an mich und sammle ein paar der Magazine vom Boden auf. Dann trete ich über seine Leiche hinweg und fange an zu schießen.

Die Leute sagen immer, dass Gewalt keine Probleme löst, aber da liegen sie falsch, so verdammt falsch. Ich lasse meine Glocks auf diese Killer los, und das löst ganz sicher zumindest dieses Problem, oh ja, und wie.

Ich nehme mir den ersten Typen vor, ein Schuss, Körpermitte, Ende der Geschichte.

Den nächsten Typen erwische ich ebenfalls ohne Deckung, und er dreht sich wie ein Derwisch um die eigene Achse, als ich zweimal auf ihn abdrücke und ihn mit dem Gesicht voran auf den Teppich schicke.

Nummer Drei zerrt eine abgesägte Schrotflinte unter seinem Trenchcoat hervor und kommt damit durch den Gang auf mich zu. Ich tauche nach links ab, feuere im

Flug, treffe ihn zweimal in der Brust, und damit ist auch er hinüber. Der vierte Kerl schnellt hinter der letzten Reihe hervor und schafft es beinahe, seine Waffe hochzureißen, doch dann decke ich ihn mit Blei und Tod ein. Der fünfte Mann hinter ihm, Martinez, kriecht hinter einer Bank in Deckung. Er schiebt seine Pistole an dem Holz vorbei und ein paar Mal feuert er blind drauflos, aber trifft nicht einmal annähernd. Ich packe den Griff meiner Waffe fester, ziele und reiße ihm die Hand ab. Er taumelt zurück, und ich bringe es zu Ende.

Dann leere ich mein Magazin in die nächsten beiden Typen, und dann hechte ich über den Gang, tauche ab und schlittere über den Holzfußboden, und meine zertrümmerte Schulter muss den Aufprall abfangen.

Ich krieche zwischen den Bänken entlang, spüre nichts weiter als Schmerz und versuche zu atmen und bei Bewusstsein zu bleiben. Ich werfe das leere Magazin aus, schiebe ein volles hinein und mache eine kurze Bestandsaufnahme. Irgendwo hinter mir liegt immer noch CK am Boden, ohne Frage, zusammengerollt, mit der Hand auf seinem zerstochenem Auge. Seine Magnum wird er nicht mehr benutzen können. Aber ansonsten ist da keiner mehr, also bleiben noch fünf oder sechs oder sieben Männer zwischen mir und der Tür zur Vorhalle.

Schritte, von links. Ich presse mich eng auf den Teppich und sehe zu, wie Hochleistungsgeschosse eine gezackte Linie münzgroßer Löcher in die Lehne der Bank reißen. Und zähle die Schüsse herunter, während der Idiot sein Magazin leert.

Dann springe ich auf, hebe zuerst die eine Glock und dann die andere, und bringe mit beiden Händen den Tod, schieße mir den Weg durch den Gang frei, knalle ihn ab und den nächsten, einen und noch einen, und schließlich McCarty, der irgendetwas Unverständliches schreit, als ihn die Kugeln zugrunde richten und er tot zusammenbricht. Und dann: Stille.

Nichts.

Aber es ist noch nicht vorbei. Es kann unmöglich vorbei sein. Ich trete zurück in den Gang und weiter geht's, gehe nicht ins Gefängnis, ziehe zweihundert Dollar ein und fang an, nachzuladen. Aber ich brauche mehr als nur diese Pistolen.

Also halte ich Ausschau nach dem, was es jetzt braucht: eine Schrotflinte. Dauert nicht lange. Es finden sich immer genügend Waffen – immer – denn es ist unser Recht, unser gottverdammtes Recht, sie zu besitzen. Und dort, am anderen Ende des Ganges, liegt die Waffe, die ich suche: eine Ithaca Pumpgun, Polizeiausführung, in den Händen irgendeines toten Typen.

Aber wo ist CK? Wo zur Hölle steckt CK?

Da ist eine Stimme, aber ich kann sie nicht zuordnen. Draußen, in der Vorhalle, und sie bellt Namen, bringt wahrscheinlich die Truppen in Stellung, irgendwo hinter der Tür, bereit für ihre Version der Zweiergruppen-Taktik, ein kleiner SWAT-Tanz, der ungefähr so ablaufen wird:

Teams aus jeweils zwei Personen stürmen herein und wechseln sich dabei zwischen Vorrücken und in Deckung gehen ab. Der erste Mann späht in hockender Position durch die Tür. Legt an und deckt den Raum mit Dauerfeuer ein, während sein Partner vorrückt, an eine bessere Schussposition, und von dort das Feuer eröffnet, während der erste Mann in den Raum eilt, in Deckung geht und wiederum Feuerschutz gibt und sich daraufhin wieder sein Partner in Bewegung setzt. Ein wenig wie Bockspringen. Ist nicht leicht, dem etwas entgegenzusetzen, und draußen vor der Tür sind eine Menge Typen, aber hier drin bin nur ich. Sie werden in Zweierteams hereingestürmt kommen, immer noch eins und noch eins, und das sind dann wie viele von ihnen? Zwanzig, dreißig, vielleicht mehr, und Verstärkung ist schon auf dem Weg. Oh ja, sie werden kommen, und es kommen immer mehr.

Und ich, ich lache.

Ich lache, weil ich auf der anderen Seite stehe und allein und so verdammt am Arsch bin.

Ich dachte, ich hätte einen Plan. Aber das war nur das Drehbuch für meinen Selbstmord.

Ich ziehe mich zurück, die Schrotflinte auf die Tür gerichtet, und suche mir einen Platz aus, wähle eine Bank, irgendeine Bank, als ob Holz etwas gegen das ausrichten kann, was sie mir entgegensetzen werden, und ich postiere mich etwa fünfzehn Meter von der Tür entfernt, was mir etwas Deckung und genug Abstand zu dem verschafft, was der Schütze für mich in petto haben wird. Ich stelle die Schrotflinte vor mir ab und überprüfe die erste meiner Glocks. Sie ist so leer geschossen, dass der

Schlitten zurückgeschnappt ist, also ersetze ich das Magazin. Ich ziehe den Schlitten zurück, lade die Glock, stecke sie in meinen Gürtel und sehe nach der zweiten. Dann stecke ich sie in das Bianchi-Holster auf meinem Rücken. Dann hebe ich die Schrotflinte auf. Das ist die verdammt beste Verteidigungswaffe, die es gibt. Aber sie hat nur acht Schuss.

Ich warte und warte, frage mich, ob sie die Show mit Granaten oder vielleicht sogar Tränengas einleiten werden, was mir echt den Tag versauen würde, und dann habe ich lange genug gewartet. Ich wische mir die Hände an meiner Hose ab, ziele mit der Schrotflinte auf die Doppeltür und zähle – eins, zwei, drei – und dann fängt die Schießerei wieder an, aber die Schüsse kommen von draußen, die Schießerei findet draußen in der Vorhalle statt, dem Alkoven, der Lobby, was weiß ich, und Löcher werden in die Wand und die Doppeltür gerissen, Umbauarbeiten mit schwerem Geschütz, das dicke fette Brocken an Putz und Holz hereinplatzen lässt. Da sind auch Schreie, die Art von Schreien, bei denen man sich nicht vorstellen kann, dass sie ein Mensch von sich gibt, bis man es selbst hört. Schreie und Schüsse und noch mehr Schreie.

Die Tür bricht auf, und nur ein einzelner Mann, nur einer von ihnen taumelt herein, und er rennt und fällt hin, rennt und fällt gleichzeitig, und ich stehe auf, feuere die Schrotflinte ab … und er ist tot.

Ich laufe in den Gang, husche hin und her, auf die Vorhalle zu und rechne damit, dass die Türen jeden Moment wieder aufschwingen und eine Menge Körper mit Dauerfeuer hereingestürmt kommen. Ich bin beinahe vorn, als die Türen wieder aufknallen, aber es ist das gleiche Spiel, wieder ist es nur einer von ihnen, nur einer, und dieses Mal ist es Prinz Charmings Partner, Agent Smithee, der dauergrinsende Fed, und er feuert Schüsse aus seiner Pistole ab, aber nicht auf mich, sondern zurück auf die Tür, in die Vorhalle, und als er innehält und sich umdreht und mich sieht, weiß er, dass er einen Fehler gemacht hat.

Und zwar einen riesigen Fehler.

Ich blase ihm das verlogene Grinsen aus dem Gesicht.

Und höre nicht auf. Ich lade und feuere weiter, und der nächste Schuss zerlegt die Tür, und ihre Einzelteile fallen herunter, und ich lade und schieße weiter, lade und schieße, bis nur noch das Klicken zu hören ist. Ich werfe die Schrotflinte beiseite und ziehe die erste Glock.

Das, was von der Tür noch übrig ist, schwingt quietschend vor und zurück, vor und zurück, und irgendwann hört es auf und es herrscht Stille.

Ich trete die zerstörte Tür ein und sie fällt in sich zusammen. Was ich auf der anderen Seite vorfinde, ist keine Vorhalle, sondern ein Schlachthaus. Jemand hat den Raum mit Blut eingesprüht. Ich zähle neun, zehn, nein elf Körper am Boden. Alle sind tot, außer der eine da drüben, in der Ecke, der mit einer Art von bitterem Lächeln auf dem Gesicht in der Ecke zusammengesunken ist, mit einer Pistole in jeder Hand und ein paar Einschusslöchern in seinem Körper.

Der Schwarze.

Mein alter Kumpel Jinx.

Er lässt die Pistole aus seiner linken Hand fallen, dann dreht er den Revolver in seiner Rechten, versucht ihn sich in sein Schulterholster zu stecken, aber er sieht dabei nicht hin, und da ist so viel Blut, dass die Pistole an dem Leder abrutscht und klappernd auf den Boden fällt.

Ich lasse mich neben ihm auf den Holzfußboden nieder und sage zu Jinx:

Gott im Himmel.

Und er sagt nur: Burdon Lane.

Sein Blick fällt auf die Leichen, dann auf mich, und dann sagt er:

Ich bin ein böser Mensch gewesen.

Und von draußen, noch weit entfernt, hört man Sirenen.

EIGHTY F

Ob ich noch mal Glück gehabt habe? Ich glaube nicht.

Ich denke, das wird noch viel schlimmer werden, bevor es besser geht. Wenn es überhaupt jemals besser geht.

Meine Knie brennen. Meine Hosenbeine sind zerrissen und ich habe mir die Knie aufgeschürft, als ich auf den Boden gefallen bin. Aber erst jetzt, als ich mir Jinx so ansehe, spüre ich das Brennen. Und das Blut.

Haben ja lange genug gebraucht, sage ich zu ihm.

Er fragt nur: Hä?

Die Cops, erkläre ich.

Und er sagt: Oh.

Eine aufgerissene Schweinerei von einer Wunde zieht sich im Zickzack an einem rechten Bein hinauf, und irgendetwas anderes tränkt sein Hemd. Er trägt Blut am Leib wie andere Klamotten. Manches davon ist sogar sein eigenes.

Die Türen, diese großen, breiten hölzernen Doppeltüren der Kathedrale, sind vielleicht sechs Meter von uns entfernt. Es könnten aber auch zwei Kilometer sein. Denn diesen Weg werden wir nicht nehmen. Zumindest nicht freiwillig.

Hinter diesen Türen ist ein weiteres Geräusch zu hören, näher als die Sirenen. Es ist das Geräusch von Männern mit Waffen. Männer, die nicht aufgeben und nach Hause gehen werden. Männer, die töten oder getötet werden.

Diese Männer hinter der Tür, sie kommen. Und ob sie das tun.

Wie viele?, frage ich ihn.

Hatte keine Zeit, sie zu zählen, sagt er außer Atem. Aber du hast es ja gesehen, die haben eine verdammte Armee da draußen.

Seine feuchten Hände erwachen zum Leben und heben die Ruger vom Boden auf. Er kramt einen Schnelllader aus seiner Tasche und füllt damit seine .38er auf. Dann sucht er mit den Augen die Leichen um uns herum ab. Aber er findet nicht, wonach er sucht.

Er sieht mich an und nimmt mir die Worte aus dem Mund:

Wo steckt dein Freund CK?

Er – Ich will sagen, dass CK noch da hinten in der Kathedrale liegt, aber das stimmt nicht. Da ist er nicht mehr.

Jinx sieht mich an. Sein Grinsen gefällt mir nicht. Das ist ein neues Grinsen, nicht das eines Wolfes, nicht das eines Jägers. Es ist ein leeres Grinsen, eines, das einem verkünden wird, dass etwas sehr Unschönes auf einen wartet.

Doctor D hätte ihn umlegen können, sagt Jinx. Aber nein, du musstest es ja unbedingt tun, nicht wahr?

Ja, antworte ich. Und weißt du was? Das will ich immer noch.

Er gehört dir, sagt Jinx. Ich bin fertig mit der Ballerei.

Ich will ihm erklären, dass ich das stark bezweifle, doch dann reißen sie uns aus unserer kleinen Wiedervereinigungsfeier. Eine Salve von Hochgeschwindigkeitsgeschossen fegt über uns hinweg und durchlöchert die Wand hinter uns.

Ein Schuss ins Blaue, alles andere als taktisch. Sie sind da draußen und knallen einfach mit allem los, was sie haben.

Ich ziehe den Kopf ein, Kopf runter, runter. Die ganze Welt scheint zu rattern und zu beben, und die Wand sieht aus, als würde sie jeden Moment zusammenfallen. Wir atmen Staub statt Luft. Und können nichts weiter tun, als hierzubleiben und den Staub zu atmen, bis die Sekunden, die sich wie Stunden anfühlen, wieder zu Sekunden werden und der Lärm nachlässt. Außer den Sirenen. Den Sirenen und einem neuen, aber gleichzeitig altbekannten Geräusch. Dem Klang von Rotorblättern.

Denen läuft die Zeit davon, sagt Jinx. Er hat sich keinen Millimeter bewegt. Sitzt einfach nur da, hält noch immer seine Pistole in der Hand und grinst dieses leere Grinsen.

Hilfe ist unterwegs, sagt er.

Bestimmt, sage ich.

Dann warten wir, sagt er. Warten einfach ab und lassen die Polizei ihren Job machen.

Nein, entgegne ich. Auf gar keinen Fall. Das ist nicht CK's Art. Die werden das Ding hier stürmen, mit aller Gewalt. Und ich weiß nicht, wie es dir geht, aber ich werde nicht in einer Kirche krepieren. Nicht heute. Also glaube ich nicht, dass wir eine Wahl haben. Wir müssen hier weg.

Leichter gesagt als getan, antwortet er, zieht sein rechtes Bein an und zeigt mir die Wunde. Eine fiese Wunde, die unmissverständlich deutlich macht, dass er damit nicht wird laufen können.

Warte, sage ich. Da liegt eine Uzi auf dem Boden, die einer von den toten Typen nicht mehr braucht. Noch kalt. Wurde nicht mal abgefeuert. Ich schlage von unten gegen das Magazin und höre, wie es einrastet. Ziehe den Ladehebel zurück, stelle den Feuermodus auf Automatik. Dann ziehe ich den Kopf ein, presse das Kinn auf den Boden. Robbe auf die Art durch die Tür zur Kathedrale. Sehe nach oben. Kein Lichtschalter, aber weiter hinten ist etwas viel Besseres, nämlich die Stelle, wo anhand der Idee von irgendjemanden in Bezug auf Brandschutzverordnungen die Gemeinde gezwungen war, eines von diesen generischen Notausgangsschildern anzubringen. Ein silbernes Kabel windet sich aus dem Schild und führt in eine Kabelbox, und das könnte funktionieren. Ich lege die Uzi an, die ganz sicher nicht auf Treffergenauigkeit ausgelegt ist, und drücke ab. Ein Schluckauf im Unterschallbereich lässt Funken aus der Kabelbox prasseln, da ist berstendes Metall zu hören und ein Lichtblitz zu sehen, und dann gehen in der Kathedrale die Lichter aus.

Ich krieche zurück und sage zu Jinx: Was denkst du?

Hey, ich weiß nicht, wie's dir geht, sagt er, aber ich habe etwa gegen vier heute Nachmittag aufgehört zu denken.

Klar, sage ich. Aber ich denke, wir sollten verschwinden.

Ich deute mit einem Kopfnicken auf die Wunde, die schlimme Wunde, die an seinem Bein.

Das wird wehtun, sage ich.

Schon klar, sagt er.

Aber wenn wir hier noch länger warten, sind wir beide tot.

Stimmt, sagt er.

Also kann ich dich auch genauso gut tragen, sage ich und schiebe meine Unterarme unter seine Armbeugen, um ihn hochzuheben. Auch wenn das noch etwas mehr wehtun wird.

Schon klar, sagt er.

Okay. Ich balle meine Hände zu Fäusten und beuge die Knie.

Auf drei, okay? Eins, zwei–

Bei Zwei hieve ich ihn nach oben, und Jinx schreit nicht, beschwert sich nicht, gibt überhaupt keinen Mucks von sich. Er lehnt sich einfach nur gegen mich und fragt:

Was ist aus der Drei geworden?

Ich lege mir seinen Arm um die Schulter, lade mir etwas von seinem Gewicht auf den Rücken, und würde deswegen am liebsten laut aufschreien. Der Schmerz tanzt Polka quer durch meine linke Achselhöhle, über meinen Brustkorb und am Rückgrat hinunter. Wir laufen nebeneinander her, wie bei einer grausamen Version des Sackhüpfens. Ein dreibeiniger Mann, der durch die Kirche humpelt, in der Hoffnung, geheilt zu werden. Aber wir kommen voran, raus aus dieser Leichenhalle und an den Altar heran, dann in die Sakristei und schließlich durch eine andere Tür, und diese Tür führt in einen langen Korridor, wo die Lampen noch brennen. Hier gibt es Türen über Türen, und ganz hinten am Ende des Flurs ist noch eine Feuertür. Ich entscheide mich für die zweite Tür auf der linken Seite und dann befinden wir uns in einem kleinen Raum.

Ich lehne Jinx gegen die nächstbeste Wand, wo er sich ausruht und an ihr hinunter auf den Boden rutscht. Der Raum ist eine Sardinenbüchse von einem Büro. Es gibt einen Schreibtisch und einen Stuhl und einen Aktenschrank und ein Kruzifix an der Wand und ein Bild von diesem toten Papst, dem Papst vor dem jetzigen Papst, Sie wissen schon, und dann noch ein kleines quadratisches Fenster, und vielleicht ist das das Büro des Pfarrers, und mit diesem Gedanken nähere ich mich dem Schreibtisch, der allerdings verschlossen ist, aber ich trete gegen die unterste Schublade, und sie springt ein klein wenig heraus, also trete ich noch mal dagegen und ziehe sie heraus, und darin findet sich eine Flasche von jenem speziellen Weihwasser, genannt Whiskey, und ich sage zu Jinx:

Hey.

Und werfe ihm die Flasche zu.

Er fängt sie aus der Luft und wirft einen langen Blick auf das Etikett, dann schraubt er sie auf und nimmt einen tiefen Schluck. Davon muss er husten und etwas Whiskey und etwas Blut rinnen ihm aus dem Mundwinkel, aber trotzdem scheint er im Moment der glücklichste Kerl zu sein, der mir je untergekommen ist. Er schraubt die Flasche wieder zu und wirft sie zu mir zurück. Ich fange sie auf und beginne wirklich zu glauben, dass wir am Leben sind.

Der erste Schluck von dem Scotch schmeckt wie die Wahrheit: Es tut weh, aber auch gut. Ich lasse die Flüssigkeit einen Moment auf meiner Zunge verweilen, dann schlucke ich sie herunter. Aber ich bin nicht gierig. Ich werfe die Flasche zu Jinx zurück, lasse mich gegen die Wand auf meiner Seite des Raums fallen, rutsche mit meinem Arsch daran hinab, atme kurz durch. Dann überprüfe ich, ob das Magazin in meiner ersten Glock eingerastet ist.

Noch mehr Sirenen.

Ich glaub's ja nicht, sage ich. Haben ja lange genug gebraucht, aber jetzt sind sie hier. Kommen wie die Kavallerie angeritten. Hätte ich auch nicht gedacht, dass ich einmal froh sein würde, die Cops zu sehen.

Jinx sieht lange auf die Flasche hinunter. Dann sagt er:

Wird auch Zeit, dass wir Feierabend machen, sagt er, und dann will er darüber lachen, nur ein wenig, aber er schafft es nicht. Er nimmt einen schnellen Schluck aus der Flasche, und dann bin ich wieder an der Reihe. Um zu trinken und um zu reden.

Ja, wird wirklich Zeit, sage ich. Aber so ganz sind wir noch nicht fertig.

Die Flasche fliegt herüber. Ich nehme meinen Schluck, und der Scotch ist schon fast leer, also hebe ich noch etwas auf, für ihn oder für mich. Kommt drauf an. Ich warte, bis die Wärme in meinem Magen angekommen ist, und dann sage ich:

Ich muss dich mal was fragen.

Wirklich?

Ja, wirklich, sage ich. Weißt du, eine Sache wundert mich schon die ganze Zeit über, aber ich wollte damit auf den richtigen Moment oder den passenden Ort warten. Oder selbst draufkommen. Aber ich bin nicht selbst draufgekommen. Also dachte ich, du könntest mir vielleicht etwas auf die Sprünge helfen, bevor die blauen Jungs hier eintrudeln.

Ich halte die Flasche auf Armlänge vor mich, beobachte, wie das Glas schimmernd das Licht bricht, es verschwimmen und erstrahlen lässt, und dann denke ich, es ist Zeit, ihn zu fragen, also sage ich:

Ich würde gern wissen, wieso du mich nicht erschossen hast? In der Tiefgarage. In New York. Warum du mir nur in den Rücken geschossen hast?

Aber die Frage ist falsch gestellt. Ich weiß, warum er auf mich geschossen hat, und ich weiß, warum er es mit einer Kleinkaliber getan und nur einmal auf mich und in genau die richtige Stelle geschossen hat, unterhalb der Schulter, über der Niere, weit genug neben die Wirbelsäule: Um mich unschädlich zu machen, aber nicht, um mich umzubringen. Also fange ich noch einmal an.

Was ich wissen will, ist, was du dort gemacht hast? In der Garage. Und was du hier tust? Jetzt. Warum du zurückgekommen bist?

Eine Gewehrsalve ertönt, irgendwelche Automatikwaffen, und sie wird von Pistolen und noch mehr Pistolen beantwortet. Stimmen sind zu hören, Stimmen, die das Kommando haben. Die Cops sind da, und sie machen den Laden dicht.

Jinx sieht mich nicht an. Sein Kopf lehnt an der Wand, uns er sieht so aus, als wäre er ganz ruhig, als wäre er plötzlich ganz ruhig geworden. Er starrt zur Decke hinauf, oder auf etwas darüber, den Himmel, die Sterne, einen Traum, keine Ahnung. Aber für einen Moment ist er woanders, und dann ist er wieder hier. Und dann sagt er:

Wir sind dir gefolgt.

Da liegt irgendwas in seiner Stimme, irgendwas ist faul. Sie klingt anders. Hat sich irgendwie verändert.

Aber das kann nicht sein, denn–

Wieder sind Schüsse zu hören. Dieses Mal näher. In der Ferne, über uns, pflügt etwas durch die Luft, das Geräusch von Hubschraubern. Sie kommen näher. Es wird bald vorbei sein.

Du hättest mir einfach zu dem Hotel folgen können, sage ich. Aber dann merke ich erst, was er eigentlich gesagt hat, was ich überhört habe: Wir?

Es dauert nicht lange. Ich höre ein oder zwei Schüsse aus der Kapelle, und dann das Geräusch von Stiefeln, und dann die Stimmen:

Gesichert. Gesichert. Gesichert.

Das Geräusch einer Tür, die eingetreten wird.

Los!

Stiefel auf Linoleum.

Gesichert!

Sie kommen den Korridor hinunter.

Los!

Von Tür zu Tür.

Gesichert!

Bis sie schließlich direkt vor dem Büro stehen, und ich weiß, dass sie die Finger am Abzug haben und erst schießen werden, wahrscheinlich sogar ein zweites und drittes Mal, und erst dann, nach dem vierten oder fünften Mal anfangen werden, Fragen zu stellen. Also muss es reibungslos über die Bühne gehen. Perfekt.

Officer? Ich versuche, den richtigen Tonfall zu treffen. Laut, aber auch nicht zu laut. Ungefährlich. Entgegenkommend. Ich hebe die Glock und beobachte den Schatten, den Schatten mit Helm, schaue zu, wie er vor der Tür immer dunkler wird, und dann ist da noch ein zweiter Schatten, der über ihm aufragt und eins mit ihm wird, und ich rufe:

Hier, hier drin. Wir sind auf Ihrer Seite. Ich wiederhole, wir sind auf Ihrer Seite. Und wir ergeben uns. Wir haben Waffen, aber wir werden sie ablegen, okay? Also seien Sie vorsichtig. No más, okay? Wir ergeben uns.

Der erste Polizist schwingt sich geduckt herein, die Dienstpistole gezogen, mit der er sorgfältig zielt. Blauer Helm, blaue Uniform, Polizeitruppe des District of Columbia. Vom Allerfeinsten.

Die Waffen fallenlassen, fordert uns der Helm auf.

Sofort.

Ich sehe zu Jinx hinüber.

Kein Problem, sagt er. Er nimmt die Ruger aus seinem Schoß, legt sie mit der flachen Hand auf das Linoleum und schiebt sie dem Cop zu. Und dann macht er den Elch: Hebt die Hände über den Hinterkopf, wobei er mit der rechten Hand sein linkes Handgelenk umklammert. Dabei zuckt er zusammen. Das muss wehtun. Er versucht, etwas zu sagen.

Ich strecke die Arme weit von mir, aber die Glock lasse ich nicht los.

Lassen Sie die Waffe fallen, fordert mich der Helm auf. Und nehmen Sie die Hände hoch. Er lässt seinen Stiefel auf Jinx' Pistole sinken. Dann sagt er:

Gesichert.

Der zweite Cop drückt sich durch die Tür herein, die Pistole auf den Boden gerichtet, und er sieht aus wie ein Abziehbild, die gleiche kantige Cowboy-Fresse, das gleiche Blau-in-Blau. Er geht hinter Helm in Position, und ich zeige ihm meine beiden Hände, schön weit weg vom Körper, aber Helm ist nicht glücklich damit, dass ich die Glock noch in der Hand halte, und lässt die Nase seiner Kanone in meine Richtung wandern, und dann sagt Jinx zu den Cops:

Eighty F.

Was zur Hölle das auch immer bedeuten soll, genau das sagt er, und dann wiederholt er es, und Helm scheint wie angewurzelt stehen zu bleiben, und der zweite Cop dreht sich wie ihn Zeitlupe zu ihm um, und Jinx nimmt wieder die Hände vom Kopf und greift zu seinem Knöchel hinunter, und ich kann nicht glauben, dass er wirklich versucht, eine Waffe zu ziehen, was zum Teufel hat er vor?

Eighty F, sagt er zu Helm.

Und dann dreht sich Helm zu ihm um, fängt an, seine Pistole in ihn zu entladen.

Und der zweite Kopf wirbelt zu mir herum und feuert, aber sein Schuss geht vorbei, und eine zweite Chance bekommt er nicht mehr, denn ich schieße zurück, zwei Schüsse in die Leiste, die ihn zusammenklappen lassen. Helm feuert noch immer auf Jinx, als ich ihm seine linke Schulter zerfetze und dann sein verschissenes Gehirn an der Wand hinter ihm verteile, und ich schieße auf ihn, während ich mich aufrichte und ich schieße solange auf ihn, bis ich nur noch einen Meter vor seiner Leiche stehe und meine Pistole nur noch klickende Geräusche von sich gibt.

Ich beuge mich zu Jinx hinunter. Ich kann nicht sagen, wie oft er getroffen wurde, aber es sieht schlimm aus, wirklich schlimm. Jinx sieht mich an, und wenn es Worte geben sollte, die beschreiben, was sich in seinem Gesicht abspielt, dann kenne ich sie nicht. Es ist grausame Gewissheit.

Das Gesicht des Todes.

Er spuckt Blut.

Sein Mund öffnet sich, seinen Lippen bewegen sich, aber es kommt nur Blut heraus. Blut, und dann:

Ah, fuck.

Metro Police, sagt er.

Ja.

D.C. Police, sagt er.

Ja, antworte ich. Aber jetzt nicht mehr.

Und er sagt: Nein, Mann. Nein, nein, nein. Überhaupt nicht. Nicht hier.

Was?

D.C. Police, wiederholt er noch einmal. Ah, Scheiße verdammt. Kapierst du es nicht? Das mögen ja vielleicht Cops aus D.C. sein. Aber das hier ist Virginia.

Oh, verdammt, sage ich, zu ihm und zu mir, und ich schiebe ein neues Magazin in die Glock und eile zur Tür, und das genau im richtigen Moment. Den Korridor kommen noch zwei von denen entlang. Die gleichen blauen Helme, die gleichen blauen Uniformen, die gleichen weißen Gesichter.

Vielleicht sind das echte Cops aus D.C. Vielleicht auch nicht. Aber selbst echte Cops aus D.C. können in Virginia einen Scheiß ausrichten.

Der Erste von ihnen hat nicht den Hauch einer Chance, er sieht mich nicht einmal, bis ich die Glock hochreiße und den Schlitten zurückziehe, und er schafft es nicht, zu reagieren, bevor ich ihm ein Loch in die Brust schieße. Die Schüsse peitschen durch ihn hindurch, treiben seinen Partner gegen die Wand und verwandeln seinen Kopf und seinen Helm in einem blutigen Fleck. Was von ihm übrig ist, sackt auf dem Boden zusammen.

Sonst ist keiner weiter zu sehen.

Ich ducke mich wieder in das Büro des Pfarrers zurück und sehe nach Jinx, und der Kerl krümmt sich vor Schmerz. Er spuckt Blut, aber er redet immer noch.

Eighty F, sagt er und nestelt wieder an seinem Knöchel herum, aber dort befindet sich keine Reservewaffe, da ist überhaupt nichts. Er tastet an seinem Bein entlang, zieht seinen Schuh aus, und ich denke, der Kerl muss im Delirium sein, er zieht seinen Schuh aus, und schließlich packt er den Schuh mit beiden Händen und drischt ihn auf den Boden, einmal, zweimal, wie einen Hammer, wieder und wieder, und seine Finger, die vor Schmerzen gekrümmt und glitschig von all dem Blut sind, so viel Blut, diese Finger lösen den kaputten Absatz von der Sohle und ein schimmerndes Rechteck, ein Stück Plastik, fällt auf den Boden.

Er lässt den kaputten Stiefel fallen und sinkt zurück gegen die Wand.

Ich tauche meine Hand in das teerige Schwarz seines Blutes. Hebe die Plastikkarte auf, die in seinem Stiefel versteckt war. Wische sie ab. Und versuche, sie zu entziffern.

Wer bist du?, frage ich ihn.

So eine Art Lachen rattert in ihm und dringt schmatzend aus seiner Lunge. Das Blut auf seinen Lippen wirft Blasen. Er hustet, und Rotz und noch mehr Blut schießen ihm dabei aus der Nase. Vergessen Sie, was die Ihnen in Büchern erzählen oder im Fernsehen oder in Filmen zeigen: Sterben ist keine schöne Sache.

Ich frage ihn noch einmal: Wer zum Teufel bist du?

Eighty F, sagt er und streckt die Hand nach dem rechteckigen Stück Plastik aus. Seine Finger wischen über das Blut, und jetzt sehe ich sein Foto, genau da auf dem Plastik, und schließlich kapiere ich, was er mir zu sagen versucht.

Er sagt A-T-F. ATF.

Er drückt mir die Plastikkarte in die Hand und ich erkenne das Emblem. Ich sehe das Schild. Lese die Worte, die da stehen: *Bureau of Alcohol, Tobacco and Firearms. ATF.* Ich lese das Wort *Special Agent.* Ich sehe den Namen, aber ich lese den Namen nicht, ich will nicht wissen, wie er heißt, will nicht wissen, wer sich hinter diesem Namen verbirgt, eine Frau und ein Kind, eine Mutter und ein Vater und eine Schwester und ein Bruder, ich will von all dem nichts wissen.

Wir hatten einen Informanten eingeschleust.

Du Scheißkerl, sage ich.

Nein, antwortet er.

Nein, sagt er. *Du* bist der Scheißkerl.

Verstehst du es denn nicht? Bist du immer noch nicht dahintergekommen? Niemand ist, was er zu sein vorgibt. Weder ich, noch dein Mädchen. Oder deine Crew. Oder dein Boss. Nicht einmal die verdammten Cops hier. *Niemand.*

Sein Atem rasselt. Er kneift die Augen zusammen. Der Schmerz übermannt ihn, beinahe. Denn der Kerl ist ein Kämpfer. Er mag erledigt sein, aber er ist noch nicht ausgezählt, noch nicht, und dann sagt er:

Also?

Er sieht mich mit diesen Augen an, diesen sterbenden Augen.

Also?, frage ich.

Also, wer bist du?, fragt er. Wer zum Teufel bist *du?*

Und zum vielleicht ersten Mal in meinem Leben habe ich keine Antwort parat. Keine, die funktioniert. Ich kann ihm nur das sagen, was ich weiß, und ich weiß gar nichts.

Keine Ahnung, Mann, sage ich. Ich weiß es nicht.

Er schließt die Augen, und ich denke, das war's dann. Ich denke, er wird endlich seine Ruhe finden und nie wieder aufwachen. Ich wische das Blut von seinem Ausweis und stecke ihn in seine Hemdtasche. Dann nehme ich seine Hand und warte. Zeit spielt keine Rolle mehr, und es können Sekunden sein oder Minuten, es ist einfach nur eine Lücke bis zu dem Moment, an dem er die Augen öffnet und zu mir sagt:

Aber ich weiß es.

Ja, sage ich, und aus welchem Grund auch immer, es ist mir wichtig, dass er mich lächeln sieht. Also lächle ich, soweit ich das noch hinbekomme, und ich sage zu ihm: Ja, da wette ich drauf.

Er blinzelt und hustet noch mehr Blut, und dann sagt er zu mir: Das tue ich. Also hör mir zu, Burdon Lane. Nur dieses eine Mal, okay? Weißt du, es heißt, die Wege des Herrn seien unergründlich–

Oh, das stimmt, sage ich, und eigentlich will ich den Mund halten, aber ich schaffe es nicht. Ich sage zu ihm:

Und soll ich dir was sagen? Von all den Dingen, die sie einem so erzählen, ist das das Einzige, woran ich glauben kann. Denn damit haben sie recht. Gottes Art, die Dinge zu regeln, ist wirklich unergründlich. Die ganze Zeit über. Er lässt deine Mutter an Krebs sterben. Gibt dreijährigen Kindern Leukämie. Lässt Passagierflugzeuge abstürzen. Zielt mit betrunkenen Lasterfahrern direkt auf Schulbusse. Setzt an Weihnachten Altersheime in Brand. Denkt sich Sachen wie AIDS aus. Gibt den Menschen verschiedene Hautfarben–

Genau, sagt Jinx. Das stimmt. Gott tut so etwas. Die ganze Zeit über. Das ist seine Art. Das sind seine Wege. Unergründliche Wege, furchtbare Wege. Böse Wege. Aber das ist seine Art. Und weißt du was, Burdon Lane?

Er drückt meine Hand fester und sagt:

Irgendwo, auf einem dieser unergründlichen Wege, gibt es auch einen Platz für dich.

Für *dich*.

Am liebsten würde ich jetzt lachen, aber ich kann nicht lachen. Ich kann nichts weiter tun, als in sein Gesicht zu starren. Denn ich kenne das Gesicht. Es ist das Gesicht meiner Mutter. Als es mit ihr zu Ende ging.

Ich kann ihn so nicht zurücklassen. Kann ihn nicht einfach so auf diese Art sterben lassen. Ich muss etwas tun, irgendetwas, aber mir bleibt nicht mehr viel übrig. Und dann erinnere ich mich wieder, was ich für Renny Two Hand tat, als ich ihn in dieser Senke fand. Zumindest das kann ich für ihn noch tun.

Ich lasse Jinx Hand los, greife über die Leichen der Cops hinweg, die gar keine Cops sind, oder die falschen Cops, keine Ahnung, ist mir auch egal, und dann finde ich, was ich suche: Jinx's Pistole, die Ruger, da auf dem Boden. Ich wische das Blut von dem Griff ab, zeige ihm die Pistole, zeige sie ihm, und dann drücke ich ihm den Griff in die Hand. Alles ist so nass, so klebrig, seine Hand, die Pistole, meine Hand, überall ist Blut, so viel Blut, und ich kann nicht alles davon abwischen. Zuerst können seine Finger das Gewicht der Pistole nicht halten, aber ich wickele seine Finger fest um den Griff herum, bis er sie hat.

Sie festhalten kann.

Er sieht die Pistole an, und danach mich. Er hebt sie zwischen uns beiden an. Ihr unerträgliches Gewicht lässt seine Hand zittern.

Sein Blick wird seltsam ruhig, entschlossen, und dann sagt er:

Die brauche ich nicht mehr.

Mit letzter Kraft, die noch in ihm steckt, wirft er die Pistole beiseite.

Seine leere Hand greift nach meiner, packt sie, hält sie fest, drückt sie. Nach einer Weile werden seine Augenlider schwer.

Ich sitze neben ihm und warte. Versuche ihn nicht loszulassen. Bis er tot ist.

KEIN AUSGANG

Das also ist das Ende: Das große Schweigen. Die gähnende Leere, die der Lohn ist für all die Jahre, in denen ich mir einredete, ich hätte ein Leben. In denen ich meine Kohle scheffelte und auf den richtigen Augenblick wartete, darauf wartete, dass mir jemand zeigte, was der Sinn dahinter war, Kohle zu scheffeln und auf den Augenblick zu warten, zu warten und zu hoffen und etwas zu erwarten und weiterzulaufen und weiterzulaufen, aber nirgendwo anzukommen außer hier, wo es nichts gibt. Nada. Nix. Null. Niente.

Nein, noch weniger als Nichts: Nur ein Loch, das alles, was vom Leben noch übrig ist, in diesen leeren Raum hineinsaugt, den man Tod nennt.

Ich muss an einen Deal denken. Einen Deal, der nichts Besonderes war, das gleiche alte Spiel: Waffen gegen Geld, Geld gegen Waffen. Eine Fahrt von Dirty City nach Manhattan und zurück, dann die Dollars zählen, sich in den Schlaf trinken und an einem neuen Montagmorgen übernächtigt wieder aufwachen. Alles wie immer.

Aber das war der letzte Deal. Der Deal, mit dem Uni-Arms mit seinen Spinnweben im Keller dichtgemacht wurde. Der Deal, an dem Fiona und Jinx und der Rest der Cops und der Bundesagenten solange und so hart gearbeitet haben, um ihn auf die Beine zu stellen, so tief in den Sumpf hinabzusteigen, dass es ihr Deal wurde, und die Sache solange zu beschatten, bis es an der Zeit war, die schimmernden Dienstmarken und Handschellen zu ziehen. Der Deal, der mit Verhaftungen und Anklagen und maximalem Strafmaß enden würde und der mit einem Schlag alle Waffenhändler und Gangsterbanden so fest zu einem handlichen Paket zusammenschnüren würde, als hätten wir Weihnachten.

Und ich denke an einen anderen Deal. Den Deal innerhalb des Deals. Den Deal, von dem auch die Cops und die Feds nichts wussten, zumindest die wenigsten. Von dem Jinx nichts wusste und Fiona womöglich auch nicht, und vielleicht nicht einmal dieser graue Geist, der in meinem Stuhl saß, in meinem Wohnzimmer, in meinem Haus.

Jener Deal, bei dem es darum ging, Reverend Gideon Parks umzubringen. Eine Bewegung zu ersticken, einen Traum. Der Deal, den irgendjemand von ganz weit oben wollte, und den Jules Berenger und sein tollwütiger Kläffer CK, die im Geschäft bleiben und nicht in den Knast wandern wollten, nur allzu bereitwillig ausführten … mit etwas Hilfe von ihren Freunden. Der Deal, den niemand, weder die Cops noch die Feds, lange untersuchen würden, weil sie da mit drinsteckten, es war ihr Deal, sie hatten dafür gesorgt, und zum Teufel, schließlich hatten sie auch die perfekten Strohmänner dafür, sehr schwarz und sehr tot.

Ich denke also über diesen anderen Deal nach, und ich denke über die Cops nach und die Feds und die Strohmänner und die ganzen anderen Bauern in diesem Spiel. Die Typen, die die Sache abwickelten. Leute wie

Renny Two Hand und Jinx. Typen wie ich. Die braven Soldaten, die taten, was man ihnen sagte, solange, bis es ihnen dämmerte oder sie starben.

Und ich denke über diese anderen Typen nach, die Typen in den Anzügen, die Typen, die hinter diesen großen schweren Eichenholztischen in diesen unscheinbaren grauen Gebäuden saßen, diese Typen, die keine Bauern waren und auch keine Läufer, und noch nicht mal die Könige.

Das sind die Typen, die die Figuren über das Spielfeld bewegen.

Die Typen, die Jules Berenger in der Hand hatten. Die Typen, von denen CK wollte, dass sie ihm was schulden. Der gern so sein wollte wie sie. Diese Typen. Diese verschissenen Typen.

Ich denke über diese Leute nach, aber mir tut der Kopf weh, das Herz tut mir weh und Scheiße verdammt, tut mir meine Schulter weh, und ich bin es echt so verdammt leid, mir den Kopf zu zerbrechen.

Irgendwie schaffe ich es, mich aufzurichten. Mich hinzustellen. Es tut so verdammt weh, und noch nicht mal da, wo man mich getroffen hat. Es ist die andere Wunde, die in mir drin. Ich will stehen, will es schaffen, aufrecht zu stehen, und dann stehe ich, keine Ahnung, wie ich es geschafft habe, ich stehe, und dann spüre ich nichts mehr, höre nichts mehr, und schaue zu, wie das letzte bisschen Licht verschwindet.

Ich stecke ein frisches Magazin, mein letztes, in die Glock. Trete über einen der toten D.C. Cops hinweg. Noch so ein braver Soldat.

Ich sehe ihn nicht an, und ich sehe auch nicht zurück. Halte einfach nur auf die Tür zu.

Draußen vor dem Büro des Pfarrers ist der Flur. Nach rechts geht es zur Sakristei und zur Kathedrale. Linkerhand befinden sich geschätzte dreißig Meter Linoleum und dann eine weitere Tür, ein fensterloses Stück Metall mit einem roten Metallbügel davor. Eine Feuertür. Auf dem Schild darüber steht KEIN AUSGANG.

Und das stimmt, das Schild sagt die Wahrheit:

Es gibt keinen Ausweg. Zumindest nicht für mich.

Ich kann nirgendwo mehr hin.

Außer zurück in die Kathedrale.

Denn Doctor D hatte recht: Es ist noch nicht vorbei. Es wird niemals vorbei sein.

Wir töten und töten und töten, und dann töten wir wieder, solange, wie wir Waffen in den Händen halten. Wir bringen die Sünder um und wir bringen die Heiligen um. Wir würden sogar die Erlöser umbringen. Wir werden töten und immer weiter töten und niemals damit aufhören.

Solange, wie wir eine Waffe in der Hand halten.

Also folge ich meiner Pistole hinterher, und ich folge den Geräuschen, dem Geräusch von Schritten, meinen Schritten. Der Weg ist rot markiert. Überall ist Blut. Die Wände sind damit überzogen und der Boden, es läuft zu kleinen Pfützen zusammen, rinnt und tropft überall herunter und scheint die ganze Welt zu besudeln.

Das Blut weist mir den Weg durch den Korridor und durch die Sakristei, bringt mich schließlich zurück zu dem Altar, diesem stillen Ort der Gelübde, die nie eingelöst oder immer wieder gebrochen wurden.

Dünne, sich kräuselnde Rauchsäulen aus Pulverdampf und Nebel steigen um mich herum auf und schweben hinauf an die zerstörte Decke. Geister. Engel. Nein, nein, nur Staub. Nur Staub und Asche.

Tod. Noch mehr Tod. Immer nur Tod.

Ich wische mir über die Augen. Schon ist noch mehr Blut an meinen Händen. Aber ich muss etwas sehen können. Und durch die zersplitterten Fenster der Kathedrale sehe ich alles … und alles, was ich sehe, ist Schwärze.

Ich hatte vergessen, dass es bereits Nacht sein muss.

Aber als ob das noch eine Rolle spielen würde. Die Dunkelheit ist da draußen, in der Nacht, aber sie ist auch hier. Hier in mir drin.

Der Himmel ist leer. Es gibt keine Sterne. Ein falscher Sonnenuntergang verschwindet hinter Alexandria, ein schwindendes Glühen der Gewalt, dort, wo der Straßenzug aus Lagerhäusern, die einmal UniArms gehörten, nur noch ein schwelendes Loch bilden. In der Nähe sieht man Feuer, das den Kirchenhof erleuchtet und sich langsam auf den Rasen der Nachbarschaft ausbreitet, wo es kleine Schuppen und Holzzäune verschlingt. Flammenzungen strecken sich nach den Bäumen und schließlich auch nach den Häusern aus.

Der Parkplatz vor der Kathedrale ist übersät mit verbeulten Autowracks und verrenkten Körpern. Überall liegen Leichen auf dem Gehweg, dort, wo sie zusammenbrachen oder die Salven und Explosionen sie umwarfen.

Zwischen ihnen laufen Männer mit Waffen herum, laufen herum und schießen, gehen weiter und schießen wieder.

Es sind wieder zwei von den Cops, den D.C.-Cops, blaue Helme und weiße Gesichter, und sie bewegen sich wie in Zeitlupe durch den Rauch, sehen nach den Körpern und erschießen die Verwundeten.

Das sind CK's Leute, und sie sind hier, um aufzuräumen. Alles unter den Teppich zu kehren. Aber sie kommen zu spät. Zu spät.

Lichter flackern auf: Rot und Blau und Rot und Blau, schneiden durch den Rauch dieser brennenden Welt. Das erste Fahrzeug der Polizei von Alexandria biegt auf dem Parkplatz ein und kommt schlitternd zum Stehen. Die Reifen wirbeln den Kies auf. Ein Alexandria-Cop, ein schwarzer Sergeant, der aussieht wie ein Gewichtheber, springt hinter dem Lenkrad hervor. Er zieht seine Dienstwaffe und ruft den D.C.-Cops etwas zu, und dann noch einmal, dieses Mal lauter, und jetzt kann ich verstehen, was der Alexandria-Cop sagt, er ruft:

Nehmen Sie Ihre Waffen runter.

Der Erste der D.C.-Cops winkt ihm zu – Hey, hi, was sagten Sie? – und geht einen Schritt zurück, und der Alexandria-Cop wiederholt noch einmal:

Nehmen Sie Ihre Waffe runter.

Der erste D.C.-Cop winkt ihm wieder zu, und in dem Moment macht der zweite D.C.-Cop seinen Zug, bringt seine Pistole nach oben, aber der Alexandria-Cop schießt zuerst und trifft genau ins Schwarze. Er legt den zweiten D.C.-Cop um, und der erste D.C.-Cop feuert auf den

Alexandria-Cop und erwischt ihn an der Schulter, aber der Alexandria-Cop feuert im Fallen weiter, und seine Schüsse strecken auch den ersten D.C.-Cop nieder, und dann liegen sie alle am Boden, und noch mehr Lichter flackern auf dem Parkplatz, Rot und Blau und Rot und Blau, und eine ganze Reihe von Alexandria-Polizeifahrzeugen tauchen aus dem Rauch und dem Feuer und der Dunkelheit auf.

Also ist es jetzt soweit.

Er ist allein. Sitzt auf einer der Bänke, vielleicht zwanzig Reihen vor mir, gleich rechts von dem großen Mittelgang. Ein letzter, zurückgelassener Kirchgänger.

Er hat den Kopf gesenkt, aber er betet nicht.

Er wartet. Wartet auf mich.

Es ist CK.

Natürlich ist es CK.

Denn dort wird es enden. Wie es immer endet. Zwei Typen mit Kanonen, die aufeinander losgehen und mit ihren Schießeisen die Sache regeln. Oder bei dem Versuch sterben.

CK steht mit einem betrunken wirkenden Taumeln auf und dreht das, was von seinem Gesicht noch übrig ist, zu mir um. Ein Halbmond, an dessen Rändern Blut klebt. Sein rechtes Auge ist verschwunden. Das starr dreinblickende Loch aus geronnenem Blut leuchtet wie ein rotes Juwel. Er bleckt die Zähne. Sie sind schartig und gelb und bereit, zuzubeißen.

Wurde auch Zeit, sagt CK. Wurde auch verdammt noch mal Zeit.

Worte scheinen nicht mehr allzu viel zu bedeuten. Außerdem glaube ich nicht, dass ich ihm noch viel zu sagen habe. Nicht hier. Nicht jetzt.

Sagte ich dir doch, höre ich ihn sagen.

Mehr nicht. Er reißt sich ein paar Strippen, sein Headset, von seinem Kopf und wirft es weg. Dann kommt er auf wackeligen Füßen den Gang entlang. Seine Schritte sind steif und unsicher und versuchen, sein verwundetes Bein zu entlasten. Seine .44er Magnum lässt er an der Seite herunterhängen.

Meins!, kreischt er, und deutet den Gang hinunter, irgendwo weiter nach hinten. Ich frage mich, mit wem er redet. Dann dreht er sich schwankend zu mir um, und seine Pistole beschreibt dabei einen Kreis in der stickigen Luft.

Meins!, ruft er wieder. Seine Stimme erinnert jetzt nur noch an das Wimmern eines kleinen Kindes. Stolpernd wie ein Betrunkener tänzelt er vorwärts.

Er hat den Verstand verloren. Ich schätze, er ist verrückt geworden. Also, noch verrückter. Aber vielleicht ist er auch alles andere als verrückt. In einer Welt, in der Hochzeiten in einem Blutbad enden, wo Cops aus D.C. auf Cops aus Virginia schießen und die Cops aus Virginia zurückschießen, ist er womöglich der Einzige, der noch bei klarem Verstand ist.

Dann wirbelt CK mit einiger Anstrengung zu mir herum.

Hey, sagt er. Hey. Der Kerl spricht zu einer leeren Kirche. Zu der Dunkelheit.

Sieh mal einer an, wen wir da haben, sagt er. Burdon Lane. Ein echter Soldat. Ein Stehaufmännchen. Ein Mann wie ein Fels. Also, wie sieht's aus, Lane, hmm? Hast geplaudert, was? Hast uns verraten. Mit wem hast du geredet, Lane? Wem hast du es erzählt? Und …

Und …

Die Worte scheinen festzuhängen. Wie bei einer alten Schallplatte, bei der die Nadel klemmt.

Und …

Doch dann spielt die Musik weiter und er sagt:

Und wer hat dich verdammt noch mal zum Nigga ehrenhalber gemacht, hä?

CK schenkt mir, was von seinem typischen Grinsen noch übrig ist, und das ist nicht nur Show. Der Typ macht niemals etwas nur zur Show. Sein Gesicht ist das des Wahnsinns, und ein Teil dieses Wahnsinns ist der Drang, der Wunsch, zu töten. Das befriedigende Gefühl, jemanden das Leben zu nehmen, weil man es kann.

Ich weiß es, denn ich fühle das Gleiche. Meine Finger streichen über den Abzug der Glock. Ich will, dass es passiert. Oh, ich sehne mich förmlich danach. Aber ich muss versuchen, ihn davon abzuhalten, auch wenn ich weiß, dass das nicht funktionieren wird, dass es so sicher passieren wird, als stünde es bereits so geschrieben.

Langsam schreite ich die Stufen des Altars hinunter, eins, zwei, drei, und dann halte ich an, als würde ich auf ihn warten. Ganz ruhig, keine abrupten, keine schnellen Bewegungen. Und ich lasse ihn reden. Das ist das Wichtigste, ich muss ihn weiterreden lassen.

Also hauche ich ihm nur ein paar Worte entgegen:

Das warst du.

Das gefällt ihm. Es gefällt ihm so sehr, dass er auf den Worten herumkaut wie auf einem Steak, und sich überlegt, ob er sie schlucken oder wieder ausspucken soll.

Ein Helikopter senkt sich über uns herab. Das Geräusch der Rotoren dröhnt durch die eingestürzte Decke. Seine Suchscheinwerfer tasten über das zerstörte Innere der Kirche hinweg und wird von dem Rauch und der Dunkelheit verschluckt.

Ich frage mich, was sie sehen, und während ich darüber nachdenke, höre ich die Stimme, eine Stimme aus der Nacht, eine Stimme, die aus einem Lautsprecher dringt und die wummernden Rotoren übertönt. Eine Stimme, die durch die Kathedrale hallt und sagt:

Sie da drin …

Die Stimme, die sagt:

Hier spricht das Alexandria Police Department …

Die Stimme, die sagt:

Zusammen mit Agenten des Bureau of Alcohol, Tobacco and Firearms …

Eine Stimme, die plötzlich von einem Flüstern ersetzt wird, einem Flüstern in meinem Ohr, das *Eighty F* sagt, *Eighty F*, bis die andere Stimme zurückkehrt, die Stimme aus der Nacht, und die sagt:

Legen Sie die Waffen nieder …

Die Stimme, die sagt:

Und kommen Sie mit erhobenen Händen raus …

Bevor sich wieder das Flüstern in meinem Ohr meldet:

Wer?, fragt dieses Flüstern. *Wer zur Hölle bist du?*

Und ich will etwas sagen, ich muss meine Stimme hören, meine eigene, also sage ich zu CK:

Leg die Kanone weg. Die Cops–

Die Cops, wiederholt CK und der letzte Rest dieses Grinsens verschwindet von seinen Lippen.

Wessen Cops?, fragt er. Meine? Oder deine?

Sie sind hier, sage ich.

Oh ja, sagt er. Sie sind hier.

Er kommt weiter auf mich zu, sein Körper schlurft vorwärts wie eine kaputte Maschine, die nicht anhalten kann. Sein linkes Bein zieht er hinter sich her, und dann geht der ganze verdammte Mist von vorn los.

Ein schmerzerfülltes Japsen, oder ist es ein Husten, vielleicht ist es auch ein Lachen, rattert aus der Kehle, und dann noch mehr Worte:

Und was werden sie wohl tun?, fragt er. Mich zurück nach Vietnam schicken?

Ein Flackern, ein schwacher Lichtschimmer flammt hinter ihm für einen kurzen Moment wie ein geräuschloser Blitz auf, und ich blinzle, versuche mir das Blut aus den Augen zu blinzeln, aber dann gibt es da nichts mehr zu sehen, nichts als Dunkelheit und CK und die Pistole in seiner rechten Hand. Sein krankes Gelächter hält noch eine Weile an, und dann sagt er:

Scheiß auf die Cops. Aber um die geht es nicht. Und es geht auch nicht um die Waffen, nicht wahr? Jetzt nicht mehr. Es geht auch nicht um das Geld. Zehn Millionen Dollar, Lane! Kannst du dir überhaupt vorstellen, so viel

Geld in den Händen zu halten? Du hast heute auf zehn Millionen Dollar geschissen. Aber auch darum geht es nicht. Nein, tut es nicht. Und weißt du was? Es geht noch nicht mal um die ganzen Toten. Es geht nicht um Gideon Parks, nicht um Mackie oder Two Hand–

Sein Geschlurfe endet vielleicht sechs Meter vor mir, und das gilt auch für seine kleine Ansprache, denn er sagt:

Es geht um gar nichts.

CK richtet sich auf, umfasst fester den Griff seiner Magnum und sagt:

Außer um dich und mich.

Ich sehe CK an, aber ich sehe nicht CK. Ich sehe den Reverend Gideon Parks, aber der ist nur ein Mann, ein Mann mit einem Traum vielleicht, aber nur ein gewöhnlicher Mann. Und nun ist er tot. Ich sehe einen jungen Mann, den sie Juan E nannten, ich sehe Juan E und seine Freunde, seine Crew, und sie sind jetzt alle tot, alle von ihnen sind tot. Ich sehe einen alten Mann, der neben seiner Frau steht, und sie nannte ihn John, John Henry Mason, verloren und so voller Angst, in einem Haus, das um sie herum gerade abbrannte. Ich sehe Renny Two Hand in seiner Grube und Lauren im Kofferraum, und ich sehe Jinx, wie er auf dem Boden in diesem Büro liegt, und dann sehe ich schließlich CK, ich sehe CK da in diesem Gang vor mir stehen und sage:

Da liegst du falsch.

Ich sage zu ihm:

Hier geht es um alles.

Ich richte die Glock auf ihn.

Die Dunkelheit hinter ihm verschwimmt, wie das Flattern der Flügel eines aufgeschreckten Vogels. Den unwahrscheinlichen Gedanken, dass die Dunkelheit lebendig geworden sein könnte, verbanne ich ganz weit in die hintersten Regionen meines Verstandes.

Er hebt im Gegenzug seine Magnum und sagt:

Tja, dann scheiß ich auf alles. Und am meisten scheiß ich auf dich.

Meine Glock ist geladen, mit fünfzehn Hohlmantelgeschossen. Seine Magnum ist eine Roundhouse, damit hat er maximal sechs Schüsse, wahrscheinlich Jagdpatronen, die selbst durch Betonziegel und ganz besonders durch Kevlar hindurchschlagen wie durch Butter. Aber CK drückt nicht ab. Er tut gar nichts. Er hält einfach nur seine Kanone auf mich gerichtet, bis mir klar wird, dass er auf etwas wartet. Er wartet darauf, dass ich etwas sage, etwas tue, was uns dazu bringt, dass ich auf ihn schieße und er auf mich.

Die Dunkelheit hinter ihm verändert sich. Die Dunkelheit erzittert. Die Dunkelheit bewegt sich.

Und dann frage ich ihn, frage ihn das Einzige, was es noch zu klären gibt:

Sag mir eins, CK. Wie hat es sich angefühlt?

Es?, fragt er.

Ja, sage ich. Wie hat es sich angefühlt, das zu tun, was du getan hast. In New York?

Wie es sich angefühlt hat?, fragt CK. Als ich Reverend Gideon Parks umgenietet habe?

Er verzieht sein Gesicht zu einem weiteren schmerzverzerrten Grinsen, und dann schwingt er die Magnum nach rechts, wo das Kreuz, das von dem Altar gefallen war, gegen die erste Bankreihe lehnt. CK drückt ab, und die Magnum dröhnt los. Der Schuss lässt den oberen Teil von Jesus' Kopf verschwinden.

Dann sehen mich CK und seine Pistole wieder an, und er sagt:

Genau so hat es sich angefühlt.

Und ich diesem Moment, wie ich ihn ganz nah vor mir sehe, und sich seine Finger wieder um den Abzug wickeln, lächle ich. Ich lächle für Jinx und das, was er mir gezeigt hat, und ich weiß eines:

Ich brauche die Pistole nicht mehr.

Ich zeige CK die Glock, und ich zeige ihm, was Jinx mir gezeigt hat.

Ich zeige ihm, was ich mit der Pistole machen werde.

Ich nehme das Magazin heraus und schnippe nacheinander die Patronen, eine nach der anderen, auf den Boden.

CK fängt an zu lachen, aber er hört damit auf, als ich sage:

Ich habe nicht geredet, CK. Aber du. Du hast die Regeln gebrochen. So wie Mikey. Erinnerst du dich an Mikey? Ein anderer Kerl, den du umgebracht hast und ich dir dabei zugesehen habe. Aber dieses Mal hast du es vermasselt, CK. Und das war das letzte Mal. Und weißt du, wieso?

Das Magazin ist leer, ich werfe es weg.

Ich sehe ihn an, sehe durch ihn hindurch, und ich weiß, ich weiß, dass ich die Pistole nicht mehr brauche. Jetzt nicht mehr.

Ich lasse die Pistole aus meiner Hand fallen. Ich spüre, wie mich ihr Gewicht, und sie ist schwer, für immer verlässt, und auf den Boden knallt. Weg.

Du hast geredet, CK. Und du weißt, was das bedeutet, nicht wahr? Es bedeutet: Du stirbst.

CK sieht mich an, sieht hinunter auf die weggeworfene Waffe, sieht wieder mich an. Die Zweifel in seinem Gesicht münden in einem hässlichen Grinsen, das meinem gleichen soll, aber er weiß nicht, was ich weiß. Er quält sich ein Lachen ab, und dann bleibt ihm nichts anderes übrig, als es darauf ankommen zu lassen.

Er streckt den Arm aus und richtet die Magnum auf mein Gesicht. Ihn trennen drei Meter von mir, aber es fühlt sich an, als wären es nur drei Zentimeter. Sein verbliebenes Auge starrt den schimmernden Lauf hinunter, über das Korn hinweg und in meinen Schädel.

Ein weiteres, krankes Lachen. Es endet in einem bellenden Husten, und CK spuckt Blut, und dann sagt er schließlich:

Schluss mit der Kinderkacke.

So endet die Welt, sagt er.

Mit einem Knall. Mit einem beschissenen Knall.

Und dann ist es still. Beängstigend still.

Er zieht den Hahn zurück, und das Geräusch hört sich an, als würde ein riesiges kosmisches Zahnrad in Bewegung gesetzt werden.

Und dann weitet sich die Mitte seiner Brust, bricht auf, explodiert, speit Hemd und Anzug und Kevlar, Gewebe und Knochen und Knorpel und Eingeweide und Blut, Blut und noch mehr Blut.

Ich spüre den roten Regen auf meinem Gesicht, meiner Hand, ein heißer Schauer, der sich schnell wieder abkühlt.

Ich sehe das faustgroße Loch in CK's Brust, und ich sehe den Schatten, den Schatten hinter seiner Schulter, den Schatten mit der Waffe.

Ich sehe, wie das, was von CK noch übrig ist, nach vorn kippt, auf die Knie. Sein trauriger Gesichtsausdruck wird zu einem Ausdruck der Überraschung, und dann zu einem schwachen Todesseufzer. Seine Lippen schaffen es kaum noch, sein letztes Wort zu formen.

Wer? Ist das das Wort, welches er sucht? Die letzte Erkenntnis, das Wissen, mit dem er zufrieden ins Grab sinken kann?

Hauchdünne leuchtend rote Strahlen bohren sich aus der Dunkelheit, flackern hin und her und verschmelzen zu einem leuchtenden Ring, der um seinen Kopf tanzt. Für einen flüchtigen Moment trägt er eine schimmernde Krone. Dann kappt etwas die unsichtbaren Schnüre, die ihn noch aufrecht halten. Sein Körper sackt auf den Boden.

War es *Wer,* oder … *Was?* Oder *Warum?*

Als ob nicht die Antwort auf jede der Fragen die Gleiche wäre.

Es ist immer die gleiche Antwort, und in diesem Moment kommt sie aus der Dunkelheit.

Am hinteren Ende der Kathedrale setzen sich die Schatten in Bewegung. Sie werden größer, richten sich auf, die Schatten laufen durch die zerstörte Kathedrale, lautlos und entschlossen. Sie tragen schwarze Uniformen, schwarze Helme, schwarze Masken. Ihre Waffen werfen rubinrote Lichtblitze durch den Rauch und die Dunkelheit, Laserzielsucher, die über mich hinwegtanzen und meine blutige Kleidung in ein noch tieferes Rot tauchen. Ihre Körper sind gepanzert, und sie sind mit allem ausgestattet: Leuchtfackeln und Granaten, Seilen, Schlagstöcken und Handschellen. Alles Mögliche, das ihnen Macht über Leben und Tod verleiht.

Der Erste von ihnen, der mit der Pistole, steigt über CK's Leiche und geht kurz vor mir in den Weaver-Stand. Sein maskiertes Gesicht sieht mich über den Lauf seiner Glock .40 hinweg an. Von einer metallenen Kette um seinem Hals baumelt ein schwarzes Rechteck aus Stoff, auf dem eine goldene Polizeiplakette prangt. Ein anderer Schatten schließt zu ihm auf, beugt sich kurz über die Leiche, ohne sie aber zu berühren. Dann noch einer, und noch einer, neben mir, überall um mich herum, und richten ihre Maschinengewehre und Schrotflinten und Scharfschützengewehre auf mich.

Unter ihren schwarzen Helmen tragen sie Nachtsichtgeräte und Atemschutzmasken. Ich frage mich, worauf sie warten, warum keiner von ihnen schießt, warum es noch nicht vorbei ist. Und während ich mich das frage, bilden sie eine Gasse für einen anderen Umriss, ihren Anführer. Er trägt Handschuhe und darin eine Sig Sauer

Neunmillimeter, die P-226, eine weitere Dienstwaffe. In seiner anderen Hand leuchtet eine kleine Taschenlampe auf. Weißes Licht brennt sich in mein Gesicht, huscht über meinen Körper, und dann ist es wieder verschwunden.

Der Anführer flüstert etwas in das gebogene Mikrofon vor seinem Mund. Dann steckt er seine Pistole ins Holster und seine Hand zieht das schwarze Stück Klettband von der Stelle über der Tasche an seiner Schutzweste ab, und darunter kommen die eingestickten gelben Buchstaben A und T und F zum Vorschein.

Eighty F … Eighty F.

Die anderen Umrisse tun es ihm gleich, und ich sehe noch mehr gelbe Buchstaben, ATF hier und ATF da, und dann sehe ich ALEXANDRIA PD.

Diese Buchstaben stehen auf der Weste von dem, der die Glock .40 trägt. Dem, der CK erschossen hat. Mit seiner behandschuhten Hand löst er die Schnalle an seinem Helm und nimmt diesen und die schwarze Kapuze ab, und darunter kommen kurze Haare und eine schweißnasse Stirn zum Vorschein. Dann nimmt er das Nachtsichtgerät ab, die Atemschutzmaske, die Balaclava, und dann wird der Schemen zu einer Person, zu einem Gesicht, und es ist ein Gesicht, das ich kenne.

Ihr Gesicht.

Fiona.

Oder wie ihr richtiger Name auch immer lauten mag, es spielt keine Rolle, wird für mich nie eine Rolle spielen, denn sie ist Fiona, natürlich ist sie Fiona, und ihr

Lächeln, dieses besondere Lächeln, breitet sich auf ihrem Gesicht aus, als Fiona, meine Fiona, meine süße Fiona zu mir sagt:

Keine verdammte falsche Bewegung.

Ich–

Und keinen Mucks. Nicht ein Wort.

Dann sagt sie zu dem Schatten neben sich:

Bruce, tu mir einen Gefallen und leg diesem Clown hier Handschellen an.

Der Schatten neben ihr nimmt sich die Maske vom Gesicht, und es ist dieser Alexandria-Cop, der mit ihr zusammen in meinem Haus gewesen ist, dieser Asiate, und er nimmt ein Paar Handschellen von seinem Gürtel und kommt auf mich zu. Und ich sage:

Ich–

Keinen Mucks, sagt sie.

Aber jemand anderes sagt etwas. Jemand anderes in Schwarz. Einer von der Behörde. Es ist der Typ mit der Sig Sauer und den Buchstaben ATF, die auf seiner Weste eingestickt sind, der Anführer dessen, was das ATF ein *Special Response Team* nennt, und er hat mehr als nur ein Wort zu sagen, es sind sogar eine Menge Worte:

Warten Sie einen Moment. Das fällt jetzt in unsere Zuständigkeit, Officer. Wir übernehmen von jetzt an. Gentlemen–

Nein.

Das ist alles, was sie entgegnet. Das Wort schwebt für einen Moment in der Luft, und dann wiederholt sie: Bruce, leg ihm Handschellen an.

Daraufhin sagt der ATF-Typ: Warten Sie, Officer. Sie tun, was ich–

Nein, sagt sie noch einmal, aber der ATF-Typ redet einfach weiter: –ihnen sage, 's klar?

Genau so sagt er es, als wäre es nur eine Silbe, nur ein Wort.

Und dann erkenne ich ihn, ja, ich kenne ihn, das ist Mr. Filialleiter, der Kerl, der in die Tiefgarage kam, der Tiefgarage in New York, der Typ, der die Papiere mitbrachte und die Waffen abholen wollte. Kleine Stimmen fangen in meinem Kopf an zu singen, singen dieses Lied, in dem es darum geht, wie klein doch die Welt ist, und ich bringe sie zum Schweigen, indem ich sage:

Hey, alles ist bestens.

Fiona sieht mich an. Bruce sieht mich an. Der ATF-Typ sieht mich an, und die originellste Antwort, die ihm darauf einfällt, lautet: Nein, ist es nicht.

Da haben Sie recht, sagt Fiona zu ihm. Sie deutet mit dem Kopf auf CK's Leiche. Sie haben den Mann gehört, auch wenn das nicht mehr nötig gewesen wäre. Sie wissen genauso gut wie ich, um was es hier geht. Ein paar der Feds haben Dreck am Stecken. Sie vielleicht nicht, vielleicht nicht einmal das ATF. Aber irgendjemand hängt in der Sache drin, und diese Sache gehört aufgeräumt. Und in diesem Moment befinden Sie sich in Alexandria. Wie in Alexandria, Virginia. Und diese Worte, mein Freund, stehen auf meiner Plakette, nicht auf Ihrer.

Und außerdem, fügt sie seufzend hinzu, und der ist echt gut: Und außerdem habe ich die letzten vier Monate mit diesem Arschloch zusammenleben müssen. Also ist das mein Gefangener. Meiner.

Der ATF-Typ zuckt mit den Achseln, wirft einen kurzen Blick in die Luft neben ihr, zuckt noch einmal mit den Achseln und sagt: Hören Sie, Officer, wir haben keine Zeit für diesen Blödsinn. Ich werde jetzt den Tatort abriegeln. Aber morgen Früh werde ich ein Wörtchen mit Ihrem Vorgesetzten zu reden haben.

Tun Sie das, sagt sie, aber da hat er ihr schon den Rücken zugekehrt. Er murmelt etwas in sein Helm-Mikrofon und ballt die Faust, und sein SRT-Team schwärmt in der Kathedrale aus, bewegt sich lautlos in genau einstudierten Abläufen und Abständen zueinander durch die Gänge, und verschwindet wieder in der Dunkelheit, bis nur noch Fiona, Bruce und ich übrig sind.

Bruce, sagt sie noch einmal. Leg dem Kerl Handschellen an, ja?

Fiona hält noch immer die Glock .40 auf mich gerichtet, mit einem schönen beidhändigen Griff, und dieser Bruce macht sich ans Werk und fängt an, mir die Arme auf den Rücken zu drehen.

Ich versuche, nicht zusammenzuzucken, aber sie bemerkt es.

Warte, sagte sie und kommt näher heran, sieht sich das Blut auf meinen Händen und meinem Anzug an, und dann sieht sie die Misere in meiner Achsel und sagt zu Bruce, was eigentlich offensichtlich ist: Er wurde angeschossen.

Dann fragt sie mich: Wie schlimm ist es?

Nicht so schlimm, sage ich. War nur ein Schuss. Ging direkt durch mich durch. Das meiste von dem Blut ist … nicht meins. Ich hatte Glück.

Oh, Burdon Lane, sagt sie. Du hattest wirklich Glück. Du bist ein echter Glückspilz.

Bruce, sagt sie. Weißt du was? Ich übernehme das mit den Handschellen. Sieh mal nach, ob schon Krankenwagen da sind, und bring mir ein paar Bandagen, okay? Und hey, Bruce, sagt sie, und dann wird ihre Stimme ein wenig leiser, beinahe ein Flüstern, aber eines, das ich hören kann.

Lass dir Zeit, okay? Der Kerl hier hat es verdient zu leiden. Und außerdem hab ich noch ein Wörtchen mit ihm zu reden. Unter vier Augen.

Bruce lächelt und Bruce nickt, und dann tut Bruce, was man von ihm verlangt.

Fiona wartet, bis er verschwunden ist, und dann sagt sie: Hier.

Sie steckt ihre Pistole ein, dann streift sie ihren übergroßen schwarzen SWAT-Parka ab. Zieht mir die Anzugjacke aus. Sieht noch einmal nach der Wunde. Schüttelt den Kopf. Packt mein linkes Handgelenk, hebt den Arm leicht an, und dann schiebt sie mein Handgelenk und den Arm durch den Ärmel des Parkas. Und dann den anderen Arm.

Es ist die Wärme des Parkas, der schwere Stoff, oder vielleicht auch das Gewicht der Körperpanzerung, die mich spüren lässt, dass ich friere. Es ist so kalt. Sie drückt die Knöpfe zu, schließt die Reißverschlüsse, dann sagt sie zu mir:

Du hast das Recht zu schweigen.

Ich weiß, welche–

Kein Wort mehr, Burdon Lane. Ich sage es dir zum letzten Mal. Ich will kein Wort mehr von dir hören. Denn was immer auch auf dieser eingeschweißten Karte in meiner Tasche stehen mag, du hast nicht das Recht zu schweigen. Was du hingegen hast, Burdon Lane, ist die verdammte Pflicht, deine Klappe zu halten. Du wirst zuhören, was ich dir zu sagen habe, und du wirst kein Sterbenswort sagen. Und dann sind wir fertig.

Also sage ich kein Wort. Kein Sterbenswort. Aber sie auch nicht.

Für eine Weile steht sie nur da und sieht mich an. Und nachdem sie mich angesehen hat, geht sie ein paar Schritte zurück, in den Gang, und beugt sich hinunter, um ihren Helm vom Boden aufzusammeln. Sie stopft die Gasmaske und das Nachtsichtgerät und die Kapuze in den Helm, und klemmt sich das Ganze unter den Arm, wie einen Football. Dann kommt sie zu mir zurück und fängt wieder damit an, mich anzusehen.

Jetzt hör mir zu, sagt sie. Ich werde dir etwas verraten, Burdon Lane. Ich sollte dir das nicht sagen, aber ich werde es trotzdem tun. Es ist etwas, wonach du mich niemals gefragt hast. In all den Monaten, in denen wir zusammenlebten. Nicht ein einziges Mal hast du mich gefragt. Aber ich werde es dir jetzt verraten, und du … du wirst mir zuhören.

Sie atmet ganz tief durch, anders lässt es sich nicht ausdrücken.

Und was ich dir sagen werde, Burdon Lane, ist, was ich denke.

Sie wirft mir wieder diesen Blick zu. Ich habe keine Ahnung, was er bedeutet. Bis sie sagt:

Und was ich denke, ist–

Sie wirft mir den Helm zu. Er knallt gegen meine Brust. Meine rechte Hand bekommt ihn zu fassen, bevor er herunterfällt. Die Gasmaske und das Nachtsichtgerät und die Kapuze fallen mir vor die Füße. Sehen zu mir auf. Wie ein leeres Gesicht. Anonym. Eines von vielen in diesen Schatten.

Und Fiona sagt:

Ich denke, du solltest so schnell wie möglich verschwinden.

DER WEG INS FREIE

Es scheint mir eine Ewigkeit her zu sein, seit ich Ihnen erklärt habe, dass ich keiner von den Guten bin.

Und das bin ich auch nicht. Keine Chance.

Es gibt keine guten Jungs. Nicht wirklich. Nicht mehr. All die guten Jungs, zumindest die, die ich kannte, sind tot. So wie Gideon Parks. Und der Mann hinten in dem Büro des Pfarrers, Jinx. Sie sind tot, von uns gegangen, und vielleicht deshalb, weil wir Menschen wie sie nicht verdient haben.

Also, ich bin keiner von den Guten. Aber ich frage mich jetzt, was das bedeutet. Denn vielleicht, und nur vielleicht, bin ich auch keiner von den bösen Jungs.

Weiß und Schwarz, Licht und Dunkelheit, Gut und Böse: Das sind alles Lügen. Wir sind all diese Dinge zugleich. All das, und noch vieles mehr.

Wer bist du? Das war es, was einer von den Guten, der mit dem Namen Jinx, mich fragte: Wer zum Teufel bist du?

Und ich sagte ihm die Wahrheit: Ich weiß es nicht. Ich weiß es wirklich nicht.

Aber das ist schon in Ordnung. Denn wenn ich nicht die Antwort darauf weiß, wenn ich nicht weiß, wer ich bin, dann weiß es auch sonst niemand.

Nicht die Typen in den Anzügen; jene, die hinter diesen großen Eichenholztischen sitzen und die Strippen ziehen. Und auch nicht die Cops.

Ganz besonders nicht die Cops. Jetzt, wo ich wie einer von ihnen aussehe. Jetzt, wo ich einer von ihnen *bin.*

Ich ziehe den Riemen fester, den unter dem Helm. Die Maske sitzt wie angegossen auf meinem Gesicht, und für einen kurzen Moment, als ich durch das Nachtsichtgerät blicke und die Welt auf einmal in Grün getaucht wird, kann ich sie riechen, ich rieche Fiona, süß und durchdringend zugleich, und dann rieche ich nur noch Gummi und meinen eigenen Schweiß.

Ich kann meinen Atem hören, spüre seine feuchte Hitze, und die Worte, die ich ihr zu sagen versuche, hören sich dumpf und weit entfernt an. Verschwinden in der Dunkelheit. Wie ich. Genau wie ich.

Fiona–

Sie presst die Augen zusammen, aber nur für einen Augenblick. Dann sehen sie mich an, blicken hinter die Maske, sehen mich, und dann sehen sie nicht mich, sondern stattdessen einen Cop, ganz in Schwarz, der sich von dem Altar erhebt, dieser arme alte Lazarus, und Fiona sagt die Worte, die sie mir scheinbar schon die ganze Zeit über sagen wollte:

Burdon, sagt sie. Du musst gehen.

Also sage ich ihr, was *ich* ihr schon immer sagen wollte:

Ja, sage ich. Ich muss gehen.

Aber ich werde nicht weglaufen. Ich werde nie wieder weglaufen.

Ich werde gehen.

Ich werde einen Fuß vor den anderen setzen und diesen langen Mittelgang zu der großen Doppeltür dieser Kathedrale entlang gehen. Der offenen Tür.

Ich werde gehen, einfach nur gehen, so ruhig und gleichmäßig, wie ich nur kann, zu dieser Tür hinaus und die Steintreppen hinab, durch den Rauch und das Durcheinander und in die Nacht hinein. Vorbei an den Hundertschaften aus Cops und Bundesagenten, vorbei an den Polizeiwagen und den Krankenwagen und den Feuerwehrautos und den Funkwagen der Nachrichtensender. Bis zu dem Van, der irgendwo da draußen parkt, der mit der Aufschrift FLOWERS ETC, wo ich auf den geeigneten Moment warten werde, wenn es die Umstände zulassen, und ich so tun kann, als würde ich den Wagen untersuchen. Ich werde hineingreifen und meine Ledertasche herausholen, meine fertig gepackte Reisetasche, und dann werde ich einfach weitergehen und mich mit meiner Tasche auf den Weg machen.

Niemand wird davon Notiz nehmen, niemanden wird es kümmern. Denn ich bin niemand Besonderes. Überhaupt nicht. Nur ein weiterer Cop, nur ein weiterer Teil des Hintergrundrauschens, ein Teil der Szenerie. Ein Statist. Sie wissen schon, der Kerl da hinten … genau, der.

Und dieser Kerl wird der kurvigen asphaltierten Auffahrt folgen, den kleinen Hügel hinab, und er wird die King Street überqueren, aber er wird nicht weit laufen müssen. Denn dort, hinter der Eisenbahnbrücke, ist eine U-Bahn-Station, und vor der U-Bahn-Station ist ein Taxistand.

Er wird den Helm loswerden und weitergehen. Er wird die Gasmaske und das Nachtsichtgerät und die Kapuze in ein Gebüsch werfen und weitergehen. Er wird den schwarzen SWAT-Parka in eine Mülltonne stopfen und weitergehen. Er wird den Waschlappen aus seiner Ledertasche holen und sich das Blut von seiner Wunde tupfen, die schlimm ist, aber nicht so schlimm, er wird es überleben, lange genug, um dahin zu kommen, wo er hin muss. Er wird den Waschlappen in seine Achselhöhle stopfen. Er wird die Tweetjacke aus seiner Ledertasche kramen und die Jacke anziehen, und sich die Brille aus der Jackentasche aufsetzen, zusammen mit einem eingefrorenem Grinsen, und er wird weitergehen.

Und während er auf die U-Bahn-Station zuläuft, wird er mit dem Arm winken, er wird sich das erste Taxi heranwinken, das vor der Station steht, und der Taxifahrer wird ihn ansehen und einen Niemand sehen, diesen Typen mit Brille und Tweetjacke und einer Reisetasche, ein ungeduldiger Geschäftsmann oder ein Lehrer vielleicht, diese harmlose Seele, die dem Taxifahrer sagen wird, dass sie zum National Airport will, eine halbwegs anständige Fahrt für Sonntagnacht, und die Fahrt wird nicht länger als zehn Minuten dauern, und der Taxifahrer wird den ungeduldigen Geschäftsmann, diesen Lehrer oder wen auch immer am National Airport absetzen, wo der Typ die Flüge studiert, und er wird sich irgendwo anstellen und mit seinem Ausweis und einer Kreditkarte Tickets kaufen und nicht lange warten müssen, bis sie seinen Flug nach Chicago oder Memphis oder meinetwegen Kansas City aufrufen, denn er wird nicht direkt fliegen, er wird mindestens einen Zwischenstopp einlegen, denn man kann nie vorsichtig genug sein. Er wird also einen

Zwischenstopp machen, einen kleinen Tanz aufführen, sich ein anderes Ticket bei einer anderen Airline kaufen, mit einem anderen Pass und einer anderen Kreditkarte, und dann wird er an Bord eines anderen Flugzeuges steigen und dann wird er weg sein, auf und davon, auf Nimmerwiedersehen, und vielleicht sogar noch länger als das.

Das alles weiß ich in jenem Moment, den es braucht, um Fiona zu sagen:

Ich muss gehen.

Ich weiß das alles, denn ich weiß, dass es nur einen Ort gibt, nur einen einzigen Ort, an dem ich sicher sein werde. Wo niemand auch nur auf die Idee kommen wird, nach mir zu suchen. Und falls sie es doch tun, nun, dann werden sie Burdon Lane nicht zu Gesicht bekommen.

Das ist kein sonniger Ort irgendwo weit weg an einem weit entfernten Strand in einem fremden Land und auch kein großer oder betriebsamer Ort. Es ist der einzige Ort, an dem ich gewesen bin, wo mich niemand kennt und wo sich niemand an mich erinnern wird. Wo es niemanden kümmert.

Ich gehe nach Hause.

Aber bevor ich gehe, gibt es noch eine Sache zu tun.

Ich presse meine Hand gegen die vordere Hosentasche, und zuerst spüre ich nichts, aber dann finde ich das Buch. Es steckt hinten in meiner Gesäßtasche.

Mein Buch.

Das Buch meiner Mutter.

Ich nehme das Buch aus der Tasche. Sehe auf die Seiten hinab, zerknittert und zerrissen, mit Blut und Asche verschmiert. Die Worte sind verschwunden. Es ist zu Ende. Ich brauche es nicht mehr.

Ich brauche das Buch nicht mehr, und auch nicht den Stapel Papiere, diese Schuldverschreibungen, die als Lesezeichen drinstecken. An einer Stelle, die ich oft gelesen und an der ich oft gewesen bin, viel zu oft.

Ich halte das Buch für einen Moment in den Händen, erinnere mich, um es nie wieder zu vergessen, und drücke es Fiona in die Hände.

Du hast mich gerettet, sage ich zu ihr.

Nein, sagt Fiona. Das hast du selbst, Burdon. Du hast das wahrscheinlich Einzige getan, was ein Mensch in dieser Welt tun kann. Du hast dich selbst gerettet.

Ich lasse das Buch los.

Und gehe.

– E N D E –

DANKSAGUNGEN

Niemand schreibt ein Buch allein. Obwohl einige meiner Quellen ungenannt bleiben müssen, bin ich für den fachkundigen Rat der folgenden Personen dankbar: Lieutenant Steven Mason, Alexandria Police Department; Special Agent Tom Walczykowski, Federal Bureau of Investigation (im Ruhestand), und Andy Stanford, Options for Personal Security. Ganz besonderer Dank gebührt meiner Herausgeberin, Jordan Pavlin, für ihren Enthusiasmus, ihre Ehrlichkeit und ihr Verständnis, meinem Agenten, Howard Morhaim, dass er geduldig auf den finalen Entwurf gewartet hat, und meiner Frau Lynne dafür, dass sie meine beste Kritikerin und beste Freundin ist.

Dieses Buch ist dem FBI-Spezialagenten John S. Hummel gewidmet. Meinem Sohn. Mögest du besonnen durch das Dunkel streifen und sowohl das Böse als auch das Gute fürchten. Denn nicht selten ist es ein und dasselbe.

LUZIFER
VERLAG